・ミステリ

ENGMAN

黒い錠剤

—スウェーデン国家警察ファイル—

RÅTTKUNGEN

パスカル・エングマン
清水由貴子・下倉亮一訳

TOKYO
HAYAKAWA
BOOKS

A HAYAKAWA
POCKET MYSTERY BOOK

RÅTTKUNGEN
by
PASCAL ENGMAN
Copyright © 2019 by
PASCAL ENGMAN
First published by BOOKMARK FÖRLAG, SWEDEN
Translated by
YUKIKO SHIMIZU and RYOICHI SHITAKURA
First published 2023 in Japan by
HAYAKAWA PUBLISHING, INC.
This book is published in Japan by
arrangement with
NORDIN AGENCY AB, SWEDEN
through TUTTLE-MORI AGENCY, INC., TOKYO.

装幀／水戸部 功
装画／ジグマー・ポルケ
「Paganini」
© The Estate of Sigmar Polke, Cologne /
JASPAR, Tokyo, 2023 E5400

リニーヤに

人は愛されることを欲し、それが叶わなければ称賛され、それが叶わなければ恐れられ、それが叶わなければ嫌われることを欲する。人は皆に何らかの感情を吹きこむことを欲する。魂は虚しさを前にして震え、どれだけ犠牲を払ってでも接点を切望する。

——ヤルマール・セーデルベリィ

『医師グラスの殺意』より

黒い錠剤

——スウェーデン国家警察ファイル——

登場人物

ヴァネッサ・フランク……………………国家警察殺人捜査課の警部
ミカエル・カスク…………………………同統括者
オーヴェ・ダールバリ……………………同僚
トゥーヴァ・アルゴットソン…………クヴェルスプレッセン紙の編集長
ベンクト・スヴェンソン…………………同ニュース編集デスク
ジャスミナ・コヴァック
マックス・レーヴェンハウプト
ハンス・ホフマン ……同記者
ニコラス・パレデス………………………元軍人
マリア…………………………………………ニコラスの姉
セリーネ………………………………………ニコラスの隣人
イヴァン・トミック………………………ニコラスの友人
オスカル・ショーランデル………………TV 司会者
テレース………………………………………オスカルの妻
ラケル・フェディーン……………………オスカルの同僚
カットヤ・ティルバーリ…………………ラケルの友人
トム・リンドベック………………………カットヤの叔父
ボリエ・ロディーン
エーヴァ・リンド
エルヴィス・レドリング ………………路上生活者
ニーナ…………………………………………エーヴァ・リンドの娘
スヴァンテ・リデーン……………………ヴァネッサの元夫
エメリ・リディエン………………………エステティシャン
ノーヴァ………………………………………エメリの娘
カリム・ライマニ…………………………エメリの交際相手。ノーヴァの父親

プロローグ

オーケシュバーリア刑務所を取り囲む鉄条網にビニール袋が引っかかっていた。二十五歳のエメリ・リディエンが緑のＫＩＡのイグニッションキーをオフにすると、エンジンは静まった。彼女はハンドルに突っ伏した。

二年前に娘のノーヴァが生まれた。そしていま、ここにいるのは、カリムとの関係に終止符を打つためだった。生涯愛すると信じていた男性。

エメリは怯えていた。身を起こし、上唇をめくってバックミラーで確かめる。前歯の先のほうが黄色くなっていた。四年前、口論の最中にカリムに突き飛ばされ、ラジエーターに激突して気を失った。気がついたときには、彼の姿は消えていた。そして四十八時間後、彼は酒と汗の臭いをぷんぷんさせて戻ってきたかと思うと、血走った目で許しを請うた。

エメリは車のドアを開け、道のくぼみにできた水たまりに右足を入れて降り立った。もう終わりにしなければならない。ノーヴァのために。父親が刑務所に入っていれば、娘の成長に悪い影響を及ぼす。たとえ三カ月後には出所するにしても、どうせ逆戻りするにちがいない。遅かれ早かれ。おそらく早いうちに。

エメリは大股で面会者用の入口へ向かうと、ベルを押して中に入った。

三年間、やむをえない場合を除いて、ほぼ毎週ここに通っていた。ノーヴァを身ごもったのも面会室の一室でだった。なかには同情を示す看守もいたが、ほとんどは軽蔑を隠そうとしなかった。

その間ずっと、エメリは気丈にも顔を上げ、背筋を伸ばして廊下を歩いてきた。受付の看守とは顔なじみだった。物静かで内気な性格らしく、何度か顔を合わせているものの、彼女のことを知っている素振りも見せない。

「カリム・ライマニに面会したいんですが」エメリは申し出た。

看守はうなずく。

「ペンを貸してもらえますか？」

ボールペンを差し出すあいだも、看守は画面から目を離さない。エメリはノーヴァの描いた絵を広げ、右上に日付を書き加えた。

その後の手続きは、いつもと同じだった——上着、バッグ、携帯電話、車のキーを鍵付きのキャビネットに入れる。それから金属探知機による検査だ。

エメリは両腕を伸ばし、ボディチェックを受けた。

「こちらへ」看守は事務的に言って、カードキーをリーダーに近づけた。

ふたりは廊下を進み、しばらくして右に曲がった。看守が前を歩き、ノーヴァの絵を手にしたエメリが続く。彼は丸いガラス窓のある白いドアの前で足を止めた。エメリが中をのぞくと、カリムはグレーのパーカーのフードをかぶり、テーブルに手を置いて座っていた。ドアが開くと、エメリは小さな部屋に足を踏み入れて深呼吸をした。手足が震えている。背後でドアが閉まってから言うつもりの台詞は、何度も練習した。

カリムが立ち上がった。その瞬間、丸暗記した言葉がすべて吹き飛んでしまった。彼に引き寄せられ、胸をわしづかみにされる。

「カリム、やめて……」

彼は聞こえないふりをして股間を押しつけ、口に無理やり舌を入れてきた。エメリは彼を押しのけた。

「どうしたっていうんだ？」

カリムは彼女をにらみつけたが、すぐに背を向けて椅子に座った。エメリはノーヴァの絵を目の前のテーブルに置いた。彼は表情を変えずにちらりと見ただけだった。

「おまえ、太ったな。またデキたんじゃないだろうな？」

エメリは乱れた髪を直した。口を開きかけたが、喉がひりつく。あの言葉を口にすれば、もう彼の恋人ではなくて敵となる。カリムの世界では、すべてが白か黒だ。取り消すことはできない。エメリは咳払いをして、声がうわずらないように努めた。

「もうこれっきりにしたいの」

カリムは眉を上げ、音を立てて黒い無精ひげをこすった。

「バカ言うな」

「もう無理」声がかすれる。エメリはまたしても咳払いをした。「これ以上、耐えられない」

カリムの目が細くなった。彼は椅子を床に引きずりながらゆっくりと立ち上がり、歯ぎしりをして近づいてきた。

「おまえに決める権利があると思ってるのか？」

触れそうな距離まで迫ってくる。エメリは身構えた。

「お願い……」瞳を潤ませてささやくように言うと、目を閉じて、ごくりと唾をのみこんだ。「わたしを自由にして。出所したらノーヴァには会わせてあげる」

「ほかに男がいるのか？」

「まさか」

カリムの顔は十センチと離れていないところで止まった。彼は鼻をくんくんさせる。

「あいかわらず嘘が下手クソだな。股を開いて街をほっつき歩いてるのか？　このアバズレ女め」

エメリはくるりと向きを変え、ドアの取っ手に手を伸ばした。だがカリムが先回りして彼女をつかんだ。

「このままですむと思うなよ。おまえが誰かに股をおっぴろげてるのを見つけたら、殺してやる」

そのとき看守がドアを開けた。カリムは手を放し、両手を上げてみせた。エメリは腕を引いて手首をさすった。

次の瞬間、面会室にカリムの怒声が響きわたった。

「殺してやる。待ってろよ。きっと後悔するからな」

看守がふたりのあいだに割って入った。

「落ち着くんだ」

カリムは看守の肩越しにエメリをじっと見つめた。そして後ろに下がりながら、にやりとした。

第一部

ぼくたちも人間だ。ありのままの姿で愛されたい。この絶望は降って湧いたわけではない。きみたちが同じ思いをせずにすんでよかったけれど、できればこの気持ちをわかってほしい。きみたちはぼくたちを虐げ、卑しめる。至るところで。でも、それよりもぼくたちがなぜこんな思いをしているのか、自分に問いかけるべきだ。ほとんどの場合、ここに至るまでには個々の事情がある。それを知れば、もっとぼくたちの境遇に同情するかもしれない。何も好きこのんでこうなったわけではないのだから。

——名もなき男

1

モニカ・ゼタールルンド公園のトウヒの木には、紫色の豆電球が飾りつけられていた。ヴァネッサ・フランク警部は紺色のジャケットをはおり、その下はダークカラーのパンツと、アイロンをかけたばかりの白いブラウスといういでたちだった。

　彼女は舌先を歯茎に這わせた。今年は生まれて初めて新年の誓いを立てた——嗅ぎ煙草《スヌース》をやめる。冬のあいだ、ずっと先延ばしにしてきた。もう四月も半ばだ。雪も解けた。最後の缶が空になってから四十八時間が経ち、禁断症状で身体じゅうがむずむずした。

〈ハッサン携帯電話ショップ〉では、電話だけでなく、ありとあらゆるものを取り扱っており、店の明かりはまだついていた。

　ドアベルが鳴り、入ってきたヴァネッサを見てハッサンはにっこりした。

「フランク警部」片言のスウェーデン語で挨拶し、ぞんざいにお辞儀をする。「まさかスヌース、買いに来たんじゃないだろうね？」

「好きにさせて、もう四十三なんだから。ひとつちょうだい」

「二日前、まさにその場所で、あんたはスヌースを売らないでほしいと頼んだぞ」

「売る気がないなら奪っていく」

　ハッサンはすばやく煙草の冷蔵庫の前に立ちふさがった。

「電子タバコのほうが、まだましだ。吸うための準備も必要だし」そう言って、ガラスの陳列棚を指さす。

「本気で言ってるんだ、ヴァネッサ。約束しただろう。破るつもりはない」

ヴァネッサはため息をついて、ブラウスの襟を直した。約束を守る相手に文句は言えない。

「はいはい、だったらそれをちょうだい。だけどハッサン、くれぐれも床を焦がさないようにね」

ハッサンは困惑顔で彼女を見てから、足元に視線を落とした。

「どういうことだ？」

「タバコ警察も度が過ぎると、燃えさしをケツの穴に突っこまれるから」

オーデン通りの角まで来ると、ヴァネッサは電子タバコの電源を入れて一服し、物思いにふけった様子で春の夜空に消えていく白い煙を見つめた。それからスヴェア通りに向かって歩きはじめた。そこかしこでレストランのテラス席が開放されている。人々はストールを肩に掛け、がたがたする木のテーブルに覆いかぶさるようにしてビールを飲んでいた。

ヴァネッサは人生の転機を迎えていた。昨年の十二月、ナターシャ——一緒に暮らしていたシリア人の十六歳の少女——のもとに父親から電話があった。戦争で負傷したものの、命拾いしたのだ。クリスマスの日、雪が降りしきるなか、ヴァネッサはアパートメントの建物の前でナターシャを見送り、シュールブルンス通りを走り去るタクシーのテールランプをじっと見つめていた。ブレーキランプが点滅したとき、一瞬、期待した——ナターシャがタクシーから飛び出し、スーツケースを引きずりながら駆けてきて、何もかも誤解だったと説明するのではないかと。あれから四カ月になるが、来る日も来る日も、寂しさが赤茶色に錆びた自転車のチェーンのごとく胸に絡みついている。

スヴェア通りでは、チェックのシャツにベスト姿でエディ・メドゥザやブルース・スプリングスティーンの曲を歌う若者たちを乗せたヴィンテージカーが行き交っていた。ガソリンの臭い。南部連合国旗。通り過ぎた白いシボレーのリアウインドウに、男が色白の尻を押しつけている。ヴァネッサは右に曲がり、ヴァナディス公園を通って帰るつもりだった――ところが、すぐ先で巨大な足場が歩道にせり出していた。足場の下を通るのは避けたい。いつ崩れ落ちてくるかわからないからだ。やむをえずオーデン通りを渡り、バス停に沿って進んだ。

バー〈ストールスタッド〉の前まで来たとき、見覚えのある顔が目に入った――演出家のスヴァンテ・リデーンだ。結婚十二年目に若手女優を妊娠させた元夫。ヴァネッサは顔色ひとつ変えずに歩きつづけた。だが、数メートルも行かないうちに名前を呼ばれる。

「挨拶くらいしてもいいだろう?」

「こんばんは」

ヴァネッサが振り返ると、スヴァンテは駆け寄ってきて、彼女の肩にそっと手を置いた。

「ちょっと寄っていかないか?」

訴えかけるような顔だった。このまま家に帰っても、ソファに座りこんでアニマルプラネットの番組を見るだけだ。

「いいけど」

スヴァンテはドアを押さえながら、何を飲みたいか尋ねた。ヴァネッサはジントニックを頼み、窓ぎわの席に座った。テーブルとカウンターのあいだに目を向けると、酔っぱらいたちが誰彼なしに口説き合っていた。

わたしたち人間は色とりどりの服を着た野生動物にすぎない、と彼女は心の中で思った。百年後には、ここにいる人はひとり残らず死んでいる。数メートル下の土に埋められた白骨化した亡骸。彼らがこうして時間をともにしたことは誰ひとり知らない。そう考えると、ヴァネッサは陰鬱な気分になった。

「元気そうじゃないか」そう言って、スヴァンテがふたりのあいだのテーブルにドリンクを置いた。

ヴァネッサはグラスを掲げた。

「あなたは二〇〇三年の熱波で死んだみたいね」

「乾杯！」スヴァンテは動じずに応じる。「で、最近はどうだい？」

ヴァネッサはジントニックをひと口飲んだ。この場では体裁を保ちたかった。昔の思い出のために。いろいろあったが、スヴァンテに会えたことはうれしかった。

一緒に暮らしていたあいだは幸せだった。心臓が動いてさえいれば、彼はどんな相手ともヤるという事実には、目をつぶることも覚えた。傷ついたのは、子どもを持とうとしなかったことだ。ヴァネッサが身ごもったとき——離婚の少し前だったが——彼は中絶するよう求めた。いまとなっては、どうすることもできないが。

「新しい仕事を始めた」

「警察は辞めたのか？」

ヴァネッサは首を振った。

「異動。県警組織犯罪班《NOVA》から国家警察殺人捜査課に移ったの」

スヴァンテは氷を口に入れて歯で砕いた。

「殺人捜査課？」

スピーカーから『ピアノ・マン』が流れてきた。ヴァネッサは身を乗り出して、ビリー・ジョエルに張り合うように声をあげた。

「全国各地に赴いて殺人の捜査に協力してる」

「殺人目的の出張か。映画のタイトルになりそうだな。いまはずいぶん忙しいだろう。新聞の報道が事実だとすれば」

一時間ほどしてジントニックを三杯飲むと、ヴァネッサはほろよい気分になった。家に帰りたくなかった。スヴァンテはいろいろな意味で腫れ物で、男らしいとは言い難いものの、けっして嫌いになったわけではない。これまでのところ、ヨハンナ・エク——目下スヴァンテが一緒に暮らしている女優——の話題は避けていた。彼らの子どもの話題も。せっかくの時間を台なしにしたくなかったのだ。だが、とうとうヴァネッサは我慢できなくなった。

スヴァンテの問いを遮るように手を上げる。

「その後、子どもは元気？　一歳のほうね。あなたが置いていった子じゃなくて」

スヴァンテは口を開きかけたが、ヴァネッサはまたしても遮った。「名前は？　ヤスラギ・リデーン？」

「ヤスラギ？　あのスパか？　なんでまた……」

「あなたの上着にホテルの領収書が入ってた。その子が生まれる九カ月前の日付の。あなたたちセレブは、子どもを身ごもった場所にちなんで名前をつけるんでしょ？」

スヴァンテは頰を掻いた。

「確かに、あれは褒められたことではない」彼は言った。「すまなかった」

一瞬ふたりは見つめ合ったが、ヴァネッサは手を振った。

「謝らないで」

彼の茶色の瞳からスパイキーヘアに視線を移す。前回会ったときよりも白髪が増えた。というよりも、ほとんど真っ白だ。

気がつくと、彼の大きな手を見ていた。嚙んだ跡のある爪を。

彼のユーモアが恋しかった。一緒にいるときの安心感。下唇を嚙んで意に沿わない新聞記事を読む姿。有無を言わせない、独占欲をむき出しにした抱きしめ方。妻が別の誰かに惹かれていると気づいたときの隠しきれない嫉妬。

「彼女といて幸せ？」

スヴァンテは丸めた手にあごをのせていた。

「というより、くつろげるような気がする」

「そんな馬鹿正直に言わなくても」

通りがかりの男性が背中にぶつかってきて、ヴァネッサは椅子をスヴァンテに近づけた。

「わたしにとって何がいちばん堪えたか、わかる？」

「いや」

「あなたのせいで、ありきたりな女になったこと」

スヴァンテは眉を上げた。ヴァネッサは彼の手をつかむと、ボタンを外したジャケットの内側に、胸元に引き寄せた。半年前に手術をしたのだ。

「どこから見ても捨てられた中年女」

スヴァンテは笑いながら手を引っこめた。ヴァネッサがそうと気づくほど、わずかにゆっくりと。どうしてスヴァンテに求められたいと思うのか。なぜ彼の前では平静でいられないのか。わたしは大丈夫。彼がいなくても。彼は自分の道を選んだのだ。

それともヨハンナに復讐したいの？　そんなに単純な問題？

「言って」

「何を言うんだ、ヴァネッサ？」

彼女は身を乗り出した。彼のアフターシェーブ・ローションの香りを感じる。

「いまでもわたしが欲しいって」

2

ジャスミナ・コヴァックが丸眼鏡を取ると、『クヴェルスプレッセン』の編集局はたちまち霞がかかったようになった。彼女は椅子の背に掛けたバックパックに手を入れてケースを見つけると、小さな青い眼鏡拭きを引っ張り出して念入りに磨いた。

それから眼鏡をかけ直す。椅子、人間、パソコンの画面が鮮明な輪郭を取り戻した。

運悪く眼鏡が発明される前に生まれていたら、とても二十八歳まで生きながらえることはできなかっただろう――ジャスミナはことあるごとにそう思った。とっくの昔にオオカミの餌食になっていたにちがいない。

腰に布を巻いた自分の姿を想像して、ジャスミナは思わずくすくす笑った。すると、隣のデスクに座っていた同僚のマックス・レーヴェンハウプトが振り向いた。

「何がそんなにおかしいんだ?」ジャスミナの画面をのぞきこみ、眉をひそめて尋ねる。

「なんでもないわ」彼女は頰が赤くなるのを感じながら答えた。

マックスは口を開きかけたが、背後からの声に遮られた。

「若者たち、コーヒーでもどうだ?」

たまに夕刊や週末版のヘルプに入る先輩記者のハンス・ホフマンが、モニター越しに顔をのぞかせた。マックスはぐるりと目を回し、露骨に嫌な顔をしてみせる。ジャスミナはホフマンに同情した。

「いいですね」彼女はそう言って立ち上がった。

ふたりはデスクの列を抜け、ガラス張りの編集長室を通り過ぎた。コーヒーメーカーはかろうじて茶色い液体を吐き出していた。

「きみはスモーランド地方の出身なんだって？」

ジャスミナはうなずく。

「ベクショーです」

「コヴァックって名前は、クロアチア系？」

「ボスニアです」

ジャスミナは夕刊の最後の記事を書き上げるために席に戻ろうとした――オンゲという北部の片田舎の町で、二年間行方不明だった猫が家に帰ってきたという記事だ。だが、ホフマンはその場に留まるよう合図した。

「この新聞社でやっていきたかったら、独自のアイデアを出すようにしないとだめだ。でないと、あいつみたいな奴に潰されるぞ」そう言って、ホフマンはマックス・レーヴェンハウプトのほうをあごで指した。

「わかってます。じつは、ウィリアム・バリストランドのちょっとした情報を仕入れたんです。例の国会議員の」

「それでいい。その調子でがんばれ。きみは優秀だ。理解すべきことをきちんと理解している。女性を狙った未解決の殺人事件を取り上げた、あの記事はすばらしかった。だが、もっと行動範囲を広げたほうがいい。政治家たちの責任を追及するんだ」

ジャスミナは、ベンクト・〝ロールパン〟・スヴェンソンをちらりと見た。ニュース編集デスクは机に足を投げ出して、腹にノートパソコンをのせている。ジャスミナは勇気を奮い起こすと、自分のパソコンのところに戻って資料のファイルを開いた。その週の前半に、議会の事務局に対して、社会民主労働党の政治家ウィリアム・バリストランドの領収書のコピーを請求したのだ。議員は最近パリへ行き、二軒のレストランでの飲食代として各五千クローナ、それ以外にも高級ホテル、高額のショッピングの領収書が保管され、支払いはすべて経費で落とされていた。それだけではない。党内での出世が確実視されていたバリストランドにとっては不名誉なことに、同僚の議員アンニ・シェルマンを同伴していたのだ。もっとも彼女は、インスタグラムによれば、その時期にはスンツヴァルにいたことになっている。

「今度はどこへ行くんだ?」マックスが尋ねた。

「プリントアウトしたものを取りに行くだけよ」

「小声でしゃべるのはやめてくれ。何を言ってるのか、聞こえないじゃないか」マックスは電話を耳に押し当てる仕草をする。「何をプリントアウトしたんだ?」

「いまちょっと調べていることがあって」ジャスミナはためらったが、デスクに座り直すと、マックスのほうに身を乗り出した。悪い人ではない、そう思って、バリストランドの領収書から発見した事実を簡単に説明する。「だけど、取材に応じてもらえないの。避けられてるみたい。手を貸してもらえないかしら?」

マックスはゆっくりとうなずいた。不本意ながら感心している様子だ。ジャスミナはうれしくなった。

プリンターが音を立てて動いているあいだ、彼女は壁に貼られた昔の新聞記事や号外を眺めた。一九四五年の終戦、一九七三年のノルマルム広場強盗事件、一九七五年の西ドイツ大使館占領事件、一九九四年のエストニア号沈没事故、二〇〇一年のアメリカ同時多発テロ事件。

ジャスミナはベンクトのところへ行った。彼はあいかわらず画面をにらみつけていた。

「なんだ?」耳をほじりながら尋ねる。

「よろしければ……少しお時間をいただきたいのですが。いま調べていることがあるんです」

ベンクトは不愉快そうに自分の指を見て、腿にこすりつけた。ジーンズに黄色っぽい染みができる。

「ジェシカ——」

「ジャスミナです」

彼女は引きつった笑みを浮かべた。

「ジャスミナ」ベンクトはため息をついた。「ノーショーピングだかどこかでは、どうだったか知らないが――」

「ベクショー。わたしの出身地はベクショーです」

ベンクトはもう片方の耳に取りかかっていた。

「いずれにしても」彼は続ける。「きみに書いてほしいのは、あのいきなり姿を現わした野良猫に関する三段記事だ。ええと、どこだったか……ハパランダ？」

「オンゲです」

「そうだった。書き終えたのか？」

「おおかた。でも――」

「〝でも〟は、なしだ」ベンクトは苛立たしげに言った。「黙ってデスクに戻って、言われたとおりにしろ。それが『クヴェルスプレッセン』のやり方だ。一九四四年の創刊当時からの確固たる方針なんだ。きみはきっとすばらしいアイデアを考えたんだろう。だが、あいにくわたしには時間がない」

一時間後、ジャスミナ・コヴァックは『クヴェルスプレッセン』のオフィスを出て、1番バスの後部右側の席に座った。フリードヘム広場でようやく他の乗客が乗りこんできた。救急車が猛スピードで追い越していく。肌寒い金曜の夕刻で、クングスホルメンは街灯の黄色い光を浴びていた。寒さに身を縮めて酒場の外にたむろする人々。屋外階段の裏や日よけの下に逃げこんだ路上生活者たちは、飢えて凍えた動物のごとく身を寄せ合って眠っている。

ジャスミナにとって、ストックホルムは夢の街だった。彼女は物心がついたころからジャーナリストを目指していた。ユーゴスラビアで戦争が起こるまで活躍していた父のように。

数カ月前、ジャスミナは地元紙『スモーランズポステン』の記者として、女性が犠牲となった未解決の殺人事件について調べ、そのうちの何件かが警察のミスによって迷宮入りとなったことを明らかにした。その記事の反響は大きく、通信社TTと主要タブロイド二紙に取り上げられた。そして記事が配信された二時間後に『クヴェルスプレッセン』の編集長が連絡してきて、短期間の契約を打診されたのだ。

だが、これまでのところは何ひとつ思いどおりに運んでいない。

「明日は明日の風が吹くわ」ジャスミナはつぶやいた。

3

玄関に入るなり、互いに相手の服を剝ぎ取りはじめた。スヴァンテはヴァネッサを壁に押しつけたが、気が変わってソファのほうへ押しやり、そのまま覆いかぶさってバックから挿入した。野獣のように。荒っぽく。我を忘れて。ヴァネッサはこれを求めていた。ずっと前から。

終わったあとで、彼女は赤ワインのボトルを取り出した。そしてコルク抜きとともに彼に渡すと、自分は電子タバコの電源を入れた。

白い水蒸気の合間から天井を見つめる。

「こんなに満足したのは、あれ以来だわ……」無意識につぶやいてから、はっとして口をつぐんだ。

「いつ以来？」

「『高校の先生と、とっても情熱的な恋愛をしていたとき以来』って言おうとしたけど、あなたの気持ちを傷つけるかもしれないと思ってやめた」

「先生と寝たのか？」

「ヤーコプのことは話さなかったかしら？　二十八歳の数学の臨時教師。わたしは十七歳で、人生のたいていのことにムカついてた。ふたりでよく……」

「それくらいにしておけよ」

スヴァンテはワインのボトルを差し出した。

「ところで、あの窓はどうしたんだ？」

窓は白いビニールシートで覆われていた。

「正面を改修工事してる」

「あれじゃあ外が暗いかどうかもわからない」

「ええ。ここにいたら、本当に頭がおかしくなりそう」

スヴァンテに何か意味のあることを言ってほしかった。おまえのいない人生は退屈だと。だが、彼はすでに聞いたことのあるリハーサルの話を始めた。ヴァネッサは彼の腿の内側を撫でながら聞き流していた。時間とともに気持ちが変化することに気づいて不思議な気分になる。彼女の手が腿を這い上がるにつれ、次第にスヴァンテは話を続けるのが難しくなってきた。呼吸が荒くなる。ヴァネッサがまたがると、彼はわずかに口を開けたまま目を閉じた。ヨハンナのことを考えているにちがいない。そう思って、ヴァネッサは彼を引っぱたいた。スヴァンテは驚いて目を開けた。一瞬、叩き返されるかと身構えたが、彼は笑い声をあげ、ふたたび目を閉じた。ヴァネッサはさらに強く身体を押しつけ、ゆっくりと腰を回しながら、彼がますます奥へと入ってくるのを感じた。

オーガズムに達した瞬間、ヴァネッサは彼の毛深い胸に爪を立て、スヴァンテはその手を振り払った。

家に帰らないといけない、とスヴァンテがつぶやいたのは午前二時半だった。彼は服をかき集めた。ヴァネッサは身体に毛布を巻きつけて後に続いた。

「その爪の痕はどう説明するつもり？」

スヴァンテはボタンを留めながら黒いシャツを見下ろし、肩をすくめた。

「怒ってるの？」彼女は尋ねた。

「いや」

ヴァネッサは唇を引き結び、泊まっていけるかどうかという問いを文字どおり封じこめた。キスを交わしてから、そっと彼を押しやる。

「じゃあ、また」スヴァンテは言った。

「そうね」そう答えて、ヴァネッサはドアを閉めた。

4

『クヴェルスプレッセン』の編集局は土曜の朝の眠たげな空気に包まれていた。ジャスミナ・コヴァックは冷凍パイを求めて食堂へ向かいかけたが、ベンクトに呼び止められた。てっきり例の猫の記事でミスがあったのかと思い、叱責を覚悟する。

「特集記事が欲しい。月曜版の」

「わかりました」ジャスミナは驚きを隠しきれなかった。「どんな企画ですか？」

「ドキュメンタリーだ」

本来であれば、その日のシフトは終わっているはずだった。ウィリアム・バリストランド議員に連絡を取ろうとしたが、あいかわらず電話に出ない。そこで、マックスとともに翌週半ばの仕事終わりに捕まえようという話になった。一方で、ジャスミナは母に会うためにベクショーに帰る予定で、すでに切符も予約していた。だが、やむをえない。深く掘り下げた記事を書くチャンスを逃すわけにはいかなかった。

「書きます。内容は？」

「#MeToo運動の最新動向をまとめてほしい。ホフマンに頼んだんだが、彼は手が空かなくて、きみの名前を挙げた。お手並み拝見といこうじゃないか。がっかりさせないでくれよ」

デスクに戻る途中、ジャスミナは笑いをこらえきれなかった。そこへホフマンが、その日の新聞を目の前に広げながらやってきた。

ジャスミナは駆け寄って、思わず抱きしめた。

「ありがとうございます」小声でささやく。

「たいしたことじゃない。俺の歳では、徹夜で記事を仕上げるのがキツいだけだ」とホフマン。「だが、きちんと仕上げたいなら、すぐにでも取りかかったほうがいい。家に帰るんだ。ここにいたら、ほかにも仕事を押しつけられるぞ」

確かにそのとおりだった。記事はさらなるチャンスへの切符となるかもしれず、誰にも邪魔されずに書く必要がある。ジャスミナは荷物をまとめ、ノートパソコンをバックパックに押しこむと、急いで同僚たちに別れを告げた。

母はがっかりするにちがいない。娘が人生のすべてなのだ。ジャスミナの書いたものなら、どんなに小さな記事でも残らず読み、切り抜いて箱に入れ、ベッドの下に保管している。

「もしもし、お母さん？」

「もう着いたの？　今夜、出発するのかと思ってたけど」

「それが行けなくなっちゃったの。大きな記事を任されて。明日までに書き上げないと」

ジャスミナは精いっぱい隠していたつもりだったが、ストックホルムで思いどおりに仕事ができずにいることを母は理解していた。

「よかったじゃない」興奮したように言う。「もちろん書かないとね」

「ほんとに？　わたしがどんなにお母さんに会いたいか、わかってるでしょう？」

「わたしだって会いたいけど、次に休みが取れたときに来ればいいわ」

ジャスミナはストゥーレプランでバスを降りた。納得のいく文章が書けるのは、決まって周囲に人がいる場所で、ひとりになると集中するのが難しかった。ヴァルハラ通りに借りている薄暗いワンルームマンションは魅力的な環境とは言えない。そこで、押しボタン式信号の横断歩道を渡り、ホテル・アングレイスへ向かった。ロビーは半分ほど埋まっていた。申し分ない、と心の中でつぶやくと、ミネラルウォーターとコーヒーを注文し、Wi-Fiのパスワードを尋ねてから、窓ぎわのソファに腰を下ろしてノートパソコンを取り出した。

書きはじめる前から、誇らしさが全身を駆けめぐるのを感じていた。自分はいま、ホテルのラウンジで、スウェーデンで最大部数を誇るタブロイド紙の記事を書いている。夢が叶いつつあった。


ふと画面から顔を上げると、ロビーは人であふれ返っていた。水のグラスは空になり、コーヒーは冷めていた。見たところカウンターは満席で、機材の横にDJが立っている。

目がひりひりして、身体はこわばっていた。ジャスミナは背筋を伸ばし、少し休憩することにした。やや離れたところから、男がこちらを見つめている。彼女は視線をそらしてパソコンを閉じた。それが誤解を招いたのかもしれない。というのも、男がまっすぐ近づいてきたからだ。

「カクテルでもどう？」ジャスミナに声をかける。

三十五歳前後。黒いシャツ。洗練されているとは言えないがハンサムだ。ジャスミナはパソコンを指さした。

「仕事中なので、今夜は飲めないんです」笑顔で答えた。「せっかくですが」

男はジャスミナの横に腰を下ろした。

「そう言わずに、一杯だけでも。今日は土曜だし」

いずれにしても休憩は必要だった。一文たりとも気を抜くわけにはいかず、集中力を保つためには、しばらく気分転換をしなければならない。

「コーヒーなら」ジャスミナは言った。「それから帰って、仕事の続きをするわ」

「ぼくはトーマスだ」男はそう言って立ち上がった。

そして彼女の手を握ると、そのまま口元へ運んだ。あごの無精ひげが手の甲の薄い皮膚にチクチクする。

しばらくすると、コーヒーカップが空になった。話をしている最中に、トーマスはどんどん距離を詰めてきた。矢継ぎ早に質問をするものの、答えには取り立てて関心はなさそうだった。そしてジャスミナの身体に視線を這わせ、だんだんとあからさまに胸に目を向けるようになった。彼女は不快な気分になり、やがて眠気と疲労に見舞われた。

そこで化粧室へ行くと断わって席を立った。

その瞬間、ロビーが回りはじめ、膝が崩れたジャスミナはとっさにテーブルをつかんだ。トーマスが彼女を抱きとめる。バックパックはどこ？　パソコンは？

「ありがとう」ろれつの回らない口調だった。まるで缶の中でしゃべっているかのような金属的な響き。

トーマスは彼女の腕をつかみ、もう一方の手を腰に回した。ジャスミナは口が開いて、まぶたが重くなるのを感じた。ほとんど目を開けていられなかった。そのまま人混みの中を進むトーマスに異を唱えようとしたが、言葉は音にならない。

　気がつくと外に出ていた。足元に歩道が見え、肩にはトーマスの力強い手を感じた。まばゆいヘッドライト。ジャスミナは目をつぶった。頭がガクッと肩に垂れる。車のドアが開き、誰かが笑う。後部座席に押しこまれる。エンジンがかかり、車が発進する。トーマスの顔が真上に現われる。ジャスミナは何かを言おうとしたが、出てきたのは意味のない言葉だった。またしても笑い声。顔を動かそうとしたが、それもだめだった。

　何人いるの？　どこへ連れていくつもり？　手がトップスの下に滑りこんできて、腹部を這いまわり、乳房をつかんだ。別の手が股間をまさぐる。車はスピードを上げ、街灯は見えなくなり、やがてジャスミナは意識を失った。

5

　エメリ・リディエンは、タビー市内のオーケビー通りにある誰もいない2LDKのアパートメントを見まわした。

　口に出して言うつもりはないが、ときどきノーヴァの世話をしないですむのはありがたかった。この週末はイランと過ごす予定だったため、娘は両親に預けていたのだ。

　だが、イランは仕事でマルメへ行くことになった。取引先との夕食が終わったら、ホテルの部屋から電話すると約束した。なのに十時三十二分になっても、まだ電話はかかってこなかった。

　エメリはテレビをつけ、チャンネルを替えながら見るとはなしに眺めていた。

万が一、カリムが自分たちの関係に気づいて、マルメまで行ってイランを襲撃していたら――一瞬、恐ろしい考えが脳裏をよぎる。

最後に刑務所で面会してから三週間が経っていた。知らないうちに仮釈放が認められたのかもしれない。だとしたら、刑期は残すところ二カ月だから監視はいっさいつかないだろう。

イランと出会ったのは四カ月前だった。彼女のサロンにスキンケア製品の大きな段ボール箱が数個届き、配達人に中まで運んでほしいと頼んだが断わられた。そこにイランがたまたま通りかかり、エメリと箱に気づいて、手を貸そうと申し出た。

彼は袖をまくり、段ボール箱をサロンの中に運びこんでから立ち去った。そして翌日、彼がふたたび姿を現わすと、エメリは――ひどく驚いたことに――自分が彼に会えて喜んでいることに気づき、招き入れてコーヒーを出した。

その出会いから一週間後に、ふたりは初めて関係を持った。

そのとき電話が鳴り、画面にイランの顔が表示された。

「遅くなって悪かった」彼は開口一番に言った。「向こうがいつまでも飲みつづけていて」

「酔っぱらってるの?」エメリは紅茶を飲みながら尋ねた。

「いいや。ぼくは早々にやめた」

エメリはカップをコーヒーテーブルに置くと、ソファに横になって肘掛けに頭をのせた。

「こんなことになって残念だよ」とイラン。「週末はきみに会えるのが本当に楽しみだったんだ」

「いいのよ。代わりに来週会えれば」

「じつは、言っておかなきゃいけないことある」

窓の外で物音がして、エメリは目を向けた。おおかた風に吹かれた枝が窓に当たったのだろう。

「きみに嘘をついた。ここまで来たのは、新しい仕事をオファーされたからなんだ。ここマルメで」

ほっとすると同時に悲しくなった。彼はその仕事に就いて、自分とは別れるだろう。けれども責めることはできない。何しろ、まだ出会ったばかりだ。しかも、彼はどう見ても血のつながらない子どもが身の回りにいることを喜んではいない。カリムについても残らず話したわけではないが、おそらくうすうす感づいているにちがいない。

「そう」

「それで、まだ早いのはわかってるけど、きみとノーヴァのことが大好きなんだ。怒らないで聞いてほしい。ぼくと一緒にこっちに来ないか?」

エメリは驚いて笑った。

「本気で言ってるの?」

「ああ」

彼女は目を閉じた。

「もちろん行きたいわ」

目の前に、ひょろりとした彼の身体が見えるようだった。あのやさしい焦げ茶色の目が。いま、ここにいてくれればいいのに。わたしと一緒に。でもマルメに行けば、もう恋しく思う必要はない。そのとき窓の外で何かが動き、エメリは跳び上がった。イランはまだ話していたが、何も耳に入ってこなかった。電話を耳に押し当てたまま、ゆっくりと立ち上がり、暗がりに目を凝らす。

エメリは窓に近づくと、ひんやりとした窓ガラスに額を押しつけて、あたりの様子をうかがった。何も見えない。いつもノーヴァが近所の子たちと遊んでいる中庭は、いまは真っ暗でひと気もない。

「なんて言ったの?」

「うれしいんだよ」イランは言った。「今日、通りがかりに美容サロンにぴったりのスペースを見つけた。

といっても、別に急ぐ必要なんてない。給料は大幅に上がることになってるから、きみはすぐに働かなくちゃいけないなんて思わないでくれ」

エメリはリビングを突っ切って廊下に出ると、玄関のドアに鍵がかかっていることを確かめた。

「てっきり、ほかの女の人と寝たって言うのかと思ったわ」

イランは笑った。屈託のない、大きな笑い声。

エメリはドアスコープから外の廊下をのぞいた。誰もいない。彼女はほっとした。カリムが仮釈放されて、ここに現われたら、警察に通報するつもりだった。けれどもイランには事情を知られたくなかった。カリムのことは話したが、詳しいことには触れていない。海外で暮らしていることになっている。

エメリはふたたびソファに横になったが、もはやリラックスしてイランの話を聞くことなどできなかった。いまさらながら一階の部屋に住んでいることを後悔した。

互いに別れの挨拶を口にしたとき、建物の入口の扉が開く音が聞こえた。エメリは慌てて電話を切った。万が一、いきなり玄関のドアを激しく叩かれるような事態になって、イランにあれこれ訊かれるのは嫌だった。

またしても立ち上がると、エメリは廊下に響く足音に耳を澄ました。

目を閉じて、外にいる人物が通り過ぎてエレベーターが動き出すよう祈る。いつものエレベーターのシャフトに響く音が聞こえたと思った瞬間、玄関のベルが鳴った。

6

ジャスミナは顔を引っぱたかれて目を覚ました。暗い部屋のベッドに横たわっていた。頭が割れるように痛み、吐き気がする。またしても頬を叩かれた。ここはどこ？

「いいかげん起きろ」

あのホテルのラウンジを思い出した。そしてトーマスを。ジャスミナはウエストに手をやって抗おうとした。ところが手に力が入らず、指のあいだから布地がするりと抜けた。スラックスが脱がされた。彼が身を乗り出し、パンティを剝ぎ取る。

「いや」かすれた声で叫んだ。

すると誰かの声が聞こえた。ジャスミナは目を細めて周囲を見まわした。だが、何もかもぼやけている。右側に、扉に鏡がついたクローゼットがあり、そこに人の動きが映っていた。部屋には何人かいるようだ。

セーターも脱がされ、ブラジャーを引き裂かれた。

「やめて」ジャスミナは涙ながらに訴えた。

パニックに陥り、脚をばたつかせて身をよじる。すると腹部を殴られ、息ができなくなった。苦しげに咳きこみながら空気を求めて喘ぐ。

「騒がないほうが身のためだ。でないとナイフを出すぞ」トーマスは脅し、その手が彼女の頬に触れた。「そんなことになったら残念だろう。こんなきれいな顔に」

じっとりとした息は饐《す》えたにおいがした。

「この女、見かけほど地味じゃないぞ。見ろよ、これ」そう言って、トーマスはニップルリングをつまみ、興味をそそられたように引っ張った。「おまえ、じつは淫乱なんじゃないか？」

「お願い、離して」ジャスミナは目をしばたたきながらささやいた。

「おまえみたいな淫乱女は我慢できないだろう。無理するなって」

トーマスは彼女の頬を撫でると、自身のベルトを外した。力強い腕がジャスミナをうつ伏せにして押さえこむ。誰かが彼女の顔をマットレスに押しつけた。呼吸ができない。ジャスミナは逃れようともがいた。叫び声は羽毛に吸いこまれる。

トーマスはうめき声とともに彼女の中に入ってきた。引き裂かれるような痛みを感じる。どうすることもできなかった。惨めだった。動きが激しくなるにつれ痛みも耐え難くなる。ジャスミナはマットレスに向かって悲鳴をあげた。

「久しぶりだからたまんないな。しかも、すごく締まりがいいときた。ひょっとしたら思ったより若いのかも」

「それか、上手な男とヤッたことがないとか。見ろよ、感じまくってるぜ」

またしても笑い声。

男たちは代わる代わるジャスミナを犯し、彼女が抵抗を試みると無理やり脚をこじ開けた。

鏡に映った彼らの裸が見える。ジャスミナは目をそむけ、ひたすら天井を見つめていた。身体が麻痺しているようだった。もはや男たちは押さえつけるまでもない。どこへも逃げられなかった。しばらく意識と無意識のあいだをさまよっていた――が、ふいにニップルリングをむしり取られた。ジャスミナは金切り声をあげた。次の瞬間、大きな手に口をふさがれる。

「黙れ」

彼女は苦しげに息をしようともがいた。やみくもに腕を振りまわした。すると、てかてかした顔がぼんやりと見えた。

「脚を開け」

男たちはうめき声をあげながら互いにけしかけ、ジャスミナを辱めつづけた。

永遠にも思える時間が過ぎたころ、ようやく彼らは飽きたのか、立ち上がってどこかへ行った。つかの間の平和。ジャスミナはじっと横たわったまま、脚のあいだに手を伸ばして、目の前に指を持ってきた。出血していた。

ドアの下から、くぐもったしわがれ声と煙草の煙が入りこんできた。ジャスミナは身体を横に向けて眼鏡を探した。けれども見つからなかった。寒さで身体が震えている。胸に手をやると、べっとりと血がついた。

足音に気づいて、彼女は身を縮め、壁のほうを向いて目を閉じた。もう耐えられない。これ以上は。

「用済みだ」

トーマスはベッドの端に座ると、彼女を無理やり自分のほうに向け、身を乗り出して言った。

「このことを誰かに話したら殺すぞ、ジャスミナ・コヴァック」

彼女の髪をつかんで強引に顔を引き寄せ、鼻先に免許証を突きつけて、そこに書かれていることをすべて読み上げる。

ジャスミナは泣き出した。

「聞こえたか？　俺たちから逃げられると思うな。ただじゃすまないからな」

トーマスが服を投げてよこした。ジャスミナはやっとのことでスラックスをはいた。脚のあいだに焼けつくような痛みを感じた。視界の端に、無精ひげを生やしたトーマスの顔の輪郭が見えた。かと思うと、引っ張り上げるようにして立たされ、前方に突き飛ばされた。ジャスミナはよろめくようにリビングに入った。一歩ずつ痛みをこらえながら、ぎこちなく歩く。

「じゅうぶん楽しんだようだな」男のひとりが言った。

彼女は命じられるままに外に出て階段を下り、車の後部座席に押しこまれた。

車が発進する。男たちは疲れているらしく、ほとんど口をきかなかった。空が白みはじめていた。ジャスミナは標識を見て、自分がどこにいるのか理解しようとした。

「このへんでいいだろう」男のひとりが運転手に声をかけた。

車が通りの端に寄り、ドアが開いた。とたんにクラクションが鳴り響く。

「いいか、忘れるなよ、ジャスミナ・コヴァック――かならずおまえを見つけて殺すからな」

ジャスミナは地面に足をついた。

「わかったら、さっさと行け」

押し出されてつまずきかけたが、どうにか踏みとどまった。

7

ヴァネッサはドアマットからその日の『ダーゲンス・ニュヘテル』を拾い上げた。紙版の新聞は時代にそぐわず、ただでさえ深刻な環境問題に負荷を与えるが、いずれにしても世界は確実に沈みつつある。その一方で、最新の政治スキャンダル、ブレグジット、アメリカ大統領のツイートといった情報を仕入れれば退屈はしのげる。世の中はどんどん奇妙になり、ヴァネッサの違和感はつのるばかりだった。人類史上初めて、過食による死が栄養失調を上回っている。感染症よりも老衰で死ぬ人の割合が多い。そして何よりも、戦争や凶悪犯罪、テロなどによる死者よりも自殺者数のほうが多い。にもかかわらず、誰もがかつてないほど怯えている。

ヴァネッサは新聞をキッチンのアイランドカウンターに置くと、コーヒーメーカーのスイッチを入れた。

気がつくと、スヴァンテのことを考えていた。テレビの音が小さく聞こえる。

「フリーハムネンで三名の男性の遺体が発見されました。TV4のニュースによると、いずれも頭部を撃たれていたそうです。三名とも身元は判明しています」

ヴァネッサは音量を上げた。

またしても犯罪組織による報復。

ストックホルムには銃があふれ、若者たちは、その気になればコカイン市場に参入したり、ちょっとした侮辱に対して報復できる環境にある。街角ではカラシニコフ自動小銃が二万五千クローナで売買されている。拳銃は一万クローナだ。手榴弾は千クローナほどで入手できる。ただし大きな抗争が発生している場合には、密売人は二千五百クローナにまで価格を吊り上げる。

フリーハムネンの事件は、おそらく麻薬取引絡みだろう。とはいうものの、何があってもおかしくない——犯罪者はドナルド・トランプよりもキレやすい。『ダーゲンス・ニュヘテル』の一面から、怒りに満ちた小さな目でにらみつけている米大統領よりも。

通称NOVA、組織再編後は捜査課、第五・第六監視グループと改名された部署から異動して以来、ヴァネッサは少なくともそうしたギャングの抗争に関わらずにすむようになった。この手の事件は、目撃者も直接関与した人物も警察に対して口が重くなるため、きわめて解決が困難なのだ。先週は南東部のカルマルまで赴き、ホームパーティの最中に収拾がつかなくなってゲストのひとりがハサミで刺し殺された事件の捜査に携わった。

ヴァネッサがコーヒーを注いでソファに戻ろうとしたとき、仕事用の携帯電話が鳴った。

「おはよう」国家警察殺人捜査課を率いるミカエル・

カスクが甲高い声で尋ねる。「調子はどうだ？」

「いま朝食の最中です」

「何かとっておきのものでも？」

「コーヒーと電子タバコ。これがないと一日が始まらなくて」

「身体によさそうだな」

おそらくマネジメント研修に参加して、部下に対して親しみやすい口調を用いることを学んだのだろう。テレビでは、三重殺害事件のニュースは終わって、子どものパーティに関するパネルディスカッションが行なわれていた。

ミカエル・カスクは咳払いをした。前置きはそこまでだ。

「きみが今日、休みなのは知っている。だが、重大犯罪捜査班から連絡があって、協力を要請された」

「フリーハムネンで三人殺された事件ですね」

「いや。といっても、あれのせいで忙殺されているのは確かだ。今朝、タビーで若い女性の死体が発見されたんだが、捜査員が足りない。悪いが行ってもらえないか？ 鑑識はすでに現場に入っている」

ひょっとしたら間違ったことかもしれないが、ギャングのメンバーの射殺体が発見されたときよりも、女性が暴力の犠牲になることに対して、ヴァネッサはつねに強い怒りを覚えた。おそらく彼女自身、若いころに娘のアデリーネを亡くしたことと無関係ではあるまい。女性の死そのものではなく、両親の喪失感に胸を締めつけられるのだろう。彼らを待ち受ける人生がどのようなものか、嫌というほどわかっているから。

「わかりました」

ミカエルは住所を教えた。ヴァネッサはすぐさまシャワーを浴びてから、パンツとブラウスに着替えた。鏡の前で足を止め、顔をチェックする。それから暗証番号を入力して銃保管庫を開け、自動拳銃《シグザウエル》をホルスターに収めた。

シリア系マフィア〈セーデルテリエ・ネットワーク〉を壊滅に追いこんだのを機に、ヴァネッサは自宅に銃を保管する許可を得た。最近では、警察官に対する脅威は格段に増大している。だが、ヴァネッサが自宅に銃を置く一番の理由は、上司も知らないことだった。

一年ほど前、〈軍団〉と名乗る犯罪組織の捜査に携わったことがある。ストックホルム北部の隠れ家で行なわれた裏取引の最中に、ヴァネッサとニコラス・パレデス——優秀な元軍人——は四人のメンバーを射殺した。〈軍団〉は——ストックホルム都市圏に高品質のコカインを大量に供給する以外に——難民の子どもを誘拐して南米に送っていたのだ。

ニコラスとヴァネッサが現場に到着したときには、警察官一名と、その家の住人である目撃者がすでに死亡していた。

オーデン通りに出ると、乾いた空気が肌に心地よく感じられた。薄明るい太陽がようやく高層ビルの上に顔を出しつつある。暇を持て余した人々が、水たまりをよけながらカフェやヴィーガンバーへ向かっていた。襟元から青緑色のタトゥーをのぞかせた屈強な男がガレージの前を通り過ぎる。スキンヘッドで、片方の手で白髪の女性を支えていた。ほとんど男にもたれかかった女性は子どものように見える。

母親だろうか。女性がついてこられるように、男はゆっくりと注意深く歩いている。四十年くらい前には、男のほうが女性にしがみついていたにちがいない。

駐車場に入ると、ふたたび電話が鳴った。

殺された女性の名前はエメリ・リディエンだと判明した。

8

三十歳のニコラス・パレデスは、電気ケトルが仕事を終えるのを待ってソファから身を起こし、マグカップを取り出してスプーン一杯のネスカフェを入れ、そこに熱湯を注いだ。バルコニーのドアを開けた彼は、まぶしそうに手で日光を遮った。

隣のバルコニーでは、長い髪を緑色に染めた少女が手すりに座り、地面のはるか上で脚をぶらぶらさせていた。

「おはよう、ニコラス」少女は顔を前に向けたまま、陽気に話しかけた。

彼はカップを掲げてみせたが、何も言わなかった。

「マリファナ煙草、いる？」彼女は尋ねた。

ニコラスは首を振った。

「きみは何歳だ、セリーネ？」

「十二」

「おいおい」

「じゃあ、スクランブルエッグは？」セリーネは平然と続ける。

ニコラスがあきれ顔で彼女を見やると、生々しい青痣が目に留まった。父親の仕業だろう。あるいはクラスメイトか。本来なら一度、父親と話をするか、せめて社会福祉局に通報すべきだった。だが、当局の目を引くようなことに関わるわけにはいかない。

「スクランブルエッグ以外はつくらないのか？」

「ゆで卵もできるけど？」

「何をつくろうときみの自由だが、そうやって座るのだけはやめてくれ——心臓に悪い。俺が卵を食べたら、ハイにならないと約束するか？」

セリーネはうなずくと、手すりからぴょんと飛び降りてアパートメントの中に消えた。ふと、自分のアパートメントの郵便受けが開き、寄木張りの床に何かが落ちる音が聞こえた。ニコラスは中に入り、屈んで茶色い封筒を拾い上げた。彼の住所と名前が子どもっぽい筆跡で記されている。それを持ってふたたびバルコニーに出ると、ちょうどセリーネがフライパンを手に出てきたところだった。ニコラスはコーヒーカップからスプーンを取って味見した。セリーネが期待に満ちた目で見つめる。いつものように目玉が飛び出るほど塩辛い。

「おいしいよ」

彼は貪るように食べた。朝から何も食べていなかったのだ。「ごちそうさま」と言って口を拭い、フライパンを返す。

セリーネはそれを床に置くと、浮かない顔で手すりに腕をのせて身を乗り出した。

「今日はきっと、お互いロクな日じゃなさそう。ホロスコープ知りたい？」

返事を待たずに、バルコニーの床から新聞を拾い上げると、セリーネは声に出して読みはじめた。ニコラスは手紙の封を切った。

A4サイズの紙の真ん中に、たったひと言が書かれていた。

〝話がしたい。イヴァン〟

「どうやら最悪の一日になりそうだ」ニコラスは紙をくしゃくしゃに丸めながら言った。

「だから言ったでしょ」

9

その集合住宅はどれも三階建てで、各棟のあいだには芝生と遊び場が広がっていた。ヴァネッサはバリケードテープの前に配備された制服姿の警察官に近づくと、身分証を提示して青と白のテープをくぐった。

玄関のドアは開いていた。

「すみません」

誰かが出てくるまでのあいだに錠前を確かめた。こじ開けた形跡はない。といってもアパートメントは一階だ——開いた窓から侵入するのに曲芸は必要ない。ほどなく、白い作業服を着た女性の鑑識官が顔を出した。

ヴァネッサも作業服を着用し、鑑識官から受け取ったシューカバーとビニールの手袋をはめてから、指示された場所に足を踏み入れた。リビングでは、別の鑑識官がカメラを手にひざまずいて遺体を撮影していた。

エメリ・リディエンは寄木張りの床に仰向けに倒れ、周囲には血だまりが広がっていた。胴体から喉にかけて複数の刺創がある。虚空を見つめる目、驚いたように大きく開いた口。ヴァネッサは近づいて遺体の周りをひと回りすると、案内してくれた女性鑑識官に顔を向けた。フェイスマスクの上から、黒っぽい目と淡褐色の肌がのぞいている。

「判明していることは？」

鑑識官は親指でキッチンへ移動するよう合図した。カウンターのところで彼女がヘアキャップを取ると、ヘアネットでまとめられた豊かな——おそらく長い——髪が現われた。

年齢は三十前後で、どうやらインド系のようだ。

「第一発見者は母親です。今朝、週末のあいだ預かっていた孫娘を送り届けに来て見つけたんです」ノルウェー語訛りで説明する。「腹部と首に二十箇所以上の刺創があります。年齢は二十五歳。職業はエステティシャンで、この近くの地下でサロンを営んでいました」

「近所の住民は何か物音を聞かなかったの？」

鑑識官は肩をすくめた。

「さあ。あなたの同僚が一軒ずつ聞きこみをしています」

ヴァネッサはその鑑識官を気に入った。理解が早く、自分の意見を明確かつ簡潔に述べ、余計なことはいっさい言わない。

「携帯電話は？」

「パスワードでロックされています。先ほど、ＩＴ専門家が科学捜査研究所に送りました」

「ここでの作業は、あとどれくらいかかりそう？」ヴァネッサは尋ねた。

「ほかに何もなければ、すぐに終わります」

そのときエンジンの音が聞こえて、ヴァネッサは振り向いた。

窓の外に遺体搬送車が停まった。つい数時間前まで、夢も子ども時代の思い出も感情もあった人間の血まみれの遺体を、ふたりの男性が機械的に運ぶあいだに、ヴァネッサは寝室へ向かった。

中央に置かれたダブルベッドは整えられていた。クローゼットを開けると、服はきちんとたたまれているか、ハンガーに掛けられていた。ヴァネッサは振り向いて、ドレッサーに歩み寄った。フォトフレームに入った写真が三枚飾られている。

四人の少女と並んだ十代のエメリ・リディエンが、舌を出して、友人の頭の後ろから人さし指と小指を突き出していた。髪はプラチナブロンドで、しっかりとアイメイクを施し、上の歯には矯正装置がきらめいている。Ｔシャツには〝Ｔｏｋｉｏ Ｈｏｔｅｌ〟（ドイツで結成された四人組ロックバンド）の文字。

いまはもう生きていない人の写真を見るのは耐え難かった。いつかわたしが死んだら、誰かがこうやってわたしの写真を見るのだろうか。

ヴァネッサは写真を戻すと、もうひとつの寝室へ向かった。

窓ぎわにベビーベッドがあり、おもちゃが詰めこまれた透明のプラスチックの箱が積み重ねられている。部屋のにおいを嗅いでみると、かすかに洗剤の香りがした。窓枠に飾られているのは、ディズニーのフレームに入った写真が二枚。一枚は海辺で撮ったもので、エメリ・リディエンが娘を高く抱き上げている。親子の背後で太陽が沈みかけていた。赤ん坊は声をあげて喜んでいるようだった。

ヴァネッサはもう一枚の写真を見た。白黒で、撮影されたのは病院だ。スキンヘッドのがっしりした男が、毛布にくるまれた新生児を抱いている。男は愛情に満ちたまなざしで赤ん坊を見つめていたが、その筋肉の張りつめた腕はタトゥーに覆われていた。

「まさか……」ヴァネッサはつぶやいた。

そのとき背後から咳払いが聞こえ、彼女は写真を手にしたまま、はっと振り返った。部屋の入口に立っていたのは、年齢は四十五歳くらい、突き出した腹を長袖の緑色のTシャツに包んだ短い赤毛の男性だった。

「ヴァネッサ・フランクさんですか？」

ふたりは手袋をはめた手で握手をした。

「重大犯罪捜査班のオーヴェ・ダールバリです」

ヴァネッサはフレームを差し出して、写真の男を指さした。

「誰だか知ってますか？」

彼は目を細めて写真を見てから首を振った。

「まったく知りませんが、偏見を承知で言わせてもらえば、地元の聖書のセールスマンには見えませんね」

「カリム・ライマニ。〈セートラ・ネットワーク〉のメンバーで、傷害、麻薬、武器の不法所持、家庭内暴力で有罪判決を受けている。被害者の赤ん坊の父親です」

「いまはどこに？」

「オーケシュバーリア刑務所。わたしの記憶が確かならば」

10

ジャスミナはよろめきながらベッドサイドテーブルまで行き、いちばん上の引き出しから予備の眼鏡を取り出した。手の震えが止まらない。痙攣を起こしているかのように身震いする。

この数時間の出来事が、幾度となくまぶたの裏によみがえった。殴られた衝撃、苦痛。男たちの笑い声、酒のにおい。映像が巻き戻され、ふたたび再生される。ジャスミナはベッドで横向きになり、両手で耳をふさいだ。ギリギリと音を立てるほど強く歯を食いしばった。過呼吸になっていた。目を閉じて、どうにか映像を停止しようとする。ぼやけた姿を消去しようとする。彼女の出す声は人間のものではなかった。傷ついて、もがき苦しむ動物の声のようだった。

ジャスミナは枕を頭の上にのせた。それから仰向けになり、やわらかな生地に顔を押しつけて大声で叫んだ。生まれて初めて叫ぶかのように、全身で叫んだ。

やがて、ふたたび横向きになると、恐る恐る床に足をつけた。どれくらいベッドに横たわっていたのか、わからなかった。目を覚ましていたのか、それとも眠っていたのかも。歪んだ眼鏡を直してから、父の写真の奥に置かれた目覚まし時計に手を伸ばして自分のほうに向ける。赤い数字が十三時四十七分を示していた。立ち上がって、簡易キッチンのカウンターにあった携帯電話を見ると、十九件の不在着信が表示されていた。すべて『クヴェルスプレッセン』からだ。ハンス・ホフマンの番号は一件のみで、残りはベンクトだった。ミーティングを欠席し、記事もまだ仕上がっていない。

ジャスミナはオーブンにもたれ、口に手を当てて考えた。

レイプの被害者について、これまでにどれだけ記事や報告書を書いてきたのか？　彼女のボイスレコーダーには、決まって同じことを言う警察官の言葉が録音されていた――「被害届を出してほしい」

万が一、自分がレイプの被害に遭ったときには迷うことなく被害届を提出するだろう、とジャスミナはつねづね考えていた。自力で生きていくために。だが、警察に被害届を出せば皆に知られてしまう。同僚たちに。そうなれば〝レイプされた記者〟というレッテルを貼られるだろう。何よりも困るのは母に知られることだ。年老いた母にそんな仕打ちを与えるわけにはいかない。何があっても。

そもそも誰かに話して、あれこれ訊かれ、思い出しながら説明することなど耐えられそうになかった。少なくともいまは。

ジャスミナは戸棚を開けてスーパーマーケットの紙

袋を取り出すと、服と下着を残らず脱いで詰めこんだ。そして、のろのろとバスルームへ向かい、ひんやりしたタイルの上に脚を広げて立つと、注意深く綿棒を差しこんだ。弧を描くように動かした。続いて、もう一本を手に取って同じようにする。終わるとプラスチック容器に入れてラップで包み、からっぽの冷蔵庫に押しこんだ。

そのとき電話が鳴った。てっきりベンクトか、新聞社の誰かだと思って、ジャスミナは出た――だが、母だった。

「もしもし。邪魔したくなかったんだけど、どうしても気になって。どうなったの、例の記事は？」

ジャスミナは目を閉じた。

「もしもし？」

こぶしを握りしめ、どうにか平静を装って口を開く。

「記事にはならないわ」顔を歪めて言った。

困惑した沈黙が広がる。ジャスミナはぼんやりと宙を見つめた。

「何かあったの？」母は尋ねた。

いかにも母親らしく、心配を表に出しすぎずに、落ち着こうとしているのがわかった。

「ううん、大丈夫。予定が変更になっただけ。もっと大事な記事があったから」

「ショックでしょう」

「よくあることよ」

「そうね。よかったら、その記事を送って。ぜひ読みたいわ」

「仕事用のパソコンはオフィスにあるの」

ジャスミナは悲しそうにほほ笑んだ。嘘をつくのは大嫌いだった。

「残念ね。だったら今夜はどうするの？」母は尋ねた。

「同僚と飲みに行く予定なの」

「そう……」母は黙りこみ、言葉を探した。「何かあったら電話してね。いつでもいいから」

「待って」ジャスミナは慌てて言うと、深く息を吸いこんだ。

「なあに？」

「今夜はどうするの？」

「わたしのことはいいから。何か考えるわ」

会話を終えると、ジャスミナは電話を持ったまま、その場に立ち尽くした。やがて足を前に踏み出し、気がつくと姿見の前にいた。

右の乳首は裂けて血糊がべったりとつき、肋骨のあたりは紫色の痣になっている。彼女はさまざまな角度から写真を撮ると、自身のGメールのアドレス宛てに送ってから、仕事用の携帯電話に残さないように削除した。

それから服の入った袋をベッドの下に押しこんだものの、すぐに気が変わり、袋をつかんでゴミ箱に詰めこんだ。

すべてを忘れて、前に進むつもりだった。昨晩の出来事はなかったことにして。ジャスミナはふたたびバスルームに行き、熱い湯で男たちのにおいを洗い流した。あの連中に居場所を突き止められ、危害を加えられることが怖かった。

「わたしったら、とんだ偽善者だわ」ジャスミナはつぶやいた。

11

「つまり、そいつは仮釈放中だったと？」オーヴェは言った。

ヴァネッサはE18号線の高速道路の黒っぽいアスファルトから目を離さずにうなずいた。雨が降りしきる陰鬱な日だった。ヴァネッサは左車線に入って大型トラックを追い抜いた。

「なのに今朝、何ごともなかったかのように現われたのか？」オーヴェは信じられないといった口調で続ける。

「刑務所長はそう言ってた」

ヴァネッサが刑務所に連絡して、これから訪問する理由を説明したとき、所長は神経をとがらせていた。無理もない。カリム・ライマニが保護観察を伴わない仮釈放中にエメリ・リディエンを刺殺したのが事実だとすれば、きわめて厄介なことになる。

「まったくもって信じられない」

ヴァネッサはハンドルを切ってオーケシュバーリアを目指した。右手にゴルフコースを見ながら走り、環状交差点を直進して市の中心部に到達する。駅の付近で、オーヴェはホットドッグのスタンドを指さした。

「朝食を食べる暇がなかったから、あそこに停めてもらってもいいか？」

「もちろん」

看板によると、そのスタンドは二十四時間営業だった。これといった理由はないが、ヴァネッサはいつでも利用できる場所に惹かれた。ホテル、病院、ケバブ店、セブン-イレブン。なんとなく心が落ち着くのだ。

ふたりは毛深い腕に小麦粉をつけた男にラップサンドをひとつずつ注文してから車に戻った。

オーヴェはBMWのウッドパネルに指を走らせた。

「そういえば、きみはあの演出家と結婚していたと聞いたが。ということは、さぞ裕福なんだろうな」

ヴァネッサはラップサンドをひと口食べて飲みこむと、頬についたエビサラダのマヨネーズを拭った。

そして、ゆっくりうなずいた。

「それなりに」

オーヴェは彼女の胸元を指した。青いジャケットの合わせ目からシグザウエルがのぞいている。

「タビーへ向かう前に銃を取ってきたのか？」

「自宅に保管してあるの」

「どうして？」

「誘拐対策」

オーヴェは片眉を吊り上げた。

「本当に？　そんなに金持ちなのか？」

「じゃなくて。以前、NOVAに所属していたから。セーデルテリエには、わたしたちの行動を快く思わない人物がいた」

オーヴェの口から小エビがこぼれ、ズボンの上に落ちて、どこかへいってしまった。彼は悪態をついた。

ヴァネッサはナプキンを差し出した。

「ありがとう。怖いのか？」尋ねながら、オーヴェは車の床にあるはずの小エビを探す。

「わたしが怖いのは、鮫と税金の督促状だけ」

オーヴェはにやりとした。そのとき彼の携帯電話が鳴り出した。画面を見るなり、彼は申し訳なさそうに指を立ててみせる。

「やあ、どうしたんだい？」やさしく、おもねるような口調だ。ヴァネッサは口に手を当てて顔をそむけた。

「食べたかって？　もちろんだよ。バナナ、それにプロテイン・シェーク。ボディビルダーみたいだろ」

オーヴェは胸を叩いた。

ヴァネッサはナプキンで手を拭くと、エンジンをかけて、ゆっくりと車を発進させた。

「いつ帰れるかわからないんだ。今朝、連絡を受けて、いまから事情聴取に行くところだ。でも早く会いたいよ」

ヴァネッサは彼の妻に対する話し方に好感を抱いた。食事については嘘を言ったものの、まぎれもない温かさを感じる。女性を面倒な付属物のように扱う男は最低だ。

〝チュッ、愛してるよ〟と言って電話を切ると、オーヴェはシャツの袖をたくし上げて上腕をあらわにした。そこには小さな白い箱のようなものが取りつけられていた。

「糖尿病なんだ」彼はつぶやいた。「半年前に診断されて。妻はいつも厳しく監視している。ありがたいよ、もちろん。だけど、たまにはこっそりホットドッグ・スタンドに寄って、ラップサンドを食べて、吐いてからもうひとつ食べたくなる」

「安心して、オーヴェ。車の中で吐いたりしないかぎり、誰にも言わないから」

オーケシュバーリア刑務所に着くと、ふたりは銃と携帯電話を預け、身体検査を受けたのちに面会室に案内された。国内の他の刑務所と同じく、そこも過密状態だった。

受刑者は順番待ちリストに登録される。なかには裁判の終了後に数カ月間、東南アジアで休暇を過ごし、日焼けして英気を養ってからスウェーデンに帰国して服役する犯罪者もいる。ただし順調に事が運んだ場合だが。そうでなければ、引き続き犯罪行為を行なう者もいた。

ヴァネッサとオーヴェは椅子に座って待った。数分後、ドアが開いて、カリム・ライマニが体格のいい看守二名に付き添われて入ってきた。カリムはふたりには目を向けずに腰を下ろし、ヴァネッサの顔の左横をじっと見つめていた。

「昨晩どこにいたのかを教えてほしい」オーヴェが切り出した。

カリム・ライマニは片側に首をかしげ、ポキッと鳴らした。続いて反対側も同じようにする。

「仮釈放の申請書を読んでた」カリムは答えた。

「エメリ・リディエンとのあいだに娘がいるだろう。会ったのか？」

カリムはヴァネッサの身体を舐めまわすように見つめ、胸を凝視して舌なめずりをした。

「どうなんだ？」オーヴェは苛立たしげに尋ねる。

「なんであんな売女に会わなくちゃいけないんだ？」

カリムは腕を組んで椅子の背にもたれ、舌先を歯茎に這わせた。上唇の裏側に嚙みタバコがはさまっているのが見える。ヴァネッサは全身に禁断症状がうごめくのを感じた。

「彼女は今朝、発見された」オーヴェは告げた。「刺殺体で」

カリムは片眉を上げ、ふたりの顔を見つめた。本当に驚いているようだった。

「からかってるのか？」

ヴァネッサはぐるりと目を回した。

「よくわかったわね、カリム。わたしたちは道化師で、あなたを楽しませるためにここまで来たの。アストリッド・リンドグレーン小児病院からまっすぐ。だから質問に答えて。ゆうべはどこにいたの？」

「仲間のところさ」

もはや自信たっぷりの口調ではなかった。ヴァネッサはテーブルの上のクリアファイルにはさまった書類を指さした。

「そこに書かれた内容によると、あなたは三週間前に彼女を殺すと脅した。彼女が面会に訪れたときに」

ヴァネッサは報告書を読み上げた。沈黙。カリムは自分の手の甲を見つめている。

「なぜ言い争ってたんだ？」オーヴェは尋ねた。

「おまえの知ったことじゃないだろ。どっちにしても、どうでもいいことだ。俺はあいつには指一本触れてない」

「女性に対して攻撃的な態度を取るのは初めてじゃないでしょう」ヴァネッサは口をはさんだ。「あなたの性質なんじゃない？」

カリムは大きなげっぷをした。

「うるせえ。もう弁護士が来るまではひと言もしゃべらないからな」

12

姉のマリアを訪ねるために、ニコラスはヴァールヴェリ方面へ向かう地下鉄レッドラインに飛び乗った。彼はつい二年半前までは正規の軍人だった。だが、ナイジェリアで救出活動に失敗したせいで、特殊作戦部隊《SOG》――陸軍随一のエリート部隊――を辞めざるをえなかった。

新たな食い扶持のために、幼馴染のイヴァン・トミックとともにビブリオテークス通りにある高級時計店〈ボーゲンヒェルムス〉に強盗に入った。目当ては高級腕時計ではなく、スウェーデンでも指折りの富豪の住所が記された顧客名簿だった。

計画では、三人の実業家を誘拐し、親族に身代金を要求してからスウェーデンを出国するはずだった。

ところが、何もかもがうまくいかなかった。

イヴァンが〈軍団〉のリーダーに名簿の存在を話した。ニコラスを裏切ったのだ。ヴァネッサ・フランクが介入していなければ、ニコラスは命を落としていたか、少なくとも刑務所行きになっていただろう。見返りとして、彼はチリ南部へ向かうヴァネッサに同行し、〈軍団〉に連れ去られたシリア難民の少女ナターシャを救出した。

そしてイヴァンはオーケシュバーリア刑務所にいる。

いったいなんの用だ？

警察はニコラスの名前を把握しておらず、わざわざ調べるほど暇ではないはずだが、それでも用心するに越したことはなかった。自宅のアパートメントには約五万クローナの現金と不法所持の銃が入ったボストンバッグがある。

ニコラスが子どもだったころに比べて、ストックホルムは変わった。ますます物騒になった。学校を出たばかりの若者は手っ取り早く金を稼ごうとする。ギャングは、いわば二十四時間オープンしている職安で、成績や経歴を問われることもない。

何よりも、若者たちは社会では与えられない居場所を求めている。その気持ちはわからないでもない。ニコラス自身、そうした社会体制に対する嫌悪や不信感とともに育ったからだ。

十代のころはイヴァンとつるんで些細な違法行為を繰り返していたが、ついに業を煮やした両親が、シグトゥーナにある名門寄宿学校の奨学生に応募するよう命じた。そしてニコラスは合格した。そこでの寮生活が彼の人生を変え、やがて陸軍へと行き着く道を進ませたのだった。

地下鉄を降りると、ニコラスはホームを出て、ひと気のない市街地をゆっくりと歩き、ぬかるんだ芝生を横切った。マリアの小さなアパートメントはシニア住宅の二階にある。受付をする気にはなれず、肩越しにちらりと見てから、すぐに雨樋をよじ登ってバルコニーのドアをノックした。ガラス越しに、ソファに座っているマリアの後頭部が見える。いつものように『フレンズ』を見ていた。ニコラスはもう一度、今度は少し強くノックして顔をしかめ、首をかしげて鼻と唇をガラスに押しつけた。

マリアは笑いながら、苦労して立ち上がった。生まれつき股関節に疾患があり、右脚を引きずることを余儀なくされていた。懸命に歩いてきてドアを開ける彼女の姿を見て、ニコラスの胸に熱いものがこみ上げる。

「やあ」彼は姉を抱きしめた。

「久しぶりね」マリアは言って、身体を離した。

「おなか、すいてる？」

「ああ」

「ハンバーガーでも買いに行かない？」

ふたりは並んで歩道を歩いた。ひとり、またひとりと、地下鉄の駅から明かりの灯った集合住宅へ向かう人とすれ違う。

ニコラスは、マリアの歩き方がいつにも増してぎこちないことに気づいた。

「痛むのか？」大げさに聞こえないように気をつけながら尋ねる。マリアは特別扱いされることを嫌った。

「ええ」

「背負ってやろうか？」

彼女は怒ったようににらみつけたが、ニコラスが舌を突き出すと、冗談だと気づいた。

「バカ」笑いながら言ったが、すぐに真顔になる。

「怒らないって約束して」用心深い口調だった。

「姉さんに怒ったことがあるか？」

「パパがスウェーデンに来てるの。あなたに会いたがってる」

ニコラスは黙りこんだ。父のエドゥアルド・パレデスの姿が目に浮かぶ。母の亡きあと、父はスウェーデンを去った。喪に服してチリへ戻ったのだ。だが、その前にニコラスとの諍いもあった。一九七三年の軍事クーデターを機に軍から離れた父は、息子が兵士となったことを受け入れられなかった。

「話してみる？」

ニコラスはマリアの肩に腕を回した。

「さあね。そうしたら、姉さんはうれしいか？」

「ええ」

ふたりはファストフードの売店でハンバーガーを買った。マリアはかぶりついて食べた。ソースやレタスが口の端にも頬にもくっついている。ニコラスはナプキンをもらうと、彼女がむしゃむしゃ食べるあいだに顔を拭いてやった。

13

ベンクトの鋭い視線が突き刺さった。ノートパソコンの入ったバックパックを探したが見つからず、ジャスミナがホテル・アングレイスから電話して、記事が完成していないことを告げると、ニュース編集局に来て事情を説明するよう命じられたのだ。ベンクトは故意に三十分待たせてから、編集長室の真横にあるガラス張りの部屋へと彼女を促した。

ジャスミナはバスの中でバックパックを盗まれたと伝えた。

「まったくもって受け入れがたい言い訳だ」

ベンクトは立ち上がって腰に手を当てた。ジャスミナは自身の厚手のセーターをすばやく見た。引き裂かれたピアスホールからの出血が染みないように、セーターの下に紙をはさみこんでいた。

「これほどの無能さを見せつけられたのは、じつに久しぶりだ」ベンクトは苦々しげに言った。「記事を書き上げられなかったうえに、社のパソコンを紛失しただと？　なぜ連絡しなかった？」

「それは……」

ベンクトは手を上げて制すと、壁ぎわに歩み寄って、ガラス越しにニュース編集局をのぞいた。

「もういい。この件については編集長と相談する。きみはしばらく休みを取る予定だったな？」

ジャスミナは慌ててうなずいた。

「いいだろう。また連絡する。うちが必要としているのは信頼できる記者だ。そのことを理解してほしい」

「今夜、残って仕事をしてもかまいません。もしよければ」ジャスミナは申し出た。

ベンクトは鼻で笑った。

「出ていってくれ。すぐに」

そのときマックス・レーヴェンハウプトが部屋の外を通りかかった。ベンクトは窓ガラスを叩いて合図し、彼を招き入れた。入口ですれ違う際に、ジャスミナはマックスと目を合わせないようにした。

あいかわらず身体が震え、脚のあいだは脈打つようにズキズキする。それでもどうにか背筋を伸ばして歩き、何ごともなかったかのように振る舞った。

ハンス・ホフマンが困惑顔を向け、席を立って近づいてきた。

「送っていこう」

「大丈夫です」ジャスミナはささやいた。

「それでも」

ふたりはニュース編集局を出て、食堂を通り過ぎ、ガラスのドアの前で足を止めた。週末で受付には誰もいない。

「何があったんだ？」

「記事を仕上げられなかったんです。それにバスの中でパソコンを盗まれて。ご迷惑をおかけしたのなら、すみません」

ジャスミナは涙がこみ上げるのを感じた。ホフマンはこの新聞社でいちばん親切にしてくれた人物だ。#MeToo運動の記事を書くのにふさわしいと、ベンクトに推薦してくれた。

「なぜもっと早く連絡しなかった？　そうすれば予定を変更できただろうに」

「わかりません」

明らかにホフマンは戸惑っていた。もちろん信じてもいない。だが、ありがたいことに、それ以上は追及されなかった。

「ベンクトはなんて？」

ジャスミナは咳払いをする。喉が乾燥していた。

「また連絡すると」

ボタンを押すと、ドアのロックが音を立てて開いた。

「ジャスミナ、きみはここ数年、うちに来た記者のなかでもずば抜けて優秀だ。嘘じゃない。だから本当のことを話してくれればうれしい。だが、無理にとは言わないよ。そうしたら俺も力になれないが」

ジャスミナは胸が締めつけられるようだった。とにかく、この場から逃げ出したかった。

エレベーターで一階に下りる途中、涙があふれ出た。もうおしまいだ。

せいぜい明日、『クヴェルスプレッセン』の誰かが連絡してきて、もう戻ってこなくてもいいと言い渡されるくらいだろう。だが無理もない。自分の説明は辻褄が合っていないのだから。記者であれば、記事が締め切りに間に合いそうにない場合、すぐさま編集者に連絡すべきことは心得ている。けれどもジャスミナには、もっとましな説明を考えるだけの気力も残っていなかった。

下手をすると、閑職に追いやられるかもしれない。

つまり、残りの契約期間中はクビになることはないものの、クロスワードパズルやゴシップ雑誌の担当に降格させられる。

ジャスミナはベクショーに帰りたくてたまらなかった。母のもとに、そして退屈だが居心地のよい『スモーランズポステン』の編集チームに。

14

エレベーターの扉が開かないうちに、ニコラスは自分のアパートメントの階に人の気配を感じた。

青のキャップをかぶったセリーネが、携帯電話を手に、玄関のドアにもたれるように座っていた。彼に気づくと、ぱっと顔を輝かせる。

「締め出されちゃった。来てくれて助かった」

ニコラスは彼女の伸ばした脚をまたぎ、自宅のドアの前で足を止めて鍵を開けた。気の毒だが、十二歳の少女を自分のアパートメントに入れるわけにはいかない。

それに、セリーネのとりとめのないおしゃべりには耐えられないだろう。しばらく静かな場所で父の件について考える必要がある。

「ニコラス？」セリーネが哀れな声で訴える。「鍵を取り上げられたの。忘れたんじゃないよ、ほんとに」

ニコラスはドアを閉め、廊下に上着を掛けてからソファに腰を下ろした。玄関のベルが鳴った。彼は顔を上に向け、目を閉じた。一瞬の静寂ののち、またしてもベルが鳴る。郵便受けの開く音がした。

「入れて、お願い。外にいてもつまんなくて」

「中庭で待ってればいいだろう」

「雨降ってる」

ベルを押す間隔がだんだんと短くなる。やがて、ニコラスは彼女があきらめるつもりはないと悟った。しかたなく立ち上がって、ドアを開けた。

「ありがと」そう言って、セリーネはすべりこんできた。

彼女が靴を脱ぐあいだに、ニコラスはソファに戻った。リビングに入ってきたセリーネは、足を止め、口に手を当ててくすくす笑った。ニコラスは怪訝な顔で彼女を見た。

「どうしたんだ？」

「あのテレビ。あれってブラウン管でしょ」

「それが何か？」

「映画でしか見たことない」セリーネは彼の隣に座った。「リモコンは？」

彼女は饐えた汗の臭いがした。ニコラスは少しずつ離れた。

「見たいなら、前まで行ってボタンを押すんだ。だが、頼むから音量を抑えてくれ。少し静かに過ごしたい」

「だったら、何かつくってあげる」言いながら、セリーネは冷蔵庫へ向かう。「パパが言ってたけど、あなたたちイスラム教徒は女の人を叩いて、家事を全部やらせるんでしょ」

「まず、それは事実とは異なる。次に、俺はイスラム教徒じゃない。父親はチリの出身で、あの国ではほとんどがカトリックだ。最後に、きみは父親に叩かれているだろう」

セリーネは冷蔵庫を開けた。

「うちでは料理や掃除をするのも、あたしだけ」冷蔵庫の扉を閉めながら言う。「お金ちょうだい」

彼女は手を差し出した。

「卵を買ってくるから。それに油も」

ニコラスは空腹だった。塩を控えめにしてくれるのなら、スクランブルエッグも悪くない。彼は玄関から百クローナを取り出すと、ジャンパーをはおるセリーネをじっと見つめた。

「塩は俺が入れる。その金でほかのものを買ったら、また廊下に座るはめになるぞ。卵と油。それだけだ」

「あたしたちの友情に誓って」セリーネは十字を切りながら言った。

ニコラスはくすりと笑った。

セリーネが玄関のドアを閉めかけたとき、ニコラスは呼び止めた。ふたたびドアが開いて彼女が顔を突き出す。

「なあに？」

「デオドラントも買うといい」

「なんで？」

「臭うからだ。だから学校で意地悪をされるんだ」

「あなたの意見？」

「いや、事実だ。ちっちゃな動物が腋の下に入りこんで、そのまま死んだような臭いだぞ」

セリーネはくすくす笑いながらジャンパーのファスナーを下ろし、腋の下のにおいを嗅いで顔をしかめた。

「ほんとだ」


セリーネが戻ってくると、ニコラスはデオドラントを持ってバスルームへ行かせ、腋の下を洗ってからデオドラントを塗るように言った。ふたりとも膝に皿を置き、テレビに向かって背を丸めて無言で食べた。ときおりセリーネは腕を上げ、満足そうににおいを嗅いだ。

「嗅いでみる?」

「いや、遠慮しておこう」ニコラスはにやりとした。

それにしても、セリーネの父親はなぜしょっちゅう出かけているのか。酒に関して問題を抱えているのは明らかで、どうやって仕事を続けているのかは謎だった。だが、ニコラスは尋ねたくなかった——ひとたびセリーネが話しはじめたら、止めるのは不可能だ。やがて皿は空になり、セリーネがソファにごろりと横になるあいだに、彼は皿を食器洗い機に入れた。

「チャンネル替えてもいい?」

「音量を上げなければ」

「ゲームでもやる?」

「いや」

ドアをドンドン叩く音。

「きっとパパだ」セリーネは目に動揺を浮かべてささやいた。

その表情には見覚えがあった。小さくて無防備であることがどれほど怖いか、ニコラスは知っていた。

叩く音はどんどん大きくなる。彼はセリーネの肩に手を置いた。彼女を父親に虐待させるわけにはいかない。まだほんの子どもだ。孤独な子ども。ニコラスはもっと早く行動に移さなかったことを恥じた。自分本位な性格のせいで。

「俺が話そう」彼は言った。

「ドアを開けろ、このロリコン野郎」セリーネの父親が郵便受けを開けて怒鳴る。

ニコラスは開けた。ドアのほうへ繰り出しかけた握りこぶしを止め、引っこめた。

「俺の娘を連れこんで何してやがる? 汚らわしいアラブ人め。おまえらがどういう人種かはわかってるぞ。年端もいかない子どもに何をするか」男は吠え立てた。

そしてニコラスに軽蔑のまなざしを向ける。大きく開けた口、ぼさぼさの髪。ニコラスは微動だにしなかった。

「どけ」

セリーネの父親は強引にアパートメントに入ろうとする。ニコラスはその胸に手を当て、ドアの外へと押し戻した。セリーネに一部始終を見られたくなかったのだ。彼は自分も外に出てドアを閉めた。

「触るな、色黒め」

男がこぶしを握り、殴りかかろうとすると、ニコラスは一歩前に出て相手の腕をつかんだ。そして、そのままひねる。男の頭を壁に押しつけると同時に、激しい怒りと攻撃衝動がこみ上げるのを感じた。

「娘にこのあたりをうろついてほしくなければ、目を離さないことだな」ニコラスは言い放った。

男は逃れようともがいた。

「放せ！」大声でわめく。

ニコラスは彼の腕を押し上げた。セリーネの父親は苦痛で鼻息を荒げ、顔が真っ赤になった。

「あと一度でも夜中にあの子の泣き声が聞こえたら、バルコニーを飛び越えて窓を叩き割って、おまえを絞め殺すぞ。わかったか？」

男は息も絶え絶えだった。どうやら抵抗しても無駄だと気づいたようだ。彼は歯を食いしばってうなずいた。そしてニコラスが手を放すとシャツを直した。リュックサックを片方の肩に掛けたセリーネが廊下に立っていた。

「もう帰る」

そう言って、彼女は目を伏せたままニコラスの前を通り過ぎた。

「セリーネ？」

彼女が振り向く。

「なあに？」

ニコラスはほほ笑んだ。

「デオドラントは？」

「リュックの中」

15

ヴァネッサは『ダーゲンス・ニュヘテル』を持ってシュールブルンス通りのバー〈マクラーレン〉へ向かった。朝は読む暇がなかったのだ。店主のシェル＝アーネに挨拶してから、いつものチーズ多めのハンバーガープレートを注文し、窓ぎわのテーブルに腰を下ろす。

「ヴィーガン料理をメニューに加えたんだ――トマトソースの大豆《ビーン》粉パスタ」シェル＝アーネが自慢げに言った。

ヴァネッサは新聞から顔を上げ、ノルウェー人の店主がテーブルに置いたメニューを見た。

「客からの要望があったの？」

「いや、だがヘンリー・フォード風に言わせてもらえば、客に何が欲しいか尋ねたら、〝もっと速い馬〟と答えるに決まってるさ」

流行に乗り遅れまいとするシェル＝アーネの努力は理解できるものの、〈マクラーレン〉でヴィーガン料理のビーンパスタを注文する者がいるとは思えなかった。常連客のほとんどは、なかばアルコール依存症の生活保護受給者や慢性の病気を抱えた者で、ヴァーサスタン地区の残り少ない賃貸アパートにしがみついている。彼らは〈マクラーレン〉でビールを飲みながら、自分のアパートメントが売りに出され、引っ越しを余儀なくされるのをじっと待つ身だ。おそらく禁煙条例が施行される以前のほうが、いい匂いが漂っていた。

「あなたの店だから、好きにするといいわ」

「試してみるか？〈マクラーレン〉の歴史で最初にヴィーガン料理を注文した客になれるぞ」

ヴァネッサはにやりとした。彼女はシェル＝アーネが好きだった。自分がヴィーガンパスタを食べることで彼が喜ぶなら、それだけの価値はある。

「じゃあ持ってきて」

シェル＝アーネはこぶしを突き上げると、メニューを持ってキッチンへ急いだ。

「後悔はさせないよ」肩越しに振り向いて言う。「もし気に入ったら、次回は店の奢りだ」

カリム・ライマニはアリバイを証明できなかったため、警察は鑑識班に彼の独房を調べるよう要請した。だが、なんらかの手がかりが得られるとは思えなかった。カリム・ライマニは筋金入りの犯罪者だ。警察の捜査や法医学的証拠については熟知している。本当にエメリを殺害したのであれば、犯行時に着ていた服のまま刑務所に姿を現わすはずはないだろう。

それでも動機はある。エメリには新しい恋人がいた。月曜の午後、オーヴェと一緒に、そのイランという男性から話を聞くことになっていた。

エメリのメッタ刺しの遺体が脳裏によみがえり、ヴァネッサは新聞に集中できなかった。代わりにナターシャに近況を尋ねるメッセージを書くことも考えた。が、どうしてもその気になれない。ナターシャがゼロから人生をやり直すつもりなら、自分との関係はいっさい断ち切る必要がある。にもかかわらず、見捨てられたという気持ちを拭いきれなかったのだ。自分でも理不尽なのはわかっている。実の父親が生きていると知って、故郷に帰りたいと願うティーンエイジャーの少女を責めることはできない。

ヴァネッサは携帯電話を伏せると、無理やり新聞に視線を戻し、ナターシャのことは考えないようにした。エメリ・リディエンのことも。

そのとき電話が鳴った。

「フランク？」オーヴェだった。後ろから子どもの声が聞こえる。

「お疲れさま」

「たったいま鑑識から連絡があって――」オーヴェは話しはじめたが、女性に妨げられた。「ちょっと待って――違う、ぼくはソーセージはひと口も食べてないよ。子どもたちのために揚げたんだ」

オーヴェの妻がお説教を始めたが、すぐに換気扇の音にかき消される。

「だったらリーアムが勘違いしたんだ。ちゃんと揚がってるかどうか確かめるために、ソーセージを歯のあいだにはさんだだけだよ。今夜は最初からサラダですませるつもりだった」

ヴァネッサはにやりとした。

「すまない。秘密警察《シュターージ》に監視されてるみたいだよ。もう誰も信じられない。それより、仮釈放期間の終了時にカリムが履いていた靴の裏から何が発見されたと思う？　血痕だ。さらに、エメリのものかもしれない長い毛髪も」

「あの男……」ヴァネッサはつぶやいた。

「タブロイドは大騒ぎだ、犯人が彼だと判明したら。少なくとも、国立法医学センター《NFC》は急ピッチで鑑定を進めるそうだ。早ければ明日にも結果が出るだろう」

　統計的にはカリムの犯行である可能性が高い。スウェーデンでは、昨年一年間で二十二名の女性が男性パートナーもしくは元夫に殺害されている。さらに、殺害された女性の四人に三人が警察、病院、福祉行政に助けを求めた経験がある。

　エメリはライマニの暴行によって二度、治療を受けていた。

　仮釈放中に――別れてから三週間後に――元恋人を殺した、悪名高き凶暴なギャングは、まさしくスキャンダルだ。

　皿を手にしたシェル＝アーネがキッチンから現われた。その顔は、あたかも初めて生まれた我が子を世界に紹介しているかのように誇らしげに輝いていた。

「連絡ありがとう、オーヴェ。わたしもこれから食事だから。じゃあ明日」

「メニューは？」

「じゃあね、オーヴェ。また明日」ヴァネッサは繰り返して、電話を切った。

　シェル＝アーネが彼女の前に注意深く皿を置いた。

「どうぞ」

「おいしそう」ヴァネッサは顔を輝かせた。

　シェル＝アーネは期待に満ちたまなざしを向ける。どうやら意見を聞くまでは、この場を動くつもりはないようだ。ヴァネッサはゆっくりとフォークを手にすると、スパゲッティを巻きつけ、そっと息を吹きかけてから口の中に入れた。

　とてもおいしい。

「いいじゃない」

「だろ？」シェル＝アーネはガッツポーズをした。

「お代わりしたければ呼んでくれ」

16

鉛色の空からごく細かな雨粒が落ちてくる。ニコラスはフードをかぶり、両手を革ジャンのポケットに突っこんで歩いていた。ふたりの若者が身体を密着させて電動キックボードに乗り、すぐ横をびゅんとすり抜けていった。

右手はニブロ湾だった。群島へ向かう乗客のまばらな観光船がラッゴドゥランド湾の向こうへ消えていく。月曜だが仕事は休みで、ニコラスは閑散としたユールゴーデン島をぶらぶらと歩いていた。イヴァンと父親の件にどう対処すべきか考えながら。だが、雨の中を歩いても答えは出なかった。

地下鉄で家に帰るために王立ドラマ劇場の前の横断歩道を渡ろうとしたとき、紺色のトレンチコートを着た男性が横で足を止めた。

「ニコラスか？」

マグヌス・オーンは、ニコラスが特殊作戦部隊《SOG》に入った当時の上官だった。年齢は五十くらい、これといって特徴はないが無愛想で、スウェーデン国防軍に人生を捧げた男だ。ニコラスは手を額の横に当てて敬礼したい衝動をこらえ、その手を差し出すと、マグヌスはしっかりと握った。

「もうカールスボリにはいないと聞いたが」マグヌスはSOGの本拠地である小さな町の名を出した。

「そのとおりです」

「いまは？　何をしている？」

「引っ越し業者です」

たとえ驚いたとしても、マグヌス・オーンは表情ひとつ変えなかった。

「わたしは〈AOSリスク・グループ〉にいる」そう

言って、彼は手慣れた様子で革手袋を外して名刺を取り出すと、ニコラスの手にのせた。「ロンドンだ。わたしには環境の変化が功を奏したよ。給料も驚くほどいい。どうだ、考えてみないか。きみほど経験豊富で訓練を積んでいれば、控えめに言っても活躍の場はある。連絡をくれ。せっせと家具を運ぶことにやりがいを感じていなければの話だが。それが悪いという意味ではない。ある種の治療にはなると思うがね」

ニコラスはマグヌス・オーンの後ろ姿が視界から消えるまで見送ると、名刺をジーンズのポケットに押しこみ、フードをかぶって、ふたたび地下鉄の駅へと歩き出した。ほんの百メートルほど離れたビブリオテークス通りに〈ボーゲンヒェルムス〉がある。かつて彼が顧客名簿を入手した高級時計店だ。店主は看板に傷がつくことを恐れて警察に通報しなかった。

けれどもヴァネッサ・フランクは捜査を進め、ニコラスの逮捕寸前までこぎつけた。と思いきや、警察に協力するよう彼を説得した。いま、ニコラスがイヴァンのようにオーケシュバーリア刑務所に服役せずにすんでいるのは、ひとえに彼女のおかげだった。ヴァネッサに感謝しない日は一日たりともない。だが、連絡を取るわけにはいかなかった。あまりにも多くの危険を伴う。何しろ相手は警察官なのだから。

スウェーデンにニコラスの居場所はなかった。

だがロンドンなら……マリアとも、せいぜい数時間の距離だ。SOGを除隊となって以来、生きがいとなるものを探していた。〈AOSリスク・グループ〉については何も把握していないが、イギリスの首都に乱立する民間警備会社のひとつだということは知っていた。

ロンドンへ行けば、毎日びくびくして過ごすこともないだろう。家具を運ぶ必要もない。それにマグヌス・オーンが言うように給料がよければ、マリアに仕送りすることもできる。

試してみる価値はありそうだ。

エスカレーターでホームへ下りる途中で携帯電話が鳴った。

「おまえの父親だ」十年以上耳にしていない声の主がスペイン語で名乗った。

この瞬間を思い描いて、どれだけ眠れない夜を過ごしたことか。言うべきことは決めていたはずだった。口論を覚悟して。そっとしておいてほしいと頼むつもりだった。母の死後、どういう経緯で自分とマリアを置き去りにしたのか説明してほしいと。だが、何度となくリハーサルをしたはずの台詞は飛んでしまったようだった。

「ニコラス」父がじれったそうに言う。「聞いてるのか？」

「ああ」

「いろいろあったが、スウェーデンに戻ってきた。おまえとマリアのために。会いたい。会って話そう」

「いま？」

「いまはちょっと都合がつかないんだが……」

「そうじゃなくて、いまさら会って何を話すんだ？」

列車が勢いよく駅に入ってきた。ニコラスは別のホームへ移動した。

「ニコラス、どうしても話したいんだ。俺にとって、とても大事なことだ」

彼は刈り上げた襟足に手をやってつぶやいた。

「考えてみる」

ほとんど聞き取れない、かすれ声だった。

「おい、おまえの父親だぞ」

「だから考えてみる」

ニコラスは通話を終了すると、電話を握りしめたまま呆然とベンチに座りこんだ。ひょっとして父は病気なのか？　そのせいで正気に戻ったのか？　列車が二本停まり、乗客を詰めこんで走り去ってから、ニコラスはようやく立ち上がった。

マリアのために、と彼は考えた。マリアのためだけに。

彼はすぐさま父にメッセージを送った。

〝明日、二時に中央駅の〈カフェ・ジョヴァンニ〉で会おう〟

17

イラン・モディリのワンルームマンションは、ストックホルム、セーデルマルム地区のヴォルマル・ユクスキュル通りにあった。前科はなく、駐車違反の罰金を踏み倒したこともないコンピューター・プログラマーだ。ヴァネッサの目には、黒々とした無精ひげに、やさしい焦げ茶色の瞳が印象的な親しみやすい顔に映った。長身で、骨と皮ばかりに痩せている。

彼が泣き明かしていたのは明らかだった――充血した白目を見ればわかった。

「こんな格好ですみません」イランはグレーのジャージを指して言った。

そして、ほとんど家具のない部屋にふたりを招き入れた。目につくのは簡易キッチンとベッドのみで、壁には映画『マトリックス』のポスターが貼られているだけだった。

部屋には淀んだようなにおいが充満していて、ヴァネッサは窓ぎわへ行って換気をしたい衝動をこらえた。イランはソファを示し、自分用にデスクチェアを引き出して座った。

これはあくまで形式的な事情聴取で、嫌疑がかけられているわけではない、とオーヴェはイランに対して説明した。

「でも、誰の仕業かはどう考えても明らかでしょう」イランは苦々しく言った。

「誰ですか？」オーヴェとヴァネッサは口をそろえて問い返した。

「カリムです」

「彼女はカリムのことをなんて？」ヴァネッサは尋ねた。

イランは両手を膝に置いてため息をついた。

「ほとんど何も。海外で暮らしているとだけ。でも何かおかしいと思ったので、税務署に問い合わせて住民登録を調べてみたんです。それから……いま思うと、自分が恥ずかしいです。本当に。ある朝、彼女がシャワーを浴びているあいだに携帯をチェックしました。そうしたら、カリムから脅迫メッセージが山ほど届いていて」

「怖くなかったんですか？」

イランは引きつったような、悲しげな笑みを浮かべた。

「そりゃあビビりましたよ。だから、上司にマルメで仕事がないかどうか尋ねたんです」

「彼女とは別れるつもりで？」

イランは困惑したようにふたりを見つめ、すぐさま首を振った。

「まさか。ノーヴァと彼女も連れていくつもりでした。

彼女が殺された晩、そのことについて話したんです」

「彼女も行きたいと？」

「はい」

「心配したり、動揺したような様子はありませんでしたか？」オーヴェが尋ねた。

イランはしばらく考えてから答えた。

「ただ喜んでました。もちろん、ぼくがその話を切り出したら驚いていましたが。まだ付き合ってから日が浅かったので。だけど、すぐに感じたんです。彼女には何か特別なものがあると」彼はいったん言葉を切った。「というより、ぼく自身に。彼女と一緒にいるときの」

それから三十分して、ふたりは暇《いとま》を告げた。イランはドアを閉めようとして、ふと手を止めた。

「ひとつ訊いてもいいですか？　ノーヴァはどうしてます？　どこにいるんですか？」

ヴァネッサはオーヴェをちらりと見た。

「祖父母のところにいると聞きました。何が起きたのか、きちんと理解はしていないかと」

イランはほほ笑んだが、すぐに真顔になった。

「しばらく前に記事で読んだのですが、配偶者を殺したのに子どもの養育権を持つ男というのがいるそうです。ひょっとしてノーヴァの場合も、それに当てはまりませんか？」


オーヴェのフォードはマリアトリエットのホテル・リバルの前に駐まっていた。

外では、突如激しく降り出した雨から逃れようと人々が走っている。オーヴェはキーを差しこんで回しかけたが、ふと手を止めて胸ポケットを叩いた。

携帯電話を取り出し、画面の表示を見てから応答ボタンを押し、電話をヴァネッサに手渡す。

「トルーデ・ホヴランです」ノルウェー語訛りの女性の声。エメリのアパートメントにいた鑑識官だった。

「もしもし」ヴァネッサは答えた。「ヴァネッサ・フランクです。オーヴェはいま運転中なので」

オーヴェはワイパーを高速で動かしつつ、ホルンス通りをゆっくりと進んでいる。

「そうですか、すみません」トルーデは驚いたようだが、すぐに冷静さを取り戻した。「じつは、国立法医学センターから連絡がありました。カリムの靴に付着していた血液はエメリのものです」

ヴァネッサはオーヴェを見てうなずいた。

「毛髪は？」

「エメリです」

「ありがとう。さっそく検察官に連絡します」

ヴァネッサは電話を切ってオーヴェに顔を向けた。

「聞こえた」そう言って、彼は海岸沿いのセーデル・マーラストランドのほうへハンドルを切った。

ヴァネッサは電話を返し、エメリのアパートメントで目にした写真を思い浮かべた。あの愛らしく輝くような笑顔を。だが、もはや失われてしまった。永久に。そして、どこかに彼女の父親と母親がいる――悲しみに打ちひしがれて。

ヴァネッサは毎晩、アデリーネの穏やかな寝顔に顔を近づけ、この子をあらゆるものから守ると誓っていた。にもかかわらず、その誓いを破るはめになった。エメリの両親も同じ思いだろう。カリム・ライマニに娘を殺された。それと同時に、自分たちの命も彼に奪われたのだ。

人間の命はひとつきりだが、親は場合によっては二度、死を迎える。

雨は黒い海に激しく叩きつけ、エンジン音は雷鳴にかき消された。

オーヴェが笑った。

「何がおかしいの？」ヴァネッサは尋ねる。

「あの獰猛な連中は、数千年前にここまでやってきて――こんなクソ寒い土地に――なんでまた定住するのにうってつけだと考えたんだろうな」

18

ニコラスはドアのところで足を止めた。エドゥアルド・パレデスは〈カフェ・ジョヴァンニ〉の入口に背を向けて座っていた。店の内装は五〇年代の映画をそっくり真似たかのようだった。一方の壁に沿って亜鉛板のカウンターが置かれ、椅子やテーブルはどれも焦げ茶色の重厚な木製のものだ。髪をオールバックにした白い制服姿のウエイターが客に給仕するために列をなしている。

いまなら引き返せる。背後のストックホルム中央駅は、スーツケースを手に急ぐ人々であふれ返っていた。だが、ニコラスは足を前に踏み出した。

「やあ」父がにっこりした。

エドゥアルド・パレデスは立ち上がると、駆け寄ってニコラスを抱きしめた。父の身体は記憶にあるよりも小さく貧弱だった。子どものころに数えるほどだが抱きしめてもらったときには、巨人のハグのように感じたものだったが。いつなんどき怒号をあげるかわからない巨人。椅子を蹴りつけて壁にぶち当て、吠えながらテーブルをこぶしで叩き、起き出したかと思うとすぐに姿を消し、何日も帰ってこなかった。

エドゥアルド・パレデスはテーブルの反対側の空いている椅子を示した。ニコラスは腰を下ろす。

「最後に会ったのは……十年前だったか？」とエドゥアルド。

「十一年」

ニコラスは目をそらし、あのときのことを思い出した。ソレントゥーナのアパートメント。その数週間前に母が亡くなったばかりだった。当時、ニコラスは沿岸警備隊で兵役を務めていて、そのまま軍に残るつもりだと父に話した。

裏切り者、エドゥアルドはそう言った。裏切り者。そして背を向けた。それからドアを開け、ニコラスはアパートメントを後にした。しばらくして、父がチリに移住したと人づてに聞いた。マリアを見捨てた父を一生涯許すまいと誓った。

いま自分がこの場にいるのは姉のためだ。マリアは残された家族どうしで仲直りしてほしいと願っている。ニコラスにとっては、説明を聞くだけで十分だった。ところが、父の存在が偉大だということをあらためて思い知らされた。父を前にすると平静ではいられず、昔の無防備な少年に逆戻りしたかのようだった。

ひと言〝悪かった〟と言ってもらうだけでいい。母さんが亡くなってから、おまえたちを置き去りにして悪かった。まだ十八と十九だったおまえたちを。俺が間違っていた。

その一方で、父が重い病気だという不安も拭いきれなかった。だからこうして会いに来たのだ。彼は気遣わしげに父の顔を見つめ、健康を害している徴候がないかどうか探した。

「まだ軍にいるのか？」

ニコラスは首を振った。ウエイターがやってきたのでコーヒーを注文した。ブラックで。

「それはよかった。どっちにしても、とっくに許していたが。じつは、おまえの力を借りたい」

エドゥアルドはカップを手にして、コーヒーをひと口飲んでから、口の端にこびりついたパンのかけらを舌先で舐めた。

「つまらないことなんだが、ちょっと困ってる」エドゥアルド・パレデスはスペイン語で言った。「スウェーデンの友人をマリアの後見人として登録していたんだ。介護手当が支給されるからな。月に数千クローナ。チリで暮らすのに必要な金だった。ところが、その友人がいま、ちょっとしたトラブルに巻きこまれてて、誰かにそいつがマリアの世話をしていたことを証明してもらいたいんだ。それから、マリアにも口裏を合わせるように説得してもらいたい。俺の生活がかかってるんだ」

エドゥアルド・パレデスは内ポケットから紙を取り出すと、テーブルに置いてニコラスのほうに向けた。

ニコラスは手が震えるのを感じ、両手をテーブルの下に押しこんだ。

「それで姉さんに連絡したのか？」

「まだマリアには何も言ってない。おまえから話してもらうのが一番だ。さっきも言ったように、俺は困ってる。これを機に、もう一度やり直そうじゃないか——過去は水に流して。ここにサインするだけでいい」

エドゥアルドは紙のいちばん下の点線を指さした。

そのとき、ウエイターがコーヒーを運んできて、テーブルの上のA4サイズの紙を見つめるニコラスの前にカタカタ音を立てて置いた。

なぜ何も言えないのか？　なぜ凍りついたように座っているのか？　父は自分を犯罪に巻きこもうとしているのに。この国を離れているあいだ、エドゥアルドはずっとマリアのおかげで金を手にしていた。彼女の障害を利用して。

ニコラスは咳払いをした。

「それで連絡してきたのか？」もう一度尋ね、紙を指さす。「このために？」

自分の声ではないようだった。こわばっていた。

父はうなずいた。

ニコラスは大きく息を吸った。爪が手のひらに食いこむほど強くこぶしを握りしめる。

「俺たちに近づくな。俺にも姉さんにも二度と連絡するんじゃない」

彼はコーヒーカップをつかむと、テーブルの上の紙に中身をぶちまけた。そして席を立ち、店を出た。

第二部

もうすぐ三十歳。じきに盛りを過ぎるというのに、これまで一度も女に近づいたことがない――恋人としても、一夜限りの相手としても。いつでも門前払いだ。あからさまに。嫌われてはいないかもしれないが、軽蔑のまなざしを向けられる。余計にひどい。

――名もなき男

1

ピッツェリア〈グリマルディ〉は、地下鉄のブレーデン駅から程遠くないところにあった。店内には赤と白のクロスで覆われたテーブルが九卓あり、ガラスのカウンターには、スウェーデンのピザレストランではお馴染みのピザサラダ（千切りキャベツの酸っぱいサラダ）のボウルと、小さな容器に入ったソースが並んでいる。赤レンガの壁紙に覆われた壁にはサッカーとボクシングのポスターが貼られていたが、そのほとんどはズラタン・イブラヒモヴィッチとモハメド・アリだった。

ニコラスがテイクアウトの〝ヴェスヴィオ〟を注文し、トイレのそばの空いたテーブルに座ったのは夕方の五時十五分だった。その日は午前五時に起きて出社し、大型トラックを運転して、クングスホルメンのアパートメントから家具を運び出した。疲れ果てていた。とにかくベッドに入りたかった。こんな生活から抜け出したかった。もう限界だった。つねに後ろを振り返って、誘拐事件の共犯として逮捕されやしないかびくびくするような生活は。

ニコラスはマグヌス・オーンからもらった名刺を取り出すと、彼の番号に電話をかけた。

「ニコラスか」電話の相手が誰だか気づいて、マグヌスが言った。「連絡してくれるのを待っていた」

「お会いしたいのですが」

「来週はどうだ？」

「ロンドンで？」

「いや、来週はストックホルムにいる。二、三日したら電話するから時間を決めよう」

そのとき店の入口のチャイムが鳴った。

男ふたりと女が入ってきた。三人とも二十五歳くらいだ。

男はどちらも血気盛んで、目をぎらつかせている。手に負えないほど。ニコラスはすぐにイヴァンを思い出した。結局、彼には会わないことにした。会ってもろくなことにならないだろう。イヴァンの話には関心もなかった。ニコラスは女に目を向けた。ブルネットの巻き髪が背中にかかり、青い瞳がきらめく美人だ。彼女は片方の男の手を握っていた。

「店内でお召し上がりですか？」店員が尋ねた。

「ああ」

彼らはサラダを皿に山盛りにし、それぞれ冷蔵ケースから炭酸飲料を取って、いちばん奥のボックス席に陣取った。

あれから二日が過ぎたが、父との会話が何度となく脳裏にこだましていた。マリアに話しても意味はない。彼女を傷つけるだけだ。父に会うよう頼んだことを後悔させるだろう。

しばらくして男のひとりが席を立ち、ニコラスの脇を通ってトイレに入った。薄いドア越しに便座を下ろす音、続いて男が何やらつぶやき、大きく鼻から吸いこむ音が聞こえてきた。

やがて男は派手に鼻をすすり、トイレを流してからドアを開けた。

男が横を通り過ぎたとき、ふたたびチャイムが鳴って、ニコラスは入口に目を向けた。

帽子をかぶって顔にマフラーを巻きつけた黒服の男が入ってきた。彼は腕を身体の脇にぴたりと押しつけたまま、ニコラスの横にいた男の五十センチ手前まで来たかと思うと、腕を上げて銃を撃ち放った。男は後頭部を撃たれて吹き飛ばされ、倒れこんだテーブルが壊れた。

他の客たちは悲鳴をあげ、テーブルの下に潜りこむ。

店員は慌てて奥に引っこんだ。女性客のひとりはうつ伏せになって頭を抱え、過呼吸を起こしていた。

銃を持った男はそのまま店の奥へ進み、ボックス席で身を寄せ合ったカップルへと近づく。

ニコラスは動かずに、死んだ男を見つめていた。後頭部から血や脳が流れ出し、つややかなリノリウムの床に広がる。

倒れた拍子に男のジャンパーがめくれ上がり、ジーンズから黒光りするグロックが突き出しているのが見えた。

銃までの距離は約二メートル。ニコラスはこちらに背を向けている黒服の男を見た。窓の外では、もうひとりの黒服の男がスクーターに乗って、ピッツェリアを凝視しながら待っていた。

どうやら犯罪組織の抗争のようだ。銃を持った男はもうひとりの男を撃って仕事を終え、店を出て、スクーターの後ろに飛び乗るだろう。ドラッグ。女。敬意に対する温度差。そうしたことがきっかけとなったのかもしれない。いずれにしても、ニコラスにできることは何もなかった。下手に手を出したら警察に気づかれ、運が悪ければ、一年前の誘拐事件への関与が疑われるだろう。家宅捜索を受けるわけにはいかない。残りの五万クローナとリボルバーの入ったバッグはアパートメントに置いたままだ。マリアには、ほかに頼れる人がいない。これまで以上に自分を必要としている。

ボックス席のカップルが手を上げた。

男は銃を構えたまま、急ぐことなくふたりに近づく。

火薬の鼻をつくにおいが漂っている。

ニコラスは女から目を離さなかった。青ざめた顔で口を開くものの、言葉が出てこない様子に同情せずにはいられなかった。

彼女はおそらく無関係だろう。うかつにも恋に落ちた相手が悪かっただけだ。

ボックス席の男は挑むように立ち上がった。だが次の瞬間、仮面が裂けたかのごとく、死が目前に迫っていることに気づいた。ニコラスは目をそむけた。流血の惨事はじゅうぶん見た。ここでも、これまでにも。

銃声が轟き、ニコラスはとっさに顔を上げた。

弾は胸に命中し、男を仰向けに投げ倒した。その場に横たわった身体が痙攣している。女は銃と、撃たれた恋人を交互に見る。銃撃犯は足を開いて男を見下ろすように立ち、もう一発を胸に撃ちこんだ。

女は大声で泣き叫んでいた。

「すぐに終わる」ニコラスは窓の外を見てつぶやいた。てっきり銃を持った男は向きを変え、店を出ていくものだと思っていた。ところが男は銃を女の頭に向けた。

「いや！」彼女は叫んだ。「やめて、お願いだから！」

女は壁に身体を押しつけ、頭を抱えて縮こまりながら命乞いをする。

ニコラスは、最初に撃たれた男のウエストから突き出しているグロックを見つめた。明確な目的があり、標的から十メートルと離れていない。この距離なら撃ち損なうことはないはずだ。

彼は決断を迫られた。

2

銀幕にエンドクレジットが流れるなか、トム・リンドベックは〈グランド〉の観客席にひとり座っていた。映画を製作したスタッフに対して、なぜ誰も敬意を表することができないのか。最後の名前が消えると、トムはようやく立ち上がった。靴底の下でポップコーンがつぶれ、スニーカーがソフトドリンクのカップを蹴とばす。彼は身を屈め、カップを出口の横のゴミ箱に捨てた。

ロビーでは映画を見終えた人々が上着をはおったり、立ち止まって話をしたり、四月の空気の中に出ていったりしている。二十一歳の姪が、じれったそうにトムを見ていた。映画鑑賞は彼女からの三十三歳の誕生日プレゼントだった。

「バーに寄ってビールでも飲まない？」彼女が提案する。

「だったら一杯だけにしておこう。このあとジムへ行くから」

スヴェア通りに出ると霧雨が降っていた。トムはジャンパーを着て喉元までジッパーを上げると、スポーツバッグを肩に掛けた。

ふたりは通りを渡ってセルゲル広場へと向かった。オロフ・パルメの暗殺現場を示す銘板に差しかかると、トムは歩を緩めて階段を見上げた。首相を襲った暗殺者がマルムフィルナツ通りのほうへ走って逃げ、やがて姿が見えなくなる場面を想像する。子どものころ、トムはタイムマシンを発明し、事件の夜に戻って犯人を捕らえることを夢見ていた。尊敬される英雄になりたかったのだ。

クングス通りで〈ゴールウェイズ〉というアイリッ

シュパブを見つけた。店内は半分ほどの入りだった。低い天井。羽目板の壁。緑の革張りの長椅子。テレビ画面。ジュークボックスでかかっているザ・ポーグス。トムが腰を下ろすと、革のクッションが軋んだ。彼は初めての店に入るといつもそうするように携帯電話を取り出した。単なる好奇心もあったが、自分のいる場所をきちんと把握しておきたかった。店のホームページによると、スタッフに生粋のアイルランド人がいて、カウンターの長さがストックホルムで一、二を争うというのが売りだった。

カットヤが戻ってきて、冷たい水の入ったグラスをテーブル越しに差し出した。彼女はビールをごくりと飲むと、上唇についた泡を拭った。

「そういえば、ここだけの話なんだけど——」

カットヤは身を乗り出して声をひそめる。

「ラケルが誰と寝てるか知ってる？」

そんなこと知るわけないだろうと言いたいのをこらえて、トムは首を振った。カットヤの友人の顔を思い浮かべる。とびきりの美女。並の男には手が出ない。

「テレビ司会者のオスカル・ショーランデル。知ってるでしょ、あのTV4の。どういうこと？　既婚者なのに。しかも娘がふたりもいるのよ」

カットヤは座り直してトムの反応を待った。だが、肩透かしを食らった。トムは驚かなかった。オスカル・ショーランデルは黙っていても女性のほうから寄ってくるような男だ。

「ラケルは、彼が奥さんと別れてくれると信じてるの。現実が見えてないのよ。〝フラッシュバック〟（スウェーデンのメディア企業が運営するウェブサイト）の掲示板で、彼がどんなふうに書かれてるか見た？」

トムは水のグラスを口に運びながら首を振った。

「#MeToo運動でも槍玉に挙げられてるみたい」とカットヤ。「女と見ればすぐに手を出す。しかも奥さんに暴力を振るってる。ラケルを殴るようになるのも時間の問題ね。彼女に飽きて捨てなければの話だけど」

それを聞いてもトムは驚かなかった。女にとって、男がまともな人間であるかどうかは関係ない。大事なのはそれ以外のことだ――金、キャリア、どんな車に乗っているか、どんな服装か。トムは不細工だったが、必死にジムに通って身体を鍛えたおかげで多少は見た目がましになった。あいにく無駄な努力だったが。女性には見向きもされなかった。女はオスカル・ショーランデルみたいな男が好きなのだ。金持ちで有名で自信に満ちた男。周囲の人間を蔑《ないがし》ろにするような。カットヤも一見すると腹を立てているようだが、悲しいかな、チャンスがあれば彼女も司会者に股を開くにちがいない。

「ところで、いま付き合ってる人はいるの？」カットヤが尋ねた。

「ああ」

彼女は驚いた様子だったが、人さし指を曲げて続きを促した。

「ヘンリエッタっていうんだ」

「すてき」カットヤは声をあげた。「マッチングアプリで知り合ったの？」

数カ月前、カットヤは〝ティンダー〟でトムのためにプロフィールを設定した。ところが、あろうことか相手の希望年齢を二十七歳から四十歳までと指定した。離婚経験者、逮捕歴ありもＯＫ。トムは若い女性のほうが好みだった。男なら誰でもそうだろう――たとえ口には出さなくても。もっとも、そんなことはどうでもよかった。バツイチの訳あり女さえ、彼には関心を示さなかったのだ。

「いや、ジムだ」トムは答えた。

彼はトイレに行くために席を立ったが、もちろんカットヤの追及をかわすためだった。

トイレの順番を待つ列のそばのテーブルに、三人組の若い娘が座っていた。三人とも、とくに美人でもない平凡な顔立ちだ。トムが期待を込めた目を向けると、そのうちのひとりが不快感をあらわにし、友人に顔を近づけて何やらささやいた。三人で眉をひそめたり、くすくす笑ったりしている。トムは腹部に鋭い痛みを感じたが、それが怒りのせいなのか、それとも性的興奮のせいなのかは自分でもわからなかった。

ほとんど区別はつかなかった。

テーブルに戻ると、ふたりはほどなくビールを飲み終えた。カットヤはまっすぐ家に帰るという。自宅はブラッケバーリだ。トムはジムへ行くつもりだったが、フリードヘムスプランの駅まで彼女を送っていくことにした。

「最近は物騒だからな。何かあってからでは遅いだろう」

「ありがとう」とカットヤ。「ママが亡くなってから、頼れる人はほかにいないもの」

3

ニコラスは、若い女が殺されるのを黙って見ていることはできなかった。彼女にはまだこの先の人生がある。床を血で染めている男たちは札付きの犯罪者で、自分が何をしているのか、じゅうぶん理解しているのだ。

ニコラスは死体の腰に差してあった銃をつかんだ。銃身を握りしめた瞬間、頭が自動回転となる。彼は立ち上がり、息を吐き出しながら引き金を引いた。

弾は男の首に当たり、そのまま反対側に飛び出して壁に突き刺さった。直観的に標的よりも上を狙った。確実に殺すために訓練されたテクニックだ。

男は前のめりに倒れ、噴き出した血が女の顔にかかった。彼女は悲鳴をあげた。自分が撃たれたと思ったのだろう。

ニコラスはとっさに振り向いた。

スクーターの男が自動拳銃を構える。

「伏せろ！」ニコラスは叫ぶと同時に床にうつ伏せになった。

窓ガラスが砕け、破片が雨のように降りかかる。ガラスのかけらが腕にも腿にも突き刺さるなか、ニコラスは出口のほうへ這い進んだ。銃弾が頭上をかすめる。これからどうなるのか、生き延びるためにどうすべきかは身体が理解していた。ドアまでたどり着くと、膝をついて起き上がり、銃を構えた。

銃撃が止んだ隙に頭を突き出して、標的の位置を確かめようと体勢を整える。次の瞬間、スクーターが勢いよく走り出し、乗っていた男の背中はE４号線の高速道路方面に消えた。

ニコラスは破壊された店内を見まわした。

客はまだテーブルの下にもぐり、頭を抱えて縮こまっている。さいわいにも怪我人はいないようだった。女は顔や髪、服にも銃撃犯の血がついていたが、本当に無傷なのだろうか。ニコラスは黒服の男の死体をどかすと、手を貸して彼女を起こし、壁に背をもたせて座らせた。

「大丈夫か？」

女はうなずいて、呆然とした表情であたりを見まわした。

「名前は？」

「モリー」

彼女の恋人のほうから、かすかに喘ぐ音が聞こえてくる。ニコラスは膝をついて銃創を調べ、銃を置いて、両手で傷口を押さえた。

視界の隅で、他の客たちが這い出してきて恐る恐る立ち上がるのが見えた。泣いている者もいる。ニコラスは警察が到着する前に立ち去ろうかとも考えたが、そのほうが留まるよりも余計に疑いを招くと判断した。

彼の行動は、あくまで正当防衛で女性の命を救ったにすぎない。

「キッチンに行って、ナプキンかタオルを持ってきてくれ。出血を止める必要がある」ニコラスはモリーに命じ、彼女の恋人のシャツを引き裂いた。

最初のパトロールカーがピッツェリアの前に停まったのは三分後のことだった。ふたりの警察官――男性と女性――はサイレンを消したが、青色灯は回したままだった。打ち砕かれた窓の外に野次馬が集まり、携帯電話で混沌とした現場を写真に収めていた。

警察官が野次馬たちを大声で制する。ニコラスはモリーの恋人のわきにひざまずいて胸にタオルを押し当てていた。男はショック状態だった。脈は異様に速く、体温はみるみる下がっている。彼の身体はすでにシャットダウンを開始し、かろうじてスイッチを切らずに最低限の機能のみを維持していた。回復の見込みがあるようには思えなかった。

「救急車を！」ニコラスは振り向いて叫んだ。

「いま向かってるわ」女性の警察官が答え、ニコラスの上から男をのぞきこんだ。

「やっぱり……」彼女はつぶやくと、同僚のもとに歩み寄って何やらささやいた。

どうやら銃撃犯を知っているようだった。警察官は無線機でやりとりしている。蛍光イエローのジャンパーを着た二名の救急隊員が男のわきに屈みこんだ。ニコラスはやっとのことで立ち上がった。続々と警察官が駆けつける。バリケードテープを貼り、野次馬たちに近づかないよう大声で叫ぶ。〝うるさい、黙れ！〟と誰かが怒鳴り返す。ニコラスは映像に映りこまないように店の奥に留まっていた。そうした映像は、まず間違いなくSNSに上げられるだろう。

彼は引っくり返された椅子を元通りにして、深々と腰を下ろした。胸や手や腕には、みずからの血と、自分が撃った男の血がべっとりついている。徐々に収まっていく混乱を目で追いながら、身体に刺さったガラスの破片をいくつか引き抜いた。

救急隊員は負傷者を担架に乗せて運び出し、三人の警察官が店の客から目撃者の証言を聞き出している。男性客のひとりは、ニコラスのほうを指さしていた。

「一緒に外の車まで来ていただけますか?」

ニコラスはゆっくりと立ち上がった。女性警察官は片方の手を銃に伸ばし、厳しい顔に警戒心をにじませていた。

「身分証明書はありますか?」

ニコラスはズボンのポケットに入れていた免許証をゆっくりと取り出した。

パトロールカーの中でしばらく待つように言われ、その間、人さし指の爪で黒い内張りを引っ掻いていた。どうなるにせよ、もはや手には負えない。道徳的に考えれば、自分の行為は正しかった。あのとき黙って見ていたら、ひとりの女性が命を落としていたかもしれないのだ。あの女性は、もう一度チャンスを得た。歳を重ねるチャンスを。

車の窓の外では、私服姿の男性が最初に現場に駆けつけた警察官と話していた。年齢は四十歳前後、身長は二メートル近くあり、トレンチコートをはおって頭を剃り上げている。

しばらくして、その男性は前の座席に乗りこんでくると、大きな身体を後ろに向けた。

「ニコラス・パレデスさん」免許証を読み上げてから顔を上げる。「あそこで何があったのか、説明してもらえますか?」

ニコラスは時間をかけて、詳細かつ冷静に説明した。かつて上官に対して報告を行なっていたときのように。話を誇張したり、自分にとって不都合となりうる詳細を省いたりもしなかった。警察官はうなずきながら耳を傾け、ときどき質問をはさんだ。さいわいにも疑われている様子はなかった。

「それにしても、どうすればあんなにみごとに命中させられるんですか？　下手をしたら十二、三メートルは離れていましたよね」

「十メートルです。軍人なので。正確には軍人でした」

「いまは？」

ニコラスは首を振った。モリーは毛布にくるまって座り、救急隊員と話していた。顔は洗ったようだが、茶色の髪にはまだ乾いた血がこびりついている。

「理由を訊いてもいいですか？」警察官は尋ねた。

またしてもニコラスは首を振った。

「申し訳ありませんが。弁護士がいない場では」

相手は何やらつぶやいて体勢を変え、長い脚を動かした。アパートメントの家宅捜索が行なわれれば、現金とリボルバーが発見されるだろう。ここはなんとしてでも協力し、自宅を捜索する理由を与えてはならない。

「いつになったら帰れるんですか？」ニコラスは思いきって尋ねた。

「もうしばらくかかります」

「ひょっとして、何か疑われているんですか？」

「いいえ――いまのところは。しかし、あなたは人を撃ち殺している。警察署まで同行していただき、引き続き事情聴取を受けてもらうことになるでしょう」

4

ヴァネッサは靴を脱ぐと、椅子の背にもたれてデスクに足をのせた。国家警察殺人捜査課のオフィスには誰もいなかった。同僚たちは皆、家族やペット、楽しみが待つ我が家へと帰ったが、ヴァネッサは一時間かけてカリム・ライマニの犯罪経歴書を読み直した。

カリム・ライマニは典型的な凶悪犯だ。最初に警察沙汰を起こしたのは、まだ十四歳のときだった。同い年の少年に暴力を振るったのだ。麻薬、武器密売、暴行、加重暴行、強盗。これまでに合計で四度、収監されている。

オーケシュバーリア刑務所の独房で、エメリの血液が底にこびりついた靴が発見された。刑務所の監視カメラによって、カリムが仮釈放から戻った際に履いていたのと同じ靴だと証明されている。さらに、彼の着ていたジャンパーからエメリの毛髪が一本見つかった。カリムと弁護士は、以前に会った際に付着したものだと異議を唱えたが、エメリはその一週間前に美容院で髪を染めていた。

また、血液についても説明できなかったが、カリムは仮釈放の期間中にはタビーを訪れていないと主張していた。

動機および法医学的証拠は、カリム・ライマニが犯人であることを示している。ヴァネッサは電話帳をスクロールし、オーヴェの番号を見つけて発信ボタンを押すと、席を立ってコーヒーマシンに向かった。

「いま忙しい？」彼女は尋ねた。

「アイスホッケーをやってる」

「冬にやるものじゃないの？」

「コンピューターゲームだ。息子と」

なんだかんだ言っても物事は進歩している、とヴァネッサは考えた。少なくとも父親の役割は。仕事一筋だった彼女自身の父の場合、一緒にゲームをするのはおろか、子どもたちの生活に少しでも関心を示すことさえ想像もできなかった。

背後で男の子の歓声が聞こえる。

「ぼくの負けです」

「いま、カリムの前科を調べているんだけど」ヴァネッサは言った。「とにかく凶暴で、虫唾が走るような男。薬はやるし、女性を殴るし」

「で？」

「だけど、ばかじゃない」

「ノーベル賞を取るほどでもないけど」オーヴェはくすくす笑った。

「根っからの犯罪者。警察の捜査や法医学に関する知識は、おそらくあなたやわたしにも引けを取らない。なのに、人を殺してから靴を履き替えるのを忘れて刑務所へ戻った。それだけじゃない。ジャンパーも同じものを着てる」

「彼女に捨てられたんだ。別の男のせいで。プライドを傷つけられた。はらわたが煮えくり返った。野蛮な男が別れた妻や恋人を殺すのは、いまに始まった話じゃない」

ヴァネッサはコーヒーマシンの前で足を止めた。

「でも、普通は逃げようとしない？　わたしたちがまず彼女の身近で前科のある人物を調べるというのは、わかってたはずでしょ」

ボタンを押すと機械は目を覚まし、湯気を立てたブラックコーヒーがカップに注がれる。

「いいか、ヴァネッサ。ああいう連中の頭の中がどうなっているのか、ぼくには理解できない。だが、法医学的証拠がすべてを物語っている。統計も同じだ。カリム・ライマニは、エメリに振られた腹いせで彼女を殺害した」

ヴァネッサはデスクに戻ると、マウスを動かして『クヴェルスプレッセン』のホームページをチェックした。他紙に先駆けて、最新の銃撃事件を報じている。現場はストックホルム近郊のブレーデン。死者二名、重傷者一名。粒子の粗い画像には、ピッツェリアに入る鑑識班、粉々に割れた窓、険しい表情をした制服姿の警察官が写っている。ストックホルム暗黒街ではありふれた夜の光景。

カリムのファイルを鍵付きのキャビネットに戻す前に、ヴァネッサはもう一度だけエメリ・リディエンの遺体の写真を見た。

エレベーターを降りると、警察車両がずらりと並んだ駐車場の奥へと向かった。カリム・ライマニのような男は自制が効かない。一般市民との違いは、その点に尽きる。どんな些細なことでも、思いどおりにいかなければ侮辱されたと感じる。つねに憎しみを外に向け、自分自身を顧みるようなことはしない。

そのとき駐車場のゲートが開いて、一台のパトロールカーが入ってきた。

車はヴァネッサの目の前に回りこむと、エンジン音が静かになり、両側のドアが開いた。双方から警察官が降り立ち、彼女に気づいて手を上げた。ヴァネッサは彼らに近づいた。

「南地区の留置場に空きがなかったので、急遽、こちらに連れてきました」

ヴァネッサは後部座席をのぞきこもうとした。

「ブレーデンの銃撃事件？」

男性警察官がうなずいた。顔色が悪く、憔悴しているようだった。

「現場の状況は？」

「かなりひどいです」彼はすぐさま答えた。「死亡者二名。いま、こうしているあいだにも、もう一名増えると思われます。店は血まみれで、ガラスの破片が散乱していますｊ」

女性警察官が後部座席のドアを開けた。出てきた男はヴァネッサに背を向けていた。にもかかわらず、彼女はどこか見覚えがあるとすぐに気づいた。

白いTシャツには血が飛び散り、腕には包帯が巻かれている。男は女性警察官に促されて車を回り、ヴァネッサの横を通り過ぎてエレベーターへと向かった。

わずか〇・五秒間、ニコラスとヴァネッサは見つめ合った。どちらも、面識があることはおくびにも出さなかった。ヴァネッサは男性警察官に向き直り、ぽんと肩を叩いた。

「今夜はこれ以上、何もないといいけれど」

「本当に」そう言って、彼はニコラスと女性警察官の後を追った。

ヴァネッサは三人が立ち去るのを見送った。

なぜニコラスがブレーデンの銃撃事件に関わっているのか？　ピッツェリアで処刑を実行したのは彼だったのか？

――そして姉に対して愛情と思いやりにあふれていた。

その一方で、別の顔もあった。ニコラス・パレデスほど暴力の能力を備えた人物に、ヴァネッサは会ったことがなかった。国防省は彼の訓練に数百万クローナを投資した。特殊作戦部隊の隊員として、ニコラスは人を殺す訓練を受けた。速やかに、効果的に、感情に流されずに。

まさかストリートギャングに雇われたのか？

だが、それは彼のイメージにはそぐわなかった。ニコラスは正義感が強く、意味のない暴力に関わったりはしない。

カリムとは違う。

万が一、ニコラスが厄介な状況にあるとしたら、なんとしてでも助けなければならない――一年前、彼は自分のために何度も命を危険にさらした。ナターシャを捜すために、ともに南米大陸の果てへと向かったのだ。ニコラスがいなかったら、自分もナターシャもいまごろ生きてはいないだろう。

せめて何があったのかを明らかにしなければならない。ヴァネッサは急ぎ足でエレベーターに戻った。

5

トムはスポーツバッグを肩に掛けてサント・エリクス通りをまっすぐ進んだ。ジムのドアを開け、受付の男性に挨拶をしてから会員証を端末にかざす。

レギンスに薄いタンクトップやハーフトップ姿の女性たちが、クロストレーナーやトレッドミルで息を弾ませて汗を流し、筋骨たくましい男性たちはバーベルを上げ、低いうめき声を漏らしつつ筋肉を緊張させていた。

トムは空いているロッカーを見つけて着替えた。

まずはトラックパンツをはき、鏡の前を歩いて上半身をチェックする。テストステロンの注射のおかげで肩幅が広くなり、ひげも濃くなった。とはいっても毎朝、丁寧に剃っている。彼は紳士で、そこらの薄汚い男ではない。次に後ろを向いて背中を確かめた。一面、にきびや染みで覆われている。あるとき同僚に着替えを見られ、チーズおろし器の上で寝たのかとからかわれた。皆に笑われた。いくら慣れているとはいえ、トムは笑い者にされることにうんざりしていた。

ドアが開き、バーベルが床に落ちる音が更衣室まで入りこんでくる。筋肉質でがっしりしたあごの移民の男が、白いレスリング用タンクトップから汗ばんだ上腕二頭筋をひけらかして入ってきた。

トムは鏡から離れた。虚勢を張っているようには見られたくなかった。

ジャンパーを着ながら新顔の様子をこっそりうかがった。男は腰を下ろしてツナ缶を取り出した。チンピラ風の外見だ。おおかたスタイル抜群のブロンド美女と付き合っているのだろう。きっとふたりでジムに来ているにちがいない。終わったら家に帰るのか？　一緒にシャワーを浴びるのか？

男はトムにはまったく関心を払わず、大きなげっぷをしてタンクトップを脱ぎ捨てた。

フェイスブックには、女性向けの非公開グループが存在する。男性立入禁止ゾーンなどと呼ばれ、セックスや生理やデートなどに関する議論が行なわれている。トムは偽のプロフィールを利用して、いくつかのグループに参加していた。彼女たちが行きずりの関係を持った軟弱で不器用な男は、容赦なくこき下ろされた。〝本物の男〟に〝まともに挿入されたい〟と書きこむ女性もいた。ペニスのサイズについて意見を交わし、ベッドで満足させてくれない男にはダメ出しをする。男女平等論に逆行していないのか？　トムにはまったく理解できなかった。そこで、もうひとりの自分が悩んでいるさまざまな状況を仮定して、彼女たちに質問を投げかけた。その親密なやりとりに興奮を覚えた。現実の世界では、女性に話しかけられることもないのだ。

彼は身を屈めて靴紐を結んだ。

チンピラ風の男はツナを食べ終え、投球モーションを試みた。缶は弧を描いて飛んだが、ゴミ箱には入らず、壁に当たって床に転がった。男はそのまま立ち去った。


トムはベンチに仰向けになって胸を上下させていた。一セット四回を八セット。ダンベルは左右二十六キロずつ。かつてないほど強くなっている。白い肌の下で筋肉はきらめきを放ち、波打っていた。

わずか数年前まで鳥のような痩せぎすな身体だったのが嘘のようだ。

彼は眼鏡をタオルで拭いてから、かけ直した。

斜め後ろでは、二十歳くらいの若い女性がデッドリフトに勤しんでいた。アッシュブロンドの髪を頭のてっぺんできっちり丸めている。ひと息つくあいだに、トムは思わず振り向いて見た。彼女は困惑した様子でこちらをにらみつける。ヘンリエッタは姿を現わさなかった。何をしているのか、インスタグラムで確かめようとしたが、その日は朝から何も投稿されていなかった。

トムはふたたびベンチに仰向けになり、ダンベルを手にトレーニングを始めた。終盤に差しかかると、目をつぶり、食いしばった歯のあいだからうめき声が漏れはじめる。負荷がかかるあまり歯がぎしぎし音を立てる。乳酸がたまっていく。彼はダンベルを床に落とすと、喘ぎながらその場にぐったりと座りこんだ。ふと顔を上げると、驚いたことにあの女性が目の前に立って見下ろしていた。

「じろじろ見ないで」彼女はぴしゃりと言った。「でないと、受付に言いに行くから」

トムは背筋を伸ばした。周囲の男たちが嫌悪のまなざしを向けている。彼は立ち上がり、鏡の横のスタンドにダンベルを戻すと、今度はトレッドミルへ向かった。何年もかけて身体を鍛え上げ、限界まで追いこみ、テストステロンをたっぷり注入しても、結局は何も変わらなかった。自分には女性に嫌われる何かがある。軽蔑されるのは、もうたくさんだ。頭脳は優秀なはずだった――ルービックキューブをすべて揃えるのに一分もかからない。もっとも、世界記録の四・七三秒には遠く及ばないが。それでも、もし金持ちだったり、スポーツのスター選手やテレビの人気者だったりすれば、女性は群がってきたにちがいない。

だが、現実には醜くて貧乏だった。負け犬。独りで暮らし、死ぬときも独りだろう。カットヤを除けば、関心を寄せてくれる者は誰もいない。トムはトレッドミルのプログラムを設定し、数分間、黙々と走りつづけてからペーパータオルで汗を拭った。

更衣室へ戻る途中、鏡の前を通り過ぎた際に、背後でふたりの女性が眉をひそめているのが見えた。そういえば、長らくトレーニングウェアを洗っていない。たぶん臭うのだろう。だが、トムはそれ以上気にせずに、ジムを変えることにした。この半年で四度目だ。それでもヘンリエッタには会えるかもしれない。彼はシャワーを浴びずに着替え、ジーンズ、シャツ、ジャンパーを身に着けて、頭にキャップをかぶった。

服が身体に張りつく。かつてないほど憎しみが燃え上がる。それとも苦悩なのか。孤独で、拒絶され、つねに蔑《ないがし》ろにされることに対する。誰からも、ありとあらゆるものからも。

6

逮捕者は七階の留置場に収監される前に、三階下の留置管理官のもとへ連れていかれた。ヴァネッサはエレベーターを降りると、パンツで手のひらの汗を拭った。ニコラスは頭を垂れ、腿に肘をついて木のベンチに座っていた。顔を上げようともしなかった。アクリル製樹脂ガラスの仕切りの向こう側で、先ほど駐車場で話をした警察官が逮捕報告書を記入している。銃撃事件の発生場所がブレーデンであることを考えると、同僚の女性警察官は、ニコラスをフレミングスベリの留置場ではなくクングスホルメンへ連れてきた理由を留置管理官に説明しているにちがいない。

ヴァネッサは、あいかわらずこちらを見ようとしないニコラスの前を通り過ぎ、同僚に近づいて、アクリルガラスの仕切りを叩いた。

警察官は驚いて顔を上げた。

「何か？」

「別の事件で彼に会ったことがあるのを思い出したんだけど」ヴァネッサはニコラスを指して言った。「なぜ彼がここに？」

「われわれが把握しているかぎりでは、彼はひとりを撃ち殺しています。少し厄介な状況でして。目撃者によると、女性を助けようとして発砲したそうです。ひと晩留置してから、家宅捜索を行なって、彼がギャングのメンバーではないことを裏付けするつもりです」

警察官はふたたびペンを手にした。ヴァネッサは動揺を抑えた。怪しまれてはいけない。

「少し話をしても？」

同僚は訝しげな目を向ける。

「どうしてですか？」

「さっきも言ったように、彼は別の事件に関わっていて、いくつか訊きたいことがあるの」

警察官は肩をすくめた。

「どうぞ。ただ、もうじき南地区重大犯罪捜査班の捜査官が来て事情聴取を行なうことになっているので、急いだほうがいいですよ」

ヴァネッサはベンチに歩み寄ると、ニコラスの横に立って警察官に背を向けた。

「あなたを助けるために、できることはしようと思う。だけど、その前に質問に答えて。なぜここにいるの？」声をひそめて尋ねる。

「あいつは女も撃とうとしていた」ニコラスはつぶやいた。

「あいつ？」

「ほかの奴らを撃った男だ。ピッツェリアで。彼女も処刑しようとした。だから最初に殺された奴の銃を拾って、あいつを殺した」

嘘ではない、ヴァネッサはとっさにそう判断した。

そして胸を撫で下ろした。

「自宅に見られて困るものはある？」

ニコラスは驚いて彼女を見上げた。

「なぜそんなことを訊く？」

「もうすぐ家宅捜索が行なわれるから」

ニコラスは目を閉じて、歯を食いしばった。

「バスタブの裏に、現金の詰まった黒いバッグがある。それから銃も」

「誘拐で手にしたお金？」

ニコラスはゆっくりとうなずいた。ヴァネッサはすばやく考えをめぐらせた。彼は友人だ。少なくとも、心から大事に思っている数少ない人間のひとりだ。チリでは、自分とナターシャのために命を懸けてくれた。ニコラスがいなかったら、いまごろはコロニア・ラインの集団墓地で朽ち果てていただろう。

だから彼を助けなければならない。たとえ法を犯すことになっても。

ことになっても。すべてのキャリアを棒に振る覚悟で。キャリアを失えば何も残らない。それでもニコラスのためにできることをやらなければ、恩を仇で返すことになる。そのほうが耐え難い、ヴァネッサはそう判断した。

「住所は？　どうやって入ればいいの？」

部屋の反対側から話し声が聞こえてきた。警察官が留置管理官とともに近づいてくる。ニコラスに対して、ここに連れてこられた理由を知っているかどうか確認し、怪我や病気の有無、特定の国選弁護人の希望について尋ねるためだ。

「ブレーデン、オルグリーテ通り十四C」ニコラスはささやいた。「暗証番号は一一三二。四階。隣のアパートメントを訪ねてくれ。ドアに〝ウッド〟という表札が出ている。セリーネが中に入れてくれるはずだ」

ヴァネッサはカーナビを見て高速道路を降りた。ほどなく、徐行運転でブレーデンのショッピングエリアを抜けたが、十人以上の野次馬がまだバリケードテープの周辺にたむろしていた。捜査官が目撃者に対する事情聴取に手間を取られ、ニコラスのアパートメントに来ていないことを願った。このときばかりは人手不足に感謝した。オルグリーテ通りに入り、アパートメントの入口の百メートルほど手前に車を駐める。

警察車両は見当たらなかった。ヴァネッサは暗証番号を入力し、四階まで階段を上った。錠をこじ開けて侵入した形跡はなかった。あとはそのセリーネという人物から合鍵を借りるだけでいい。

ヴァネッサはベルを押した。

次の瞬間、〝フェミナチ〟（アメリカ合衆国における急進的フェミニストに対する蔑称）の文字がプリントされた色褪せたTシャツ姿の少女と顔を突き合わせていた。

「はい？」少女は挑むようにヴァネッサをじろじろ見た。

「セリーネに会いたいんだけど」そう言って、ヴァネッサは少女の肩越しにアパートメントの中をのぞきこんだ。

「誰が？」

「わたし」

少女は片眉を上げた。

「ソーシャルサービスの人？」

「いいえ」

「カルト宗教の勧誘？」

「いいえ」

「だったら、なんの用？　警察か何か？　だとしたら弁護士を呼んで」

「たしかに警察だけど、弁護士は必要ない。ニコラスのために来たの」

「ニコラスなんて人、知らない」セリーネは語気を強め、ドアを閉めようとした。ヴァネッサはとっさに隙間に爪先を押しこんだ。

「じつは、彼がちょっと困ったことになって、彼の部屋に入らないといけないの。すぐに。セリーネに話せば手を貸してくれるって聞いたから」

セリーネは鼻で笑った。

「そんなこと信じると思ってるの？　さっさと帰って、年金生活者でも騙せば？」

「嘘じゃない。ニコラスに頼まれたの。知り合いなの」

「証明して」

「どうやって？」

セリーネは肩をすくめた。

「自分で考えてよ」

「五百クローナでどう？」

「それっぽっちで友だちを売ると思う？」

「千なら？」

セリーネは唇を噛んで、ゆっくりと首を振った。

「お金は受け取れない」

ヴァネッサは廊下を振り返った。もう時間がない。いつ同僚が現われてもおかしくないだろう。

「セリーネ、あなたはニコラスが好きなのね。わたしもそう。だからここに来た。どうしても彼の部屋に入らないといけなくて。彼はあなたの名前を出した。つまり、あなたを信頼してるってこと。わたしを信頼してるのと同じように。だから、ふたりで彼を助けるために、わたしを中に入れてちょうだい」

セリーネはヴァネッサを見つめてうなずくと、一歩後ろに下がった。ヴァネッサが入ろうとしたとき、少女は人さし指を立てた。

「騙したら後悔するからね」

セリーネはくるりと背を向けると、立てたままの人さし指でついてくるよう合図した。そして部屋を突っ切ったかと思うと、バルコニーのドアを開けた。

「乗り越えて」

ヴァネッサは少女を見て、それからニコラスのバルコニーのドアを見た。開けっ放しのドアに、自分がニコラスを誤解していたと気づく。合鍵などなかった。

彼女は手すりに近づいて、両手を置いた。ふたつのバルコニーは五十センチほど離れている。不安はあるが、乗り越えられない距離ではない。

「手袋はある?」

セリーネが部屋に戻っているあいだに、ヴァネッサは手すりによじ登り、慎重に身を乗り出した。そしてニコラスの側のバルコニーに移ってから、セリーネが戻ってくるのを待った。万が一、同僚が現金の入ったバッグを見つけて、そこにヴァネッサの指紋がついていたら、理由を説明するのは困難だろう。

彼女はセリーネが投げてよこした黒い手袋をはめた。暗いアパートメントの中で何度か瞬きをする。

ニコラスを助けるためとはいえ、彼の家にいるのは奇妙な気分だった。あれだけの経験をともにしたにもかかわらず、いまだに彼はいろいろな意味で謎だった。

思わず寝室の前で足を止め、中をのぞいてみる。ベッドはきちんと整えられていた。

バスルームに入ると、ヴァネッサは灰色のタイルにひざまずいてバスタブの下をのぞきこんだ。黒いボストンバッグが壁ぎわに押しこまれている。彼女は立ち上がると、屈んでバスタブを揺すり、バッグを引っ張り出した。ふたたび寝室を通りかかったとき、階段のほうから声や足音が聞こえてきた。

次の瞬間、玄関のドアのハンドルが押し下げられた。

7

「トゥーヴァが話があるそうだ」ベンクトはジャスミナに告げた。

「いまですか?」

「ああ」

日曜に締め切りに間に合わずに叱責されて以来、ニュース編集局に顔を出したのは初めてだった。その翌日にベンクトから電話があり、木曜に出社するよう言われたが、具体的な状況の説明はなかった。

休みのあいだじゅう、ジャスミナは家の中で過ごした。もっぱらサンドイッチを食べた。じっと壁を見つめていた。ネットフリックスを見ようとしたが、暴力や性的な場面に差しかかると吐き気を催した。唯一アパートメントの外に出たのは、サンドイッチ用のクリスプブレッドとハムを買いに行くときだった。帰ってきたとき、男性がドアを押さえるために彼女に声をかけ、それから一緒にエレベーターに乗りこんできた。上階へ向かうあいだじゅう、ジャスミナは震えが止まらなかった。降りる階に着くなり、エレベーターを飛び出して格子扉を閉め、すぐさま自宅のドアに鍵をかけた。怖がりたくはなかったが、怖がらずにはいられない。見知らぬ男は皆、襲いかかってくるように思えてならなかった。

ジャスミナは編集長室のドアをノックした。トゥーヴァ・アルゴットソンは彼女に気づくと、招き入れて立ち上がった。青いピンストライプのパンツスーツに身を包んだトゥーヴァは、もともとの長身がいっそう高く見えた。

これまで編集長とふたりで話す機会はなかった。自分をこの新聞に呼び寄せた女性について、ジャスミナが知っているのは、彼女が業界紙で宣伝記事について短く言及したコメントのみだった。私生活は謎に包まれていて、家族がいるのかどうかもわからなかった。

「ドアを閉めてもらえるかしら」トゥーヴァは言った。「今日はもうひとり来ることになっているの。あなたが来たことを知らせるわ」

彼女は携帯電話を取り出して、相手が出るまで待った。

「すぐに来てちょうだい」素っ気なく命じる。

トゥーヴァはデスクに座ると、ハイヒールを脱いで床に放り、顔を歪めて親指の付け根をマッサージしはじめた。

ジャスミナは立ったまま、こっそりジーンズで手のひらを拭った。

「ここは軍ではないのよ、ジャスミナ。椅子を勧められるまで待つ必要はないわ」

ジャスミナは慌てて腰を下ろした。依然として下腹部に痛みを感じたが、歯を食いしばってこらえた。

「待っているあいだに、これを読んで」そう言って、トゥーヴァはデスクの上にあった『クヴェルスプレッセン』を差し出した。「十四ページから」

「はい」

ジャスミナは新聞を手にして、指示されたページを開いた。

〝社会民主労働党トップ、女性議員と贅沢三昧の海外旅行――国民の税金で〟という見出しの下に、満面の笑みをたたえるウィリアム・バリストランドの写真が掲載されている。経費申請書によると、旅行は党大会に出席するための出張だったが、実際には党大会は開催されておらず、議員は女性議員とともに贅沢な滞在と高級レストランでの食事を楽しんだ。

署名欄のマックス・レーヴェンハウプトの写真がジャスミナを見つめていた。

トゥーヴァは、考えや感情はいっさい顔に出さずにじっと見守っている。ドアをノックする音がして、ハンス・ホフマンが入ってきた。彼は椅子を引き出すと、ジャスミナの隣、トゥーヴァの向かい側に置いた。その表情は不機嫌で、ひどく怒っているようにも見えた。

ジャスミナは新聞を膝の上に置いたまま折りたたんだ。

「いい記事でしょう？　国じゅうが大騒ぎだわ。各地で売り上げがアップしてる」トゥーヴァは静かにジャスミナを見ながら言った。

「はい。ずっと家にいたので」ジャスミナはそれだけ言った。「まだ見てない？」

ハンス・ホフマンが彼女に向き直る。

「領収書。ホテルの滞在。レストラン。全部きみが調べたことだろう。署名欄でレーヴェンの野郎がニヤついてるのは、どういうわけなんだ？」

「きみ、いまこっちにいなかったか?」と男の声。

「いないけど」セリーネはとぼける。「あなた、誰?」

バルコニーの床にしゃがみこんだヴァネッサが金網の下からのぞくと、ニコラスのバルコニーに黒い靴が見えた。

「警察だ」男は答えた。「本当にそっちにいたのか? 誰かが飛び越えたような音がしたが」

疑うような口調だった。セリーネは手すりを蹴った。

「こんな音じゃなかった?「腹が立つことを考えると、つい物に当たっちゃうの。パパにやめろって言われてるから、たいていはパパが留守のときだけど」

「そっちには、ほかに誰もいないのか?」警察官が尋ねた。

「いない。あたしと、あたしの悪魔だけ」セリーネは芝居がかったため息をつく。

しばらく沈黙が流れた。

8

ヴァネッサはリビングを駆け抜け、バルコニーのドアを閉めてバッグを放った。セリーネはしきりに手を振って、急ぐよう合図している。

ヴァネッサは手すりによじ登ると、弾みをつけて宙に身を躍らせた。

だが、反対側の手すりに思いきり膝をぶつけ、必死にしがみついて、火事場の馬鹿力でどうにか這い上がった。アパートメントの中から、誰かが急いで近づいてくる音が聞こえる。ヴァネッサは床に身を伏せ、セリーネのバルコニーを囲む金網の陰に隠れた。

セリーネは足元にバッグを置いたまま、その場にじっと佇んで、景色を眺めているふりをする。

「わかった。邪魔して悪かったな」

「気にしないで」

警察官はニコラスのアパートメントに戻り、バルコニーのドアは閉まった。この大胆で一風変わった少女に、ヴァネッサはすっかり感心した。そのまま目の前のバッグを押しやりながら床を這い、敷居を越えて、キッチン兼リビングに入る。

やっとのことでソファに座ると、ヴァネッサは顔をしかめて痛む膝の具合を確かめた。そのとき、ようやくアパートメントの荒れ果てた様子に気づいた。大きなひびの入った天井。剝がれた壁紙。おんぼろの家具。染みだらけのソファ。

セリーネがバルコニーのドアを閉めた。

「どうする？　まだしばらくはじっとしてたほうがいい？」関心なさそうに尋ねる。

「そうしてもらえる？」

「かまわないけど。スクランブルエッグ食べる？」

「いただくわ」

「ニコラスには、いつも塩を入れすぎだって言われるけど」

「小心者だから」

セリーネは、そのとおりだと言わんばかりにうなずく。

「それ、いつも言ってる」

セリーネはフライパンを用意すると、冷蔵庫を開けて卵をいくつか取り出した。彼女が背を向けているあいだに、ヴァネッサはすばやくバッグの中身を確かめた――確かに現金とリボルバーが入っている。

「ご両親は？」

「ママは死んだ。癌。パパはたぶんそのへんで酔いつぶれてる。イギリス人なの。生まれはハル。なんて呼ばれてる場所だか知ってる？」

ヴァネッサは首を振った。

「イギリスの腋の下」

ヴァネッサはほほ笑んだ。そして部屋を見まわし、荒れ放題のアパートメントにもかかわらず臭わないことに気づいた。それどころか床は洗剤のにおいがする。おそらくセリーネがきちんと掃除をしているにちがいない。貧困とは切っても切り離せない悪臭を寄せつけないために努力しているのだ。

「できるまでネットフリックスでも見てる？」セリーネが尋ねた。「ここ何カ月か、パパが料金を滞納してるから、ニコラスのＷｉ‐Ｆｉを使ってるの」

「いまはのんびりおしゃべりしない？　それにしても、パスワードはどうやって入手したの？」

「いつもバルコニーのドアが開けっ放しだから、ちょっと入って、ルーターの下をのぞいてみたら書いてあったというわけ。でも、彼には内緒にして。きっといい顔しないから」

「わかった」

「ニコラスとはどこで知り合ったの？」尋ねながら、セリーネはフライパンに油を入れてコンロに置いた。

ヴァネッサはソファの背にもたれた。

ニコラスのアパートメントから声や足音が聞こえてくる。

ふと、まだ手袋をはめていたことに気づいて外し、ジャケットをソファの肘掛けに置いた。

「しばらく前に、彼に助けてもらったことがあって」

セリーネはボウルに卵を割り入れ、からかうように眉を吊り上げた。

「好きなの？」

ヴァネッサは笑った。

「まさか」

沈黙が流れる。セリーネは上唇を舐めながら卵を溶きほぐした。

「あなたは？　彼が好きなの？」ヴァネッサはためらいがちに訊いてみた。

「どうかな……でも、昔から年上の男の人に惹かれるかも」そう言って、セリーネは卵液をフライパンに流しこんだ。
「わたしも」ヴァネッサはため息をついた。

第三部

世間からは嫌われているが、俺たちは人間だ。俺たちのことを気にかける奴は誰ひとりいない。だから身を守るために暴力に訴え、社会を思いどおりにするしかない。

——名もなき男

1

吹きつける風が深緑色の防水シートを引き裂いた。五十一歳のボリエ・ロディーンはエーヴァ・リンドを抱き寄せて温めた。二重の寝袋と何枚もの服に包まれているにもかかわらず、歯がガチガチ鳴っていた。周囲には見わたすかぎり暗い森が広がっている。

「少なくとも、ひとりじゃないわ」そう言ってエーヴァは笑みを浮かべた。

同じ言葉を何度も繰り返していた。なかば本気で、なかば冗談で。

「好むと好まざるとにかかわらず――」ボリエはあごひげで彼女をくすぐらないように顔の向きを変えた。「まるで冷凍人間だ」

ボリエはエーヴァの笑顔が大好きで、ことあるごとに引き出そうとしていた。上の歯が二本欠けていたものの、彼にとって、その笑顔は生きるための唯一かつ最大の理由だった。

セーデルマルムを出てティーレスエー行きのバスに乗り、昨年の夏に建てて〝ユニバッケン〟（スウェーデンの児童文学作家アストリッド・リンドグレーンの童話の世界を再現した、子ども向けミュージアムの名前）と名づけた掘っ立て小屋へ向かったのは、わずか数時間前のことだった。

「もう一度、火をおこしてみよう」ボリエは寝袋から這い出しながら言った。「きみはここにいるんだ」

丘の上のほうに、木の幹の合間から赤色に塗られた別荘の窓の明かりが見える。

昨年の夏から秋にかけて、その別荘の所有者が、ふたりがガーデニング道具を盗み、子どもたちのそばでドラッグをやっているなどと言いがかりをつけ、ことあるごとに彼らの持ち物を川に投げ捨てていた。

「やめたほうがいいんじゃないの？　あたしたちがここにいることに気づかれたら？」

ボリエはオスカル・ショーランデルの顔を思い浮かべた。「いくらテレビに出てるからって、人を人とも思わない態度が許されるわけじゃない。それに、火を燃やしていないと凍え死ぬぞ」

エーヴァはため息をついた。

「何もされないといいけど」

「二度ときみに危害を加えさせるものか」

去年の九月、エーヴァがボリエよりも先にユニバッケンに着くと、司会者が出てきて彼女を怒鳴りつけた。そして、エーヴァが立ち去ることを拒むと首を絞めたのだ。

「なんであんなに腹を立てるのか、わからない。すてきな別荘があって、かわいい子どもがふたりと、やさしくて美しい奥さんがいるのに」

湿った薪から大きなオレンジ色の炎が燃え上がり、その熱さがボリエの顔を直撃した。エーヴァは立ち上がると、パンをふた切れ取って、急いで火のそばに来た。

「見て」彼女はささやいた。「戻ってきたわ」

灰色のトラ猫がエーヴァの脚に身体をすりつけ、満足そうに喉を鳴らした。

「去年の夏、〝グスタフ〟って名づけた猫かしら」エーヴァは猫を抱き上げた。「そうだわ。間違いない、グスタフね」

グスタフを抱きしめたまま、彼女は食べ物を入れた黒いゴミ袋のところへ行って、袋の口を開けた。

「何かおいしいものがないか、見てみましょうね」

エーヴァはツナ缶を取り出した。ボリエはだめだと言いたかった。残りはあとふた缶だけだ。だが、彼は喉まで出かかった言葉をのみこんだ。

「分けて食べましょう」エーヴァは猫の毛に鼻をうずめて言った。「この子もおなかがすいてるんだもの」

ボリエが手のひらを差し出すと、エーヴァは缶詰を放った。そして彼が開けるあいだに、猫の耳と耳のあいだをやさしく撫でた。

ツナのにおいに、彼女のおなかが鳴る。ボリエは口に入れようとして、エーヴァを見た。彼女の顔は青ざめ、寒さが肌に突き刺さるような冬だった。彼女の肌はこわばっていた。ボリエは食べるのをやめ、ツナを彼女に渡した。

「いいの？」エーヴァは驚いて尋ねた。

「そんなに腹はへってない。落ち合う前に果物を食べたから」ボリエは嘘をついた。「遠慮しないで食べてくれ」

エーヴァはおいしそうに食べながら、同時に猫にも食べさせた。ボリエは穏やかな気持ちになった。猫のおかげでエーヴァは幸せだ。だから、彼もこの小さな侵入者を歓迎した。

この二カ月間、エーヴァはドラッグを断っていた。誰になんと言われようと、ボリエは彼女が永遠に断つことを願っていた。だが、ドラッグをやめたのはこれが初めてではない。そしてある日、とつぜん姿を消す。昔に逆戻りする。しばらくしてボリエは、口をぽかんと開け、死んだ目をしてベンチに座っている彼女を見つける。自分だけでは彼女を満足させられないと思い知る。毎日、彼女を奪われてしまうのではないかと不安でたまらなかった。いつかドラッグの過剰摂取で、腕に針が刺さったまま、どこかの汚らしいトイレで遺体で発見されるのではないかと。

ほどなくツナを食べきって、エーヴァが空き缶を床に置くと、猫は残りかすを舐めた。

彼らは防水シートの下で寝袋にくるまって寝そべった。ふたりと一匹で。グスタフはふたりのあいだに潜りこんだ。毛に鼻をくすぐられて、ボリエはくしゃみをした。

　オスカル・ショーランデルのことを考え、彼が近づいてこないよう願った。本当は顔を殴って、エーヴァに手を出すなと言ってやりたかったが、そんなことをしても、ますます面倒なことになるだけだ。あのとき、ショーランデルの乱暴な振る舞いを知って、黙ってはいられなかった。すぐさま別荘へ乗りこんで怒りをぶつけた。オスカル・ショーランデルは彼を〝乞食野郎〟と罵って、目の前でドアを叩きつけるように閉めた。数年前のボリエなら、後先考えずに迷わず相手の顔を殴っていただろう。だが、彼はもう二度と人を傷つけないと誓った。刑務所での日々を経て生まれ変わったのだ。

「あたしがよく考えるのがどんなことか、知ってる？」エーヴァが尋ねた。

　ボリエは首を振った。

「もっと早く出会いたかったってこと……何もなかったころに。そうしたら、あなたのためにおしゃれができたのに。いまみたいに醜い姿をさらすんじゃなくて。香水もつけたりして。マイホームがあって。休暇で旅行に出かけて」

　ボリエは目を閉じた。エーヴァは海外へ行ったことがないのだ。

「いや」彼は否定した。

「あたしと一緒じゃ嫌なの？」エーヴァは困惑して尋ねた。

「どっちにしても、うまくいかなかったよ。昔の俺は、ひどい人間だった。自分勝手で、怒りっぽくて、冷淡で。あのテレビ司会者と変わらなかったかもしれない」

2

ヴァネッサは〈マクラーレン〉へ行き、シェル＝アーネにハンバーガーを頼むと、窓ぎわの席に座った。一方の壁に新しいボクサーの白黒写真が飾られていた。

「あれは誰？」ヴァネッサは尋ねた。

シェル＝アーネは手を叩き、壁の額を取って彼女に渡した。

「ヨハン・トロールマンだ。一九三三年にドイツでライトヘビー級のチャンピオンに輝いたが、わずか数日後にタイトルは剝奪された。なぜかって？　それは彼がシンティだったからだ。ロマ族。次の試合で、彼はドイツ式のスタイルで戦うよう命じられた。つまり、基本的にはその場にじっと立ってパンチを打ち合う。それに対して彼がどうしたか、知ってるか？」

ヴァネッサは首を振った。

「髪を染めて、小麦粉で全身を白く塗ってリングに上がったんだ。アーリア人に対する当てこすりさ」

「それで、試合には勝ったの？」

「いや、負けた。威厳を失わずに。健闘して。その後、彼はヒトラー率いるドイツ国防軍に参加したが、一九四二年に強制収容所へ送られてしまう。収容所の司令官は彼の正体に気づいて、毎晩、親衛隊《SS》の兵士たちの訓練を担当させた。犯罪者に、シャベルで殴り殺された」

ヴァネッサはため息をついた。

「悲劇のヒーローってわけ」

「暗闇にも光は射す。二〇〇三年、彼の名誉は回復された。ドイツ・ボクシング協会が、彼の死後に一九三三年のライトヘビー級チャンピオンとして認めたんだ」

「さぞ喜んでるでしょうね」ヴァネッサは言った。

死後に名誉や称賛を求めるのは、男性に特有の欲望に思えた。わたしの墓を訪れる人などいるのだろうか、そう考えるとヴァネッサは憂鬱な気分になったが、息を引き取る瞬間には、自分はそんなことは心配しないだろうこともわかっていた。

ふと、窓枠に置き去りにされた『クヴェルスプレッセン』が目に留まった。

タブロイド紙は、カリム・ライマニに対して仮釈放中に元恋人を殺害した容疑がかけられていることを嗅ぎつけていた。ただし、現時点ではカリムとエメリの名前は出ておらず、〝三十五歳の犯罪者〟と〝若い女性〟と記されているのみだった。さらに記者は、エメリが最後に面会に訪れた際に、カリムが殺すと脅したという情報もつかんでいた。記事にはカリムのこれまでの有罪判決が列挙され、政治家や専門家のコメントも多く引用されている。どれも仮釈放の制約の厳重化を求めるものばかりだ。記事の最後には、翌日曜日にセルゲル広場で行なわれる女性の追悼集会のことが書かれていた。

ヴァネッサは新聞を置いて窓の外を見た。そのタイミングで携帯電話が鳴り出した。

「やあ、調子はどうだ？」オーヴェ・ダールバリが尋ねる。

「おかげさまで、ありがとう」

「こっちもだ」甲高い声が皮肉っぽく応じる。「訊いてくれてありがとう」

背後から、お菓子のことで文句を言う声が聞こえた。オーヴェは子どもに静かにするよう注意したが、無視されて、しかたなく別の部屋に移った。

「エメリ・リディエンの件だ。本来なら昨日のうちに連絡すべきだったが……」

ヴァネッサはごくりと唾をのみ、オーヴェが後を追ってきたらしい子どもを部屋から引きずり出すまで待った。

「とにかく、彼女のアパートメントにあったもうひとつのものに関して、分析結果が出た。玄関に掛かっていたジャケットだ。内ポケットにペンが入っていた」

ヴァネッサは記憶をたどったが、オーヴェが何を話しているのか理解できなかった。

「ジャケットを調べるように言っただろう。最後にカリムと面会したときに彼女が着ていたものと特徴が一致するからと」

「それで？」

「そのペンから何が検出されたと思う？」

「見当もつかない」

「五年前にローラムスホブ公園で起きた未解決の強姦未遂事件で、容疑者とされる人物の指紋だ」

「どんなペン？」

「どこにでもある青のボールペンだ。〝ローセスバーリ・スロット・ホテル〟のロゴ入りの」

3

ファルスタ地区にあるショッピングモールで、人々はボリエ・ロディーンのわきを急ぎ足で通り過ぎていく。彼はゴミ箱の前で立ち止まって中を漁った。だが、めぼしいものはない。

女性が不快そうにボリエを見た。周囲の人のしかめ面は慣れっこだった。少なくとも、路上をうろつきはじめたころのような苦痛は感じなくなっていた。あのころは、誰にも気づかれないように背を丸め、ひたすら地面を見つめながら歩きまわっていた。

ボリエは重い足取りで次のゴミ箱へと移動し、ペットボトルを見つけて買い物袋に入れた。さらに奥を漁る。すると、例のひんやりしたかたまりに触れて、慌てて手を引き抜いた。茶色いどろどろしたものがついている。犬の糞だ。

「ちくしょう」ボリエはつぶやいた。

手を掲げ、何か拭き取るものがないかどうか、あたりを見まわす。ベンチのそばに、くしゃくしゃに丸めたナプキンが落ちていた。彼はペットボトルの底に残っていた水で手を洗った。

それからフリーペーパーを拾った。休暇中を除いて、これまで天気を気にしたことはなかったが、いまは新聞を見つけると真っ先に天気予報をチェックした。明日以降、天気は回復する。快晴、気温十五度。降水確率〇%。しばらく暖かい気候が続きそうだ。人生はうまくいっていた。だいたいのところ。エーヴァと付き合いはじめて二度目の冬を迎え、マクドナルドの前で見つけた、ほぼ手つかずのビッグマックで彼女をびっくりさせるつもりだった。

ボリエは苦労して集めたリサイクル用のペットボトルや缶を返却すると、その返金分の十二クローナをポケットに入れ、地上にある地下鉄のホームへ向かうエスカレーターに乗った。ホームから高層ビルが見えることに因み、ベンチに集まってビールを飲む酔っぱらいたちは、その場所を〝スカイ・バー〟と呼んでいた。そのときは、バーの客はひとりだけだった――片腕のエルヴィス・レドリング。彼の電動車椅子は、地元のサッカークラブ、ハンマルビーのステッカーだらけだ。

「ボリエ」エルヴィスは彼の姿を見つけると、電動車椅子のアクセルを踏みこみ、わずかに残った腕を上げた。

「よう」

エルヴィスはファルスタ地区で育った。生まれたのもここで、一度も離れたことはない。

事故が起きたのも、まさにこのホームで、一九九四年の夏のことだった。大工の仕事をクビになったばかりのエルヴィスは、ワールドカップでスウェーデンがルーマニアに勝利したのを祝うために街の中心部へ繰り出すところだった。その際に友人とぶつかって線路に転落した。三車両が轟音とともに彼を轢いた。左腕と左脚のあった場所には、紐の切れ端のようなものだけが残った。

ボリエは電動車椅子のかごをのぞいた。中にはウォッカ一本と、ストロングビールが何本か入っている。オーブロ、七・三%。一カ月半前に母親を亡くして以来、エルヴィスはもっぱらビールと錠剤しか口にしなかったが、そろそろウォッカに戻ったようだ。

「最近はどうだ？」ボリエはベンチに腰を下ろして尋ねた。

エルヴィスの目には苦悩の色が浮かんでいた。

「母さんの死からどうやって立ち直ればいいのか、まったく想像もつかないんだよ。こんな悪夢は生まれて初めてだ。ついこのあいだも母さんに電話をかけて、なんで出ないのか考えたんだ。ああ、そうだ、もうこの世にいないんだって。まだ現実を受け止められない」

なんと言っていいのか、ボリエにはわからなかった。エルヴィスは手を伸ばしてオーブロをつかんだ。列車が入ってくる。学校帰りの子どもたちが降りてきて、ふたりをじろじろ見た。彼らが行ってしまうまで、エルヴィスはビールを膝の上に隠していた。いつものことだ。

〝子どもの前で飲んじゃいけない。俺はそう言われて育ったんだ〟と、知り合ったばかりのころに説明してくれた。

そこへ、二人組の警備員がゆっくりと近づいてきた。ボリエの知っている顔だ。意地の悪い連中だった。とくに大柄なヨルゲン。坊主頭でビール腹、しかも寄り目の男だ。みずからの力を誇示して楽しんでいるのは明らかだった。相方は平均的な身長で、身体つきも普通だ。

ヨルゲンがふたりの前に立ちはだかった。もうひとりは一歩後ろに留まり、警棒に手を置いてホームを見まわしている。

「そこに座るなと言ったはずだ」コルゲンはボリエのベルトをぐいとつかんだ。「みんな怖がるだろう」

「乱暴はよせ」ボリエは冷静に言った。

「黙ってたほうが身のためだぜ」ヨルゲンは蔑《さげす》むようにニヤリとすると、声を落として言った。「ヤク中どもが。その薄汚い身体の中に少しでも名誉が残ってれば、とっくに自分から命を絶ってるはずだ」

背の低いほうの警備員も、そのとおりだとうなずく。

ボリエはエルヴィスの肩に手を置いた。

「行こう。これ以上ここで言い合っても無駄だ」

「ドブネズミめ。おまえらのような寄生虫は駆除されるべきだ」ヨルゲンは嫌らしく笑いながら吐き捨てるように言った。

ボリエとエルヴィスはエレベーターに乗って地上階へ下り、ショッピングモールを一周してからホームへ戻った。

エーヴァがやってきたのは、それから数時間後のことだった。ボリエは立ち上がって彼女を迎えた。髪に鼻をうずめると、洗い立ての香りがした。

「よそでやってくれ」エルヴィスが叫ぶ。「といっても、そんな金はないか」

エルヴィスは電動車椅子を後ろに戻し、ボリエとエーヴァは地下鉄を待った。彼の肩に頭を預けたエーヴァは、どこか悲しそうで思い悩んでいる様子だった。

「明日からは、だんだん暖かくなりそうだ」ボリエは元気づけるように言った。「運がよければ、すぐにでもユニバッケンに移り住める」

「すてきだわ。楽しみ」

その虚ろな声に、大きくなった不安が針のごとく胃に刺さる。そのときボリエはビッグマックを思い出して、上着に手を突っこんだ。たいしたものではないが、これくらいしかあげられるものはなかった。

「目をつぶって」ボリエは言った。

箱をベンチに置いてハンバーガーを取り出し、エーヴァの口もとに近づける。彼女はくんくんにおいを嗅いだ。

「口を開けて」

小さな口がバンズとパティにかぶりつき、彼女は目を開けた。そして口の中のものを飲みこんで、ふたたび目を閉じた。エーヴァは自分の手にハンバーガーを持つと、なかば目を閉じて食べた。できるだけ長く味わえるように、少しずつ。ボリエは彼女が食べるのを見るのが大好きだった。空腹をなだめようとするかぎり、エーヴァには生きる意欲がある。

一時間半後、ふたりはユニバッケンに着いた。

だが、ボリエもエーヴァも、すぐに自分たちだけではないことに気づいた。何者かが彼らの持ち物を漁っている。

「ここで待ってろ」ボリエはささやくと、自分たちの小屋に近づいた。

4

トムはチャンネルを次々と替えるうちに、リアリティ番組に落ち着いた。『パラダイス・ホテル』。数年前の一時期、研究者のごとくこの番組に熱中していた。それはまだトムが現実に気づく前で、特定の男が女性を惹きつけてやまないのはなぜなのか、理解しようと必死になっていたころだった。

　画面では、屋外ジムのそばで三人の男が立ち話をしていた。ふたりは筋骨たくましく、日焼けした肌にタトゥーを入れている。三人目は肥満体で、おそらく三枚目の役柄にちがいない。場面が変わって、ふたりのハイスペックは胸を上下させ、うめき声とともにバーベルを上げている。太った男は缶コーラを飲みながら、その様子を眺めていた。階段の踊り場に座っているが、ショーツの上から腹がせり出しているのがわかる。

「ボディビルダーになろうと思ったことはないのか？」一方のハイスペ男がもうひとりに尋ねた。

「ボディビルの欠点は、ジム通いをやめたとたん肥満になることだ。ヘンケみたいな身体になってしまう」もう一方のハイスペ男は、かつての名サッカー選手を例に出して太った男をあごで指した。

　三人はどっと笑った。ああいう会話は女にはできない、とトムは思った。たちまち言い争いになって泣き出すだろう。男はジョークを言ったり、からかわれたりすることに慣れている。けれども女の場合、悪口は禁句だ。とくに身体に関することは。

　トムはあくびをすると、携帯電話を取り出してインスタグラムを開き、ヘンリエッタの投稿があるかどうかチェックした。

　写真を一枚上げている。二十七分前。トムは身を起こして画面を顔に近づけた。

キャプションには〝こういうこともある〟。

ダンデリード病院救急センターのタグが付けられていた。

トムは唇を噛みながら、彼女のボーイフレンドの名前――ダグラス――を検索バーに入力した。海外にいる。彼女と話をする絶好のチャンスだ。どれだけ彼女のことを思っているのかを示す。多少の犠牲を払うことにはなるが、それも承知のうえだった。

トムは立ち上がった。お気に入りのジャンパーをはおり、自分の顔を見ないですむよう鏡に背を向けながら、腋の下にデオドラントを塗る。

それからキッチンへ行き、カウンターの引き出しからナイフを取り出した。窓に映った自分の姿をちらりと見る。昔よくやっていたテレビゲームの主人公になった気分だった。キッチンペーパーが手元にあることを確かめると、彼は指先に軽く刃を走らせた。痛むのはわかっていたが、それほどひどくないよう願う。傷痕があれば男らしく見えるだろう。話はいくらでもでっち上げることができる。喧嘩。犬に噛まれた。若い女性を強盗から助けたというのも悪くない。

タクシー会社に電話をかけると、録音されたメッセージが〝順番におつなぎしますので、しばらくお待ちください〟と告げる。

トムは右手でナイフの柄を握り、覚悟を決めると、目をつぶって手のひらを切り裂いた。うめき声が漏れる。

回線が切り替わった。

「ストックホルム・タクシー、担当のリンダです」

血がカウンターに流れ落ち、床に垂れた。トムは歯を食いしばった。自分は痛みに耐えられる真の男だ。

「もしもし？」

彼はうっとりしながら傷を見つめ、キッチンペーパーのロールを取って、血が流れ出す手に巻きつけた。

「エッシンゲ橋通りにタクシーを一台お願いします」顔をゆがめて言う。「大至急」

ダンデリード病院救急センターに着いたころには、キッチンペーパーは真っ赤に染まり、シャツやジーンズにも血が染みていた。

病院の内部は冷たい白い光に照らされていた。中央に楕円形のカウンターがあり、そこで受付をしているあいだに、縫合が必要な傷だと判断された。医師がせわしなく行き来している。看護師の背後にベッドが八床置かれ、すべて患者が横たわっていた。そのうちのひとりは恐怖に怯えた高齢者で、別の看護師がなだめようとしている。

トムが首を伸ばすと、混乱した老人の三床向こうにヘンリエッタが横になっているのが見えた。化粧をまったくしていないせいで、普段よりも幼く見える。それに美しい、とトムは思った。彼女の隣のベッドが空いた。どこまで近づいても大丈夫か？　ジムで一緒の男だと気づかれたら？　いや、気づかれることはないだろう。俺は影も同然だ。そもそも俺のことなど覚えてもいないにちがいない。

「くらくらするんです」トムは訴えるように看護師を見た。「しばらく横になってもかまいませんか？　でないと倒れてしまいそうで」

彼はよろめくふりをして、無傷のほうの手でカウンターにしがみついた。

「こちらへ」看護師は彼の脇を抱えて、空いているベッドまで連れていった。ヘンリエッタは顔も上げなかった。「ここでお待ちください。じきに手の空いた者が様子を見にきます」

ベッドとベッドのあいだには仕切りがあり、ヘンリエッタがどうしているかは見えなかった。トムはここまで来たことを後悔しはじめた。いったい何をするつもりだったんだ？　三十分が過ぎた。叫び声をあげている男性が目の前を担架で運ばれていく。腕がありえない角度でねじれていた。トムは目を閉じて音に耳を傾け、第二次世界大戦の秘密任務で負傷したヒーローになった自分を想像した。

一時間。誰も診察に来ない。手の傷は脈打ち、徐々に痛みが耐え難くなる。混乱した老人が廊下の奥のほうへ歩いていったが、少しして看護師に連れ戻された。

トムは忙しそうに通り過ぎる看護師の注意を引こうとした。すぐに縫合してもらえるのかどうかを知りたかったのだ。けれども無視された。

「すみません」ヘンリエッタのベッドから声が聞こえた。「お水をいただけませんか？」

誰も彼女に気を留めない。

トムは用心深く床に足を置くと、カーテンを引いた。ヘンリエッタが彼を見つめる。俺に気づくだろうか。

「あの……？」

何か言わなければならない。

「さっき……聞こえたんですが……水を持ってきましょうか？」

彼女は感謝の笑みを浮かべ、包帯をぐるぐる巻きにされた足を指さした。トムは心のどこかでちょっぴり期待していたが、案の定、まったく気づいてもらえずに落胆した。だが、かえって好都合かもしれない。もう一度、最初から始められるのだから。まったく別の男として。

「ご親切にありがとうございます」

5

ボリエはひとりで音のほうへ忍び寄り、木の幹の陰からのぞいた。ひと筋の光が暗がりで反射し、男が暖炉から石を拾って森へ投げこんでいるのが見えた。それから男は黒いゴミ袋に近づくと、引き裂いて中身を地面にばらまきはじめた。顔は見えなかったものの、テレビ司会者のオスカル・ショーランデルだとわかった。

ボリエは心配そうにエーヴァを見た。彼女を怯えさせたり動揺させたりしたくなかった。

彼は隠れていた場所から姿を現わした。司会者ははっとして手を止めると、身を起こしてボリエに詰め寄った。

「娘の自転車を盗んだだろう」大声でわめく。

「盗んでなんかいない。見ただろう、ここにはない」

ボリエはできるだけ冷静に言った。

オスカル・ショーランデルは懐中電灯の光をまっすぐ彼に向けた。ボリエは目を細め、手を上げて光を遮った。平静を保った。エーヴァのために。相手の髪一本にでも触れようものなら、警察に立ち退きを命じられるだろう。

「だったら、酒代にするために売りはらったにちがいない。ここには来るなと言ったはずだ」

「それはあんたが決めることじゃない。俺たちはここで暮らしてるんだ。その光を別のほうに向けてくれ」

ボリエの背後で物音がした。エーヴァだ。オスカルが懐中電灯で彼女を照らし出す。エーヴァは震えていた。

「警察を呼ぶぞ」オスカル・ショーランデルは叫んだ。

「いいかげんにしてくれ」

「おまえらみたいなヤク中のせいで、われわれ納税者にどれだけ負担がかかってると思うんだ？　この国に多少なりとも秩序があれば、おまえらを壁ぎわに並ばせて、とっくに引き金を引いてるぞ。その歯抜けババアを連れて、とっとと消えやがれ！」

「いやだ」

オスカル・ショーランデルは一歩前に出た。いまやふたりの顔は同じ高さで十センチと離れていない。少しして、テレビ司会者はこれ以上どうすることもできないと気づいた。彼はゴミ袋のひとつを蹴っ飛ばすと、森の奥の自分の別荘のほうへと姿を消した。

「もう心配ない」ボリエは言って、エーヴァにほほ笑みかけた。「大丈夫かい？」

彼女はゆっくりとうなずいて、湿った地面にばらまかれた自分たちの持ち物を見た。ボリエは暖炉の石をかき集めて、火が消えないように円形に並べ、そのあいだにエーヴァは服を拾って物干しロープに掛けた。防水シートを吊るしていたボリエの足に何か硬いものが当たった。ウォークマンの残骸。粉々に踏みつけられている。

「くそ」彼は毒づいた。

エーヴァはしゃがみこんで、二枚しかない皿のかけらを拾っていたが、顔を上げた。

「あいつ、カセットプレーヤーを壊しやがった」

「エルヴィスか、男の子たちの誰かが予備を持ってるかもしれないわ」

エーヴァはいつもスカイ・バーにたむろしている連中を〝男の子たち〟と呼んだ。ボリエはその呼び方を気に入っていた。「とにかく、いまは食事にしよう、マダム。腹がぺこぺこだ」

彼は枝をもう何本か火に放りこみ、ふたりは身を寄せ合って座った。エーヴァはハンバーガーでお腹がいっぱいだったので、パンひと切れで満足した。ボリエはパンにツナを塗って、貪るように食べた。ツナがなくなると、残った汁にパンを浸し、缶を拭き取るようにして口の中に放りこんだ。

「少し元気がないようだけど」彼はためらいがちに切り出した。「オスカル・ショーランデルみたいな奴らのせいで俺たちがひどい目に遭うなんて、まったくばかげた話だ。きみだってわかってるだろう？」

エーヴァは炎を見つめていた。

「そうじゃなくて。今日、ニーナを見かけたの。ベビーカーを押して、エルヴェフェーで列車から降りてきたちゃんとシャワーも浴びて臭わなかったし、そんなにひどい格好じゃないはずだって。でも、あの子は気づかないふりをした。あたしはとにかくうれしくて、駆け寄って赤ちゃんの顔を見たかった。せめて、男の子か女の子か確かめたかった。実際、何度かそうしかけた」

彼女は唇を噛んだ。

「だけど、しないでよかった。あたしはひどい母親だったもの。きっと、まともなおばあちゃんにもなれなかった」

ボリエは彼女に腕を回した。慰めたかった。何も心配はいらないと言ってやりたかった。けれども嘘はつけなかった。ニーナはエーヴァとすっぱり関係を絶ったのだ。期待を持たせるようなことは言えない。

「むしろニーナが、我が子を世界一のおばあちゃんに会わせてあげられなかったんだ」ボリエはそう言った。本当にそう思っていた。

三十分後に床に就いたとき、ボリエはエーヴァが泣いているのに気づいた。彼女をしっかりと抱きしめたが、あいかわらず慰めの言葉は見つからなかった。

6

　ふたりのベッドを仕切るカーテンを引いたまま、トムは周囲を見まわした。受付の反対側に透明なウォーターサーバーが置かれている。彼はそこまで行き、紙コップに水を注いでから戻った。例の混乱した老人が、その動きをぼんやりしたまなざしで追う。トムがコップを差し出すと、ヘンリエッタは受け取ってごくごく飲んだ。一滴のしずくがあごに垂れ、首を伝って胸の谷間に消えた。彼女はため息をつくと、空になったコップを置いた。

「ありがとう」

「それにしても、どうしたんですか？」トムは尋ねた。

自分でも驚くほど物怖じしなかった。彼女のために水を取ってきた。鼻であしらわれることもなかった。人生で彼女の恋人になるチャンスをつかむとしたら、いましかない。

「トレーニングをしている最中に怪我したんです」ヘンリエッタは説明した。「まったく、不器用で困るわ」

　トムは彼女のベッドに腰かけた。

「あなたは、どうしてここに？」ヘンリエッタが彼の手を指さす。

　トムは看護師に話したことを繰り返した。

「料理してて切ったんだ」

　なぜ嘘をつかなかったのか？　チャンスを手にするには、自分が関心を持つに値する男らしい人間だと示す必要がある。どこかで失点を挽回しなければならない。

　といっても会話は弾んでいる、とトムは思っていた。ヘンリエッタと話している。緊張せずに。言葉に詰まいることもなく。彼女は一度も顔をしかめない。〝じろじろ見ないで〟とも〝臭い〟とも言われない。

トムは唇を舐めた。

「仕事は？」

「PR会社でプロジェクトマネージャーをしてるの」

彼女はまだ恋人の存在については触れていなかった。何か意味があるにちがいない。やはり思ったとおり、ダグラスと一緒にいるのは単に住む場所の問題かもしれない。ヘンリエッタは彼よりも若くて魅力的だ。

彼女の声を耳にしながらも、トムはこれまで何人の男が彼女の中に入ったのかと考えてうわの空だった。いつも見ているインターネットの掲示板で、西欧圏の平凡な二十二歳の女性に百人近いセックスの相手がいたという話を読んだことがある。ヘンリエッタはもう少し年上だ。五月八日で二十五歳になる。二百人？　ズボンの中でペニスが膨らみはじめ、下着の生地が引っ張られた。

ヘンリエッタが手を振った。

「聞いてる？」彼女は笑った。「あなたはなんの仕事をしてるのかって訊いたんだけど」

「警察官だ」トムは言った。

とっさに嘘が口をついて出た。そして次の瞬間、後悔する。嘘をついたことではなく、選ぶ職業を間違えた。もちろん男らしい立派な仕事だ。けれども稼げない。女というのは、養って面倒を見てもらいたいのだ。株の仲買人と言うべきだったかもしれない。だが、もう手遅れだ。トムは身を乗り出し、周囲を見まわしてから秘密めかして声をひそめた。

「いまは張り込み中なんだ。ときどきボディガードの仕事もやる」

ヘンリエッタに見つめられ、トムは思わず目をそらした。昔から人と視線を合わせるのが苦手だった。嘘をついていると疑われているのか？　なるべく不安を感じないようにしなければ。こうして彼女と話をしているのだから。トムの頭の中では、ふたりはキッチンのテーブルで夕食を取っていた。金髪の男の子がふたり、それぞれ椅子に座っている。明るくて清潔なキッチンは、リフォームの雑誌からそのまま抜け出したかのようだ。彼はヘンリエッタを大事にするつもりだった。息子たちも。彼らのためなら、どんなことでもする。新たな場面。彼にまたがるヘンリエッタ。豊かな乳房を揺らしながら腰を振り、すすり泣くように彼の名前を呼ぶ。やがて身体から下り、そのまま下のほうへ移動し、じっと目を見つめながら彼のペニスを口に含もうとする。

「じつは嘘をついていた」気がつくと、トムは口を開いていた。「料理で切ったんじゃないんだ。女の子がレイプされそうだった。男はナイフを持っていて、俺が取り上げようとしたら手に切りつけてきた。女の子は無事だった。犯人には手を出す暇もなかった。おそらく刑務所行きだろう」

ヘンリエッタは口を開けて何か言おうとしたが、ふと振り向いて彼の左側を見た。ベッドの足元に看護師が立っている。

「トム・リンドベックさん、こちらへ来てください。先生が診察します」

二十分後、傷を洗浄して三針縫い、手に包帯を巻かれた。トムは医師に礼を言うと、急いで廊下に出て、ほとんど駆け足でヘンリエッタのいた場所に戻った。彼女が横たわっていたベッドは空だった。彼は受付に歩み寄り、若い男を押しのけて、最初に受診手続きをした看護師のほうに身を乗り出した。

「ヘンリエッタはどこですか?」

「誰ですか?」

「俺の隣のベッドに寝ていた女性です」トムは大慌てで空のベッドを指さして言った。「どこに行ったんです?」

看護師は上唇に飛んだ彼の唾を拭った。

「たったいま帰りました」

トムはくるりと向きを変え、出口に続く廊下を走った。エレベーターのボタンを押したが、思い直して壁を叩くと、階段を駆け下りた。外は暗かった。出口を飛び出して、あたりを見まわす。誰もいない。静まり返っている。そのとき背後で滑るような音がして、自動ドアが開いた。

両側に松葉杖をついたヘンリエッタが通りに出てきた。それと同時にタクシーが角を曲がってきた。ヘッドライトが近づくにつれ、病院の壁に映るふたりの影が巨人のようになる。

「先に乗ってくれ」トムは言った。

「ありがとう」

タクシーがスピードを落として停まり、トムはドアを開けた。ヘンリエッタは松葉杖を彼に預け、笑いながらどうにか後部座席に潜りこんだ。

「あなたの家はどこ？」

トムは松葉杖を返し、身を乗り出した。

「リラエッシンゲンだ」

「それなら乗って」ヘンリエッタは言った。「わたしはサント・エリクスプランなの」

7

ドアを短くノックする音が聞こえたのは、日曜の午後十時半だった。ヴァネッサは起き上がると、ジーンズとTシャツを身に着け、ドアスコープで確かめてからドアを開けた。

ニコラスが入ってきて、リビングのソファにクッションと丸まった毛布があるのを見て尋ねた。

「寝室が三つもあるのに、頑なにここで寝てるのか？」

「誰にも後をつけられなかったでしょうね」

「木曜のことで礼を言いに来た。厄介なことを頼んだと気づいてね」

「飲み物でもどう？」

「きみが飲むのなら同じものを」

ヴァネッサはウイスキーのボトルを取ってくると、グラスをふたつ取り出して注ぎ、ふたりでソファに腰を下ろした。彼女はニコラスを静かに見つめた。

「どうしてわざわざ銃撃事件に関わったの？」

彼はグラスを置いた。

「彼女を見殺しにできなかった。俺が何もしなかったら、彼女も撃ち殺されていただろう。最初に撃たれた男が銃を持っていた——それを取って、的をしっかり狙って撃った」

あたかも兵士の報告のようだった。簡潔。事実に基づく。後悔もしていない。まさしく自身の任務を遂行し、敵を無力化する兵士だ。だが、ヴァネッサにはわかっていた。またしても人を撃ち殺したことで、ニコラスは罪悪感に苦しんでいる。

「ナターシャはどうしてる？」

ヴァネッサはすぐには答えなかった。ニコラスは尋ねたことを悔やんでいる様子だった。

「去年の年末に、父親が生きていることがわかったの」彼女は説明した。「いまは一緒に暮らしてる。シリアで」

「元気なのか？」

ヴァネッサは肩をすくめた。

「連絡してないのか？」

「あの子は向こうで新たな人生を築かないといけないのよ。邪魔をするつもりだと思われたら……」

「彼女はきみを慕っている。自分でもそんなことは思っていないはずだ、ヴァネッサ」

「いいえ、わたしにはわかる」彼女は言い張った。

そしてソファの背にもたれてウィスキーを飲み干し、ふたたびボトルに手を伸ばした。自分の分を注いでから、ニコラスのグラスに差し向ける。だが、彼はグラスを手で覆った。

ごまかすことはできなかった。ニコラスと関わるようになったのは、ヴァネッサが保護施設でナターシャと出会い、引き取った直後のことだった。それゆえ彼は、ヴァネッサが少女のために自身の人生やキャリアを危険にさらしてきたことを知っていた。

「正直に言うと、あの子と話すのが怖いの。会いたくてたまらないから」

ニコラスは彼女の膝をやさしく叩くと、立ち上がった。

「帰るの？」

「明日は仕事だろう？」

「もうちょっと飲んでいかない？」ヴァネッサも立つ。「やることがあるなら、無理には引き止めないけど」

ニコラスは笑みを浮かべて彼女を見つめた。

「じゃあ、あと少しだけ」そう言って、ウィスキーをもう一杯注ぐ。「イヴァンが連絡してきた。会いたいそうだ」

「どうして？」

「さあ。いまはオーケシュバーリア刑務所にいる」

「偶然ね。わたしも先週の日曜に行ったばかり。殺人事件の捜査で。若い女性が殺されたの。元恋人のカリム・ライマニは仮釈放中で、翌日、刑務所に戻ってきた彼の靴底に女性の血液が付着していた。別れ話に逆上したのも無理はないわね」

「本人がそう言ってるのか？」

「いいえ、ライマニは否定している。明日、再勾留の審理が行なわれて、起訴されるのも時間の問題だと思うけど。あなたは？　イヴァンの件はどうするの？」

「わからない」ニコラスは口を開いたままだったが、言いかけた言葉はのみこまれた。彼は首を振った。

「本当に、わからないんだ」

ヴァネッサはイヴァンの顔を思い出した。背が低く頑丈な身体。ほとんどないも同然の首と、相手を凝視する目。危ない雰囲気。憎悪。イヴァンとニコラスが親友だったとは、とても信じられなかった。これほどタイプの異なるふたりに、いったいどんな接点があったのだろうか。

「じつは、仕事の口がある」ニコラスは打ち明けた。

「少なくとも自分では誘われたと思っている。このあいだ、偶然、昔の上官に出くわしたんだ。ロンドンの警備会社で働いているらしい。それで俺にも……ぴったりだと言われた」

ヴァネッサは彼に行ってほしくないと思っていることに気づいた。ストックホルムに留まってほしかった。自分のそばに。勝手なのはわかっている。それほど親しいわけではないのに。たぶんナターシャの思い出を共有しているせいだろう。それが自分の生きる気力だから。

「どう思う？」

残ってほしいとは言えなかった。自分のために。

「あなたには目的が必要だわ。でないと、このままでは落ちぶれてしまう。コロニア・ラインでのあなたは別人のようだった。世の中には、戦うための大義名分が必要な人もいる。あれだけの経験をしたあとでは、とても平凡な生活は送れやしない。

「努力はした」ニコラスは言った。

ヴァネッサは彼の腿を二回、叩いた。

「わかってる」

ふたりはグラスを掲げて合わせた。

初めて会ったときから、ヴァネッサはニコラスに魅力を感じていた。その感情が燃え上がり、疼き、欲望を刺激した。外見で言えば、これまで出会った男性のなかで最も魅力的なひとりだった。このうえなくハンサム。長身でがっしりした身体つき。男らしいが、いわゆるマッチョではない。穏やかで、熟考型だった。だが、内側には原始的な力を秘めていて、それを磨き上げるためにスウェーデン軍は莫大な資源を投じた。その力を制御可能で効率的な暴力に変換することを教えたのだ。

ニコラスも自分に惹かれているのではないかと、ヴァネッサはひそかに思っていた。とはいえ、ふたりのあいだに何かが起こるとしたら、それは自分から動いたときだ。彼とのあいだには境界線がある。取り払うべき暗黙の了解が。だが、本当に取り払うことを望んでいるのかどうかは確信が持てなかった。ひとたび一線を越えれば、ふたりの関係は永遠に変わってしまうだろう。

「何を考えている？」ニコラスが尋ねた。

「何も」ヴァネッサは答えた。

8

記者や編集者、営業部員のほとんどは、マリエバーリ周辺の数少ないレストランに昼食に出払っていたが、ベンクトは、いつものようにデスクで冷凍のピロシキを食べていた。

「今日は何かありますか?」ジャスミナは尋ねた。

ベンクトはピロシキを置いて、口の中のものを飲みこんだ。前歯のあいだに赤茶色に光るひき肉がはさまっている。

マックスに記事を盗用されてからというもの、ベンクトは愛想がよくなり、彼女に仕事を任せるようになっていた。トゥーヴァから事情を聞いたにちがいない。それに加えて、ジャスミナがその企画を提案した際にベンクトに却下されたことを黙っていたため、言うまでもなく感謝していた。彼女は、これ以上ニュース編集局に敵をつくりたくなかった。

「四月中旬に、タビーでひとりの女性が殺された。きみも聞いたかもしれない。自宅アパートメントで刺殺体で見つかった事件だ。名前は公表していなかったが、エメリ・リディエンという女性だ」

「覚えています」

ベンクトは歯についたひき肉を人さし指でこすり取り、しばらく眺めてから、音を立てて指ごと口に突っこんだ。

「元恋人のカリム・ライマニが今日、再勾留の審理を受ける。そいつは仮釈放中だった。裁判所へ行って、審理を聞いてきてほしい」

ジャスミナは自分のデスクへ向かった。ハンス・ホフマンに盗用を暴露されて以来、マックス・レーヴェンハウプトの席には誰も座っていなかった。彼の新聞社での立場がどうなるのかは不明だった。表向きは、個人的な理由で休暇中ということになっている。正式な処遇を決めるまで同僚には黙っていてほしいと、トゥーヴァから頼まれていた。

彼の鼻につく態度や思いあがったコメントに対処せずにすむのはありがたい半面、ジャスミナは同情も禁じえなかった。他人のアイデアを盗むのは、言うまでもなく許されることではない。だが、マックスは『クヴェルスプレッセン』に欠かせない存在だった。何しろ、短期間のうちに警察内に情報提供者のネットワークを築き上げたのだ。トゥーヴァ・アルゴットソンにとって、彼の代わりを見つけるのは容易ではないだろう。

ジャスミナは荷物をまとめて出口へ向かった。エレベーターで知らない人と一緒になるのを避けるために、階段で下りる。回転ドアを抜け、一階の受付を通り過ぎて外に出ると、ベンチに座ってタクシーを待った。

すると、一台の車が荷物搬入口に停まった。トゥーヴァが降り立ち、頭にのせていた大きなサングラスをかけて入口へと向かいかける。

「あら、ジャスミナ。どこか行くの？」

「裁判所です」

「少しいいかしら？」トゥーヴァは周囲を見まわして、誰にも聞かれていないことを確かめた。「マックスのことなんだけど」

ジャスミナはうなずいた。トゥーヴァはサングラスを鼻に押し下げ、フレーム越しに彼女を見つめた。

「彼にはこのまま働いてもらおうと思うの。あなたさえよければ」

ジャスミナは口を開きかけたが、トゥーヴァは続けた。

「もちろん、あなたに謝罪させるわ。また同じようなことが起きたら、そのときは即日辞めてもらう。だけど、これ以上優秀な記者を失うわけにはいかないの」

ジャスミナはすぐには答えなかった。面倒は引き起こしたくなかった。依然として、この新聞社での将来は確約されていない。だが、〝これ以上〟というのはどういう意味なのだろう。ほかに誰かが解雇されたのか？

「異存ありません」

「どうしてもというなら、シフトを変更するけれど。顔を合わさずにすむように」

ジャスミナは首を振った。

「その必要はありません」

トゥーヴァはその答えに満足しているようだった。何よりも大事なのは新聞社への忠誠心だ。それを示すには、上司から連絡があれば、昼夜を問わず何時であれ、何をしている最中でも、かならず電話に出なければならない。あるいは、『クヴェルスプレッセン』の内部問題については黙っているか。

「よかった。じゃあ、そういうことにしましょう。あのロール――ええと、ベンクトに却下された記事のアイデアがあれば、いつでも持ってきてちょうだい」

9

ボリエは顔を上に向け、落ち着かない様子で灰色の建物の正面を見上げた。

エーヴァの娘のニーナに会ったことはなかった。エーヴァが肌身離さず持ち歩いている写真で見ただけだ。

その日の朝、目が覚めるとエーヴァの姿はなく、彼は心配のあまり取り乱した。ティーレスエーと往復する時間を節約するため、ユニバッケンには戻らずに、セーデルマルムの階段の裏で一夜を過ごした。

二年前に知り合ったばかりなのに、これほど自分に影響を及ぼす人がエーヴァのほかにいるだろうか。

肌寒い秋の夜、スカイ・バーで彼女と出会ったことで人生が変わった。

ボリエには子どもがふたりいた。もちろんふたりとも愛していたが、その愛情はつねに複雑だった。保護者面談、送迎、サッカーの練習、寝かしつけ。彼には、子どもたちのために自分の人生をあきらめる覚悟ができていなかった。

その当時とは事情が違ったからかもしれない。エーヴァと出会ったとき、ボリエには犠牲にするものが何ひとつなかった。無一文で薬物中毒。実刑判決を受けて、家族に見放された。家もなく、福祉の支援も拒んだ。スカイ・バーでウォッカを手に、ひたすら死を待つ毎日だった。日曜になると、どこかの小さな森や階段の裏で、離脱症状の震えをどうすることもできずに横たわっていた。

エーヴァとボリエは互いに励まし合い、激しく、無条件に、脇目も振らずに愛し合った。愛しか与えるものがなかったからだ。

生まれて初めて、ボリエは自分が無防備だと感じた。

怖かった。エーヴァを失ったら自分は崩壊してしまう、倒れたまま二度と起き上がれないとわかっていた。彼女の存在そのものだけでなく、彼女のおかげで生まれ変わる自分のためにもエーヴァが必要だった。

彼女の身に何かあったとしても、事故や薬物の過剰摂取で病院に運びこまれても、ボリエには知る手立てがなかった。ふたりは結婚していない。警察から見たら、彼らの愛など存在しないも同然だ。けれどもボリエの世界では、これまでの人生で最も大事なものだった。彼は目を閉じて、ひたすら愛する人の無事を祈りつづけた。それと同時に、どうすべきかもわかっていた。答えを得るために、うまくいけばエーヴァを見つけるために。

ボリエは入口の横の窓で自分の顔をチェックした。普段はなるべく鏡を見ないようにしている。薄汚れてだらしのない自分の姿を目にするのは、いまだに慣れなかった。顔色は黄色っぽく、病人のようだった。その顔を見つめ、別れた妻や子どもたちが自分に気づくかどうか考えた。どうせニーナに会うのなら、もっと違った状況で会いたかった。彼女にエーヴァを許してもらいたかった。せめて憎まずにいてほしかった。その一方でニーナの気持ちも理解できた。自身の子どもたちを理解できるのと同じように。

ぎこちない手つきで乱れた髪を整え、擦り切れたシャツの襟を直し、目立つズボンの汚れを爪でこすり落としてから裾の埃を払う。避けては通れない。大事なのは、エーヴァの件で誰かがニーナに連絡したかどうかを確かめることだ。だが、それはまさに彼が恐れていることでもあった——ニーナのもとに母親の死の知らせが届いていることが。

ボリエはドアの向こうから住人が出てくるのを待つと、中に入って壁の表札を調べた。

ニーナは三階に住んでいた。階段を上る途中、人の声、テレビの音、笑い声が耳に飛びこんでくる。眠る場所を失うまでは気にも留めなかった音。ボリエは目をつぶって、子どもたちの泣き叫ぶ声に耳を傾けた。

どうか何ごともありませんように、と祈った。ニーナの部屋の前まで来ると、もう一度だけ髪を整えてから呼び鈴を鳴らした。こんなふうに訪ねるのは、ニーナに対してもエーヴァに対してもフェアでないかもしれない。だが、ほかにどうしろというのか。

これ以上、不安な状態でいることには耐えられなかった。

足音が聞こえた。ドアスコープをまっすぐ見つめ、怪しい人物に見えないように姿勢を正す。ドアが開いた瞬間、心臓が止まった。ニーナがこんなにも母親に瓜ふたつだとは思ってもいなかった。

「どちらさまですか?」訝るように尋ねながら、彼女はボリエのぼろぼろで汚らしい服装に目を走らせた。

「ボリエといいます」どうにか笑みを浮かべる。「お母さんの友人です」

ニーナの表情が疑念から怒りへと変わった。

「わたしに母はいません」彼女はきっぱりと言った。

ドアが閉まる寸前、ボリエは隙間に足をはさみこんだ。

「何するんですか?」ニーナは声を荒らげた。「帰ってください。でないと警察を呼びますよ」

「聞いてくれ、お願いだ、ニーナ」ボリエは訴えた。「お母さんが姿を消した。どこにいるのか見当もつかない」

「わたしも小さいころ、どこにいるのか、しょっちゅう疑問に思ってたわ」ニーナは言い返した。

「彼女がよい母親でなかったのは知ってる。もちろん、いまも。でも、いまは後悔している。変わったんだ。そんなふうには見えないかもしれないけれど、あんなにやさしい人を俺は知らない。お願いだ、力になってほしい」

ニーナは鼻で笑い、ドアの隙間から顔をのぞかせて、ボリエに人さし指を突きつけた。

「変わったなんて、どうして言えるの？　あなたに黙って姿を消したばかりなのに。もうあの人には関わりたくない。帰って、すぐに！」

ニーナはドアをばたんと閉めた。

中庭には誰もいなかった。ボリエは鼻をすすり、涙を拭って、口を手で覆った。仮に彼自身がエーヴァに捜される側であっても、子どもたちは同じような態度を取るだろう。最悪なのは、彼らを責められないことだった。

この世でただひとり、自分が暴力を振るったり、傷つけたり、騙したりしたことがないのはエーヴァだけだった。自分が人として、まだ正しい行ないができることを示す証拠——それが彼女なのだ。彼女は自分を頼りにし、必要としている。彼女が呼吸をしているかぎり、ボリエにはこの世に存在する権利と居場所がある。

10

裁判所の前でタクシーから飛び出すと、ジャスミナは石段を駆け上がった。ドアを開ける前に薄い青空を見上げる。天気予報では気温が二十度を超えると言っていた。五月まで、残すところあと二日となり、夏は着実に近づいているようだった。

再勾留の審理は二十二番法廷で予定されていた。部屋の外にはスウェーデン・テレビ（ＳＶＴ）、スウェーデン・ラジオ（ＳＲ）、日刊紙『アフトンポステン』の記者たちが群がっている。女性活動家がふたり、それぞれ〝女性殺し〟、〝女性嫌い〟と記された手書きのプラカードを掲げていた。ＳＮＳも炎上している。大手のメディアはカリム・ライマニの名前を公表していないものの、フェイスブックや〝フラッシュバック〟では写真や個人情報が公開されているという記事をジャスミナは目にした。ある男性の法学教授が、まだ判決は出ていないとして、意見記事で冷静になるよう呼びかけたが、その教授はたちまち殺害の脅迫を受け、殺人犯および強姦犯を庇っていると非難された。

カリム・ライマニを再勾留とすべきかどうか、最終的な判断を下す裁判官にとっては相当なプレッシャーにちがいない、とジャスミナは考えた。たとえ裁判官でも人間だ。

ライマニの再勾留が決定すれば、タブロイド紙は少なくとも彼の名前や写真の掲載を検討するだろう。通常は有罪判決が下されるまでは自粛するが、今回は法医学的証拠が存在し、世間の関心もきわめて高い――#MeToo運動を受けて、スウェーデンがいまだに混乱状態にある事実を考えればなおさらだ。ジャスミナは――とりわけ有罪判決の前に――個人情報をさらすことには断固反対の立場だったものの、さいわい、その難しい判断を下すのは自分の責任ではない。トゥーヴァ・アルゴットソンや他の編集者がどういう結論を出すにせよ、批判は免れないだろう。

法廷の扉が開くのを待つあいだに、ジャスミナはトゥーヴァとの会話を思い返した。マックスと顔を合わせると考えると、とても平静ではいられなかったが、誰にでもやり直す機会は与えられるべきだ。それに、トゥーヴァは明らかに配慮を示してくれた。

扉のほうから音が聞こえ、ジャーナリストの一団が押し合うように動きはじめた。ジャスミナは最後に入ると、最後列の席に座った。

緊張していた。殺人事件で再勾留の審理を傍聴するのは初めてだった。彼女はボイスレコーダーを膝に置き、録音ボタンを押してからノートパソコンを開いた。

裁判官が入廷する。五十代の赤毛の女性だ。たちまち報道陣のざわめきが静まった。裁判官は着席する前に、傍聴人に対して審理を妨げないよう念を押した。

ジャスミナはますます緊張が高まるのを感じた。そのとき別の扉が開き、振り向いた瞬間、部屋全体がぐるぐる回りはじめた。ボイスレコーダーが床に落ちて音を立てる。彼女は慌てて拾い上げた。

法廷に入ってきたのは、自分をレイプした男だった。

11

シュールブルンス通りを走ってきた臙脂《えんじ》色のフォード・スコーピオがスピードを落とした。後部座席では金髪の子どもがふたり、窓ガラスに顔を押しつけてヴァネッサをにらみつけていた。

オーヴェが車から降りてきて、子どもたちに何か言ってからヴァネッサのほうに来た。背後で男の子と女の子が喧嘩を始める。

「かわいいだろう？　リードを持ってくれれば、芝生で散歩させられたんだが」そう言って、オーヴェは通りの向こうの公園を指さした。

ヴァネッサは笑みを浮かべた。

「あまり時間がない。リーアムはこれからサッカーの練習で、サラはバレエの発表会なんだ」

「奥さんは？」

「逃げられた。一時的に、だといいが。仕事が終わって友人と飲んでいる」

「逃げられた……」ヴァネッサはつぶやいた。「少なくとも、あなたは奥さんを〝政府〟と呼ぶようなタイプじゃないわよね？」

「〝レーニン〟と呼んでる」オーヴェはにやりとして言った。「でも、それは彼女の名前がレーナだからだ。これが例の強姦未遂事件のファイル、やっとのことで発掘したよ」

男の子がシートベルトを外し、クラクションに激突した。ヴァネッサもオーヴェも跳び上がった。

「停戦が終了した。前線に戻らないと」とオーヴェ。

ヴァネッサはファイルを小脇に抱えたまま、アパートメントの入口の前に取り残された。心地よい午後だった。空は薄い青色で、驚くほど暖かい風が通りを吹き抜けていく。テラス席でコーヒーの一杯でも味わうのもいいかもしれない。

彼女は〈カフェ・ネストロ〉の外に空いたテーブルを見つけ、コーヒーを注文した。そこにベビーカーを押した若い女性が通りかかった。ヴァネッサは彼女を目で追い、はっと息をのんだ。たぶん初めての子どもだろう。自分が母親になったときには、ほかのものがたちまち色褪せて見えた。その瞬間から、親以外の何者でもなかった。そしてアデリーネを失うと、もう誰の母親でもなくなった。自分の産んだ泣き叫ぶ赤ん坊、みずからの子宮の中で人間の形となり、母乳で栄養を与えた子どもがいなくなった。この地上から消え去った。痛みは、いまだに身体に残っている。あの子がキューバのどこに埋葬されているのか、ヴァネッサは知らなかった。そもそも埋葬されているのかどうかも。

あのまま、まっすぐ空港へ向かい、最も早い時刻のヨーロッパ方面へのチケットを買い、スウェーデンに帰国した。誰にも話さなかった。スヴァンテにさえ。たぶん話すべきだった。話していれば、それから何年ものちに中絶するよう説得されることはなかっただろう。

「あの男、最低」

ヴァネッサはブレザーのポケットからサングラスを取り出すと、鼻の上にかけてファイルに没頭した。

ローラムスホブ公園で強姦未遂事件が発生したのは、二〇一四年五月十四日の午前二時半ごろだった。被害者の名はクラーラ・メッレル、二十歳の医学生で、外出先から帰宅する途中だった。犯人は背後から近づき、ナイフを首に突きつけて彼女を茂みに引きずりこんだ。ところが不可解なことに、男はとつぜん姿を消した。捜査官はクラーラ・メッレルに対して、なぜ強姦未遂だと断言できるのかと尋ねている。

〝犯人がそう言ったからです。「犯してやる。いままでにないほど徹底的に、この売女め」と言ったんです〟と彼女は説明した。

また、彼女の証言によると、男は痩せ型で身長は百八十センチ弱。頭部にところどころ脱毛斑があり、小さなスクエアタイプの眼鏡をかけて寄り目だったという。推定年齢は二十五歳前後、スウェーデン人と思われる。

ヴァネッサはペンの写真を取り出した。ありきたりのボールペンで、色は青だ。軸の部分に〝ローセスバーリ・スロット・ホテル〟のロゴが入っている。エメリ・リディエンは、これをどこで手に入れたのか。サロンだろうか。

まずはエステティシャンに頼んでサロンの予約システムを調べてもらい、犯人の年齢に近い人物が最近訪れたかどうかを確認する。そして時間ができ次第、ローセスバーリまで行って、エメリ・リディエンとの接点を探す。だが、急がなければならない。カリム・ライマニの再勾留が決定すれば、ミカエル・カスクの指示でどこか地方の町へ派遣され、ふたたび地元の警察に協力する日々が始まるだろう。

ヴァネッサは書類をファイルに戻すと、コーヒーのお代わりを頼んだ。

12

カリム・ライマニに対して、裁判官はエメリ・リディエン殺害容疑に相当の理由があるとして再勾留を命じた。ジャスミナは荷物をまとめ、急いで法廷を出た。石張りの廊下を走ってトイレに飛びこみ、個室のドアを閉めると、膝をついて、胃の中のものを便器の中に吐き戻す。

そして身体を震わせながら蓋を閉め、流してから携帯電話を取り出した。『クヴェルスプレッセン』に掲載された事件の記事を読む。警察の調べでは、エメリ・リディエンの命が奪われたのは四月二十日から二十一日にかけての深夜だった。

「そんな……」

ジャスミナは首を振った。ありえない。トーマス——いいえ、カリム——に会ったのは、あの晩の午後八時ごろだった。それから数時間かけて、彼と仲間ふたりにレイプされた。それとも、わたしの思い違いだったの？　あらゆる状況が、カリムがエメリ・リディエンを殺害したことを示している。カリムが仮釈放中に履いていた靴の裏から、エメリの血液も検出された。頭がおかしくなってしまったのだろうか。ジャスミナはゆっくりと身体を揺らしながら、レイプの場面を脳裏から消し去ろうとした。

思いきってドアを開けると、鏡に映った自分の姿が目に入る。ちょうどそのとき、女性活動家のひとりが入ってきて、ジャスミナをにらみつけた。

「あなた、新聞記者？」

ジャスミナがうなずくと、女性はばかにしたように笑った。

「理解できない、あの男の名前を出さないなんて。卑劣極まりないわ。あなたたちのせいで、ああいう連中が罰を逃れるんだから。あの男だって、どうせ二、三年刑務所に入るだけでしょ。最悪の場合、無罪になる。次に彼と別れた女性はどうなるの？」

ジャスミナは答えなかった。無言でもう一方の女性活動家のわきを通り過ぎようとしたが、相手は横に移動して行く手を阻んだ。

「女として恥ずべきよ。次はあなたか、あなたの友人が、ああいう男の餌食になるかもしれないわね」

ジャスミナはトイレを出た。活動家たちの視線が背中に突き刺さるのを感じた。

出口へ向かうと、落胆した同僚の記者たちが文句を言いながら、少しでも記事やテレビ番組を埋めるためのネタを手に入れようと群がっていた。カリム・ライマニの弁護士はノーコメントを貫こうとしている。検察官も報道陣を避けた。

ジャスミナはニュース編集局に戻ることにした。混乱する頭の中を整理したかった。他人に対してこれほど激しい憎しみを覚えたのは生まれて初めてだった。カリムをずたずたに切り裂いてやりたかった。

まさに板挟みの状態だった。レイプの被害に遭ったことを黙っていれば、殺人犯が野放しとなる恐れがある。だが、カリム・ライマニがレイプではなく殺人罪で有罪となれば、はるかに厳しい判決が下されるだろう。彼の前科を考えると、終身刑が言い渡される可能性もある。有罪となる確率もレイプより高い。自分が黙ってさえいれば、彼を社会から抹殺することができるのだ。

けれども道徳的にはどうだろう。刑務所に閉じこめるべき鬼畜が無実の罪で裁かれるのを、黙って見逃してもいいのか。自分がカリム・ライマニのアリバイを証言して、その後、彼がレイプで罪に問われなかったら？ そして釈放されたら？ その結果、彼が別の女性を襲ったら？ 一市民として、何よりも女性として、カリム・ライマニのような男をできるかぎり社会から遠ざけるのが義務なのではないだろうか。

13

トムはロールストランド通りとノールバッカ通りの角に佇み、ヘンリエッタの住まいがある建物の入口を眺めていた。途中、〈ドレスマン〉で新しい服を買った。とても気に入ったので、店員に値札を外してもらい、その場で新たなシャツとズボンに着替え、古い服は買い物袋に詰めこんだ。

気がつくと、二時間この場所に立ったまま、希望と絶望のあいだを行ったり来たりしていた。恋人が一緒にいて、彼女の世話をしているのだろうか。親切な男なのか。思いやりがあるのか。あの晩、病院で、そしてストックホルムの夜を走るタクシーの中で、ふたりで過ごした魔法のような時間は、なかったことになってしまうのか。けれども次の瞬間、トムはヘンリエッタが自分に夢中だと思いこもうとした。まさにいま、俺が呼び鈴を鳴らすのを待っている。服を脱ぎ捨てて、俺に身をゆだねるのを。

先週の土曜日、ふたりはこの建物の前で別れた。病院から帰る途中、トムはずっと黙りこんで窓の外を眺めていた。いままでの人生で、こんなにも幸せだったことはない。自分を軽蔑しない相手と、これほど間近にいたことは。ヘンリエッタも口数は少なかったが、タクシーの相乗りを誘ってくれた。タクシー代は病院から支払われるものの、そのひとときは愛の証しにも感じられた。

トムにとって、ヘンリエッタは最後の希望だった。彼は思春期のころからセックスへの渇望は人並み以上で、女をものにするのにふさわしい男に見られたいと願っていた。だが、現実はまったく思いどおりにいかなかった。彼を魅力的だと思って股を開く女など、どこにもいなかった。彼に身を任せる女など。そのせいで、三十三歳になってもいまだに童貞だった。

そのときドアが開いて、ヘンリエッタが苦労しながら出てきた。薄手のジーンズに白のタンクトップというでたちで、髪は頭のてっぺんで丸くまとめている。トムは駆け寄って手を貸したい衝動をこらえた。ヘンリエッタは松葉杖を地面につくと、サント・エリクス通りの方角へ歩きはじめた。彼はゆっくりと後をつけた。苛立たしいほど遅いスピードで、何度か足を止め、追いつかないようにその場に立ち尽くすはめになった。ふと、前方の壁に貼られたポスターが目に留まる。

〝愛、シスターフッド、音楽〟

女性限定のフェスティバル。

ついに我慢できなくなったトムは、通りを渡り、なかば駆け足で百メートルほど行ったところで、ふたたび先ほどの歩道に戻って、まっすぐヘンリエッタに向かって歩き出した。彼女のほうから気づくように、よそ見をせず前を向いたまま歩くべきだろうか？ もし気づかなければ、あるいは声をかけてもらえなければ、苦労は水の泡だ。もう一度最初からやり直さなければならない。十メートルくらい進んだ地点で店のウインドウに目を向けると、彼女の横顔が映っているのが見えた。

「あら、誰かと思ったら」ヘンリエッタが声をあげた。

トムは、いま初めて気づいたと言わんばかりにくるりと振り向いた。

「何か買うの？」ヘンリエッタはウインドウをあごで示して尋ねた。

そこはランジェリーショップだった。目のやり場に困る格好をした手足の長いマネキンが、無表情な目で通りを見つめている。トムは穴があったら入りたかった。

「足はどう？」つぶやくように尋ねる。

「まだ痛むわ」

「どこへ行くんだい？」

彼女は松葉杖でヴェステルマルム・ショッピングモールのほうを指した。

「友だちとコーヒーを飲む約束をしてるんだけど、早く来すぎちゃって。こんなもので歩いてたら、どこへ行くにも、どれだけ時間がかかるかわからないわ。あなたの手は？」

トムは包帯に触れた。

「だいぶよくなった。俺もコーヒーを飲みに行くところなんだ」と言い繕う。「同僚を待っている」

ヘンリエッタはほほ笑んだ。彼が一緒に行きたがっていることには気づいていない様子だ。

「もう行かないと」彼女は言った。

トムはパニックに陥った。もう行ってしまうのか？俺が何かしたのか？　初めは申し分なかった。ヘンリエッタが立ち止まって、向こうから声をかけてきて、おしゃべりをした。いい雰囲気で。

「友だちが来るまで付き合うよ」彼は思いきって言った。

ヘンリエッタは片眉を上げ、唇を引き結んでからうなずいた。

「わかったわ」


ショッピングモール内のH&Mの外にあるカフェで、トムはコーヒーを二杯買った。自宅以外でコーヒーを飲むのは初めてだったので、これほど高いとは知らなかった。二杯で六十クローナ。彼は椅子を引き、テーブルにカップを置いてから腰を下ろした。

「ありがとう」

彼女の待ち合わせている相手が男なのか女なのか、尋ねるべきだろうか。いや、じきにわかる。彼女がいまだに恋人の話に触れないので、トムは内心ほっとしていた。これは何か訳があるにちがいない。SNSで見せる、あの幸せそうな生活はうわべだけなのだろう。彼女が実際には彼にはそこに隠された真実が見えた。

とても不幸だとわかっていた。

トムは彼女の様子をうかがった。

心なしか、よそよそしい感じだった。通りで会ってからの出来事をすばやく振り返る。自分がのぞいていたのがランジェリーショップだったこと以外、とくに失態を演じた覚えはない。

にもかかわらず、頭が真っ白になった。話題が見つからなかった。

トムは味のないコーヒーを飲み、舌をやけどして涙ぐんだ。

「あちっ」

ヘンリエッタは腕時計に目をやった。

「退屈だろう、家でじっとしていると」彼は尋ねる。

「ええ」

「俺でよければ付き合うよ。映画を見たり。料理だってできる。それか何か注文したり。俺のおごりで。ハンバーガーは好き？」

時間がない。もうじき彼女の待ち合わせの相手が現われるだろう。そうしたら、次はいつ会えるかわからない。

ヘンリエッタはまたしても手首を返して時間を見た。

絶望感が押し寄せてくる。

「どうだろう？　たとえば今夜とか？」

「予定があるの」

トムは唇を舐めた。

「予定って……明日は？」

ヘンリエッタが顔を上げ、トムは振り返った。すぐ後ろに、ヘンリエッタと同い年くらいの茶色い髪の女性が立っていた。ぽっちゃりしていて、デニムに包まれた太腿がはち切れそうだ。トムは胸を撫で下ろした。ダグラスでも、他の男でもなかった。それに、ヘンリエッタがとつぜんの誘いに応じられないのも無理はない。友人がヘンリエッタを抱きしめるあいだに、彼は携帯のショートカットボタンを押して録音を開始し、席を立って、電話を服の入った袋に入れた。

そして自己紹介をした。

「ジュリアです」友人は言って、彼の手を握った。

「トイレに行くあいだ、ちょっと荷物を見ててもらえないかな」とトムは頼んだ。

ふたりはうなずき、ジュリアは彼の座っていた椅子に腰を下ろした。トイレを探しながら、トムは彼女たちに引き止められるかどうか考えていた。引き止めてほしかった。いつものように、鏡に映った顔を見ないようにしながら手を洗うと、彼はドアを開け、テーブルに戻った。

ふたりの横に立って、どちらかが椅子を持ってきて座るよう言い出すのを待った。だが、何も起きなかった。重い沈黙だけ。トムは袋を手にして、もう少しだけ待った。

「じゃあ、また」彼はつぶやくと、向きを変え、立ち去った。

14

検察側が元恋人のエメリ・リディエン殺害容疑でカリム・ライマニの再勾留を請求したことについて、三千字の記事を書き終えてからも、ジャスミナは長らくニュース編集局に残っていた。どうにも気持ちが落ち着かず、集中するのに苦労した。

カリム・ライマニに対する憎しみが、自身の倫理観やジャーナリストとしての仕事と真っ向から対立していた。自分は真実を追求しなければならない。そして真実とは、カリム・ライマニは強姦の罪を犯し、したがってエメリを殺すことは不可能だったということだ。ふたつの事件が同時に発生したからだ。

警察からの情報を差し控え、それによってエメリの殺人犯を野放しにするわけにはいかない。とはいうものの、カリム・ライマニのアリバイを証言すれば、レイプの件が表沙汰になることは避けられまい。そして、死ぬまで額に〝レイプ〟の刻印を押されて過ごすのだ。でも、ひょっとしたらほかに方法があるかもしれない。

ジャスミナは携帯電話を取り出すと、ハンス・ホフマンにメッセージを書いて居場所を尋ねた。

〝行きつけの店〟と、すぐに返事がきた。ジャスミナは貸与されたパソコンを仮のケースに詰めこむと、ニュース編集局を後にした。

ハンス・ホフマンの行きつけの〈リトル・ボリウッド〉は、『クヴェルスプレッセン』の編集局から数百メートル離れたフレッドヘルにあるインド料理のレストランだった。店内はがらがらで、ホフマンは入口近くの席でシンハー・ビールを飲みながら『アフトンポステン』を読んでいた。

「腹はへってるか?」彼は尋ねた。

「大丈夫です」ジャスミナは答え、隣の空いている椅子にパソコンのケースを置いた。「家はこの近くなんですか?」

ホフマンは指を立てて天井を指した。

「三階だ」

ジャスミナは、この新聞社に来たばかりのころに耳にした会話を思い出した。ホフマンが電話に出ないと文句を言う編集者に対して、上司が〝インド料理屋〟の給仕長に連絡したら捕まるかもしれないとアドバイスした。すると十五分後、ホフマンが悠然とニュース編集局に姿を現わしたのだ。

「ここはおいしいんですか?」とりあえず沈黙を埋めようと、ジャスミナは尋ねた。

「それほどでも。だが、離婚したばかりのころに食べていた冷凍食品よりはましだ」

「ごめんなさい」

「いいんだ。妻は救急隊員で、あるとき交通事故に遭った男の命を救った。一年後、そいつと結婚したよ。いまは幸せに暮らしている。自分のことじゃなければ感動する話だ」

かつては花形記者だったホフマンが、一時期『クヴェルスプレッセン』を離れることを余儀なくされたという話は聞いていた。おそらく離婚と無関係ではなかったのだろう。そしてアルコール消費量とも――きっと離婚のせいで増えたにちがいない。その後、彼は夕刊と週末版のヘルプとして復帰した。

ホフマンは瓶のラベルの端をちぎった。

「同情はやめてくれ、ジャスミナ。人生は変わる。昔はストゥーレプラン界隈の名だたる名店で飲んでいた。〈リッシュ〉、〈ティオッテルグリーレン〉、〈ストゥーレホフ〉、〈プリンセン〉……いまはここだ。かつては俺に挨拶して、ゴマをすって、一緒に食事をしたがった連中は、いまじゃあ知らん顔だ。こっちから電話しても、折り返しかけてきやしない。俺を雇ってくれる奴も皆無だ。だからここで時間を潰してる。まあ、かまわない。すぐに慣れるさ。それより、きみはなんでここまで来たんだ？」

「力をお借りしたいんです。時間があれば。それに嫌でなければ」

ホフマンはボトルを掲げた。ジャスミナは承諾のしるしだと解釈した。

「あなたは、ほかの誰よりも警察内部に情報源を持っています。カリム・ライマニの事件を担当している捜査官が誰なのか、知りたいんです」

彼は無精ひげを引っ掻いた。

「なぜだ？」

「参考までに」

「最近のジャーナリスト養成学校では、嘘のつき方を教えないのか？」

ジャスミナは答えかけたが、ホフマンが笑いながら手を上げたので口を閉じた。

「俺が教えよう。今日はもう帰るといい。また連絡する」

15

トムはリビングの床に横たわっていた。アパートメントは真っ暗だった。高速道路がうなりをあげる。ネズミが甲高い声で鳴きながら、書斎の床に鋭い爪を立てて走りまわっていた。彼は手探りで携帯電話を探し、再生ボタンを押した。なぜわざわざ自分を苦しめているのか——少なくとも二十回はこの会話を聞き、とっくに暗記していた。

〝いまの誰？〟

〝誰でもない。病院で会った人〟

〝なんだか気味悪い。ぜったい変な人よ。すぐわかった。しかもあの口臭！〟

ジュリアは喉を鳴らし、吐く真似をしてみせる。ヘンリエッタはくすくす笑った。

〝わかってる。近づかないでおくわ。だけど親切そうだった。寂しそうで〟

〝やめてよ、ヘンリ。ぞっとする。それに、あの服見た？　なんなの、あれ。あの手の男には、もっときっぱりした態度を取らないと。フリーハムネンの港で釣り上げられて、遺体袋に入れられるはめになっても知らないから〟

ヘンリエッタとジュリアはダグラスの話を始め、トムは再生を停止した。

嫌悪感がこみ上げた。自分は何ひとつ悪いことはしていないにもかかわらず、女は外見でしか判断しない。それと金があるかどうか。自分には死ぬまでセックスのチャンスは訪れないだろう。女からは、種を植えつけ、生殖するのにふさわしい相手とは見なされない。

トムは立ち上がると、新しい服を脱ぎ捨て、足でソファの下に押しこんだ。二度と目にしたくなかった。

思い出したくもなかった。自分を恥じた。ヘンリエッタに関心を持たれているなどと、どうして思いこんだりしたのか？　彼女もほかの女と同類なのに。

彼は足を引きずってバスルームまで行くと、明かりをつけ、包帯を引き裂きはじめた。自身の身体に囚われているようだった。叫び声をあげる。いまわしい、醜い顔を見つめて吠える。怪我をした手でこぶしを握りしめ、鏡に叩きつけた。爆発する激痛。腕に滴り落ちる血。彼女のアパートメントへ行き、辱めなければ気がすまなかった。

トムはバスルームの床にへたりこみ、両手に顔をうずめた。すすり泣いていた。喘いでいた。ヘンリエッタとの出会いも、孤独以外の何物でもない人生からの突然の解放も、まったく意味はなかった。彼は社会という身体から永久に切断された。あってもなくてもよい付録だった。

16

部屋の片隅に置かれた白い扇風機が勢いよく回っていた。

入口にニコラスが現われると、イヴァン・トミックは立ち上がった。グレーのトラックパンツにグレーのセーター、足元はアディダスの黒いサンダルといういでたちだ。剃り上げた頭には頭皮の傷痕がはっきりと見える。クルーネックの襟元からは黒っぽいタトゥーがのぞき、太い首を覆っていた。

額に痣ができている。イヴァンは人さし指を押し当てた。

「くだらない喧嘩さ。卵のことで。俺がくすねたって文句つけてきて」

「くすねたのか？」

イヴァンはにやりとする。そしてうなずいた。

ふたりが最後に会ったのは、ニコラスが〈軍団〉による隠れ家襲撃計画を彼から強引に聞き出したときだった。その隠れ家には、誘拐された資本家の妻、メリナ・ダヴィッドソンが警察によって保護されていた。ニコラスとヴァンは故意に焦らした。手遅れになるまで。ニコラスとヴァネッサが到着したときには、メリナはすでに死亡していた。

「なんの用だ？」ニコラスは尋ね、椅子を引き出して座った。イヴァンは時間をかけて腰を下ろし、ニコラスを見つめた。

「謝りたい」

「死ぬまで許さない」

「薬のせいで大事なことを忘れてた。親友を裏切ったんだ。おまえは俺を守ってくれただけだったのに。正しい道に導こうとしただけなのに」イヴァンはテーブルの上で組んだ手を見つめた。「いまは薬を断っている。もう二度と手は出さない。刑務所に入って変わったんだ。わかるか？　おまえには考える暇があるだろう。大人になることとか、子ども時代のこととか」

ニコラスは立ち上がって帰ろうかと思った。ここに来たのは間違いだった。一度やったことは取り返しがつかない。たとえイヴァンが変わったとしても、ニコラスは二度と彼に関わりたくなかった。あまりにも多くのことがありすぎた。

「親父が死んだ。癌で。膵臓の」

ニコラスはイヴァンの父親のミロスを思い浮かべた。権威を振りかざす、不愉快な男だった。イヴァンは痣だらけになるまで殴られ、いつも泣き叫んでいた。まったく世代が異なる男。エドゥアルド・パレデスとも違う。

「それは大変だったな」

「親父はいつもおまえのことが好きだった。おまえが息子だったらよかったと思ってたにちがいない。勉強ができて、みんなに好かれて。俺とは正反対で」

「会えたのか……亡くなる前に？」

イヴァンの口は笑っていたものの、目は悲しそうだった。彼は首を振った。

「病気になったときに手紙を送ってきた。葬式には出てほしくない、俺は親父にとって最大の過ちだったと。人生の破滅のもと。面会に来てくれたのは、おまえが初めてだ。いや、ふたり目だな」

イヴァンはテーブルに肘をつき、剃り上げた頭を撫でた。ニコラスは気になった。イヴァンには友人がいない。昔からずっと。学校では〝ニコラスの犬〟と呼ばれていた。一瞬、マリアをうまく言いくるめて来させたのかと思ったのだ。

「誰が訪ねてきたんだ？」

「ここで知り合った奴さ。エユプ。ここを出てから恋人を刺し殺したんだ。だけど釈放された。証拠不十分で」

ニコラスは苛立ちがつのるのを感じた。殺人犯。やっぱり。イヴァンは変われない。これっぽっちも。尊敬や繋がりを求めるあまり、誰とでも手を組む。女を殺した男であろうが、ギャングであろうが、強姦犯であろうが。

「で、おまえは？　どうしてる？」イヴァンは尋ねた。

「心配は無用だ」

扇風機がうなりを立て、淀んだ空気を懸命に循環させようとしている。

「わかってる。ただの社交辞令だ」

ニコラスは椅子を後ろに押しやった。

「もう会うことはないだろう。区切りをつけたかっただけだ。二度と連絡するな」

17

大型トラックが次々と通り過ぎ、コンクリートの橋を振動させている。エーヴァは手すりにつかまって、その様子を眺めていた。小さいころはトラックの運転手になるのが夢だった。車体の大きさに安心感を覚えたのだ——自分がいちばん大きければ、誰にも傷つけられることはない。道を辿っていけば、ヨーロッパ、そして世界へと旅立つことができる。

手すりを放すと、エーヴァはふたたび歩きはじめた。

二日前にボリエのもとを去ってから、ひたすら身を隠し、彼に見つからない場所で眠った。依存症が再発したときにいつも行くようなところは避けた。

前方に森がそびえ立っている。木々に阻まれて見えなかったものの、あの向こうには湖がきらめいているはずだ。かつて詩人のトーマス・トランストロンメルは〝地球の窓のごとく〟と表現した。エーヴァは詩を愛していた。自分でも何度か書こうとしたが、どうしても大げさでくだらないものになってしまう。だから誰にも見せたことはなかった。ボリエにも。

足下はアスファルトから土になった。湿気と葉のにおいが立ちこめ、枝の隙間から太陽の光が射しこむ。エンジンの轟音はだんだん遠ざかり、やがてささやき声ほどになった。

湖は記憶にあるよりも小さかった。よくあることだ。子どもにとっては巨大で目を見張るようなものが、縮んで手が届くほどになるのは。

エーヴァは岩の空洞を見つけ、腰を下ろして身をゆだねた。

初めてここに来たのはいつだったか。

あれはたしか一九八〇年、十一歳のときだった。継父のシェルにレイプされた。

その後、何時間も歩いて、てっきり海に出たと思った。向こう側はフィンランドだと。わずかばかりの食べ物をたいらげ、誕生日にもらった懐中電灯の明かりでリンドグレーンの『はるかな国の兄弟』を読んだ。

翌朝、年配の夫婦が彼女を見つけ、両親はどこかと尋ねて、警察署へ連れていった。

シェルが迎えに来て彼女を抱きしめ、愛する継娘を保護してくれた警察の働きに感謝した。家に帰る途中、シェルは寂れた駐車場に車を駐め、彼女を後部座席に押し倒してふたたびレイプした。

エーヴァは顔にかかった髪を払いのけて湖を見つめた。なぜあれほど辛かったことを忘れられないのだろう。ここに足を向けさせる出来事を。

それよりも、幸せな思い出を大事にするべきなのに。自分をこの場所から遠ざけてくれた記憶を。

ニーナが生まれてからの六年間。まだどうにかうまくやっていたころ。街には出ず、売春の斡旋業者とも客とも離れていたころ。貧しくて厳しい毎日だった。それでもニーナだけは、薬とは無縁の環境できちんと育てようとした。スーパーマーケットに働き口を得た。アストリッド・リンドグレーンの物語を読んで聞かせ、一緒に遊んだ。だが、ほどなく仕事をクビになり、ふたたび街角に立ちはじめるほかはなかった。

警察よりも客の前でひざまずくほうがましだった。少なくとも、女を金で買う男たちは自分の欲望を隠そうとしない。

その後の数年間でエーヴァはヘロインを使うようになり、痛みを麻痺させるために手当たり次第に注射した。ニーナとは引き離された。胸の中の穴はどんどん大きくなり、暗闇はさらに暗くなった。暴力を振るい、役立たずの女だと言い放つ男たち。薄汚れた部屋。性感染症。

そのうちに、ひたすら死を待つようになった。実際、何度か死にかけた。ドラッグの過剰摂取、気絶するまで殴られ、路上で他の中毒者や密売人にレイプされた。それでもどうにか生き延びて、食いつないだ。

やがて、スカイ・バーでボリエと出会った。

彼が自分の前ではひどく不器用になることにすぐに気づいた。これまで会ったどんな男とも違った。自分には何も求めず、何かを強制することもなかった。エーヴァは思いきって口を隠さずに笑ってみた。それまでは考えもしなかったことだ。彼のおかげで惨めさを笑いの種にすることができた。あまりにも笑いすぎて、おもらしをしたこともある。けれども、そのときも恥ずかしいとは思わなかった。むしろふたりで裸になって、ユニバッケンの前の川に入り、仰向けになって星を見ながら漂っていた。

だが心のどこかでは、ボリエとの時間は長続きしないとわかっていた。再発はますます頻繁になり、ボリエの足を引っ張った。このまま彼を傷つけつづけるわけにはいかなかった。彼には永遠に自分を支えるだけの力はないだろう。ボリエが人生をやり直すつもりなら、自分はこの世を去らなければならない。

エーヴァは注射器を取り出して、ライターと一緒に岩の上に置いた。誰かがすぐに見つけてくれることを願った。ボリエが心配しなくてもすむように。死体が腐敗しすぎないように。

バッグには三通の遺書が入っていた。一通はボリエに、一通はニーナに、そしてもう一通は会うことのない孫に宛てて。針を用意し、腕の静脈を探し当て、イヴォンヌ・ドメイのお気に入りの詩を口ずさみながらピストンを押しこんだ。

その詩は、亡くなった息子のトルビョルンに捧げられたものだった。息子が埋葬されると、イヴォンヌは天気を確認することに取りつかれるようになった。自分のためではなく、息子のために。

石や貝殻を拾って海辺を歩く　あなたにあげるつもりで
笑いたければどうぞ笑って　でもわたしにできるのはそれだけ
貧しさは美しさを寄せつけない　もちろん愛も
笑いたければどうぞ笑って　それでもあなたを愛してる

たぶんボリエは天気を気にするだろう、とエーヴァは思った。あたしのために。

第四部

女は人間ではない。皆、男の奴隷であり、そうあるべきだ。命じられたら食事をつくり、掃除をして、股を開くだけだ。

——名もなき男

1

四十二歳のオスカル・ショーランデルは妻のテレースと腕を組み、スポンサーの部屋へと続く赤いカーペットを歩いていた。途中、タブロイド紙やゴシップ雑誌のカメラマンに足止めされたが、彼は如才なく礼を言い、ビュッフェカウンターに近いスタンディングテーブルに場所を見つけた。

会場には、特別に招待されたゲストが三十人ほどいた。

一緒に写真を撮ろうとする老若男女が列をなす。そのひとりひとりに、オスカルは笑顔で応じた。その様子をテレースはじっと見守っていた。それが夫の仕事だと理解しているのだ。

彼女はふたり分のグラスワインを手にして、少し離れたところで静かに待った。

「まだ少し落ち着かないみたい」ふたりきりになると、テレースはささやいた。

「子どもというのは、あることないこと想像する。わかっているだろう」

オスカルは通りかかった同僚にうなずいてみせる。

「ヨセフィーネは嘘をついたりする子じゃないわ」

彼は五歳の娘を思い浮かべた。天使のような顔、ふわふわの金髪、〝消える手品〟をしてみせると大笑いしてしわがよる小さな鼻。

「だったら、夢を見ていたんだろう。わたしたちはブロンマに住んでいるんだ。バグダッドじゃなくて。侵入して何も盗らずに出ていく奴がいると思うか？　ただ突っ立って、あの子を見ているだけで」

「わからない」とテレース。「だけど、わたしは番組が終わったら帰るわ」

　それっきり彼女は黙りこみ、夫をじっと見つめた。一緒に帰ると言うのを待っているのだと、オスカルにはわかっていた。だが、その言葉を口にするつもりはなかった。約束はしたくない。今夜のお楽しみは、これからなのだから。

　女性のダンサーがすぐそばを通った。ぴったりとしたレースのミニドレスをまとい、日焼けした美しい脚はきらめくストッキングに包まれている。誘うように腰を振る歩き方だ。たしか、何年か前のクリスマス・パーティで、口でやらせた女じゃなかったか？　名前はなんといったか……ミカエラ？　ミーシャ？

　番組が始まるまでに、あと一時間ある。最近はこの手のイベントにすっかり嫌気がさしていた。六人の肌を焼いたB級セレブたちが下手くそなダンスに興じる姿には、これっぽっちも興味はなかった。見ていて痛ましかった。だが、テレビ局の広報担当の女性から、ぜひとも出席してほしいと頼まれたのだ。それにテレースはこの番組が好きだった。

　オスカルはベクショーで生まれ育った。TV4のスポーツ・リポーターとしてこの世界に入り、昼も夜も働いた。サッカーのワールドカップ、アイスホッケーの世界選手権、ハンドボール、そしてオリンピックを取材し、努力が実ってスポーツ・キャスターとなった。

　若くて人気があり、おまけにハンサムなオスカルに、世の中の女性は夢中になった。テレビ局の上層部は彼の将来性を見込んで、スポーツ以外の番組に起用することにした。そうして彼はしばらく朝の情報番組を担当したのちに、金曜の夜のエンターテイメント番組を引き継ぎ、ついには自身のトークショーを持つに至った。

　オスカルは最優秀男性テレビ司会者賞を受賞し、〝最も隣に住みたい有名人〟の第一位となり、〝スウェーデン人女性が最も抱かれたい男〟に選ばれた。

テレースと出会ったのは十二年前だった。とあるバーで。ブロンドで、見ていると、つられてほほ笑んでしまうような美しい笑顔の持ち主だった。その夜は一緒に帰り、一年後に結婚した。当時、テレースは看護師として働いていたが、いまでは彼の預金口座を管理し、テレビ出演やインタビューのスケジュールを調整し、その合間に子どもたちの面倒も見ている。

そのとき、オスカルは誰かに肩を叩かれた。あろうことかラケルだった。コーラの缶を手に持っている。

「ハーイ、オスカル」

手のひらが汗ばみはじめ、彼はズボンでこっそり拭った。よくもこの場に顔を出せたものだ。いったい何を考えているのか。

先に動いたのはテレースだった。彼女は手を差し出して、自己紹介した。

「わたしたち、同僚なんです」ラケルは説明した。「何年か前まで、彼のトークショーの制作チームで一緒に働いてました」

ラケルと一緒にいると、オスカルは気持ちが若返るのを感じた。少なくとも実年齢よりは。最近は、恋に落ちたのではないかと思うほどだった。寸暇を惜しんで彼女と会っていたが、それでも満足できなかった。

「まあ、そうなの」テレースは冷ややかにほほ笑んだ。

オスカルにはわかっていた。彼女は夫が若い女性と一緒に仕事をするのを嫌がっている。明らかに危険な存在と見なしていた。彼が誘惑に抗えないと知っているのだ。テレースがジムに通う頻度と、彼が若い女性の多い制作チームに関わっているかどうかは相関関係にあった。それに気づいて、オスカルは心苦しかった。もちろん妻に申し訳なく思ったが、どうすることもできなかった。

極端な話、時間さえあれば、若い制作アシスタントと朝から晩までベッドで過ごしていたかもしれない。

だが、#ＭｅＴｏｏ運動を経て世の中は変わった。オスカルはもう少しでクビになるところだった。業界では以前から彼の女性遍歴や不倫が話題になっていた。それに加えて、インターネットの掲示板でテレースに暴力を振るっているとも非難されていた。

#ＭｅＴｏｏ運動が起こる以前は、それらは単なるゴシップにすぎなかった。ところが、いまやタブロイド紙が事実確認を怠り、大々的に実名を報道するようになったせいで、テレビ局での彼の扱いはすっかり変わった。容赦ないマスコミは、彼やテレースに対して不愉快で悪意ある質問を投げかけた。

オスカルが妻に暴力を振るったのは事実だ。三回ほど、痣になったことがある。感情を抑えることができなかった。だが、もちろん彼は危険人物などではない。フェミニズム政党〈フェミニスト・イニシアティヴ〉に投票し、昨年はメーデーの行進にも参加した。

そうはいっても、酒が入ると歯止めがきかなくなった。口論から手を出して、テレースを気絶させたこともある。殺してしまったのかと思い、慌てて車で病院へ連れていった。

言うまでもなく彼女は嘘をついて夫を庇い、階段から落ちたと説明した。その後、オスカルは自分をひどく恥じ、二度とこんなことはしないと誓った。

#ＭｅＴｏｏ運動が広がりはじめると、彼は大勢の女性に連絡することに時間を費やした。皆、新聞記者に話す理由を持つ者ばかりだった。

そして頼みこんだり、声を荒らげて脅したりした。その作戦は功を奏した。唯一、業界紙に掲載された小さな記事を除いて――ＴＶ４の某司会者が、その地位を利用して若い女性と関係を持っていたことを告発する記事だった。オスカルはうまく逃れた。

「お会いできてうれしいわ」テレースはラケルに言うと、オスカルに向き直った。「あなた、そろそろ席につきましょう」

2

ヴァネッサは車から降りると、ローセスバーリ・スロット・ホテルに目を向けた。正面はライトアップされ、砂利道に沿って置かれたかがり火が揺らめいている。漏れ聞こえる音から、どうやらパーティが開かれているようだった。出席者が酔っぱらって理性を失い、喧嘩になって気まずい思いをするような、仕事関係の宴会にちがいない。足下で砂利が小気味よい音を立てた。

オーヴェ・ダールバリの話では、ペンから検出された指紋は、五年前にローラムスホブ公園で起きた強姦未遂事件の容疑者のものと一致するという。そのペンがなぜエメリのジャケットに入っていたのか、手がかりを探したかったが、リンシェーピングの銃撃事件にかかりきりで、今日になってようやく時間が取れたのだ。

上司のミカエル・カスクの指示で、来週はハルムスタッドへ派遣され、現地の警察に協力して、発生から二年が経過した美容院での殺人事件を調べる予定になっている。

電話で問い合わせることもできたが、そうするとホテルの受付係は彼女の身分を照会する必要があり、これまでの経験上、協力に対して及び腰になっていただろう。

ヴァネッサはドアを開け、枝付き燭台に照らされた広い玄関ロビーに足を踏み入れた。細長い緑色のカーペットがフロントまで続き、カウンターの向こう側で黒いブレザーを着た女性がこちらにほほ笑みかけていた。

「いらっしゃいませ。ご予約のお客様ですか？」

ヴァネッサが警察バッジを見せると、笑みが消える。

「捜査に協力をお願いします」そう言って、ヴァネッサは女性の襟につけられた名札に視線を向けた。シャルロッタ。「エメリ・リディエンという名のゲストが宿泊したことはありますか？」

「申し訳ありませんが……」

カウンターには、エメリのポケットから見つかったものと同じペンが何本も入ったトレーが置かれていた。

「見てのとおり、わたしは警察官です」

女性はもう一度、彼女の身分証に目をやってから、両手をキーボードに伸ばし、左右の人さし指で入力しはじめた。ヴァネッサは父がまったく同じやり方でタイプライターに向かっていた様子を思い出した。

「エメリ・リディエンという名は見当たりません」しばらくしてシャルロッタは言った。

そのとき横のドアが開き、ふたりの男がよろめくように入ってきた。かと思うと、やかましい笑い声を石の壁に響かせながら階段を上っていった。

「会議の参加者ですか？」ヴァネッサは尋ねた。

「はい」

ヴァネッサはトレーからペンを一本取って、くるりと回した。エメリと繋がりのある人物は、まさにいま自分が立っているこの場所に立っていた。ペンを手に取り、そのまま持ち去った。ひょっとしたら、この受付係が応対したかもしれない。

「この半年間にここを利用した会社のリストを見せてもらえますか？　クリスマス・パーティ、会議、とにかく全部」

シャルロッタの目が丸くなる。

「いまですか？」

「できれば」

「照合するのに時間がかかるかもしれません。当ホテルのシステムは――」

「でしたら、明日までに準備していただけますか」ヴァネッサは遮った。

ノラレアル高校の隣にある駐車場の定位置に車を駐めた。暖かい夜で、ヴァネッサはジャケットを腕にかけてドアを開けた。

校庭から声やボールの跳ねる音が聞こえてくる。数人の若者がバスケットボールをしたり、ビールを飲んだりしていた。何歳くらいだろう？　十六？　十七？　ヴァネッサはその場に佇み、ときおり通りかかるタクシーやバスにかき消される笑い声や楽しそうな低い声に耳を傾けた。

家に向かって歩きながら、アデリーネを失って以来、つねにつきまとって離れない孤独が胸に広がるのを感じた。アデリーネは生後数カ月で病気になった。病院へ連れていくと、治療が不可能な細菌による感染症と診断された。できるのは痛みを和らげることだけで、アデリーネはみるみる衰弱した。そしてヴァネッサが見守るなか、息を引き取った。

橋から身を投げなかったのは、なぜなのか。あるいは先ほどまでのように、高速道路を走っている際に、対向車線のトラックに向かってハンドルを切ったりしなかったのは。ヴァネッサにはわからなかった。生きることに執着はない。大事な人は皆、いなくなってしまった。アデリーネも。ナターシャも。そして、自分の愛する人のなかにスヴァンテは含まれていない。十年以上も生活をともにした男性を心から愛していなかったと気づいて、ヴァネッサはやるせなかった。

いまはどうか。自分に残されたものは仕事だけだ。だが、はたして殺人事件の犠牲者は、その人生の最後の数時間に光を当てようと試みる行為は、自分にとって本当に大事だと言えるのだろうか。あるいは、それよりも自身の問題なのか？　容疑者に裏をかかれたくない。神の真似ごとをして苦しみや痛みを引き起こす者を罰したい。秩序をもたらしたい。主導権を握りたい――そういうことなのか。
ニコラスのことを考えた。残念ながら、この数年間で〝友人〟と呼べるような存在は彼だけだということを。会いたい。ずいぶん久しぶりに飲みたい気分だった。グラス二、三杯などではなく、浴びるほど。身体が麻痺し、自制心を失い、少しだけ死ぬまで。ヴァネッサは、いつもとは別の携帯電話を取り出した。NOVAに所属していたときに、情報提供者と連絡を取るために使っていたものだ。そして、先日ニコラスが訪ねてきた際に聞いた番号を入力した。

3

かつてリアリティ番組で人気を誇った出演者が、きらめくスタジオのフロアでブルネットの美女とパソドブレを踊っている。オスカル・ショーランデルはあくびを噛み殺しつつ、反対側の観客のなかからラケルを探し出そうとした。

リアリティ番組の元スターはダンスの相手を腕に抱えたまま、ぴたりと動きを止める。次の瞬間、割れんばかりの拍手が沸き起こった。背後から耳鳴りがするほどの口笛が聞こえる。元スターは真っ白な歯を見せて両手を上げた。

観客は総立ちで拍手を送った。おざなりに手を叩いていたオスカルは、ポケットの中で携帯電話が振動しているのに気づいた。ラケルからだ。テレースをちらりと見やると、やきもきしながら審査員の判定を待っていた。

今夜、会える？

オスカルは考えた。明日は午前十一時に長女のラウラを試合に連れていくことになっていた。その後、家族そろって土曜の夜を別荘で過ごす。テレースを裏切るのは気が進まなかったが、同じ立場の男なら誰でもそうするだろう。異を唱えるのは同性愛者か、さもなくば、女たちがセレブと寝るためにどんなことをするのか、わかっていない連中だけだ。オスカルは現実主義者で、幻想など抱いていない。もちろん容姿には恵まれ、司会者になる以前から、女性を魅了するのに苦労したことはなかった。けれども有名人となったことで、明らかに彼の魅力は何千倍にもなった。だが、ラケルには特別なものがある。ほかの女とは違う。単にセックスだけではない。

最近は、気がつくと考えていた。テレースと別れて彼女と一緒になったら、どんな人生を送れるのだろう。妻や娘たちは愛している。だが、これも捨てがたい。とりあえずはいまの状態で満足だったが——ホテルや彼女の小さなアパートメントでひそかに会う。ワインを飲んで、セックスして、コカインを吸い、もはやテレースとは話さないようなことを話す。

だが、一カ月後は？ 半年後は？ 昨今では離婚は珍しくない。むしろ結婚生活が破綻していれば、苦しむのは子どもたちだ。別れても父親であることに変わりはない。これまでどおりサッカーの練習、パーティ、美術館にも連れていく。

「ダーリン」オスカルは妻の腿をやさしく撫でてささやいた。「これが終わったら、わたしは別荘へ向かう。暖房がうまく動かないんだ。だが、先にきみを家まで送るよ」

一時間後、オスカルはフリーハムネンでラケルを車に乗せた。彼がテレースをブロンマまで送っていくあいだ、ラケルはVIPエリアで時間を潰していたのだ。まだ車を待っている観客もいる。せっせと往復するタクシーを尻目に、オスカルはなるべく人目につかないように、スタジオから少し離れたところにメルセデスのSUVを駐めた。

ラケルが助手席のドアを開け、つい十五分前まで妻が座っていた席に乗りこんだ。彼女は身を乗り出すと、ミントの香りがする舌を彼の口に押し入れて絡ませた。

「車を出して」言いながら、ラケルは携帯電話をブルートゥースに接続する。「プレイリストをかけるわ」

ロン・セクスミスの『イン・ア・フラッシュ』に合わせて、ふたりはクレーンやコンテナが立ち並ぶフリーハムネン港を後にした。ラケルはしゃべりつづけ、休憩時間に男性のダンサーが言い寄ってきたエピソードを語って聞かせた。オスカルは笑った。彼には嫉妬する男の心情が理解できなかった。むしろ、誰も自分の女と寝たいと思わないほうがおかしいと考えていた。ラケルは話し上手だった。一目瞭然の事実――息をのむほどの美しさ――は別として、そのことに気づいたのは、おそらく一緒に仕事をしていたときだった。

ラケルは、制作チームの他の女性メンバーのように単純ではなかった。感謝の気持ちを表情に出したり、どこか相手の言いなりになるような態度を取ったりはしない。それどころか大胆で、辛辣なジョークを飛ばし、彼を小突いたりした。おかげで彼は自分自身を笑い飛ばすことができた。

最初から、ラケルは真剣な関係は求めていないとはっきり言った。オスカルのことを冗談めかして〝有名人のセフレ〟と呼び、しばしば彼がパブを渡り歩いたあとに呼び出され、ホテルの部屋で関係を持った。一度だけ、オスカルのほうがしつこく彼女を困らせたことがあった。やがて彼は、自分が恋に落ちていることをしぶしぶ認めた。とはいうものの、けっして口には出さなかった。彼女を失うのが怖かったのだ。けれどもこの数カ月間、彼女はだいぶおとなしくなり、やさしさを見せることもあった。もちろん彼の虚栄心や、判で押したような服装について、あいかわらず冗談は言うものの、その楽しそうな口調の裏に何かが隠されているような気がした。ひょっとしたら彼女も、ふたりの関係が単に性的なものに留まらないと考えはじめたのかもしれない。

「腹はへってるか？」オスカルは尋ねた。

「飢え死にしそうなほど」

「マクドナルド」ふたりは笑って声をそろえた。

ラケルとの時間は、難しいことなど何ひとつなかった。ロン・セクスミス。ファストフード。たわいのないおしゃべり。アルコール。コカイン。テレースに対してフェアでないのはわかっていた。自分たち夫婦にも、かつてはそういう時期があった。だが、いまでは子どもがふたりいて、ほかに話すべきことがある。娘たちのこと。保護者会。スクールバス。スケジュール。ティーレスエーの手前で、オスカルはハンバーガーのチェーン店に向けてハンドルを切った。

いつものようにドライブスルーで購入する。一緒にいるところを見られたくないのもあったが、何よりも静かな別荘で落ち着いて食べたかった。

ラケルがロウソクを灯すあいだに、オスカルは買ってきたものを袋から取り出した。静けさがありがたかった。子どもたちのジャンパーを片づける必要もなければ、バスルームで手を洗わせて、食べ物で遊ばないよう注意することもない。ハンバーガーを食べ終えると、ふたりはワインのボトルとグラスをふたつ用意して屋外ジャグジーへ向かった。

立ちのぼる湯気が澄みわたった夜空に吸いこまれていく。ラケルのほっそりした裸体が、光に照らされた水面へとオスカルをいざなう。

ふいに彼は、あの路上生活者のことを思い出した。あいつらは、この別荘からわずか三百メートルのところに掘っ立て小屋を建て、周囲にゴミをまき散らし、子どもたちのそばで酒やドラッグをやっている。いまやオスカルは、あのふたりを憎んでさえいた。ラケルを見ると、バスタブの縁に頭を預け、目を閉じて泡を楽しんでいる。

家族よりも彼女を選んだとしたら――オスカルはその考えに心をそそられた。そうすれば、もうこそこそする必要はない。彼は悪い人間ではなかった。テレースにはじゅうぶんな慰謝料を支払い、家も譲るつもりだった。誰も困る者はいないだろう。自分は月に二回、週末に娘たちに会い、休暇にピクニックや旅行に連れていければ、それでじゅうぶんだった。ラケルと市内のアパートメントで一緒に暮らし、彼女を説得して、ふたりの関係をオープンにするべきかもしれない。今度こそ最初から筋を通すのだ。罪悪感を抱えながら日々を過ごすようなことはせずに。

人生は一度きりだ。オスカルはできるかぎり多くのものを手に入れたかった。若いスポーツ記者として、単発で『スモーランズポステン』の仕事をしていたころには、いまの自分の立場は想像もつかなかった。あれ以来、苦労しながら、こつこつと努力を重ね、懸命に前に進んできた。

ラケルがワインに口をつけていないことに気づいて、オスカルはグラスを手渡した。

彼女はそれをバスタブの縁に置いた。

「話があるの」

苦しそうで、心なしか不安の影が差した表情だった。

ラケルは手を丸め、湯をすくって顔にかけた。

「心臓発作を起こして、いまここで死んだりしないでね。わたし、妊娠したの」

4

十代の小娘のような気分でウイスキーのボトルを二本、ジャケットのポケットに押しこむと、ヴァネッサは待っているタクシーへと急いだ。車はカーラ通りを進み、カーラプランで右折してナルヴァ通りに入った。

ヴァネッサが生まれ育ったのは、この高級住宅街だった。だが、そうした環境にもかかわらず、心の奥底ではつねに疎外感を抱えつづけてきた。ごくたまに、文字どおりの〝よそ者〟と一緒にいるときだけ、一体感のようなものを感じた。だからニコラスに対して仲間意識を持っているのだろうか。本人の意に反してエリート学校に入れられた中流階級の少年に。彼と父親との関係は、少なくともヴァネッサ自身と同じ程度に問題がある。

ユールゴード橋でタクシーが揺れ、はっと我に返った。運転手は北方民族博物館の巨大な石造りの正面で車を停めた。彼女は屋外レストラン〈ユセフィナ〉の裏の芝生をゆっくりと通り抜け、ベンチに座って待った。

二十分後、ニコラスがやってきた。彼は挨拶もそこそこに隣に腰を下ろした。前回会ったときよりもあごひげが濃く、ヴァネッサの目にはいっそう魅力的に映った。黒い革ジャンにグレーのパーカー、黒のジーンズといういでたちだ。

ラッゴドゥランド湾の対岸の岸壁沿いでは車のヘッドライトがじりじりと進んでいる。どこかで船のエンジンがうなりをあげていた。

ヴァネッサはウイスキーを一本、手渡した。ニコラスはそれを街灯の光に当てて見てから、蓋を開けて口をつけた。彼女は右手を上げ、右側のストランド通りにする。ふたりはボトルを合わせた。

「勇気ある姉に」

「乾杯」

ともに顔を上に向け、そろって飲む。

「原始人に戻るくらい酔いつぶれたい」とヴァネッサ。

「なぜだ？」

彼女は肩をすくめた。

「今日がアデリーネの誕生日だからかもしれないし、単にそういう時期だからなのかも。まわりの人はみんな、夏に向けて準備をしてる。旅行の計画、子どもたちとの休暇……だけど、わたしにはなんの予定もない。まったく――銀行には何百万もあるのに、休暇を一緒に過ごす相手はひとりもいないわ」

「それは寂しいな」

アデリーネの話は誰にもしたことがなかった。けれどもニコラスに対しては、なぜか気を許すことができた。自分がときに他人を寄せつけない理由を説明しようと、茂みのほうへよちよち歩いていく。ヴァネッサ

を指さした。

「妹のモニカが高校時代に、あそこに住んでいた男の子と付き合ってたの。あるとき、その彼が別の女の子とデートしてるところを目撃して、それから一週間、毎日ふたりでここまで来て、彼の家の窓に卵を投げつけた」

二羽のカモが水辺に上がってきて、羽の水を振り払うと、茂みのほうへよちよち歩いていく。ヴァネッサはウイスキーをひと口飲んだ。

「そうかと思えば、モニカが恋人に別れを切り出せなくて困ってたときもあった。一週間、ほとんど口もきかずに、思い悩んだ様子でぼんやり歩いてたから、やっとのことで訳を聞き出したの。わたしたちの声はそっくりで、結局、わたしが妹のふりをして彼に電話した。それからは、ずっとそうやってきたわ。彼氏を振るときには、お互い相手になりすました」

ニコラスはボトルを掲げた。ヴァネッサも同じよう

うとしているのだろうか。

「親になるというのは、二度の死を覚悟するということだわ。アデリーネが死んだときに、わたしも死んだ。わかる？　わたしは死んでるの。呼吸をしていても。だから……」

だんだんと声が小さくなった。ヴァネッサはウイスキーを流しこんだ。喉から胃にかけて焼けつくような熱さを感じる。

「アデリーネはキューバに埋葬されている。養女、つまりナターシャはシリアにいる。ふたりには、きっともう一生会うことはない。わたしたちって、どうしていなくなってしまった人のことばかり考えて過ごすのかしら。そばにいる人のことじゃなくて」

ニコラスはしばらく考えていた。

「いなくなって初めて、その人が本当はどんな人間だったのか気づく。最終的な評価に至るには、時間をかけて相手を理解しないといけない。そのうえで有罪か無罪か判断する。そうしてから、やっと〝彼はこんな奴だった、彼女はあんな奴だった〟と言えるんだ。そのほうがよっぽど簡単だ。判断ミスを防げる」

「あなたのお母さんは？」

「それがどうした？」

「お父さんの話は聞いたことがあるけど、お母さんのことは一度も口にしていない。あなたにとって、大事な存在ではなかったの？」

ヴァネッサはアルコールのせいで舌が麻痺し、ろれつが回らなくなるのを感じた。

「話すのが辛すぎるんだ。つねに母の死を背負っているように感じる。寝ても覚めても。ある意味、きみにとってのアデリーネと同じかもしれない」

誰かが娘の名を口にするのは奇妙な気分だった。

「でも……」

ニコラスは彼女を動揺させたことに気づき、申し訳なさそうに手を上げた。

「同じというのは言い過ぎた」

ふたりは黙りこみ、暗い海と、その向こうの街明かりを見つめた。

いますぐにでも一線を越えてもおかしくないと、ヴァネッサは気づいた。ニコラスと一緒にいるときの皮膚が薄くなる感覚が好きだった。一枚ずつ剝がして、自分をさらけ出すのが。他の人間の前では、けっして隙を見せたくなかった。いつ不意打ちを食らってもいいように、あらゆる言葉に身構えていた――けれどもニコラスの場合、まったく悪意がないのは明らかだった。

ヴァネッサは手を伸ばし、彼の手を握りしめた。ニコラスは驚いて振り向いた。

このままわたしの部屋に行こうと誘ったら、彼はなんと答えるだろう。

ニコラスをちらりと見ると、どうやら別のことを考えている様子だった。何かが心に重くのしかかっているのが手に取るようにわかった。

「どうしたの、ニコラス?」

「例のロンドンでの仕事、引き受けたんだ」

ヴァネッサは手を引っこめた。彼が消えるつもりでいる現実を受け止めようとした。ロンドンまでは、わずか数時間の距離だが、ようやく彼が自分の人生に戻ってきたいまは遠すぎた。けれども、ニコラスにとっては最善の選択だろう。自分より十歳以上も若いのだから。

「おめでとう」ヴァネッサは淡々と言った。

「ピッツェリアの銃撃事件では間一髪で命拾いをした。誘拐への関与も、じきに突き止められるだろう。そうなれば、きみとの関係も明らかになる」

「だったら、これでお別れね」

「来週末に出発する」ニコラスは彼女の目をじっと見つめて笑みを浮かべ、わずかに首を傾げた。「ときどきセリーネの様子を見にいってもらえないか。あの子には友だちが必要だ」

　必要じゃない人なんていない、とヴァネッサは苦々しく思った。唇を引き結び、ひどく傷ついたことを悟られないように立ち上がる。

「じゃあまた」そう言って、彼女はユールゴード橋のほうへ歩き出した。

5

　エンジン音が遠ざかると、ラケル・フェディーンはベッドに横たわった。目を閉じて、孤独を楽しむ。いつものように、タクシーを呼ぶまでしばらくここにいたかった。都会で育った彼女にとって、この静寂はほとんど別世界に等しい。

　他の家族の家にひとりでいると、禁断の喜びのようなものを感じて興奮した。本当にオスカルと一緒になることがあれば、できるかぎりこの別荘で過ごすつもりだった。彼と出会う前は市街地の広いアパートメントを夢見ていたが、ここ最近はインターネットでもっぱら一軒家を検索していた。

　ラケルは仰向けになり、天井の美しい梁を見つめた。

ワタシ、ニンシンシタノ。昨日、その恐ろしくもすばらしい言葉をオスカルに告げたあと、目を閉じた。彼の反応が怖かったのだ。思ったとおり、彼はショックを受けていた。中絶を求められれば従うつもりだった。理性は失っていない。ドラマで見るような、父親を繋ぎ止めるために赤ん坊を手放そうとしない病んだ女とは違う。反対を押し切ってまで子どもを産む気はなかった。そんなことをしても、誰にとってもいいことはない。何よりも子どもにとって。あるいは自分のキャリアにとっても。

ラケルは白い木の床に素足を置いて、立ち上がった。オスカルの精液が腿の内側を伝い落ちるのを感じた。気のせいかもしれない。けれども今朝、いつものように仰向けにされ、彼の手がその部分を這いまわるのを感じて濡れ、やがて彼が押し入ってきたとき、何かが違った。彼はどこか真剣な様子だった。ラケルはうれしかった。いつものやり方が嫌いなわけではない。だが今朝は……特別だった。

寝室のドアの横にある大きな姿見の前で、ふと足を止めて横を向く。妊娠しているようには見えなかった。いまのところは。あいかわらずスタイルがよく、腹部も出ていない。ヒップに手のひらを当て、しっかりと握ってみる。大丈夫、ママの体型とは程遠い。でも、来たるべき変化に備える必要がある。とはいえ、子どものことしか話題のない母親にはなりたくなかった。産科病棟に何時間か滞在したあとは世間との繋がりを断ってしまうような母親。ママ以外の何者でもない存在。自身のアイデンティティをすべて犠牲にして。考えうるかぎり、これほど気が滅入ることはない。

ラケルはキッチンを兼ね備えたリビングへ向かった。淹れたてのコーヒーの香りが満ちている。彼女はカップを取って注ぐと、オスカルが掛けておいてくれた彼のラルフ・ローレンのガウンをはおり、ソファに座って、両足をコーヒーテーブルにのせた。

オスカルの妻のようにはなりたくなかった。テレースには心から同情している。そして、これから辛い経験をする娘たちにも。ラケル自身、両親が離婚していたため、環境に慣れるのがいかに難しいかはわかっていた。だからこそ、オスカルの娘たちにはいつもやさしく接し、自身の胎内で育っている子どもと同じように扱おうと決めた。

カットヤに電話をするべきかどうか迷った。オスカルに妊娠のことを打ち明けるつもりだと、あらかじめ話してあったから、どうなったのか気を揉んでいるにちがいない。

ラケルはあくびをした。それは後にしよう。街へ戻るタクシーの中でかければいい。ニートリエットでコーヒーでも飲まないかと誘ってみよう。カットヤに報告するのが楽しみだった。何しろ彼女は、オスカルと付き合うことに反対していたのだから。インターネット掲示板でオスカルに関する書きこみをチェックしたラケルは、唇を引き結んだ。彼は〝DV夫〟と呼ばれていた。ラケルは首を振った。これからは、こうしたゴシップにも慣れる必要がある。

ふいに外のウッドデッキから足音が聞こえ、彼女は玄関のほうを見た。テレースだったら？　オスカルには連絡せずに早く出発したのかもしれない。ところが次の瞬間、玄関のベルが鳴った。ということはテレースではない。彼女は鍵を持っている。ラケルは立ち上がり、ガウンのベルトを締め直すと、ドアを開けるために玄関へ向かった。

ふたりの場所だから。ほとんどひと晩じゅう、眠れずに寝返りを打っていた。リラックスできる体勢を見つけようとした。ほんのわずか眠りに落ちたときには、エーヴァの夢を見た。ようやく彼女が戻ってきた夢。季節は夏で、ふたりで泳ぎに行って、アイスクリームを分け合った。

現実にそうなるはずだった。寒く厳しい、暗い冬を乗り切って。それなのにエーヴァはいなくなった。前向きに考えれば、彼女が消えたのが極寒の時期ではなく、いまの季節でよかった。真冬なら凍え死ぬか、暗がりのなか車に轢かれるか、凍りついた湖を歩きまわるはめになっていたかもしれない。

「やめろ」ボリエは自分に命じた。

不吉な考えを頭から追いやる。

エーヴァは生きている。もうじき見つかる。そして、たとえどんな状態であろうと、元気で健康にしてみせる。彼女のそばを離れずに支えよう。そうすることができる。

6

エーヴァが姿を消してから、ボリエは初めてユニバッケンに泊まった。靴紐を結ぶ際に、またしても腰に痛みを感じて身を起こした。痛む部分に手を当て、顔をしかめて、ポキッと鳴るまで腰を前に突き出す。

それからユニバッケンを出て、最後にもう一度、ふたりの思い出を振り返ってから、ゆっくりと歩き出した。

エーヴァは生きている。ボリエは信じていた。

最後の最後まで希望を捨てたくなかった。エーヴァを見つけるまで休むつもりはない。ユニバッケンで彼女のいない夜を過ごすのは間違っている気がした。心がからっぽになったようだった。なぜなら、あそこは必要であれば。ほかに選択肢はない。

気がつくと汗をかいていた。ボリエは立ち止まって、ジャンパーを脱いだ。

ふと、オスカル・ショーランデルの別荘の庭で動く人影が見えた。男が玄関のドアへ歩いていく。そして何度か周囲を見まわしてから、ベルを鳴らした。

ボリエは茂みの陰にじっと立って様子をうかがった。やがてドアが開き、青いガウンをはおったブルネットの女性が出てきた。ボリエは目を細めた。この距離では、男の姿ははっきりと見えない。女性のほうは、オスカルの妻のテレースではないようだった。

玄関の女性は男と何やら言葉を交わしてから、わきに寄って彼を中に入れ、ドアを閉めた。

ボリエはしばらくその場に佇んでいたが、やがてふたたび歩きはじめた。男の服装や、癖のある仕草に興味を惹かれた。けれども、なぜなのかはわからなかった。

7

ヴァネッサはスヴェア通りを歩いていた。太陽が照りつけ、日陰でも気温は二十二度に達している。予報によれば、さらに暑くなるという。温暖前線が東から押し寄せてきたため、タブロイド紙は〝ロシア熱波〟と呼んで騒ぎ立てた。

昨夜、ニコラスと会ってから、頭が割れるように痛かった。気晴らしに二時間ほど街を歩きまわったが、なんの効果もなかった。ニコラスが行ってしまうことにショックを受けていた。だが、それが理不尽だということもわかっていた。

スヴェア通りの反対側に、誘うような緑の天文台公園が広がっていた。水の抜かれた噴水で子どもたちがスケートボードで遊び、丘のふもとには人々が色とりどりのレジャーシートを広げて座っている。市立図書館へ続く階段の横で客を待つ密売人。スヴェア通りの歩道をジョギングするグループ。ヴァネッサはカフェでキンキンに冷えたフラッペを買い、そのまま自宅へ向かった。

ロースラグス通り十三番地に近づいたとき、長い巻き毛に丸眼鏡の女性が足場の下に立っているのに気づいた。驚いたことに、女性はまっすぐこちらに歩いてきた。

「ヴァネッサ・フランクさんですか?」

「そうですけど」

「少しお時間をいただけませんか」

「話の内容にもよりますが」

女性は咳払いをした。

「あなたの担当した事件のことで」

よく見ると、目の前にあるのはまったく見知らぬ顔ではなかった。どこで見たのだろう、とヴァネッサは考えた。昔の事件の目撃者?

「どこでわたしの名前を?」

「ジャスミナ・コヴァックといいます。『クヴェルスプレッセン』の記者です」

ヴァネッサは眉を吊り上げた。

「取材なら警察の広報にお願いします」そう言って、女性のわきを過ぎてアパートメントの入口へ向かう。

ジャスミナ・コヴァックは片手を伸ばしてヴァネッサの腕をつかんだが、殺意のこもった目でにらまれて、ぱっと引っこめた。

「ここには記者として来たわけじゃありません」ジャスミナは言った。「お願いです、ほんの数分でいいんです。大事なことなんです」

ヴァネッサは肩越しに振り返った。記者と一緒にいるのを見られるのはまずい。タブロイド紙の記者なら、なおさらだ。情報を漏らしていると思われるかもしれない。それでも、この若い女性の思いつめた表情は気にかかった。気の毒にも思った。

「お願いします」ジャスミナは繰り返した。

ヴァネッサはモニカ・ゼタールンド公園のほうを示した。ふたりはロースラグス通りを渡る。ヴァネッサが先に、ジャスミナがすぐ後に続いた。そして、伝説のジャズシンガーの歌を二十四時間流している木のベンチに腰を下ろすと、ヴァネッサはストローを口に運んだ。

「で、用件は？」

「あなたを探し出したのは、この事件でただひとりの女性捜査官だからです」ジャスミナは落ち着かない様子で説明した。「これからお話しすることは……誰にも言わないでもらえますか？」

「相手に沈黙の誓いを求めるのなら、精神分析医か司祭のところへ行ってちょうだい」ヴァネッサはそう言ったが、ジャスミナの表情を見てたちまち後悔した。

彼女は残りのフラッペを音を立ててすすると、腰を浮かせ、空になったプラスチックのカップをゴミ箱に放った。

「カリム・ライマニはエメリ・リディエンを殺していません」ジャスミナは吐き出すように言った。

ヴァネッサは驚いて彼女を見た。

「どうして断言できるの？」

「知ってるからです」

「言葉を返すようだけど、法医学的証拠は別の結果を示しているわ」

「四月二十日、わたしはホテル・アングレイスにいました。ストゥーレプランの。そこで男が話しかけてきました。コーヒーをおごると言って。トーマスと名乗りました。最初はとくに変なところはなかったんです。でも、すぐに恐ろしいことになって。立ち上がったら、まわりがぐるぐる回りはじめました。身体が言うことをきかなくなった。彼はわたしを外で待っていた車に押しこみました。車が走っているあいだは意識を失っていました」

ささやくような声だった。ヴァネッサは顔を近づけた。

「気がついたら、アパートメントにいました。どこだかはわかりません。そこで……襲われました。トーマスと名乗った男と、ほかのふたりに」

「それで、その男が……」

「カリム・ライマニです」

ヴァネッサは、震える手で豊かな髪をかき上げるジャスミナを見つめた。その目は生気がなく、虚ろだった。

「なぜいままで誰にも話さなかったのか、訊いてもいいかしら」ヴァネッサはやさしく尋ねた。

ジャスミナは泣きそうな、ぎこちない笑みを浮かべた。

「あの男が誰なのか、知らなかったんです」

「それがいまはなぜ確信があるの？」

「再勾留の審理を傍聴したんです。取材のために行ったら、彼が法廷に入ってきた」ジャスミナはため息をついて首を振った。「レイプの被害に遭った女性について、これまでに数えきれないほど記事を書いてきました。だから、通報するのが正しいことだとわかっています。だけど勇気がなかった。男たちに脅されたんです。向こうはわたしの名前も住所も知っている。それに、母のことを考えたら……母には……知られたくないんです」

ヴァネッサは注意深くジャスミナに腕を回した。怒りを感じたかった。だが実際には嫌気がさしただけだった。いったい、どれだけの女性が同じような秘密を抱えているのだろうか？　三人の男がジャスミナの人生を打ち砕いた。彼女は死ぬまで安心感を得られないかもしれない。

ジャスミナは彼女にもたれ、涙をこぼした。ヴァネッサはさらに抱き寄せて、慰めの言葉を探そうとしたが、見つからなかった。

8

ヨートハーゲンのサッカー場で、オスカル・ショーランデルは長女の出場する、その日三試合目のゲームを眺めていた。ラウラは二度、得点を決め、ブロマポイカルナは三対一でユールゴーデンをリードしている。だが、オスカルはなかなか試合に集中できず、娘のゴールも素直に喜べなかった。

ラケルの告白——妊娠したこと——がすべてを引っくり返した。

その意味を理解するにつれ、間違っているように思えてならなかった。ラケルはいわば避難所で、日々の単調な仕事を忘れさせてくれる存在だった。もう一度、最初からやり直すのはごめんだ。子どもをつくる。おむつを替える。赤ん坊の泣き声で夜も眠れない。だがその一方で、申し訳なくも思っていた。ラケルはもちろん子どもが欲しいだろう。自身の家族が。彼女は若い。自分はまったく何も考えていなかった。おまけに、あの場ですぐに話し合うことからも逃げた。それどころか喜んでいるふりをした。少なくとも、反対するそぶりは見せなかった。気がつくと、またしてもテレースとは別れると約束していた。

審判がハーフタイムのホイッスルを吹き、相手チームの選手の父親がこちらに近づいてきた。よくいるタイプだ――自分の意見にはひとかどの見識があると思いこみ、やたらとサッカーやホッケーの話をしたがる自信家。知識をひけらかし、話のついでに、近いうちに飲みに行こうと誘う。

オスカルは気づかないふりをしてカフェに向かい、自分用にホットドッグを買った。そのとき、駐車場の前に一台の車が停まった。体格のいい男がふたり降りてきて、サッカー場のほうへ行ったが、やがてカフェまで来て、驚いたことに、オスカルに向かって少し時間が欲しいと言った。

最初にオスカルが感じたのは苛立ちだった。こいつらは一緒に写真を撮りたいのか? いま? 世の中、ますます馬鹿な連中が増えている。「娘の試合を見るために来たので、ひとりにしてもらえないか?」彼は腹立たしげに言った。

男たちはちらりと顔を見合わせた。

「お話を聞かせてもらいたいのですが」片方が言って、警察バッジを取り出した。

どっきりカメラにちがいない。有名人を騙すTV3のくだらない番組か何かの。だとしたら、平静を保つのが一番だ。警察官に駐車場のほうへと促される。ラウラのチームの保護者たちが、ひそひそとささやきはじめた。

「さあ、何が聞きたいんだ?」オスカルは両手を広げて尋ねた。

「ラケル・フェディーンさんをご存じですね？」

まさに青天の霹靂だった。もし冗談だとしたら、明らかに限度を超えている。オスカルはふたりの警察官の無表情な顔を交互に見た。なぜラケルのことを知っているんだ？

「行方不明なんです」一方が説明する。

オスカルの頭の中で、さまざまな考えがぐるぐる回っていた。

「どういう意味だ？」

「捜索願が出されています。友人の話では、ゆうべはあなたと会って、一緒に夜を過ごしたということでしたので」

オスカルは激しい怒りがこみ上げるのを感じた。無能な奴らめ。街じゅうで市民が撃たれているというのに、土曜の午後にわざわざここに来るとは。

「わたしは結婚している。いったいなんの遊びだ？いきなり現われたかと思ったら、わたしが浮気してるだと？　ほかにやることはないのか？」

「落ち着いてください」

警察官が一歩前に踏み出した。

「わたしに指図するな！」オスカルは声を荒らげた。ホイッスルが聞こえ、試合の後半が始まったことに気づく。「悪いが、娘の試合を見たいんでね。ラケルは知っているが、どこにいるのかは見当もつかない」

彼は向きを変えて歩き出そうとしたが、警察官に腕をつかまれた。

「待ってください」

「放せ！」

とっさに振り払おうとしたが、警察官の手に力がこもった。同僚も行く手を阻んで、協力を惜しまないようだ。オスカルは落ち着きを取り戻した。誰かが携帯電話を取り出して撮影しはじめたら、まずいことになる。警察官は手を放し、オスカルは腕をこすった。ちょうどそのとき、警察無線に連絡が入った。背後に留まっていたもうひとりの警察官が、少し離れた場所に移動する。内容は聞き取れなかった。警察官が何やら小声で答え、うなずいてから戻ってきた。

「署までご同行願います」

オスカルは抗議しかけたが、警察官は遮った。

「ただちに」

その険しい表情を見て、これは冗談ではないと悟る。恐怖が握りこぶしのごとくみぞおちに命中した。#MeToo運動以来、久しく感じていなかった脅威が。何かがばれたのか？　昔、手をつけた女の売名行為か？　性的暴行を受けたと、もっともらしく訴えたのか？　ラケルのことは、警察署へ同行させるための口実かもしれない。いや、それはばかげている。それに自分にできることは何もない。逃げようとしても無駄だ。さっさと片づけてしまうに限る。

「わかった」オスカルはうなずいた。

9

ニュース編集局に入ると、ジャスミナはまっすぐコーヒーマシンへ向かった。ヴァネッサ・フランクにレイプ被害のことを打ち明けて以来、身体が軽くなったようだった。ヴァネッサは信頼できる相手だとすぐにわかった。被害届を出すべきだと言われなかったこともありがたかった。

いっぱいになったカップを手に振り向いた瞬間、もう少しでマックス・レーヴェンハウプトに火傷するほど熱いコーヒーを引っかけるところだった。

「あっ」思わず声をあげる。

いつからそこに立っていたのか。

「ちょっといいか？」

マックスは〝キス〟と呼ばれている会議室へ向かった。一九七六年の国王カール十六世グスタフとシルヴィア王妃の結婚式のキスにちなんで名づけられた部屋だ。それを掲載した号が、単一で『クヴェルスプレッセン』史上最高の売り上げ——九十五万七千部——を叩き出したのだ。

普段は自信過剰なほどのマックスが、ろくに目も合わせようともせずにドアを閉めた。ジャスミナはジレンマに陥っていた。言ってみれば、マックスはいじめっ子だ。何ひとつ不自由ない環境で育ったわがままな子どもで、誰もがそんなに贅沢に暮らせるわけではないということに気づく常識を持ち合わせていない。その一方で、彼が優秀な記者だという事実も無視できなかった。

「きみに謝りたい……その、ぼくのしたことに対して。まったく、ばかなことをした」

ジャスミナはうなずいたが、無言のままだった。

「申し訳ない」

心から謝っているのか、それともこのまま仕事を続けられるかどうかがこの謝罪にかかっているからだろうか。おそらく後者にちがいない。けれども、それでもかまわない。ジャスミナは前に進みたかった。忘れたかった。マックスがいても大丈夫かどうか、トゥーヴァ・アルゴットソンに尋ねられた際に、今回の件については黙っていると約束した。自分のせいで誰かが仕事を失うことには耐えられなかったのだ。

ジャスミナはマックスの差し出した手を握った。本当は、記事を盗んだ理由を説明してもらいたかったが、正面から問いただすことはできなかった。いまはまだ。

「もういいわ」彼女は言った。

マックスは引きつった笑みを浮かべた。

「盗むのなら、最高のものを盗むはずでしょう」

「ありがとう、と言っていいのかわからないが」

すると、マックスの携帯電話が鳴った。彼はジャスミナの手を放すと、苦労しながら尻のポケットから電話を取り出して画面を見た。

「出ないといけない」

彼は長いテーブルの横を通って、部屋の奥のホワイトボードのところまで行った。ジャスミナはニュース編集局をのぞき、会議室を出るべきかどうか迷ったが、マックスが手を上げるのを見て、待ってくれという合図だと解釈した。

ジャスミナは窓ぎわに歩み寄ると、マリエバーリに建ち並ぶ機能主義建築のビルを眺めた。被害届を提出する気にはなれなかった。裁判を受けるのは嫌だった。事情聴取をされ、質問に答えるのも。前に進みたかった。カリム・ライマニが殺人を犯していないことは話した。それによって、警察はエメリ・リディエンを殺した真犯人を見つけるかもしれない。これでもうカリムのことも、その卑劣な行為も忘れよう。

「わかった」背後でマックスが言った。指の関節でテーブルを二度叩く。「百パーセント確かなのか？」

少しして彼は電話を切った。

「警察の情報だ」マックスは眉をひそめた。「オスカル・ショーランデルが、娘のサッカーの試合中に任意同行を求められた。ティーレスエーにある彼の別荘で何かがあったようだ」

「あのオスカル・ショーランデルが？」

マックスはうなずいた。

「ベンクトに報告しろ」とマックス。「ぼくにできるのは、それくらいだ」

ジャスミナは首を振った。

「もう嘘はたくさん。だけど、ありがとう」

彼女はパソコンの前に戻った。新着メールが四通。いちばん新しいのを開く。数分前に匿名のホットメールのアドレスから送信されたものだ。彼女の顔写真が、別の裸の女性の写真と合成されていた。ふたりの男にはさまれて横たわり、ふたりに犯されている。

写真の下には〝きっと気に入るはずだ〟と書かれていた。

ジャスミナは青ざめ、思わずパソコンを閉じた。手が震えていた。カリム・ライマニのぞっとするような笑みが脳裏をよぎって、顔をこすった。ヴァネッサ・フランクに話したことを、彼らが知っているはずはない。それとも……。ジャスミナはトゥーヴァ・アルゴットソンのオフィスに目を向けた。あそこに行くべきだろうか。新聞社の方針で、脅迫を受けた際には報告が義務付けられている。だが、そうすればレイプのことを話さなければならないだろう。

10

ヴァネッサはスポーツウェアに着替えると、水のボトルを持ってアパートメントを出た。携帯電話をチェックしたが、上司のミカエル・カスクからもオーヴェからも連絡はなかった。

カリム・ライマニは恋人に暴力を振るっていたが、エメリを殺してはいなかった――ジャスミナ・コヴァックの話に間違いがなければ。そして、彼女を疑う理由はなかった。カリム・ライマニは再勾留を経てオーケシュバーリア刑務所へ戻るが、じきに釈放されるだろう。ジャスミナの考えが変わって、被害届を提出しないかぎり。ヴァネッサには彼女の躊躇する気持ちも理解できた。スウェーデンでは、被害届が出された性的暴行のうち、有罪判決に繋がるのはわずか四パーセントに留まっている。しかも法医学的証拠は見つからないだろう。目撃者も。ジャスミナが裁判で勝つ可能性はない。

ヴァネッサは空いているトレッドミルを見つけると、ヘッドホンを差しこみ、クイーンの『ボヘミアン・ラプソディ』に合わせて走りはじめた。音のうるさいエアコンがひんやりとして気持ちがいい。二十五分間で五キロメートルを完走すると、彼女は満足した。フレディ・マーキュリーが『愛にすべてを』を歌うなか、今度はローイングマシンに座る。ハンドルを握って脚を押し出したとき、フレディ・マーキュリーの声に着信音が割って入った。ヴァネッサは画面を見た。ミカエル・カスクだ。

「先日はありがとうござ――」

「またしても週末にすまない。だが、どうしてもきみに頼みたいんだ」上司は彼女を遮って言った。

「どうしたんですか？」

ヴァネッサは漕ぐのをやめ、ハンドルをゆっくりと定位置に戻した。

「女性が姿を消して、友人の話では、彼女がその夜泊まった別荘で血痕が発見された。別荘の所有者はオスカル・ショーランデル、あのテレビ司会者だ」

ヴァネッサは記憶をたぐり寄せたが、顔は思い出せなかった。

「マスコミが大騒ぎするだろう」ミカエルは続ける。「いまから住所を送る。現地で会おう」

オスカル・ショーランデルの別荘は人里離れた場所にあり、最も近い隣家とも三百メートル以上離れていた。木々や茂みに囲まれているが、敷地沿いの小道から一部が見えた。

芝生が広がる庭には、ところどころ果樹があり、トランポリンや白い遊び小屋が置かれている。

ヴァネッサは入口でシューカバーと使い捨ての作業着、手袋を渡された。ミカエル・カスクが玄関で待っていた。年齢は五十前後、百九十センチを優に超え、きらめく緑の目の持ち主だ。八〇年代後半にニューヨークでモデルとして活動したのち、警察官に転身した。組織内では評判のプレイボーイで、独身、子どももいない。けれども優秀な捜査官で、ヴァネッサは尊敬していた。殺人捜査課に異動して半年になるが、その敬意は一方通行ではないと断言できる。

「判明していることは？」彼女は尋ねた。

「正式な概要報告は、あとで全員の前で行なう。だが、現時点ではたいしたことはわかっていない。ラケル・フェディーンの友人、カットヤ・ティルバーリによると、オスカル・ショーランデルとラケルは付き合っていた。昨日は一緒にここに来て、泊まったそうだ。今朝、ラケルからカットヤ宛てにメッセージが来て、オスカルのことをひどく恐れていたそうだ。カットヤは電話してみたが出なかったため、警察に通報した。パトカーが到着したときにはドアの鍵は開いていて、中に入った警察官がソファに血痕を見つけた。オスカル・ショーランデルは目下、事情聴取を受けている」

ヴァネッサはソファに近づいた。握りこぶし大の血痕が、白い生地の二箇所で不気味な光を放っていた。

「オスカルはなんて？」

「彼女の居場所にまったく心当たりはないと。森に薬物中毒者が住みついていて、彼や家族を威嚇していたらしい。そいつらは、小道をまっすぐ行って右手に入ったあたりの水辺にいるそうだ。鑑識官を連れて、調べてきてもらえないか？」

「その女性はたかだか数時間、行方がわからないだけなのに、これだけ大がかりな捜査を行なうんですか？」

「上層部の意向だ。状況が状況だけに」

「有名人だから、ということですか？」

ヴァネッサはトルーデ・ホヴラン――エメリ・リディエンの殺害現場を調べた鑑識官――を呼び寄せ、ミカエルの指示を伝えた。ふたりは水辺に続く小道を進んだ。陽射しは弱まっていたが、あいかわらず蒸し暑かった。トルーデはフードをかぶり、マスクをよだれ掛けのように首に垂らしていた。

そのような身なりにもかかわらず、トルーデは驚くほど魅力的だった。ヴァネッサは彼女の薄いビニール手袋越しに指輪を探したが、見当たらなかった。

「失礼を承知のうえで訊くけど、出身は？」ヴァネッサは尋ねた。

「ノルウェーでは、そうしたことにはあなたたちスウェーデン人ほど神経質じゃないから」トルーデは平然と答えた。「父がインド人で、母がノルウェー人なんです。わたしはニューデリーとオスロで育ちました」

水ぎわの二十メートル手前で道はふた手に分かれていた。ミカエルに言われたとおり、ふたりは右へ進んだ。森が迫ってくるようだった。ますます水気を含んだ空気が肌にひんやりと感じる。

「普通は逆じゃない？」

「どういう意味ですか？」

「わたしたちスウェーデン人がノルウェーへ行って仕事を奪うでしょ」ヴァネッサはにやりとして言った。「この国では、最低生活賃金しか支払われないと思わない？」

「何年も前にスウェーデン人と恋に落ちて、こっちに移住してきたんです。結局、別れたんですけど、そのまま住みつづけています」

「悪かったわね」

トルーデは肩をすくめた。

「とんでもない。仕事は好きだし、ストックホルムでの生活も楽しんでます。それに、裏切ったのはわたしのほうだったから、彼に捨てられて当然です」

木々の合間から防水シートが見えた。トルーデが先に立って草むらに分け入る。空き地にたき火の跡と、椅子代わりに使われていたような丸太を発見した。防水シートの下には古新聞が積み上げられ、その横に黒いゴミ袋がふたつ並んでいた。トルーデはマスクをつけ、手早く中身を調べた。

「寝袋、古いパン、カセットプレーヤー、服」

ヴァネッサは新聞の山の前にしゃがんだ。ほとんどがフリーペーパーの『メトロ』だった。新しい手袋をはめて、ざっとチェックする。最新の号は一週間前の『アフトンポステン』だ。

「ショーランデルは、薬物中毒者だと言ってましたよね？」とトルーデ。「でも、そのわりにはきちんとしていると思いません？　見てください。物干しロープまであります」

二本の樺の木のあいだに擦り切れた薄いブルーの紐が渡され、洗濯バサミが十個とめられていた。

そのとき足音が聞こえた。ヴァネッサがはっと振り向くと、オーヴェ・ダールバリが小道を歩いてくるのが見えた。

「向こうは猫の手も借りたいようだ」

「もうマスコミの電話が殺到してるの？」

「いや、だが時間の問題だろう。ブラッケバーリまで一緒に来てくれ。カットヤ・ティルバーリに話を聞く。友人を心配した彼女が最初に通報してきたんだ。オスカル・ショーランデルと例の女性との関係を明らかにしてほしいと、カスクの命令だ」

「すでに明白じゃないの？」

オーヴェは肩をすくめた。

「彼女の両親は？」

「別の捜査官が向かった」オーヴェは説明した。「オスカル・ショーランデルの妻のもとにも」

ヴァネッサは胸を撫で下ろした。両親に対して、子どもの身に何かが起きたと告げたい者などいない。彼女の場合は、なおさらだ。子を失うのがどういうことか、誰よりもわかっているのだから。

トルーデを振り返ると、彼女はすでにカメラを取り出していた。

「どうぞ行ってください。わたしは大丈夫ですから」

ノルウェー人は、目の前の小さな液晶画面から視線をそらさずに言った。

11

オスカル・ショーランデルは座ったまま、休憩で部屋を出ていったふたりの尋問官を待っていた。目を閉じて、テーブルに肘をついて両手に顔をうずめる。

いったい、何が起きているんだ？

彼にはまったく理解できなかった。ラケルが姿を消した。どういうわけか、警察は彼女が自分と一夜を過ごしたことを知っていた。それは誤解だ——最初は言うまでもなく嘘をついた。自分たちは友人だ、ただの同僚だと言って。結婚生活を守ろうとした。だが、結局はありのままを話した。ふたりで逢瀬を重ねていたこと。ラケルが身ごもった子どものこと。ラケルと口論になったかどうか訊かれ、否定はしたものの、妊娠によってふたりの関係の見通しが立たなくなったことは認めた。

いずれにしても、ラケルの居場所は知らないということを理解してもらわねばならない。あそこからまっすぐ自宅のあるブロンマへ戻り、ラウラを乗せて競技場へ向かったのだ。

ドアが開いて、厳しい表情の捜査官たちが向かい側に腰を下ろした。メインの女性尋問官──四十代半ばの不細工なショートカットの女──は腕を組んだ。緑のコーデュロイのブレザーを着た男性尋問官が、ふたたびボイスレコーダーのスイッチを押した。

「アリス・ルンドバーリおよびニクラス・サムエルソンが、オスカル・ショーランデルに対する事情聴取を再開します」そう言って、彼は椅子の背にもたれた。

オスカルは身体を起こし、ごくりと唾をのんだ。

「頼むから信じてくれ」

自分の声が聞こえる。切羽詰まって、興奮した口調。なぜ何も言わない？　なぜじっと見ているだけなんだ？　正真正銘の事実を言っているのに。

「ああ、確かにわたしたちは付き合っていた。昨日も会った。だが、今朝別れたときには彼女は元気だった。ソファに血なんかついていなかった。今週中に会う約束もしていた。わたしがラケルを傷つけるわけないだろう。彼女がいなくなって、わたしだって心配しているんだ」

オスカルはふたりの尋問官を交互に見た。信じていないのは明らかだった。

「ブロンマの自宅から五十メートルほど離れたゴミ箱で、黒いビニール袋が発見されました」女性尋問官が言った。

「それで？」

オスカルは両手を広げた。

「中にはセーターとナイフが入っていました。どちらも血まみれで。奥さまが、セーターはあなたのものだと確認しました。ナイフもあなたの家から持ち出されたものだと。説明していただけますか？」

「あの浮浪者どもだ。ヤク中の。話しただろう。あいつらの仕業だ。別荘にいるときに、わたしはかならずしも友好的な態度ではなかったから。出ていくように言ったんだ。あいつらの仕返しにラケルを襲ったにちがいない。あいつらの……小屋は見つかったのか？」

「現場の同僚に見張るよう頼んであります」アリス・ルンドバーリは答えると、そのまま押し黙って、オスカルの額の一点に視線を据えた。「あなたが過去に暴力行為を働いていたという情報があります。女性に対して」

この女も、例の男を憎悪する過激なフェミニストにちがいない、とオスカルは確信した。おそらく仕事にもその枠でありついたのだろう。どう見ても、出世のためには男と寝ることも辞さないタイプではなかった。

「どこの情報だ？〝フラッシュバック〟か？」彼は
反抗的な態度でにらみつけた。

「情報源は関係ありません。とにかく答えてください。ラケル・フェディーンに対して暴力を振るったことがありますか？」

「ない！」オスカルは叫んだ。「一度もない！」

「ほかの女性に対しては？」

歯を食いしばった。鼻で息をする。声は激しく震えていた。

「わたしは何があってもラケルを傷つけたりしない」どうにか落ち着こうとしながら続ける。「彼女の居場所は知らない。もう帰らせてくれ。妻と話をしたい。ことによったら……家庭が崩壊するかもしれないんだ。だから事情を説明する必要がある。謝らないと」

12

ふたりはそれぞれの車で市の中心部に戻った。ヴァネッサはノラレアル高校の隣の駐車場に入り、そこに自分のBMWを駐めて外に出た。オーヴェはエンジンをかけたまま〈カフェ・ネロ〉の前で待っていて、ヴァネッサにテイクアウトのコーヒーを渡した。

彼女はひと口飲んでから、カップをドリンクホルダーに置いた。

「じつは、話しておきたいことがあるんだけど」と切り出す。「カリム・ライマニの件で」

「あの野郎か。なんだ？」

「今日、ある女性がわたしを訪ねてきて、事件のあった晩のカリムのアリバイを証明したの」

オーヴェは前方の道路から目を離し、驚いてヴァネッサを見た。

「何を言い出すかと思ったら。その女は誰なんだ？」

「匿名を希望している。わたしも名前は明かさないと約束した。それだけの理由があるから」

車はサント・エリクス通りに入り、フリードヘムスプラン方面へ向かう。オーヴェは懸念するように眉間にしわを寄せた。異論を唱え、いろいろと質問し、詳しいことを知りたがっている様子だった。

「わかった」彼はうなずいた。「きみが信頼できると思うなら、ぼくにはその判断を疑う理由はない。問題は、これからどうすべきかということだ。検察官にはどう言えばいい？」

ヴァネッサは外の通りに顔を向けてほほ笑んだ。

「ありがとう」小声で言う。

同僚は戸惑ったように彼女を見た。

「何が？」

「わたしを信じてくれて」

カットヤ・ティルバーリはリビングを行ったり来たりしていた。汚れた食器、箱、服、アクセサリー、酒の瓶が、小さなふた部屋のアパートメントのソファや窓枠、明るい寄木張りの床に散らばっていた。ドレッサーの上に額入りの写真がいくつか飾られている。

オーヴェがどうにかカットヤを座らせ、ラケル・フェディーンと最後に連絡を取った際のことを聞き出そうとしているあいだに、ヴァネッサは空のワインボトルをどけて、写真をじっくり眺めた。そのなかの一枚にとりわけ目を引かれた。温暖な地方での休暇。いまよりも若いカットヤと、ラケルとおぼしき女性がピンクのエアーマットに横たわり、地中海に浮かんでいる。ふたりとも小さな傘が飾られたカクテルを掲げ、カメラに向かって笑いかけていた。

それ以外の写真は、やや趣が異なり、あたかもプロのカメラマンが撮影したような仕上がりだった。前歯のあいだに隙間がある幼少期のカットヤ。あるいは、少し大人びたカットヤがトランポリンでジャンプしている写真。カメラマンはトランポリンに仰向けになっていたにちがいない。

「ヴァネッサ？」

はっとして振り向いた。カットヤはソファにうながされて座っていた。オーヴェはキッチンから持ってきた椅子をテーブルの反対側に置いた。ヴァネッサは別の椅子に置かれていたピザの箱を押しのけ、その椅子をオーヴェの隣に移動させた。

「それで、ラケルは今朝、あなたにメッセージを送ってきたんですね？」オーヴェは確かめる。

カットヤはごちゃごちゃのコーヒーテーブルから携帯電話を見つけ出すと、ロックを解除して、ヴァネッサとオーヴェに見せた。ふたりは身を乗り出して画面をのぞきこんだ。

〝彼、ものすごく怒ってる。ただじゃすまないと思う〟と書かれている。

オーヴェは座り直した。

「この〝彼〟というのは、オスカル・ショーランデルのこと？」

「はい」

「どうしてそう思うんですか？」

「ゆうべ、ラケルは彼に会ったから。彼の別荘に泊まる予定でした。ラケルは心配してました。週末に会うときは、いつもそうしてます。ラケルは心配してました。妊娠したことを彼に打ち明けるつもりだったんです」

ヴァネッサとオーヴェは互いに目配せする。

「ふたりの関係について、説明してもらえますか？」ヴァネッサはやさしく尋ねた。「まずは、どのくらい付き合っていたのか」

「たぶん一年くらいです。ラケルが彼のトークショーの仕事をしてるときに出会ったんです。お互い満更でもなかったみたい。最初は、彼のほうがラケルを追いかけてました。男の人はみんなラケルが好きだから。だって、あんなにきれいなんだもの。彼女、喜んでた。すごく年上だからワクワクするって。有名人だし。といっても、ラケルはそういうタイプの女の子じゃないけど」

「どういう意味？」ヴァネッサは尋ねた。「どういうタイプ？」

「有名人が大好きなタイプです。彼女はそういう浮ついた子じゃない。むしろ逆です。だけど最近は、どうも本気で好きになっちゃったみたいで。会う回数もだんだん増えて。本人は認めなかったんです。わたしにも。だけど、もちろんわたしは気づきました。もしかしたら彼との人生を思い描いていたのかもしれない。少なくとも、そう望んでいたと思います」

「そうしたことについて、あなたはどう思ってた？」

「ばかげてるわ。もちろん、最初はちょっぴり楽しかったんです。興奮しました。だって、あの彼だから。だけど既婚者で、家族がいる。ふたりが一緒になれる可能性なんてちっともなかった。それに、彼がとんでもない男だということはみんな知ってます」

「どうしてそう言えるの？」

「〝フラッシュバック〟に全部載ってます。彼が奥さんにどんなことをしたのか。それに、ラケル自身も言ってました。彼が浮気者だっていうのは業界の常識だって。つねに噂が絶えないと」

「彼はラケルに暴力を振るっていたの？」

「いいえ、わたしの知るかぎりでは」

ずっと身を乗り出していたヴァネッサは、背筋を伸ばして尋ねた。

「もしそうだとしても、あなたに話したかしら？」

カットヤはしばらく考えた。

「たぶん話さなかったと思います。わたしが彼をよく思ってないのは知っていたので」


一時間後、オーヴェはヴァネッサの家の前に駐められた車の列の外側に二重駐車した。街へ戻る途中に捜査の責任者に電話して、ティーレスエーでは人手が足りていることを確認していた。オーヴェはエンジンを切り、ふたりはしばらく無言で座っていた。

「カットヤの話を書き起こして送るわ」ヴァネッサは言った。

「助かるよ」

オーヴェはハンドルを指で叩いていた。

「カリム・ライマニの件は、検察官に相談してみよう。別の容疑者を割り出すために時間をもらえるよう説得しないと。心当たりはあるか？」

「いいえ。あのペンからは、強姦未遂事件の犯人の指紋が検出されたけど、まったく無関係の可能性もある。もう少し彼女の周辺を探ってみる必要があるわね。別の動機を見つけるために」

「そうだな」

　オーヴェは座席のあいだのコンソールボックスを開けると、中を漁ってスニッカーズを見つけ出し、包み紙を破ってかぶりついた。

「偶然ということは？」彼はチョコレートをほおばりながら尋ねた。

「どういうこと？」

「変質者さ。窓越しに彼女を見て、侵入して刺し殺した。そして煙のように消えた」

「だとしたら、カリムの独房で発見されたエメリの血液は？　あれはなんらかの繋がりを示している。それに、彼女が見知らぬ人間を部屋に入れたりする？」

「カリムが刺客を送りこんだとか？　彼女が知っている人物、信頼している人物を。だからドアを開けたのかも」

　ヴァネッサは肩をすくめた。オーヴェはうめき声を漏らし、さらにチョコレートを口に詰めこんだ。

「ラケルについては、どう思う？　まだ生きてるだろうか」

「わからない」ヴァネッサはため息をついた。「見当もつかないわ」

13

ヘンリエッタはヘッドホンで音楽を聴きながら、まっすぐ前を見て足早に歩いていた。トムは三十メートルの距離を保ちつづけた――わざわざ見つかる危険を冒す理由はない。サント・エリクス橋を渡ると、彼女はそのままロールストランド通りを進み、スーパーマーケットのある角を左に曲がった。トムは片手を上着のポケットに突っこみ、その日訪れたストックホルム・スタディオンでの観戦チケットに触れて決意を新たにしていた。

パブやレストランはどこも人であふれ、窓から音楽が漏れ聞こえる。中に座っているのは幸せで成功した人々で、カップルか、大勢のグループがほとんどだ。

若いころは、自分も彼らの側にいると確信していた。すべてうまくいく――そのうちに女性と出会い、子どもが生まれるだろうと。ところが年月は過ぎ、そうしたことにはますます縁遠くなって、徐々に孤立を深めた。最近では、同じ街に暮らす人々と同じ種に属しているとも思えなくなってきた。

実現しなかった人生に思いをめぐらせるうちに、気がつくとヘンリエッタの姿が見えなくなっていた。おそらく帰宅途中のはずだが、かならずしもそうとは言いきれない。

トムは足を速め、ノールバッカ通りに入ったところで、彼女の後ろ姿を見つけて安堵の息をついた。かなり離されてしまった。彼は歩幅を広げてヘンリエッタに近づいた。

距離が縮まる。五メートル。四メートル。思ったとおり、彼女はノールバッカ通り三十六番地の建物に入った。トムはその場にしゃがみ、靴紐を結ぶふりをしながらテンキーを盗み見た。一、七、八……最後の一桁がわからない。自動ドアが開き、ヘンリエッタは中に消えた。ドアが閉まる直前、エントランスホールに響く彼女の足音が聞こえた。トムは首を伸ばした。別のドアが開く。どうやら彼女は別棟に住んでいるようだ。彼は通りの反対側に渡って、建物の全体を見わたした。正面の塗装はベージュ色で、おそらく二十世紀の初めに建てられたものだろう。

明日は朝から仕事があり、本当ならとっくに家に帰るべきだった。自宅までは、少なくとも歩いて三十分はかかる。だが、まだ帰る気にはなれなかった。

彼はテンキーのところまで行くと、周囲を見まわしてから数字の組み合わせを入力しはじめた。四度目の挑戦で、小さなランプが緑色に点滅する。最後の一桁は九だ。一七八九。トムはにやりとした。フランス革命。彼は覚えやすい暗証番号が好きだった。

エントランスホールに忍びこみ、別棟に続くドアを開ける。中庭を通って、もう一棟の建物に入ると、足を止め、周りに誰もいないことを確かめてから階段を上りはじめた。

ドアの真鍮の表札に〝エルランドソン／ブクト〟と記されている。テレビの音が聞こえてきた。トムの自宅のパソコンには、盗聴した会話、声、口論、セックスの音声ファイルが保存されていた。他人の生活をのぞき、ソーシャルメディアでは公開されないようなことを突き止めるのが彼の趣味だった。眠れない夜には、そうした音声を聴いて、尾行して調べ上げ、よく知るようになった女性たちを思い出しながらマスターベーションに耽り、一緒に暮らすことを夢見るのだ。

ふと振り向くと、背後に別棟が建つ中庭を見下ろす窓があった。トムは反対側の建物に目を向けた。階段の外側に小さなバルコニーが並んでいる。あそこからなら、ヘンリエッタとダグラスのアパートメントをのぞけるにちがいない。

ふたたび中庭を横切ったとき、茂みの中からガサゴソ音がして、安全な場所に逃げこむ直前のネズミの尻尾が見えた。

トムはネズミに親近感を抱いていた。ネズミは生まれた瞬間から駆除に対する戦いに直面しているにもかかわらず、繁殖して、生きる方法を見つける。社会の至るところに存在し、地下の小さなトンネルに棲みついている。人間の目に留まるのは、最も劣った個体だけだ。日中、餌を探しているのは、集団でいちばん立場が弱いネズミである。最も快適なのは、安全な隠れ場所で不自由なく暮らしている、でっぷり太った奴らだ。ネズミというのは、食べていないときは交尾している。雄の性欲は留まるところを知らず、一日に二十回も交尾が可能だ。何度かトムは考えたことがある——もしネズミに生まれていれば、もっと成功した人生を送って、もっと幸せだったのではないか。

注意深くドアを開け、しばらくその場に立って、誰も来ないことを確かめる。それから最上階の四階のバルコニーまで階段を上った。ドアのレバーを押し下げてみる。鍵はかかっていない。外に出ると、タオルで髪を包んだヘンリエッタがソファに横たわっているのが見えた。

トムは後ろ手でドアを閉めた。そこはうつ伏せで横たわるのにじゅうぶんな広さだった。毛布を持ってきて頭からかぶれば、見つからずに写真を撮ることができるだろう。

14

外からこするような音が聞こえた。バルコニーのドアは開いている。ニコラスは外に出ると、両手を手すりについて、目の前のコンクリートの建物を見た。

雲ひとつない、美しく暖かい夜だった。またしても同じ音が聞こえてくる――セリーネのアパートメントのバルコニーから。

「セリーネ、そこにいるのか？」

「いない」

セリーネの声。ニコラスはにやりとし、手すり越しに身を乗り出して、金網の奥をのぞきこもうとした。

セリーネが顔を突き出す。

「何してるんだ？」彼は尋ねた。

「キャンプ」立ち上がったセリーネの下半身は寝袋にくるまれていた。「わかったら、少し静かにしてもらえない？　大自然の真っただ中にいる気分が台なしだから」

「悪かった」とニコラス。「だが、そこで寝るつもりか？」

「邪魔？」

「ちっとも」彼は笑顔で答えた。「ただし、用心しろ。オオカミに食われないように」

ニコラスは手すりにもたれると、そのまま座りこみ、顔を上げて星を見つめた。

「俺の友だちが来たときに、手を貸してくれて助かったよ」

「ヴァネッサのこと？　カッコいいね。お巡りにしては」

会話が途切れた。どこかの部屋からヒップホップのビートが聞こえ、男の声が社会への憎しみをがなり立ている。マグヌス・オーンとの話はとんとん拍子に進んだ。〈AOSリスク・グループ〉について、スタッフは世界各国の元兵士で構成されているため、特殊作戦部隊出身の彼は大いに歓迎されるだろうと言われた。

任務は、ボディガードから、紛争地帯におけるイギリス軍およびアメリカ軍の支援――戦闘、偵察、訓練などあらゆること――まで多岐にわたる。ニコラスに対して提示された条件は、月給九万クローナの基本給およびロンドンのアパートメントだった。海外勤務の場合には特別手当。彼は口をぽかんと開け、その場で承諾した。それ以外の道はなかった。


にもかかわらず、心が引き裂かれる思いだった。マリアはここにいる。そしてヴァネッサも――姉以外では、ただひとり信頼できる相手。何よりも、セリーネに会えないのは寂しい。自分がいなくなれば、彼女はひとりになってしまう。

「ニコラス、本当は何やってるの？」

「昔は軍隊にいた」

ロンドンでの仕事のことをセリーネに話そうかと思った。もうじきここを離れるつもりだということを。だが、やめた。いまはまだ。

「人を殺したことある？」

「先週、男を撃った」ニコラスは言った。「ピザ屋で」

「あれ、あなただったの？　だから警察がここに来たの？」

「そうだ」

本当は、大勢を殺したと答えるべきだった。といっても正確な人数はわからない。二十人は超えているだろう。特殊作戦部隊と特殊防衛部隊に約十年間。アフガニスタン、マリ、ナイジェリアでの戦闘。世界各地における秘密。スウェーデン人の命が危険にさらされてった状況。去年は、ヴァネッサとともにチリ南部まで行った。先週のピッツェリアでの一件は正当防衛だ。それでも――目下、最も多くの人命を奪ったスウェーデン人と言っても過言ではないだろう。皆から恐れられる犯罪組織のボスよりも。にもかかわらず、殺人者とは見なされていない。少なくとも法律上は。それればかりか、命を消す才能のおかげで高収入の仕事にありつけた。

世の中とは奇妙なものだ。殺害の動機が合法と判断される者もいれば、一方で罰せられる者もいる。見えない国境を越えるだけでよい。レイプされた女性に石を投げつけたり、同性愛者の男性を誰かを愛したという理由で殺すことが認められる場所もあるのだ。

「だけど刑務所には行かないの？」

その口調に心配そうな響きを感じ取って、心が温かくなった。

「ああ」

「どうしてその人を殺したの？」

ニコラスはため息をついた。その問いに苛立ったのではなく、どう説明していいかわからなかったからだ。

「そいつが別の人間を殺そうとしていたからだ」

「あなたの大切な人？」

「そうじゃない。たまたまそこに居合わせただけだ。でも、そんなことで死ぬのはばかげている」

セリーネが寝袋の中でもぞもぞするのが聞こえた。

「あたしを傷つけようとした人も殺してくれる？」彼女は小さな声で尋ねた。

一瞬、ニコラスは笑ったが、すぐに彼女が真剣だと気づいた。

「ああ、もちろんだ」

「よかった」

第五部

わたしに言わせれば、女の虐殺は完全に正当化されるものだ。

――自称聖人マルク・レピーヌ

1

ボリエは憔悴しきって階段を上った。脚は重く、疲労で頭が割れるように痛かった。とにかく答えを手に入れる必要がある。そのための唯一の方法は、もう一度ニーナの家の呼び鈴を鳴らすことだった。この数日間のうちに、彼の中で何かが変わった。捜索は続けていた。機械的に。忙しくしているために。だが、希望を持つのはやめた。もう月曜で、彼女がいなくなったのは前の週の日曜だ。

誰もがエーヴァのことはあきらめていた。それでもボリエには見捨てるつもりはなかった。答えを見つけるまで捜しつづけるつもりだった。そうする義務がある。彼女はそれだけのことをしてくれたのだから。

ニーナのアパートメントの前で足を止め、呼び鈴を鳴らした。髪を整えることもしなければ、服の汚れも気にしなかった。ドアの向こう側から足音が近づいてくる。レバーが押し下げられ、ニーナがじっと彼を見つめる。胸が締めつけられるほど、エーヴァに瓜ふたつだった。

「お母さん……エーヴァのことで何か聞いてないか？」ボリエは尋ねた。

ニーナは眉ひとつ動かさなかった。

「頼む、とにかく知りたいだけなんだ。もう捜さなくてもいいように」

ひと粒の涙があふれ、頬を伝い落ちて、あごひげに吸いこまれた。ニーナはわきに寄った。ボリエはどうしていいのかわからず、その場を動けなかった。

「ええと……入ってもいいのか？」

食べ物のにおいが漂ってくる。食器洗い機がうなりを立てていた。

「息子が眠っています」ニーナはささやいた。

ボリエは靴を脱ぐと、ドアマットの上にきちんとそろえて置いた。ニーナはキッチンの椅子に座った。ボリエはシンクの横に立ったままだった。クッションを汚したくなかったのだ。彼の強烈な悪臭に、ニーナは精いっぱい顔をしかめないようにしていた。ボリエは彼女を見ないようにした。自分を恥じているからではなく、どうしても母親の面影を重ねてしまうからだ。

「もう捜さなくても大丈夫です」ニーナは言った。

「二日前に見つかりました」

息が苦しくなった。脚から力が抜け、とっさにテーブルをつかむと同時にしゃがみこんだ。

「自分で命を絶ったんです」ニーナはテーブルクロスを撫でながら言った。

「なぜだ?」ボリエの声がかすれる。「わからない。ずいぶんよくなっていたはずなのに。ふたりで冬を乗り越えて、これから……」

ニーナは椅子の脚で床をこすりながら立ち上がると、彼を引っ張り上げ、片手で椅子をもうひとつ引き出して、もう片方の手でやさしく彼を座らせた。

「あなた宛ての手紙があります」

ニーナはキッチンから出ていき、白い封筒を手に戻ってきた。エーヴァの筆跡で〝ボリエ〟と書かれていた。彼はむせび泣いた。こらえることができなかった。いまにも返せと言われるのではないかと心配するように、その封筒を胸に押しつけた。涙が腿に滴り落ちる。

「すまない」しばらくして、ボリエは言った。

「いいんです。わたしもずっと泣いていました。まさか泣くとは思わなかった。でも、泣いたんです」

ニーナはシンクへ行くと、冷水の蛇口を開いてグラスに注ぎ、ボリエの前に置いた。そして、キッチンペーパーをちぎって差し出した。

「母を愛していたんですね」

ボリエはうなずいた。

「一番の友人だった。これまでの人生で最高の。出会うまでは想像もしていなかったような」

一瞬、ニーナの表情が曇った。

「なんだか奇妙だわ」彼女が口を開く。「ある人にとってひどい母親が、別の人にとってはすばらしい友人だなんて」

なんと言っていいのかわからずに、ボリエは水に口をつけた。そして、震える手でグラスをテーブルに戻す。

「きみは……彼女はきみのことを話していた。毎日。誰よりもきみを愛していた」

彼は鼻をすすった。

「どんな話を?」ニーナはささやき声で尋ねた。

ボリエは記憶をたぐり寄せた。

「きみがセトラの海水浴場で溺れている女の子を助けたときのこと。『山賊のむすめローニャ』の衣装を着て、森の中に逃げこんだこと。眠っているふりをして、彼女がノックしたら明かりを消すけれど、ベッドカバーの下で本を読んでいるのはわかっていたこと。きみが最初は列車の運転手になりたがっていたことも聞いた。次は漁師に。歯の妖精が怖くて、最初に抜けた歯をなくして泣いたこと。それからクリスマスに——」

そのとき、奥のほうから子どもの泣き声が聞こえた。ニーナは身震いして立ち上がった。しばらく席を外し、戻ってきたときには赤ん坊を抱いていた。赤ん坊はしきりに声を出している。ボリエはのぞきこんだ。エーヴァの鼻をしていた。

「エドヴィン」ニーナはにっこりした。「この子、エドヴィンっていうんです」

2

ヴァネッサはクロノベルグス通りにある〈ディノス〉という気取らないイタリア料理の店で昼食をとっていた。すぐ横に開いたままの新聞から目を離さずに、スパゲッティをフォークに巻きつけ、トマトソースをつけて口に入れる。

ミカエル・カスクの指示でハルムスタッドへの出張は取りやめとなり、代わりにオーヴェとともにラケル・フェディーンの捜査に協力することになった。上層部は結果を求めていた。オスカル・ショーランデルは＃ＭｅＴｏｏ運動で疑惑の目を向けられていただけに、なおさらだった。

『クヴェルスプレッセン』はラケルの失踪事件について、二日連続で見出しページと一面、それに中面の四ページで取り上げていた。女性の行方不明事件は売り上げを伸ばす。バラバラ殺人や惨殺事件には及ばないものの、ほとんど匹敵すると言っても過言ではない。これまでのところ、オスカル・ショーランデルの名を出している新聞はなく、〝テレビスター〟や〝司会者〟と呼ぶにとどめていた。

ラケルは〝彼の恋人〟あるいは〝若い不倫相手〟だった。どの記事もふたりの年齢差について言及し、記者は清純そうな美しいラケルの写真まで探し出してきた。事情聴取では、ショーランデルは男女の関係は認めたものの、依然として彼女の失踪に関与したことは否定している。エンターテインメント業界の事情通が匿名で、〝テレビスター〟は若い女性と見るやすぐに手を出すとコメントしていた。一連の写真には、ブロンマにあるオスカル・ショーランデルの自宅の前の通りをしらみつぶしに調べる様子が写っていた。

彼が自白して罪を認めるのも時間の問題だろう。

そのときレストランのドアが開き、熱風が入りこんできた。ヴァネッサが新聞から顔を上げると、オーヴェ・ダールバリが手のひらで額を拭いながら現われた。

「エメリ・リディエンの事件で、別の容疑者を捜す許可が下りた」彼は向かい側の席に腰を下ろすと、通りかかったウエイターに水を頼んだ。顔は真っ赤で、額から汗が噴き出している。「問題は、どこから捜しはじめるかだ」

ヴァネッサが紙ナプキンを差し出すと、彼はありがたく受け取った。

「エメリの最後の二十四時間の行動をもう一度洗い直しましょう」彼女は提案した。「何か見逃している点があるはずだから。あのペンを徹底的に調べて、彼女がどこで手に入れたのかを突き止めないと」

「なぜペンが重要なんだ？」

「重要かどうかは、まだわからない」

オーヴェは物欲しそうに彼女の皿を見た。ヴァネッサはにやりとして皿を差し出す。

「食べてみて」

「デンマーク風ハンバーグ《フリカデラ》のトマト煮込み？」

彼女はうなずいた。

「ひとりでゆっくり味わいたい？」

「いや、動画を撮らないと約束してくれれば。妻には内緒だから」

オーヴェが残りをたいらげるあいだに、ヴァネッサの携帯電話にトルーデ・ホヴランから連絡があった。

「結論から言うと」トルーデはいきなり切り出す。

これまでノルウェー人というのは真面目な口調では話さないものだと思っていた。いつでも驚いたような話し方だと。けれどもトルーデは例外だった。

「掘っ立て小屋から検出された証拠は、犯罪記録データベースに登録されていました。指紋およびDNAはボリエ・ロディーンと一致します。故殺、暴行、重傷害、飲酒運転で有罪。概要をメールで送りました」

「判明している最後の住所は？」

「それがちょっと厄介で。不明なんです。出所後に煙のように消えました。逮捕もされていなければ、住民登録も見当たりません。どこにも。その代わり、子どもと元妻の連絡先をメールに書いておきました」

ヴァネッサはトルーデからの報告をオーヴェに伝えた。彼はトマトソースにオリーブオイルを垂らし、皿に残ったソースをパンできれいに拭った。

警察署に戻ると、ヴァネッサはラケル・フェディーン失踪事件の捜査資料にボリエ・ロディーンの名前を追加した。これで、彼が見つかった場合に連絡が来るだろう。

それからパソコンを起動して、トルーデのメールに目を通した。

ボリエ・ロディーンは一九六八年にヴェストマンランド県サーラで生まれた。若いころに軽い暴力犯罪で起訴されているが、その後は更生したようだった。故郷で建築会社を設立し、家庭を築いた。子どもはふたり。納税申告書には、何年にもわたって百万クローナを超す年収が記録されていた。

ところが五年前、車を運転中に事故を起こした。父親と十歳の息子のふたりを轢き殺したのだ。ボリエはその場から逃げたが、車のナンバープレートを見た目撃者がいたため、すぐにパトロール中の警察官に発見された。アルコール検知器で測定した結果、呼気から一リットル当たり一・七ミリグラムのアルコールが検出され、悪質な飲酒運転および故殺で有罪判決を受けた。その際に離婚しているが、トルーデは用意周到にも離婚届のスキャンデータまで添付していた。ボリエ・ロディーンはサルバーリア刑務所で二年服役したあと、姿を消した。そしていま、ラケルが失踪した別荘から三百メートル離れた掘っ立て小屋で彼の指紋が検出された。オスカル・ショーランデルは事情聴取で、ボリエ・ロディーンに脅かされていたと述べている。

ボリエは薬物中毒で泥棒だと。

ヴァネッサは靴を脱いで、足をデスクにのせた。

彼はラケルの失踪に関わっているのか？

ブロンマの自宅の外で血まみれのナイフとセーターが発見され、いずれもオスカル・ショーランデルのものだった。その結果、警察は司会者がラケルに妊娠を告げられてパニックに陥った、という仮説を立てた。彼女を殺害し、遺体を隠した。だが、どこに？　前科がなく、おまけにパニック状態にあれば、なんらかの痕跡を残すはずだ。司会者は別荘にいた。ソファの血痕はラケルの血液型と一致する。オスカル・ショーランデルの妻テレースによれば、それ以前に血は付着していなかったという。

ラケルは見知らぬ男を簡単に招き入れるようなことはしないはずだ。ヴァネッサはデスクから足を下ろして靴を履いた。そのタイミングで電話が鳴る。オーヴェだ。彼女は応答ボタンを押した。

「もうわたしが恋しくなった？」冗談めかして言う。

「ラケル・フェディーンが見つかった」

3

目を覚ましたとき、ボリエはエルヴィスのソファにうつ伏せになっていた。目に入った髪を片側に払いのけ、大きな身体をゆっくりと起こす。頭は割れるように痛み、口の中には嘔吐物とアルコールの味が残っていた。

「おはよう、パパ」エルヴィスが電動車椅子からかすれた声でつぶやいた。そこに座ったまま眠っていたのだ。

ふたりのあいだにあるテーブルには、酒瓶、解体された古いラジオ、キッチンペーパー、支払督促状、さまざまな道具、それにエルヴィスの亡き母とおぼしき年配の女性の大きな写真が散乱していた。そして、そのがらくたに紛れてエーヴァの手紙も。未開封のまま。ボリエはその封筒を腿で拭くと、ソファの肘掛けに置いた。中身はどうでもよかった。もう彼女はいなくなってしまったのだ。自分を見捨てて。

ボリエはやっとのことで立ち上がると、バルコニーのドアを開けて空気を入れ替えた。身体はまだアルコールを欲していた。

エルヴィスの視線が首に突き刺さる。まさにプルラ・ジョンソンが歌っているとおりだ——人生は好きなだけ楽しむことができる。代償を払うつもりがあるなら。

だが、ボリエには払えなかった。代償は高すぎた。エーヴァのいない人生を思い描いただけで耐え難かった。昨日、ニーナの家を出てから、彼はエルヴィスを訪ねて酒をせがんだ。

「もう酒はないのか？」ボリエはつぶやいた。

「ない」

エルヴィスは顔をしかめると、前屈みになって、わずかに残された左脚をマッサージした。

「なんだよ、全部飲み尽くしたのか？」

エルヴィスは首を振った。

「だったら出してくれ。飲みたいんだ」

友人はリビングを横切って、ボリエの隣に車椅子を停めた。

「残りは流して捨てた。おまえが寝てるあいだに」

ボリエが顔を向けると、エルヴィスはすぐ近くに建ち並ぶ高層ビルを見つめていた。

「なぜそんなことをした？」

「おまえのためだ。いいか、昨日はまた抑えが効かなくなった。だが、死ぬまで飲みつづけるつもりなら、俺は黙って見てるわけにはいかない。そんなことをしたら、エーヴァに怒られる」

ボリエは例の怒りが全身を駆けめぐるのを感じた。キッチンに突進し、戸棚の扉という扉を開け、引き出しも残らず開ける。中身を床に投げ捨てる。それでも酒が見つからないと、今度は寝室へ向かった。シングルベッドのマットレスを引っくり返す。ベッドサイドテーブルの引き出しの中に二百クローナを見つけ、ジーンズのポケットに突っこむ。

そしてリビングに戻ると、電動車椅子のアームレストに両手を置き、すごみを利かせて身を乗り出した。

「おまえは嘘をついてる。酒を捨てるはずがない。ありかを教えろ」

エルヴィスは冷静に彼の視線を受け止め、ゆっくりと首を振った。

「いいかげん、あきらめろ」苦々しく言う。「おまえのことを思ってやった。俺たち、仲間だろう？」

ボリエはばかにしたように笑って、身を起こした。

「仲間？　おまえに何ができるっていうんだ？　そんな身体で」

エルヴィスなんかクソくらえ、ボリエは心の中で叫んだ。哀れな生活保護受給者も、傷病手当受給者もクソくらえ。俺は奴らとは違う。奴らなんかいなくてもいい。欲しいのは酒だ。慰め。何も恐れないための最後の一杯。そして、死。

「ちなみに、俺は知ってるぞ。おまえは線路に突き落とされたんじゃない。自殺しようとしたんだ。みんな知ってる。だが、頭が鈍すぎて失敗した」

ボリエはエルヴィスが居たたまれなくなる様子を見て楽しんだ。

そしてエーヴァの手紙をポケットに突っこむと、コーヒーテーブルを思いきり蹴っ飛ばした。テーブルはラジエーターに激突し、上にのっていた物が床に散乱した。

「ボリエ、どこ行くんだ？」

「おまえの知ったことか」彼は吐き捨てると、ドアを叩きつけるように閉めて出ていった。

4

トムは、かつて母親のものだった赤いガウンをはおってキッチンテーブルに座っていた。ざらざらした生地は、食べ物のかけら、染み、惨めな人生で母が吸った数えきれないほどの煙草の焦げ跡で覆われている。

実際、母は寝ても覚めてもそのガウンをはおっていた。亡くなってから何年も経つが、一度も洗ったことはない。なぜ捨ててしまわないのかは自分でもわからなかった。トムは母を憎んでいた。青白いぐにゃぐにゃした身体や、ガウンからはみ出した黒く縮れた陰毛を思い出しただけで身震いした。

毎晩のように泣いていたこと。夫を亡くして以来、トムの狭いベッドにもぐりこみ、彼の顔をおぞましい胸の膨らみに押しつけてはすすり泣いていたことも。
かわいい坊や、わたしたちはどうなってしまうの？

トムはその光景を頭から振り払うと、窓の外を見つめた。本当は女性を憎みたくはなかった。だが、そうしないことは徐々に難しくなってきた。社会はあまりにも女性を優遇し、男の自分には夢見ることしかできない特権を与えてきた。種の保存のために、女性は社会にとって不可欠な存在だ。それに対して、男が必要なのは受胎のときだけ。それが終われば死んだも同然だ。ただひとりでも、女性が自分を望んでくれたら――喜んで身を捧げて、自分もひとりの人間だと感じさせてくれたら。突然変異の生物などではなく。

数年前、女性を襲うために男を雇う計画を周到に練ったことがある。その場面が目に浮かぶようだった。若くて美しい女性が森の中を歩いている。すると突如、男が襲いかかり、彼女は危険な状況に気づく。

そこへ自分が助けに駆けつける。男を追い払って彼女を救う。そうすれば女性は自分に恋せずにはいられなくなるだろう。やがてふたりは結婚し、結婚式で彼女は出会いのエピソードを皆に話す。自分は顔を赤らめ、男らしく、とっさに行動しただけだと説明する。

だが、そんなのは子どもじみた空想だった。トムはまったく世間知らずの自分を恥じた。

自分らしく生きろ。

美しさは見る人の目の中にある。

誰にでも運命の相手がいる、ただ探しつづけるだけでいい。

幼いころから十代の初めまで、世の中はそうであってほしいと願い、そういうものだと信じていた。だが、学校の廊下では他の生徒たちがふたりで手をつないで歩き、職場の集まりやパーティでは、酔っぱらった同僚たちがこっそりふたりで姿を消すのを目の当たりにしてきた。ちくしょう。勝手にしやがれ。地下鉄では、肩幅の広い引き締まった顔のハンサムな男たちが、一夜限りの関係について話しているのが聞こえた。向こうから連絡してくる女性について文句を言っていた。トムの心は次第に損なわれていった。相手の嘘を見抜けるようになった。女性は至るところにいた――職場、近所の店、歩道、ジム。手を伸ばせば触れられる距離に。にもかかわらず時間とともに、女性にアプローチするたびに屈辱を味わうはめになると思い知る。相手の嫌悪感を抱いた顔。近づいたら警察を呼ぶという脅し。ただのひとりとして、自分を愛してくれる女性はいなかった。向こうから触れられることさえなかった。

トムは歯を食いしばり、自己嫌悪を押しやると、パソコンの画面に表示された粒子の粗い画像に集中した。ヘンリエッタ・ブクト。

彼女の人生をぶち壊してやるつもりだった。彼女や他の女が毎日のように彼の人生をぶち壊しているのと同じように。

あいにく裸の写真はまだ入手できずにいたが、個人情報については詳細を把握していた。勤務先はストゥーレプランにあるPR会社〈ロナンデル〉。恋人のダグラスも同じ会社の同僚だ。インスタグラムに初めてふたりの写真が投稿されたのは一年半前のことだった。つい最近の十二月には、ノールバッカ通りにアパートメントを買ったと誇らしげに報告している。

トムは四枚の写真を選ぶと、手早く編集してからパソコンの電源を切った。

そのときプリペイド携帯が鳴った。昨日、〝テレグラム〟というアプリを利用して、ただひとり友人として信頼している人物に暗号化メッセージを送った。〝考える時間をくれ〟という返事だった。

トムはにやりとした。彼なら説得できるはずだ。

爪が寄木張りの床を引っ掻き、ネズミの声が徐々にやかましくなる。彼は冷蔵庫へ行き、生のささみ肉を取り出してから戻ってくると、作業スペースを仕切っている高さ五十センチのプラスチック板の前に立った。ネズミたちは肉のにおいに狂暴になる。トムはピンク色の肉を振りまわしてから放り投げ、肉はぼとりと床に落ちた。ネズミたちは突進してきて、甲高い声をあげながら奪い合い、肉は一分も経たないうちに跡形もなく消えた。

トムはトレーニングウェアに着替えた。

黒いパンツ、黒いパーカー、アディダスのランニングシューズ。長い一日になりそうだ。朝はトレーニング。一時間、パルクールをやってから職場へ行く。そして仕事が終わったら、ヘンリエッタとダグラスが何をしているのかをのぞくつもりだった。

5

ジャスミナはストゥーレ・ショッピングモールにある〈ル・カフェ〉の隅のテーブルで身を縮こまらせるように座っていた。周囲では、有閑マダムたちが歯を傷つけないようにストローで低カロリーのドリンクを飲んでいる。少し離れたテーブルからは、スーツ姿のセールスマン風の男がふたり、大声で笑っているのが聞こえた。

身体がだるかった。睡眠不足で目が刺すように痛い。その日、すでに六杯目のコーヒーだった。待ち合わせの相手はシモーナ・ストランド、フリーハムネンの制作プロダクション〈TLZ〉で受付係を務めている二十七歳の女性で、数年前の一時期、オスカル・ショーランデルと関係を持ったことがあると言って連絡をしてきたのだ。

この数日間は、これまでのジャスミナのキャリアで最も多忙を極めた。

オスカル・ショーランデルが逮捕されて以来、自宅で数時間だけ眠って、すぐさまニュース編集局に戻る毎日だった。

ラケルの失踪から二日が経つが、そのうちの一日でジャスミナの記事が一面を飾り、ベンクトとトゥーヴァ・アルゴットソンから高い評価を受けた。それでも彼女は喜べなかった。つねに肩越しに振り返り、レイプ犯の誰かがいるのではないかと怯えていた。自宅のドアまで階段を駆け上がった。カリムが憎かった。彼の釈放に協力した自分が憎かった。カリムはオーケシュバーリア刑務所に送り返されるが、すぐに釈放されるはずだ。彼が出所してからも、このままストックホルムに留まって仕事を続けると言いきれる自信はなかった。

フェイスブックのプロフィール写真を見たので、シモーナ・ストランドの顔はすぐにわかった。ジャスミナが立ち上がると、スムージーを手に反対側のテーブルへ向かっていたシモーナは、振り向いてジャスミナのテーブルに近づいてきた。

写真で見るよりもずっと魅力的だった。スカートとタンクトップの夏らしい服装。どこか人工的な、ふっくらしたつややかな唇。肩まで届くブロンドの流れるような髪。

「お呼び立てしてすみません」

「名前も、勤務先の会社名も出さないでね。彼氏がいるんだから」

匿名を望む情報提供者の身元を明かすようなことはしない。誰に対しても。あらためてシモーナに名を伏せることを約束すると、ジャスミナはコーヒーカップをわきに押しやり、ボイスレコーダーをテーブルに置いた。

「彼と出会ったのは？」

シモーナは人さし指に髪を巻きつけた。

「四年前のクリスマス・パーティ。オスカルが担当したサッカー番組をTLZが制作したの」

ジャスミナは彼女が〝オスカル〟と呼んだことに気づいた。〝ショーランデル〟でも〝オスカル・ショーランデル〟でもなく。

「彼、うちの会社に出入りしてたの。いつも気さくに挨拶してくれたわ。ちょっぴり下心もあったと思う。わたしは入ったばかりで、彼の評判は知らなかったから。奥さんと子どもがいるのは聞いてたけど。でも、あのクリスマス・パーティで、彼は酔っぱらってた。わたしも。で、こっそり地下室に行って、抱き合ってキスしたの」

シモーナはストローに口をつけた。首の筋肉がぴくぴく動く。彼女を信用していいものかどうか、ジャスミナはまだ決めかねていた。

「それから何日かして、メッセージをもらったの。ふたりで会わないかって。週の半ばだった。彼の別荘へ行ったわ。ラケル・フェディーンが姿を消した、あの別荘。あそこで……ねえ、どこまで聞きたい？」

ジャスミナは顔が赤くなるのを感じた。

「あなたが大事だと思うことは、なんでも。質問があれば訊くから」彼女は早口で言った。

「セックスしたわ」

これまでのところ、シモーナの告白は驚くべき内容ではなかった。オスカル・ショーランデルが女に手が早いということは、最近のタブロイド紙を読んでいれば誰でも知っている。

「そのとき……暴力的だった？」

ジャスミナは、誰かに対してこれほど立ち入った質問はしたことがなかった。普段から、セックスについて話すのは気が進まない。親しい友人はおらず、どちらかというと人付き合いを避けている。けれどもそのとき、みずからの好奇心が記者としての関心を超えていることに気づいた。彼女はそっとシモーナの様子をうかがったが、さいわい気分を害している様子はなかった。

「ちょっとね。だけど、わたしはそういうのが好きだから、ぜんぜんオッケーだった。それから、よく会うようになって。だんだん彼に惹かれていったの。彼もわたしのことが好きになりはじめたって言ってくれた。奥さんと別れるつもりだって。いま思うと……彼を信じたのが恥ずかしい。だけど、そのときはうれしくて、その言葉を胸に刻んだ。一縷の望みにかけた。それ以上、何も尋ねなかった。その話を持ち出すと、機嫌が悪くなるのに気づいたから」

シモーナは唇を噛んだ。ジャスミナはその場面を思い描いた——彼女の上に乗り、背後から覆いかぶさるオスカル・ショーランデル。そして、あのレイプ以来、セックスのことを考えるのは初めてだと気づいた。

「なのに、とつぜん音信不通になったの」シモーナは静かな声で言った。「電話にも出ないし、メッセージも返ってこないし、とにかく梨のつぶて。心配になって、仕事が終わってからTV4の本社まで行って外で待った。そうしたら彼が出てきて、車に乗るよう言われたわ。そのままユールゴーデンのひと気のない森へ行った。彼は大声をあげて、わたしの首を絞めた。自分たちのことを誰かに少しでも話したり、もう一度連絡を寄越したりしたら、ギャング団を差し向けるぞって脅された。わたしをクビにする。二度とこの業界で働けないようにしてやるって。殺されるかと思ったわ」

ジャスミナは、椅子の背にもたれているシモーナにボイスレコーダーを近づけた。

「それで、どうしたの？」

「言われたとおりに。とにかく怖くて。彼については、似たような噂をさんざん聞かされてたから。あの人、サイコパスよ。#ＭｅＴｏｏ運動のときに、どうして捕まらなかったのかわからないわ。ううん、ほんとはわかってる」

一瞬、シモーナの口から笑いが漏れたが、目は笑っていなかった。ジャスミナはごくりと唾をのんだ。彼女の恐怖は手に取るようにわかった。

「ストックホルムに来てからベッドに連れこんだ女性に、ひとり残らず電話したのよ。脅して、頼みこんで、許しを求めて。人を意のままにするのがうまいから。娘や奥さんの話をして、自分は変わったって訴えるの。彼がまんまと逃れて、業界全体がショックを受けたんじゃないかしら。ネットの話を鵜呑みにしたらいけないのはわかってる。でも、彼の噂はほとんど事実よ。ぜったいに」

ジャスミナはずり落ちた眼鏡を押し上げた。

「どうしてその話をわたしに？」

「あいつが人でなしだって、みんなに知ってもらいたいから。もっと早く話すべきだった。そうすれば、こんなことにはならなかったのに」

「ラケル・フェディーンの失踪のこと？」

「そうよ」

ジャスミナは返事に困った。

実際にオスカル・ショーランデルがラケル・フェディーンに危害を加えたのかどうかは、まったくわからなかった——たとえ状況がそうだと示していても。ジャーナリストとしては、客観的にとらえ、事実を伝えることが求められる。犯罪を防げたかどうかについて考えることではなく。

そのとき、ジャスミナの携帯電話の画面が明るくなった。またしても匿名の脅迫メールではないかと思って身構える。先週の土曜日以来、もう一通送られてきた。その画像は、戦火で荒廃したシリアとおぼしき場所で、彼女の顔が首を切られた女性の死体の横に並べられたものだった。
だが、さいわいにもメッセージの送り主はマックスだった。
〝急いで戻ってくれ。ラケル・フェディーンの遺体が発見された〟
ジャスミナは立ち上がった。
「悪いけど、もう行かないと」そう言って、慌てて荷物をかき集めた。

6

ヴァネッサは〈マクラーレン〉の窓ぎわの席に座っていた。太陽の最後のあがきの光が建物の正面にしがみついている。シェル＝アーネに勧められた料理を断わり、ビールの大ジョッキだけを頼んだものの、手つかずのままだった。

ラケル・フェディーンの青白い裸体の写真が目に焼きついて離れなかった。死体は何度も目にしてきたが、ラケルの死には予想外のショックを受けた。犯人が社会的弱者であれば、まだ理解できたかもしれない。貧困家庭に生まれ、ドラッグで将来が台なしになり、孤独で、無防備で、虐げられた人物。だが、オスカル・ショーランデルはテレビに出演する有名人で、巨額の報酬を得て、妻とふたりの娘もいる。市中心部からほど近い別荘。じゅうぶんな教育。両親は離婚しておらずに健在。

驚いたのはヴァネッサだけではなかった。この殺人事件はスウェーデンじゅうを揺るがした。至るところでオスカル・ショーランデルの二重人格が話題になっていた。新聞やウェブサイトでは、匿名の女性が次々と彼の行為を告発した。ホテルでは宴席の議論が高じて、すべての客室のドアを叩いてまわる客が出た。ソーシャルメディアでは、人々は競い合って最も残酷かつ最も独創的な処罰を考え出した。はたしてこれが健全な社会における正しい反応なのかどうか、ヴァネッサには判断がつきかねた。怒り。落胆。かといって、ほかに何があるのか。無関心?

オスカル・ショーランデルに不利な証拠は積み重なるいっぽうだった。血まみれのセーターと、凶器と推定されるナイフが、ブロンマの彼の自宅から五十メートルのところで発見された。動機はラケルの望まない妊娠。彼が脅した女性たちの告白によって、数々の暴力行為が裏付けられている。首を絞められた。黙らされた。ラケルが友人のカットヤに送ったメッセージ。さらには、妻のテレースも夫に殴られたことを認めた。

オスカル・ショーランデルは否定している。だが、事情聴取の録音を聞くかぎり、その勢いは徐々に弱まっていた。それでも彼は例の路上生活者を非難しつづけた。ラケルの検死が終われば、死亡推定時刻が判明するだろう。それをもとに、ティーレスエーからブロンマ間の交通監視カメラでオスカル・ショーランデルの黒いSUVの移動をチェックできる。

ふいに窓をノックする音が聞こえ、ヴァネッサは目を細めて外の人影を見た。トルーデ・ホヴランが手を振って、一緒に飲んでもいいかどうか身振りで尋ねた。ヴァネッサはうなずいたが、すぐに後悔した。ここに来たのは、ひとりで考えごとをするためだった。

トルーデはビールを注文してから座った。

「さんざんな一日でしたね」そう言って、ビールに口をつける。「散歩でもしないと、やってられません」

「家はこの近くなの？」

トルーデはうなずいた。

「マルクヴァルド通りです」

ヴァネッサは親指で自身のアパートメントの建物を指した。

「わたしはローースラグス通り。モニカ・ゼタールンド公園の隣」

「それは？」

トルーデは、ヴァネッサのバッグからはみ出した書類を指さした。ローセスバーリ・スロット・ホテルを利用した会社のリストだ。

「オーヴェとふたりで、エメリ・リディエン事件の別の容疑者を割り出している最中。少なくとも、ちょっと前までは。ラケル・フェディーンが割りこんできたから」

「ローセスバーリのペンに付着していた指紋ですか？」

ヴァネッサはゆっくりとうなずいて、ビールを飲んだ。すっかり気が抜けて生ぬるくなっている。

「心当たりがあるんですか？」トルーデが尋ねた。

ヴァネッサはシェル＝アーネを探して店内を見まわした。ジントニックが飲みたかった。リラックスするために。夢を見ないで眠るために。女性の刺殺体に囲まれる悪夢を。

「エメリ・リディエンは犯人を家の中に入れている。つまり、知り合いだったということ。少なくとも顔は知っていた。何よりも、彼女があの晩、自宅にひとりでいることを彼は知っていた。ひょっとしたらサロンの顧客かも……」

「たしかに、スウェーデンの男性は虚栄心が強いかもしれないけど、この半年で、男の顧客がそんなにいたとは思えません」

「十五人」

「全員、調べたんですか？」

シェル＝アーネがヴァネッサに気づいた。彼女は指で〝G〟と〝T〟の形をつくった。親指を立てた了解の合図が返ってくる。

「犯罪記録データベースを検索したけど」ヴァネッサはトルーデに向き直った。「とくに変わった点はなかった」

「事前決済ではなくて、現金払いの客は？」

ヴァネッサは肩をすくめた。もちろんそうした顧客もいるかもしれないが、警察が調べた予約システムには登録されていないだろう。

「統計データで考えると――」トルーデが言いかける。

「カリムでしょう？」ヴァネッサは遮った。「スウェーデンでは毎年、二十七人前後の女性が殺害されている。解決した事件のうち、犯人が被害者と顔見知りではないケースはわずか六パーセントにすぎない。女性の殺害事件を捜査するにあたり、最初にすべきことは、パートナーを調べる。次に、被害者と関わりのあった他の男性。わたしたちは毎回、決まってそうする――統計データの教えに従って。ほとんどの場合、データは正しい場所へ導いてくれる。今回は、それがカリムだった。女性に対する度重なる暴力。彼はエメリを脅していた。凶悪な男、だけど彼女を殺してはいない」

「どうしてそう言いきれるんですか？」

「アリバイがある」

「仲間の？」

「そうじゃなくて。ある女性」

「だとすると、靴に付着していた血液は？」

ヴァネッサはうなずいて、二枚に及ぶローセスバーリの会議室の利用者リストをトルーデの前に置いた。

トルーデは彼女に怪訝な顔を向ける。

「次のページを見て」

トルーデは手早くめくると、目を丸くした。そして、ヴァネッサが黄色のマーカーペンで線を引いた行をまじまじと見つめた。

「そういうことだったんですね」

7

スカイ・バーには誰もいなかったが、ボリエはウォッカもう一本分の金をどうにか借りて、靄《もや》の立ちこめたぼんやりした頭でとりとめのないことを考えながら、ひとりベンチに座っていた。死んでもおかしくないほど酒を飲んだ。頭ががくんと垂れ、もう少しで眠りこみそうになる。だが、口だけは別の生き物のようだった。彼は苦しそうに息をしながら、絶え間なく独り言をつぶやいていた。

サルバーリア刑務所を出たときには、ほかにどうすることもできなかった。故郷のサーラに何が残っているというのか？　子どもたちには憎まれていた。妻にも。自分はよい父親ではなかった。有罪判決を受けると、長男は学校で殴られ、廊下で〝人殺し〟と罵られた。裁判の最中には、非常識にも被害者の妻に謝罪さえしなかった。舌足らずで見栄っ張りの弁護士から黙っているよう指示されたのだ。

出所したボリエは、まっすぐ鉄道の駅へ向かい、最初に来たストックホルム行きの列車に飛び乗った。首都では地下鉄の車両に寝泊まりした。夜に街をうろついている都会の若いギャングが怖かったのだ。殴られることもあった。そのたびに爽快な気分になった。自分にふさわしい罰を受けている気がした。二十四カ月程度の懲役では、ふたりの人間の命を奪った罪を償うことなど到底できない。

だが、本当の罰はエーヴァの死だった。神から与えられたか否かにかかわらず。酔っぱらってふたりの人間を轢き殺しておいて、ただですむはずがない。

ボリエは立ち上がった。足元がふらついた。脚を開き、しばらくそのままでバランスをとる。ホームを歩き出す。列車を待つ人が次々とよける。

それでいい。俺を軽蔑しろ。

次の列車が到着するまで二分。

線路に飛びこまなければならない。酒に溺れる日々から逃れなければ。不安。断酒。惨めな人生から。いずれにしても年末まで生き延びるとは思えなかった。だとしたら、みずから選ぶほうがましだ。さっさとすませる。自分を憐れむのはやめて。エーヴァがいなくなったいま、もう誰も幸せにすることはできない。エルヴィスにはひどいことを言ってしまった。あんな態度をとるべきではなかった。彼は何も悪いことはしていない。ただ手を差し伸べてくれただけなのに。友人をどん底から引っ張り上げ、どうにか生きつづけてもらうために。自分がエーヴァに対してできなかったことをするために。

一分。

皆がベンチから立ち上がる。列車のヘッドライトが遠くに見えてきた。どんどん近づいてくる。ホームに入ってくる。長い影が壁に揺れ動く。ボリエはうなり声をあげながら、まっすぐ前に進んだ。早く飛びこみたかった。ふいによろめく。ウォッカを落とし、瓶が砕ける。アルコールがコンクリートに流れ出す。周囲の迷惑そうな顔。女の子が怖い目でにらみつける。「ちょっと、気をつけて」ベビーカーを押した女性が叫んだ。

ボリエはまたしてもうなり声をあげた。もっぱら自分を待ち受けるものに意識を集中した。軽く地面を蹴るだけで、血まみれの死体となる。そうすれば、たえずエーヴァを恋しく思うこともない。後ろめたさも恥も感じなくてすむ。もはや心の穴を埋めるものは何ひとつ残っていなかった。

甲高いブレーキの音が響く。まばゆいヘッドライトに目がくらみ、思わず手で目を覆う。

「エーヴァ、いま行くよ」彼はつぶやいた。

8

ニュース編集局は活気に満ちていた。ベンクトと目が合うと、彼はジャスミナのデスクまで来て身を乗り出した。

「コヴァック、最高の記事だ。飛ぶように売れるぞ！」

ベンクトはデスクを二回叩くと、ダンスのステップのような足取りで戻っていった。

「ピザが来たら、大デスクでミーティングだ」部屋全体に声をかける。「みんな、よくやった」

ジャスミナの隣では、マックス・レーヴェンハウプトがノートパソコンに覆いかぶさるようにしてキーボードを叩いていた。口の端から舌がはみ出し、いつもはきちんと整った髪は乱れている。

「送る前に目を通してもらえるかな?」彼は顔も上げずに言った。

「もちろん」

「あと二分待ってくれ。最後の仕上げをしているから」マックスはキーボードを叩きつづける。

ラケル・フェディーンが遺体で発見されてからも、ニュースそのものは生きつづけていた。読者の関心はきわめて高く、新たな記事を掲載するたびに記録を更新した。世間の考えとは裏腹に、編集チームが求めているのは瞬時のクリックではなく、読者の愛着心だった。リピーター、有料会員。つまり、質の高い記事を届けなければならない。

電子版の購読者数は、一日に三百人のペースで増えていった。

「これでよしと」マックスは声をあげ、椅子の背にもたれてパソコンをジャスミナのほうに向けた。

彼女は椅子を近づけた。互いの肘が触れ、思わずはっとひっこめる。記事は、テレビ司会者の勾留の概要から始まり、ラケルの事件について、その日一日の進展が詳しくまとめられていた。

まずはオスカル・ショーランデルの事情聴取に関して、マックスは警察本部から伝え聞いたことを解説している。匿名の捜査関係者によると、遺体が発見されたことを聞いて、司会者は泣き出したという。そのため事情聴取を中断せざるをえなかった。オスカル・ショーランデルの弁護士は、クライアントの体調が優れなかったと簡潔に述べている。ラケルの家族にも知らされた。

小見出しの次には、おそらく明日の見出しページになりそうな内容が続いた。警察は――初めて――ブロンマにある司会者の自宅の外で発見された血のついたナイフが凶器だと認めた。

ジャスミナはマックスの期待に満ちたまなざしを感

じた。

記事の最後は、疑惑についてはコメントを控えるというTV4幹部の形式的な発言で締めくくられていた。

「いいわね」読み終えると、ジャスミナは言った。

「いい？　それだけか？」

マックスはがっかりしたようだった。

「とってもいいわ、マックス。だけど、言わなくてもわかってるでしょう？」ジャスミナは立ち上がる。

「本当に？」

「もちろんよ」彼女はほほ笑んだ。

ベンクトが残っている記者をデスクに集めた。

ジャスミナはパイナップルのピザを取り、プラスチックのカップに入ったファンタを持って、ベンクトの周囲に集まった記者たちの半円形の輪に加わった。ベンクトは、報道が過熱したこの数日間の皆の働きぶりに感謝した。ジャスミナは早く家に帰ってベッドに入りたかった。そう考えてから、ヴァルハラ通りの狭いアパートメントを初めて〝家〟だと思ったことに気づいた。心の底からあの場所に留まりたかった。たとえカリム・ライマニでも、その願いを打ち砕く権利はない。あの男に犯されたことを思い出すたび、ジャスミナは吐きそうなほどの嫌悪感を覚えた。あまりにも不公平だ。彼は自由の身になるのに、自分は彼のことを死ぬまで忘れられないなんて。

ベンクトが翌日の担当表を配りはじめた。ジャスミナは午後一時の出勤だった。

「実名報道に切り替えるのも時間の問題だ。きみには、オスカル・ショーランデルのこれまでの人生について詳しくまとめてもらいたい。ベクショーの人脈を駆使して、幼馴染や大人になってからの知り合いを探し出すんだ。どうだ、コヴァック？」

「わかりました」

ジャスミナはデスクに戻って荷物をまとめた。マックスはまだ自分のデスクに居残って、あくびをしながらパソコンを片づけたりしていた。

「少し飲みに行かないか？」マックスが誘う。「今日みたいな日は、なかなか寝つけないんだ」

ジャスミナはためらった。明日に備えてゆっくり休みたかったのだ。その一方で、リラックスする必要もあった。今回のように張りつめた日が続くと、たしかに日常に戻るのは難しい。それに、もう少し人付き合いに積極的になるべきだ。ストックホルムに来て以来、話し相手もろくにいなかった。

「そうね。カクテルでも飲めば気分転換になるわ」

9

列車は十メートルほどの距離に迫っていた。ブレーキ音が耳をつんざく。ボリエはホームの端へ一歩踏み出した。足元でレールがきらめく。次の一歩が最後だ。線路に転落する一歩。列車の正面に。車輪の下に。ところが飛びこもうとした瞬間、誰かに肩をつかまれた。

その人物は――誰だかわからなかったが――彼を引き留めていた。振り向いて怒りの目を向けると、そこにはよく知った顔があった。

警備員のヨルゲンだった。ボリエやエルヴィスをはじめ、スカイ・バーの常連たちを威嚇していた男。ヨルゲンの寄り目は食ってかかるようにボリエを見つめ、次にホームに落ちて割れたウォッカの瓶、そしてふたたびボリエに向けられた。列車が過ぎていく。

「俺のホームで宴会か？」

「放せ」ボリエは彼の手を振り払おうとした。

周囲では、列車から次々と乗客が降りてきた。ボリエは怒りに身を震わせ、こぶしを握りしめた。

「落ち着け。でないと警棒を使うはめになる」ヨルゲンはなだめた。

もうひとりの警備員が前に出た。ボリエは肩をつかまれたまま、ヨルゲンに向けてパンチを繰り出した。だが、完全に酔っぱらっていた。握りしめたこぶしは、わずかに的を外した。それでも警備員たちが警棒を抜く合図となった。

ボリエはわめき声をあげてヨルゲンに突進し、ふたりは勢い余って大きな音とともに列車に激突した。周囲から悲鳴があがりはじめた。列車の中では、乗客が外の騒ぎを見ようと立ち上がる。ボリエは主導権を握ろうとする相手に馬乗りになった。ヨルゲンの相棒が警棒を振り上げ、ボリエの背中に叩きつけた。その瞬間、何かが折れるような音がした。頭が割れるような激痛が走る。

ボリエは倒れた。すかさず二発目が、今度は腕に当たる。警備員はふたりがかりで彼にのしかかり、はさむようにして押さえこんだ。ボリエの顔がホームに押しつけられる。彼は息ができずに大声で叫んだ。どうにか逃れようと、足をばたつかせて身をよじる。

だが、しばらくすると動きが鈍くなった。警備員たちはボリエをホームの中央まで引きずっていった。ヨルゲンはボリエの背中に膝を押しつけてうつ伏せにした。

ドアが閉まった。ボリエは遠ざかる列車の振動を頬に感じた。

「なんて奴だ」ヨルゲンは血まみれの唇を拭いながらつぶやいた。

そしてホームに唾を吐く。

「こいつを部屋へ連れていきますか？」相棒が尋ねた。

そこがどんな部屋なのか、ボリエは知っていた――ホームの下にある防音の空間で、警察の到着を待つあいだ、警備員が捕らえた者を拘束するために使っている場所だ。窓もなければ監視カメラもない。たいていの場合、暴れて手がつけられず、警察が来るまで落ち着かせる必要があった、というのが警備員たちの決まり文句だった。そうした状況では、頭を壁に叩きつけたり腕を折ったりするのは訳ない。だが、ボリエは一向にかまわなかった。連れていくなら連れていけ。好きなだけ殴るがいい。どっちにしろ俺は死んでいるんだ。

「臆病者どもめ」ボリエが毒づくと、ますます背中に膝が食いこんだ。

腕を後ろに回そうとしたが、ヨルゲンに手をつかまれ、背中に押しつけられた。

ボリエは悲鳴をあげた。

「強烈な悪臭だな、このゴミ野郎が！　おまえがいつもつるんでる、あのクソババアに何も言われないのか？　もっとも、あいつも気にするまい。年寄りの売春婦なんだからな」ヨルゲンは吐き捨てるように言った。

「彼女のことをそんなふうに言うな」ボリエは喘ぎながら言い返した。

警備員はあざけるように笑った。

「売春婦！」

ボリエは顔を肩に押しつけた。泣いているのを見られたくなかった。

警備員たちは彼のポケットを探った。ヨルゲンの相棒が手紙を見つけ、親指と人さし指ではさんで光にかざした。

「捨てるな。何をされてもいいから、それだけは捨てないでくれ」ボリエはつぶやくように訴えた。

「あんなババア相手に、いくら払うっていうんだ？」

ヨルゲンはボリエを無視して尋ねた。

「せいぜい小銭程度だ」相棒は答え、ボリエの腕を強くつねった。ボリエは声を漏らさないよう歯を食いしばる。「あんな醜い女は、そう簡単には見つからない」

ふたりはボリエの手首に手錠をかけ、乱暴にエスカレーターのほうへ追い立てた。

「おもしろくなりそうですね、ボス」相棒はハイエナのような声で笑う。

「知ってるか？　あの部屋には電話帳が大量にある」歩きながら、ヨルゲンはボリエの耳元でささやいた。「もっとも、最近では番号を調べるのには使ってやしないが。おまえだって、それくらいはわかるだろ、生ゴミ臭い乞食でも。つまり、こういうことだ――警棒で、たとえば腿を叩くと、ひどい跡が残る。そうすると迎えに来た警察に大目玉を食らう。ところが電話帳をあいだにはさめば――なんと、痣ひとつできない。

しかも痛みは変わらない。それは請け合うぜ」

10

トムがノールバッカ通りのバルコニーに陣取ったのは午後八時半だった。

バッグの中身は毛布、コーヒーの入った水筒、黒い帽子、数独の本、二種類のレンズを備えたカメラ。アパートメントには誰もいないようだった。友人と食事でもしているのだろうか。

彼は仰向けになり、ストックホルムの上空に流れる銀色の雲の層を眺めた。

やがて携帯電話を取り出すと、ヘンリエッタのインスタグラムをチェックした。最新の投稿は数時間前のものだった。明日、彼女はダグラスや友人たちと〈タヴェルナ・ブリッロ〉を予約し、誕生日を祝うことになっている。

一方で、ダグラスはその晩、コンスタントに更新していた。現在コペンハーゲンにいるため、ヘンリエッタは一緒ではないはずだ。トムの知るかぎり、彼女はSNSで自慢するチャンスを逃すようなタイプではなかった。トムは数独の本を取り出し、上級の問題をまたたく間に三問続けて解くと、本を置いた。退屈のあまり、家に帰ろうかと考えた。

ふと思い立って、いつも入り浸っているインターネット掲示板にログインする。〝変人《ワコ》〟というユーザーがログイン中だった。とはいうものの、彼はほとんどいつもログインしっぱなしだ。寝室のいつもの場所に座り、煙草を吸いながら、眼鏡越しに画面を見ているのだろう。何度か、直接やりとりをしたことがある。互いに不安を和らげ、冗談を言い合い、自殺について話した。

〝何してる？〟とワコ。

〝美人を待ってる〟とトム。

〝彼女と何をするつもりなんだ？〟

苦笑いして親指を画面に当てていると、建物のドアが開く音がした。

中庭を横切るふたりの人影。ヘンリエッタはすぐにわかった。連れの男も。広い肩にネアンデルタール人のようなあご。茶色の髪は短く刈られている。ジムで一緒の男だった。ヘンリエッタが何度か話しているのを見かけたことがある。そのたびに嫉妬に駆られた。

トムは慣れた手つきでカメラを準備し、レンズのキャップを外してから構えた。ほどなくリビングの明かりがつく。

男は窓に背を向けて立っていた。ヘンリエッタはすでにジャケットを脱ぎ、その下に着ていた黒のミニドレス姿で、アルコールのボトルを手に踊っていた。足はもうすっかり治ったようだ。男をダンスに誘おうとするが、彼はわずかにステップを踏んだだけでソファに倒れこんだ。

男はズボンのポケットからジップ付きのビニール袋を取り出すと、宙に掲げて振ってみせた。ヘンリエッタは姿を消したが、すぐに銀のトレーを持って戻ってきた。

ふたりでリビングへ向かう途中、彼女は調光スイッチを回した。照明が薄暗くなる。トムはカメラの設定を調節した。ヘンリエッタがトレーをコーヒーテーブルに置くと、男は袋の中身の白いものを注意深くトレーの上に空け、クレジットカードで横のラインを引いていく。

画面を拡大してピントを合わせながら、トムは脈が速まるのを感じた。

早川書房の最新刊

●表示の価格は税込価格です。
＊価格は変更になる場合があります。
＊発売日は地域によって変わる場合があります。

11
2023

スパイ小説の巨匠が明かす、ベールに包まれた女スパイたちの真実

モサド・ファイル2
――イスラエル最強の女スパイたち

マイケル・バー＝ゾウハー＆ニシム・ミシャル／上野元美訳

eb11月

世界最強と謳われるスパイ・エージェント、イスラエル諜報特務庁「モサド」。そのモサドに属する女性諜報員の知られざる実態と活躍を描く。アイヒマン捕獲、イラン核所有の解明と弾道ロケット開発の阻止――彼女たちは歴史的ミッションにどう立ち向かったのか

四六判上製　定価3300円［21日発売］

ビジネス・学問・生活すべてに通じる起業の三原則「発見・解決・拡大」

すべては「起業」である
――正しい判断を導くための最高の思考法

ダニー・ウォーシェイ／渡会圭子訳

eb11月

アントレプレナーシップとは起業家特有の精神でも天賦の才能でもない。ニーズの「発見」、問題の「解決」、持続可能な事業の「拡大」のプロセスの実践によって誰でも習得できるのだ――起業にとどまらずビジネスや日常生活などに応用できる汎用的な思考法を解説

四六判並製　定価3190円［21日発売］

ハリウッドの名優の知られざる素顔。全米ベストセラー！

ポール・ニューマン語る

b11月

「ハスラー」「暴力脱獄」「明日に向って撃て！」など、数々の名作に出演し、今なお愛される伝説のスター、ポール・ニューマン。死後発見されたインタビューを編纂し、ト

『地下鉄道』『ニッケル・ボーイズ』でピュリッツァー賞を連続受賞した著者による新作エンタメ長篇！

ハーレム・シャッフル

コルソン・ホワイトヘッド／藤井 光訳

eb11月

成り上がりを夢見て、ハーレム街の中古家具店で誠実に働くレイ。だが夢のためには、従弟がもちこむ盗品も売るしかなかった。ある日、従弟の起こした事件で、レイは裏社会の争いに巻き込まれる。二重生活の葛藤の末にレイが選んだのは？ 『地下鉄道』著者新作

四六判並製　定価２９７０円［21日発売］

スティーヴン・キング絶賛！　作中のイラストが驚愕の真相への伏線となるホラー・ミステリ

奇妙な絵

ジェイソン・レクラク／中谷友紀子訳

eb11月

優しくて内気な少年テディ。その面倒を見るベビーシッターのマロリーはある日、テディが奇妙な絵を描いていることに気がつく。森の中で、女の死体を引きずっている男の絵だ。テディが何かに取り憑かれたように描き続ける、不気味な絵に隠された真相とは――？

四六判並製　定価３４１０円［21日発売］

カンピエッロ賞受賞、ストレーガ賞最終候補のイタリア文学界の新星による傑作長篇

私の母は掃除婦をしながら四人の子どもを育て、障がいを持つ夫を支えた。だが母の厳格

甘くない湖水

ジュリア・カミニート／越前貴美子訳

eb

十代から二十代までの内面を克明に描くイタリア文学界新星によるカンピエッロ賞受賞作

四六判並製　定価２７５０円［絶賛発売中］

中国ドラマ版『三体』、WOWOWにて10月より放送決定！

白亜紀往事

劉《りゅう》慈《じ》欣《きん》／大森望・古市雅子訳

eb11月

恐竜と蟻が、現代人類社会と変わらぬ高度な文明を築き、地球を支配していたもう一つの白亜紀。恐竜は柔軟な思考力、蟻は精確な技術力で補完し合い共存していた。だが、二つの文明は深刻な対立に陥り……。種の存亡をかけた戦いを描く、劉慈欣入門に最適な中篇

四六判上製　定価２０９０円［21日発売］

スウェーデンの新星が放つ
ヴァネッサ・フランク警部シリーズ第一弾！

HPB1997

黒い錠剤　スウェーデン国家警察ファイル

パスカル・エングマン／清水由貴子・下倉亮一訳

eb11月

ストックホルムで女性の刺殺体が発見された。交際相手の男は服役中だったが、事件当夜は仮釈放されていた。警察は男が犯人と確信するが、ヴァネッサの元に「彼は殺していない」と訴える女性が……。ネットで蠢く「インセル」が現実社会に牙を剝く暗黒ミステリ

ポケット判　定価２８６０円［絶賛発売中］

名画を通して、問題解決のための
多様な視点を獲得しよう

問題解決のための名画読解

エイミー・E・ハーマン／野村真依子訳

アートを通して観察力を磨き、日々直面する問題の解決に役立てよう！人気作『観察力を磨く　名画読解』に続く今作では、凝り固まった思考や偏見に気づくための多様な視点を、美術史家の著者が伝授。ピカソや草間彌生らの作品約100点をオールカラーで掲載。

四六判並製　定価3080円［絶賛発売中］　eb11月

クラウドファンディングの生みの親が提唱
世界をアップデートするためのフレームワーク

2050年を生きる僕らのマニフェスト
――「お金」からの解放

ヤンシー・ストリックラー／久保美代子訳

クラウドファンディング「キックスターター」の共同創業者である著者が構想する、ミレニアル世代とZ世代が主導する2050年の世界とは。松下幸之助の経営哲学や日本の「箱詰め弁当」をヒントに「お金より大事なもの」を優先する斬新なアイデアを提示する。

四六判並製　定価2860円［21日発売］　eb11月

11

グランド・ホテルは写真でしか見たことがなかった。緑色の制服を着たポーターが会釈してドアを開ける。マックスはお辞儀をしてみせ、ジャスミナを先に通した。

ニュース編集局を出たあと、別の同僚ふたりを交えて警察本部近くの〈レモン・バー〉へ行き、一杯二十五クローナの水っぽいビールを飲んだ。

そこでは、ここ数日のさまざまな出来事について話し、上司の噂話をして、記事のアイデアに関して意見を交わした。ジャスミナは楽しい時間を過ごした。くつろいでいた。やっと仲間になれたような気がした。同僚たちが帰ると、マックスから二次会に誘われた。

グランド・ホテルの名が出たときには、冗談だと思った。何しろジーンズに、出来立てのコーヒーの染みの模様が入った古い白いシャツという格好だ。

マックスは彼女の心配を笑い飛ばしてタクシーを止めた。

「バーはこっちだ」マックスは右手を指した。

数名の旅行客がビールを飲みながらサッカーのテレビ中継を観ていた。その瞬間、ホテル・アングレイスでの光景が脳裏によみがえる——ソファで迫ってきたカリムの顔が。ジャスミナは慌てて振り払った。

ふたりは美しく飾られた狭い部屋に入った。日焼けしたビジネスマンたちがネクタイを緩め、カクテルを手に立っている。上から下まで白に身を包んだウエイターが注文を取って回っていた。柱のあいだから対岸の宮殿が見える。影が動くたび、波止場の下の暗い水面に街明かりが揺らめいた。部屋の隅に大きな黒い蜘蛛のように潜むグランドピアノから、物悲しいメロディが聞こえてきた。聴いたことのある曲だったが、名前は思い出せなかった。すぐ近くのハイスツールに何人かが座り、ピアノの上にカクテルを置いていた。

「ベランダに出ないか？」マックスが尋ねた。

「ピアニストのそばがいいわ」

「じゃあ、そうしよう」

ジャスミナはマックスにカクテルの注文を任せ——さっぱりわからないことは悟られないほうがいいと判断して——椅子の背にもたれた。

「ここにはよく来るの？」ウエイターが立ち去ると、彼女は尋ねた。

マックスの目に何かがきらめいた。

「ジャーナリストになろうと思いはじめてから、スーツを着て、メモ帳を手にここに通ったんだ。戦地で長い一日を過ごした疲れを癒やす従軍記者になったつもりで。このことは誰にも言うなよ」

「約束する」ジャスミナはにやりとした。「じつは、わたしも同じようなことをしてたの」

「どんな？」

「母親に取材の相手をさせていた。いろんな役柄を演じてもらったわ。あるときはアカデミー賞を獲ったばかりの映画スター、あるときは嘘がばれた政治家。あとは、自分で見出しページをつくって部屋に貼ったりもした」

マックスは大声で笑った。

「お母さんはきみを支えてくれたんだね」

「昔からずっと」

マックスは何か言いかけたがやめて、ゆっくりとうなずいた。ジャスミナは心地よい酔いに包まれたまま、まっすぐ彼を見つめた。

「なぜわたしの記事を盗用したの？」

マックスはあごを掻きながら、しばらく考えこんだ。その爪は嚙んでぼろぼろになっていた。

「すばらしかったからだ。でも、自分が恥ずかしい。

卑劣なことをした。追いつめられていたんだ。きみがうちの新聞社に留まるんじゃないかと心配だった」

その言葉にジャスミナは驚いた。

「どうしてそんなふうに？」

「きみには何かがある――自分からはアピールしなくても、自然と周囲に才能を示している。きみが何かを言えば、みんな耳を傾ける。言ってみれば、カリスマ性みたいなものだ」

カリスマ性があるなどと言われたのは生まれて初めてだった。ジャスミナはじっと彼を見つめ、からかわれているのか見極めようとした。

「ちょっと失礼」そう言って、マックスは席を立った。「すぐに戻る」

彼はトイレのほうへ向かった。その間にウエイターがカクテルを運んできた。どちらのグラスにもパイナップルとチェリーが飾られている。ジャスミナが礼を言うと、ウエイターは会釈して立ち去った。彼女はグラスに口をつけた。

やがてマックスが戻ってきて、彼女のグラスを指さして言った。

「シンガポール・スリングだ。どうだい？」

「ビールのほうがいいわ」

マックスは笑みを浮かべた。

「じつは、ぼくもだ。それはさておき、記事を盗んだことだが――水に流してもらえるか？」

「ええ」

マックスは考えこんだ様子でグラスを回していたが、やがてテーブルに置いた。

「ばかげているかもしれないが、ぼくにとっては成功がきわめて大事なんだ。家族は――とりわけ父親は――この仕事に反対している。新聞は衰退産業だと。たいして金を稼げない。父はぼくが金融業界で働くことを望んでいる。自分と同じく。だから……自分の力で生きていけると父に示したいんだ。契約の打ち切りは失敗を意味する。ぼくの家では、失敗は許されない」

12

トムはドラッグの知識はまったくなかったものの、どうやらあの白い粉はコカインのようだった。ヘンリエッタはコーヒーテーブルにロウソク立てを置き、火を灯した。ジムの男は彼女を招き寄せると、何やら言って笑わせてからトレーを指さした。

画面をさらに拡大すると、四本の線がくっきりと見えた。

トムは動画モードに切り替え、ヘンリエッタが粉を吸いこむたびに顔に浮かべる表情を捉えた。彼女は吸い終えると、ソファの背にもたれて鼻を覆い、短く切ったストローを男に渡した。それからふたりはソファに横たわり、互いの顔を近づけた。ふたりの口がひとつになる。それでもなお言葉を交わしつづけているようだった。トムはこれほど親密な場面を目の当たりにしたことはなかった。男がヘンリエッタを撫で、腹部に手を這わせている。彼女は身をよじり、楽しそうにくすくす笑う。このあとどうなるのかは火を見るよりも明らかだった。

「いくら取り澄ましていても、おまえが小悪魔だというのは見ればわかる、ヘンリエッタ。生まれつきの娼婦だ」トムはつぶやいた。

ふたりはもう一本のラインを吸い、よろめきながら立ち上がった。

ヘンリエッタはテレビボードの横にあるスピーカーのスイッチを入れた。ふたりの身体が揺れ動く。何を聴いているのだろうか。ヘンリエッタは黒のドレスを頭から脱ぐと、パンティ姿で腕を高く上げて踊る。男もTシャツを脱いだ。上半身は筋肉に覆われ、腕には血管が浮き上がっている。

ヘンリエッタは彼の胸を撫でながら乳房を押しつけた。つややかな背中がロウソクの光を反射して輝いている。その交尾ダンスを鑑賞しながら、トムはペニスに血液が流れこむのを感じた。

彼はヘンリエッタを激しく憎んだ。だが、それと同時にこれほど興奮したことはなかった。

そもそもは彼女が自分に恥をかかせたのが間違いだった。そんな仕打ちを見逃すわけにはいかない。もちろんダグラスにとっては酷だが、一緒に暮らしているのが不誠実な尻軽女だとわかったほうが本人のためだろう。

ふたりはキスをしていた。かと思うと、ヘンリエッタは男の腕をすり抜け、テーブルを指さした。彼女がロウソク立てを窓枠に置いたせいで、トムはカメラの設定をやり直さなければならなかった。

ヘンリエッタはテーブルを手で叩いた。その目は欲望に霞み、血走っていた。男はズボンとパンツを床に脱ぎ捨てると、裸でテーブルに横たわった。

ヘンリエッタはビニールの袋を手に取り、彼の足元にひざまずいた。

男は顔を上げ、彼女がペニスにコカインをのせてクレジットカードでまっすぐならし、ストローで鼻から吸う様子をじっと眺めていた。それが終わると、彼女は残った粉を舌で残らず舐め上げた。

ヘンリエッタは男と場所を交代したが、うつ伏せになり、腰を突き出して振った。男は彼女の右のヒップにのせた粉を吸いこんでから、パンティを剝ぎ取った。

トムはあることを思いついた。手早くカメラの位置を調整し、毛布の上に置いてアパートメントの撮影を続けながらマイクのケースを探した。それから用心深く立ち上がると、バルコニーのドアを開けて耳を澄ました。階段は物音ひとつせず、誰もいなかった。彼は急いで中庭を突っ切って、別棟の階段を上った。そしてしゃがみこみ、郵便受けを開けてマイクを差しこんだ。すると、喘ぎ声やうめき声が聞こえてきた。

「こうするのが好きなんだろ？」

ヘンリエッタがうめく。かすれた、すがるような喘ぎ声。ポルノ映画みたいだ、トムはそう考えて、またしても硬くなってきた股間に手を伸ばした。

「ああ、いいわ。もっと強く！」

トムはにやりとした。

そのとき建物のドアが開いて、階段の吹き抜けに光が射しこんできた。トムはマイクのケーブルを巻き戻し、郵便受けをそっと閉じた。そして立ち上がると、マイクを手に隠して静かに階段を下りた。途中、ピザを抱えて上ってくる女性に挨拶する。

本当なら、もっと音声を手に入れたかった。だが、とりあえずこれだけあれば、ヘンリエッタの人生を台なしにする動画を作成するのにじゅうぶんだろう。

トムはエッシンゲ橋通り十八番地のアパートメント

のドアを開け、ジャンパーを掛けた。そのまま書斎へ向かい、マウスを動かして、階段にこっそり取りつけた監視カメラの映像をチェックする。留守のあいだ、とくに変わったことはなかった。

彼はキッチンへ行き、冷蔵庫から新鮮なブロッコリーを取り出すと、皿にのせて書斎へ戻った。そして皿を机に置き、床に手をついて腕立て伏せを五十回、続けて仰向けになって腹筋を百回やった。

それが終わると、息を切らしたままパソコンの前に座ってブロッコリーを食べた。

トムは嗅覚障害のせいで、においがわからない。つまり味もわからなかった。それでも、できるかぎり野菜と魚を食べた。長生きしたいからだ。思春期のころは地獄のようだった。誰もひどい体臭のことを教えてくれなかった。中学三年のときに体育の教師に呼び出され、もっと頻繁に身体を洗ったほうがいいと言われた。それ以来、一日おきにシャワーを浴びることを習慣にしている。

彼はお気に入りの掲示板をいくつか閲覧した。ふと見ると、パソコンの後ろの暗い窓に、冷ややかな青い光に包まれた痩せた顔と頭頂部の禿げた頭が映っていた。目に入らないように、急いでブラインドを下ろす。鏡に映った姿を見ると、校庭で浴びせられた罵倒が聞こえてくることもあった。

机に足をのせて椅子の背にもたれ、残りのブロッコリーを食べた。そして、いちばん上の引き出しからダークウェブで購入したテストステロンの注射を取り出し、パッケージを開けた。バスルームへ行ってズボンを下ろし、洗面台にもたれて、尻に注射を打つ。壁越しに音が聞こえてきた。

隣室に住む八十九歳のグレタがテレビをつけっぱなしにしているのだ。

トムは玄関に行き、彼女のアパートメントの鍵を手にした。グレタの太りすぎのバカ息子が置いていったものだ。玄関のドアはオートロックなので、折に触れてもうろくした老女は締め出され、トムのアパートメントのドアをノックする。

点滅する光を放つテレビの前で、グレタは深くうなだれて眠っていた。リモコンはコーヒーテーブルの上にある。トムは音量を下げた。グレタは腿までの丈のナイトガウンを着て、脚を開いて座っていた。彼はしゃがみこんで性器をのぞいた。

それから立ち上がると、キッチンへ行って冷蔵庫の中身をチェックした。ソースパンを見つけ、蓋を持ち上げてみると、中にはフィッシュシチューが入っていた。彼は引き出しからプラスチック容器を探し出し、シチューを詰めて玄関へ向かった。

グレタの上着のポケットを漁る。あのババア、財布をどこにしまった？ ここに来るたびに、トムは札を何枚かくすねていた。悪いのはグレタ自身だ。それに、俺のほうが金が必要なんだ。

薄暗い明かりのなか、彼は目を細めた。懐中電灯を持ってくるべきだった。それでも、やっとのことで財布を見つけた。玄関の鏡の横にあるフックに掛けられたバッグの中にあった。札入れの部分を開く。四百クローナ。彼は三百をジーンズの尻ポケットに突っこんだ。そのとき、ふと壁に飾られた白黒のポートレートに目が釘づけになった。

唇に指を当てる。

「しーっ」

どの人物も、とっくの昔に死んでいるにちがいない。この世に残っているのは、半分ぼけた年金生活者の家にある黄ばんだ写真だけだ。トムはプラスチック容器を手にアパートメントを出て、ドアに鍵をかけた。自分の部屋に戻ると、メッセージが届いているのに気づいた。

〝参加する〟

トムはにやりとした。

13

ヴァネッサとオーヴェは、もう一度カリム・ライマニに面会するためにオーケシュバーリア刑務所へ向かっていた。ブルンス湖の断崖や水辺には水着姿の観光客が群がっている。カヌーを漕いでいるカップルの姿も見えた。ラジオでは、前の晩にフィッチャで出動した救急車が二人組の覆面の男に強奪された事件について、ニュースキャスターが詳しく伝えていた。

「ばかな奴らだ」オーヴェはつぶやいた。

バイクに乗った同僚が、追い越し車線でふたりの車を追い抜いていく。

「ゴルバチョフの話、聞いたことある?」ヴァネッサは尋ねた。

オーヴェは首を振った。

「八〇年代のモスクワ。レーガンが公式訪問中、ゴルバチョフは会談に遅れそうだった。運転手は飛ばしたけど、ゴルバチョフは満足できなくて、自分で運転すると言い出して席を替わった。さらにスピードアップ。そのとき道端にバイクの警官がふたりいて、リムジンが爆走していくのを目撃。ひとりがバイクに飛び乗って追跡したけど、すぐに戻ってきた」

「それで?」

「同僚が切符を切ったのかと尋ねると、警官は首を振って、『ものすごい権力者が乗っていた』と。そこで同僚がさらに『誰だったんだ?』と訊いたら、『わからない。だけどゴルバチョフが運転手だった』」

オーヴェは鼻で笑った。

高速道路は最初から渋滞していたが、やがてまったく動かなくなった。ヴァネッサはスピードを落とした。

「グローブボックスを開けて」

オーヴェは身を乗り出した。前のボルボがわずかに進む。ヴァネッサは軽くアクセルを踏み、数メートル進んでからブレーキをかけた。

「何を探せば？」

「クリアファイル」

オーヴェは取り出した。

「これは？」

「この半年間にローセスバーリ・スロット・ホテルを利用した会社のリスト。二枚目の黄色でチェックしたところを見て」

オーヴェは紙をめくった。

「刑務所・保護観察庁」オーヴェは読み上げ、ヴァネッサに顔を向けた。「ここで会議をしたのか。つまり、エメリは刑務所でペンを手に入れたのか？」

「面会時の監視カメラの映像をもう一度確認してみないと。でも、何を見るべきかはわかった」

「署に戻ったら、さっそくチェックしよう」オーヴェは言った。

オーケシュバーリア刑務所に着くと、ヴァネッサとオーヴェは受付の制服姿の看守に歩み寄り、訪問の目的を説明した。看守は電話をかけ、ふたりの携帯電話を預かってから、金属探知機を通るよう促した。

「昨日は何をしてたんだ？」オーヴェが尋ねた。

「トルーデと会った」

オーヴェは眉を吊り上げた。

「たまたまよ」ヴァネッサは説明した。「向こうは散歩をしてて、わたしの行きつけの店の前を通りかかったの。それで中に入ってきて、ビールを何杯か飲むことになったというわけ」

「彼女が周りからどう言われてるか、知ってるか？」オーヴェは数メートル先を行く看守をちらりと見てから、声をひそめて言った。「セックス依存症だ」

「どういうこと？」

オーヴェはうなずいた。

「それで離婚したそうだ。浮気をした。男とも女とも。離婚後は、きみの上司のカスクと関係を持っていたともっぱらの噂だ。だが、もちろん彼ひとりではない」

ヴァネッサは、上司と一緒にいるトルーデの姿を想像せずにはいられなかった。一糸まとわず、美しく身もだえする彼女。絵になる光景だった。

「やめて、オーヴェ」

「耳にした噂をそのまま伝えただけだ。あくまで中立的。どちらにも味方しない。言ってみれば公共サービスだ」

「というよりも、ママの家の地下室で、ネバついたキッチンペーパーでゴミ箱をいっぱいにしながら、ネット掲示板に汚い言葉を吐き出してるニキビ面の若者みたい」

看守はドアの前で立ち止まり、もうじき囚人が連れてこられることを説明してから鍵を開けた。ふたりは席に着いた。ヴァネッサは足を組み、椅子の硬い背にもたれた。

鍵を回す音がして、ふたりの看守に付き添われたカリム・ライマニが入ってきた。その口元には薄ら笑いが浮かんでいる。目の前の男はエメリ・リディエンを殺してはいないが、ジャスミナ・コヴァックに薬を飲ませてレイプしたのだ。

カリムは空いている椅子にゆっくりと近づいた。彼はヴァネッサを無遠慮に見つめ、舌なめずりをする。彼女は目をそらさなかった。ジャスミナの顔を思い出した。彼女の涙。震える身体を。

オーヴェがうなずくと、看守たちは部屋を出た。ヴァネッサとカリムは憎しみを込めてにらみ合ったままだった。オーヴェが咳払いをする。

「今日来たのは、おまえの元恋人のエメリ・リディエンを殺害した犯人について、何か心当たりがないかどうか確かめるためだ」

カリムは答えなかった。その代わり、人さし指と中指でVの字をつくり、そのあいだに舌を差し入れた。ヴァネッサはとっさに反応し、彼の股間にヒールを突き刺してやった。思いきり。さらにダメ押しでねじこむ。

カリムは悲鳴をあげ、激痛に顔を歪めた。そして腰を浮かせ、こぶしを握りしめた。

ヴァネッサは唇を結んだまま笑みを浮かべた。

「もともと、おまえみたいなババアは趣味じゃねえ」カリムは身体を丸め、衝撃を受けた部分を手のひらでこすりながら負け惜しみを言う。

「わたしも、あなたみたいに小さいのは趣味じゃないわ」ヴァネッサは小指を振って言い返した。

「ふたりとも落ち着くんだ」オーヴェは立ち上がり、カリムがヴァネッサに飛びかかろうものなら身を挺して守るつもりで構える。

ヴァネッサは手のひらを見せ、申し訳なさそうに同僚を見ると、あらためて椅子に腰を下ろした。

「カリム、われわれは目下、おまえの娘の母親の殺害事件を捜査している。おまえが殺していないのはわかっているが、彼女を殺す動機のある人物について、何か知ってるんじゃないかと考えたんだ」オーヴェは説明した。

「なんでおまえらに協力しなくちゃいけないんだ？」

「殺されたのが、おまえの娘の母親だからだ」オーヴェは落ち着いて答えた。

ヴァネッサはカリムの首が赤くなっているのに気づいた。おそらく暑さのせいではあるまい。

「あいつはたいした母親じゃなかった。そもそも恋人なんかじゃない」

オーヴェはため息をついた。

「最後にここに来たとき、彼女は何かに怯えた様子だったか？　わざわざ会いに来たのは、特別な理由があったのか？」

カリムは腕を組み、真一文字に口を結んでいた。

「頼む、協力してくれ。おまえの娘のために。ノーヴァのために」

今度はカリムがため息をついた。

「あいつは絵を持ってきて、もう会わないと言って帰った」

「それだけか?」

カリムはうなずいた。

「彼女がペンを持っていたかどうか覚えてるか?」オーヴェは尋ねた。

「そんなの知るか」

ヴァネッサは身を乗り出した。

「あなたの独房からエメリの血液が検出された。何者かが故意に付着させたものよ。あなたを陥れるために。刑務所内で敵対する人物はいない? あなたを脅迫するために彼女を傷つけるような相手は」

カリムは鼻で笑った。

「敵のいない男は、男じゃないだろ?」

「あなたと同じ時期に、四人が仮釈放になっている」ヴァネッサは指摘して、その四人の名を挙げた。「このなかで誰かが関与している可能性は?」

「だとしても、おまえに言うつもりはない。自分で落とし前をつける」

カリムが看守を呼んで立ち上がると、ヴァネッサはぐるりと目を回した。カリムは向きを変える前に、もう一度だけ彼女を見た。

「出たら会いに行くぜ、ヴァネッサ・フランク」

ヴァネッサは小指を立てて別れを告げた。

「待ってるわ、短小さん」


一時間後、ヴァネッサとオーヴェは国立自然史博物館の前を通り過ぎた。階段にたむろしている生徒たちに目を向けたとき、ヴァネッサの携帯電話が震えた。知らない番号だ。彼女は耳と肩のあいだに電話をはさんだ。

「フランクさんですか？」

通話は厳密には一分二十七秒続いた。電話を切ると、ヴァネッサは左折してノルトゥルの環状交差点に入った。

「警察署の前で降ろすわ。用ができたから」

オーヴェは驚いて彼女を見た。

「なんの用だ？」

「ラケル・フェディーン」

14

セリーネのアパートメントから大きな叫び声が聞こえた。

ニコラス・パレデスはソファから立ち上がり、壁に耳を押し当てた。またしても叫び声。最初は、父親が娘に暴力を振るっているのかと思った。だが、聞こえてくる声からは恐怖も苦痛も感じられなかった。どうやら怒っているようだ。ニコラスは時計を見た。十時半。普通なら学校へ行っている時間だ。

彼はバルコニーに出た。明るい青空には雲ひとつない。太陽が照りつけている。隣のアパートメントのドアは開いていた。名前を呼ぶと、セリーネが巨大なヘッドホンをつけて出てきた。

「何を叫んでるんだ？」ニコラスは尋ねた。

「フォートナイトをやってるの」

「なんだ、それは？」

「ゲーム、おじいちゃん」

「水曜だぞ。どうして学校に行かない？」

「言ったでしょ」

「コンピューターゲームをしてるから？」

ニコラスは心が浮き立っていた。こんな息の詰まるようなアパートメントに閉じこもっている気分ではなかった。三日後にはロンドン行きの飛行機に乗る。セリーネがひとりで行けないというのなら、学校まで送っていくのもいいかもしれない。

「どこの学校だ？」彼は尋ねた。

セリーネは答えなかった。

「場所は？　送っていこう」

「だめ」

「どうして？」

「プールの授業だから」

セリーネはドアを閉めた。ガラス越しに彼女がソファにどすんと座るのが見えた。

どうするべきか決めかねて、ニコラスはその場に立ち尽くしていた。気のせいかもしれないが、いつもは自信満々の顔にわずかな裂け目が見えたようだった。あの年頃なら、自分の身体にコンプレックスを持っていてもおかしくない。セリーネが不憫だった。彼女には話し相手がいない。しかも、ヴァネッサがボストンバッグを持ち出す際に手を貸してもらった恩がある。

ニコラスは手すりによじ登り、彼女の側のバルコニーに飛び移って窓をノックした。

セリーネは驚いて振り向くと、ソファから立ち上がった。

「なんの用？」窓越しに身振りで尋ねる。

ニコラスは困ったが、ガラスをはさんでも聞こえるように大きな声ではっきりとしゃべった。

「ただちょっと……いや、そうじゃなくて……水着を着るのが嫌なのか？」

セリーネはしばらく彼を見つめていたが、とうとうドアを開けた。

「水着？」なかなか難しい話題だった。ニコラスは肩をすくめた。

「ああ。というかビキニかな。よくわからないが」

「聞こえなかったの？　あたしはただ行きたくないだけ。どっちにしても、塩素で髪が黄色くなるから」

ニコラスは彼女の緑の髪を見つめ、少しくらいの塩素ならバクテリアの培養に効果があるのではないかと思った。だが、塩素も身体に自信が持てないことも、セリーネがプールに行きたくない理由ではないと気づいた。

「何よ？」彼女は苛立ちを隠さなかった。

「ひょっとして泳げないのか？」

風はなく、穏やかなさざ波が岩に打ち寄せていた。水は膝の深さだったが、セリーネは恐怖の表情を浮かべて立っていた。対岸はフレスケット島だ。

「もうやめて、日光浴をしない？」彼女はいまにも泣きそうだった。「寒くて凍えそう」

ニコラスがやっとのことで水着を着るよう説得してアパートメントを出発したものの、セリーネは誰かに見られる恐れのある場所には頑として行こうとしなかった。そこでメーラルヘイデンのビーチのところで右折して、そのまま海岸線に沿って進んだ。

「一生、浮き輪をつけるつもりか？」

「泳げなくちゃいけないっていう法律はないわ。水に入らなきゃいいだけの話でしょ」

「こうやるんだ」ニコラスは腕の動かし方をやってみせる。セリーネはしぶしぶその動きを真似した。「そこに横になって、浅いところに。やってみろ。横に立ってるから、ずっと」

セリーネは膝をついた。そして底に腹ばいになって水を掻いた。

「いいぞ、その調子だ」

「なんだかバカみたい」

「いいから、もう少し向こうでやってみよう」

ふたりは浅瀬を数メートル先まで歩いていく。

「下から支えているから、沈む心配はない」

セリーネは目をぐるりと回したが、言われたとおりにした。ニコラスは並んで歩いたが、ふいに彼女を支えていた手を引っこめた。セリーネは不格好ながらも、どうにか浮かびつづける。

「見て、ニコラス、あたし泳いでる！」彼女は叫び声をあげた。

その拍子に口の中に水が入り、咳きこみながら腕をばたつかせた。ニコラスは彼女を抱き上げた。

「ねえ、見た？」セリーネはうれしそうに言って、彼に抱きついた。

「ああ」ニコラスは笑った。「もう一度やってみよう」

しばらくして、ふたりは陽射しを浴びながらタオルで身体を拭いた。緑の髪が頬に張りついたまま、セリーネは笑みを浮かべていた。

「意外と楽しいね、泳ぎの練習も」

「それはよかった」ニコラスは目を細めて彼女を見た。「指が波形カットのフライドポテトみたい」

ニコラスは彼女の手を調べた。

「濡れた場所でも道具を持てるようにするためだ。大昔は、人間は川や湖のそばで働いたり、動物を捕獲したりしていたんだ」

「それって学校で習ったの？」

「いや、兵役で。潜水の訓練もやった」

「教えてくれる？」

「もちろんだ。ちゃんと浮かべるようになったらな」

「あたしも兵役に就きたいな。なんていったっけ、あなたがやってたの？」

「沿岸警備隊。それから戦闘潜水員も」

「あたしにできると思う？」

「どんなことでもできるさ。本気でやれば」

セリーネは顔をそむけると、横向きになって頰杖をついた。

「ありがとう」小声でつぶやく。

それからふたたびタオルの上に仰向けになり、陽射しのなかで目を閉じた。

そのときニコラスの携帯電話が振動しはじめた。画面を手で覆う。ヴァネッサだ。彼は立ち上がって、少し離れた。折を見て連絡して、あれからどうしているか確かめるつもりでいたのだ。

「もう一度、イヴァンに会いに行ってほしいの」彼女はいきなり用件を切り出した。「彼なら知ってるはずだから。カリム・ライマニが刑務所内で誰と敵対しているか。カリムがエメリの殺害に関与したと思わせる法医学的証拠を捏造した囚人が誰なのかを」

幼馴染とは、できるかぎり距離を置きたかった。だが、どうでもいいことならヴァネッサは頼んでこないだろう。少しでも彼女の捜査に役立つのであれば、ニコラスは全力を尽くすつもりだった。

15

ヴァネッサは小窓から独房をのぞいた。中には鉄格子付きの窓と簡易ベッドがあるのみだ。ベッドに仰向けに寝ている男の灰色のあごひげには、ところどころ黒いものが交じっている。痩せていて、ほとんど骨と皮ばかりだ。顔には痣ができて腫れ上がり、服はだらしなくはだけ、髪も汚かった。

「どこで見つけたの？」ヴァネッサは後ろに立っている警察官に尋ねた。

「ファルスタの地下鉄のホームで警備員に取り押さえられたのですが、暴れて、大声でわめいて抵抗したので、酔いを覚ますためにここに連れてきました。ところが、数時間前にようやく話ができる状態になったときに、彼に出頭命令が出ていることに気づいたんです」女性警察官は答えた。

出頭命令とは、捜査機関が尋問の対象者に出頭を要請するものである。つまり、この男がボリエ・ロディーン、オスカル・ショーランデルの別荘のそばにある掘っ立て小屋で指紋とDNAが発見された人物というわけだ。過去に暴力沙汰を起こし、故殺による有罪判決を受けた男。ヴェストバリアへ向かう車の中で、ヴァネッサはミカエル・カスクに電話したが、連絡がつかず、三十分後に折り返し電話があったときには、すでにここに到着していた。ヴァネッサはボリエ・ロディーンの身柄が拘束されたことを伝え、尋問官を派遣するかどうかを尋ねた。けれども上司は、その必要はないと答えた。オスカル・ショーランデルが犯人だと示す証拠はじゅうぶんすぎるほど存在すると。

「彼はこのあたりで有名だったの？」

「ここに現われたことはありません。ですが、そちらで彼を捜していると知って興味を持ち、聞き込みをしてみました。いつもはスカイ・バーのあたりをうろついているようです」

「スカイ・バー?」

「アルコール依存症者のあいだで、ファルスタの地下鉄のホームがそう呼ばれているんです。眺めがいいからだそうですが。なかなかいいセンスですよね。彼らはみんな無害です。ときどき飲み過ぎて、酔いを覚ますためにここで夜を明かすはめになりますが」

女性警察官が鍵を回してドアを開けると、ヴァネッサは中に足を踏み入れた。何かがにおう。嘔吐物。クレンザー。ボリエ・ロディーンは彼女が入ってきたことにも気づいていない様子だった。

「ヴァネッサ・フランクといいます」反応はない。

「国家警察殺人捜査課の刑事です」

ボリエ・ロディーンは腕を組んだまま、じっと天井を見つめていた。

「その顔はどうしたんですか?」

「警備員に訊いてくれ」彼はうなるように言った。「奴らは俺を部屋に連れこんで、腹いせに叩きのめしやがった。でも、あんたたちには俺が転んで壁に頭をぶつけたって言うだろう」

「テーブル。彼らはあなたがテーブルに頭をぶつけたと」

「くそったれ」

「災難でしたね」ヴァネッサは言った。「きちんと手当てをするよう言っておきます」

ボリエ・ロディーンは痛みに顔をしかめながら横向きになった。だが、まだヴァネッサと目を合わせようとはしない。頑なに彼女の背後の壁を見つめている。

「土曜の朝はどこにいましたか?」

「さあね」

「ほんの四日前だけど」

返事はない。

「事件の容疑がかけられているわけではないわ」

虚ろな目。無関心。

「この数日間、どんちゃん騒ぎをしていたのかもしれないけど――」

彼はベッドから飛び起きて立ち上がった。意外にも長身だった。ヴァネッサを見下ろす黒い目は怒りに燃えていた。

「どんちゃん騒ぎだと？」彼はがなりたてた。

ヴァネッサは後ずさらないようこらえた。彼の突然の攻撃的な態度に驚いたことを悟られないように。収拾がつかなくなりそうだった。この狭い空間では勝ち目はない。同僚に助けを求めようかとも考えたが、いまはまだ大丈夫だと判断した。ボリエは歯を食いしばっている。

「自分が何を言ってるのか、わかってるのか」

「説明して」

ボリエ・ロディーンは鼻で笑ってかぶりを振った。肩を落とした彼からは敵意が消えかけていた。けんか腰の態度は疲労に取って代わられた。

彼はベッドに座りこんだ。ヴァネッサは無意識のうちに息をついた。目の前にいるボロ雑巾のような悲しげな男に同情を禁じえなかった。

ヴァネッサは前に進み出て、彼の隣に腰を下ろした。

「じつはいま、ラケル・フェディーンの殺害事件を捜査していて――」

「誰だ？」ボリエは尋ねた。

ヴァネッサは驚いた。たとえホームレスでも、この数日の新聞の大見出しを見逃すとは思えなかった。

「オスカル・ショーランデル」彼女は説明する。「この名前に聞き覚えは？」

「ああ、悪魔のような奴だ」

ヴァネッサは彼の怒りがよみがえったことに気づいた。またしても険しく張りつめた声になる。

「ちょくちょく俺とエーヴァのところにやってきては、

泥棒だと言いがかりをつけやがった。だ。あいつのことでここに来たのか?頭がイカれてるん」

「ある意味では」

ボリエ・ロディーンは困惑の表情を浮かべた。ヴァネッサは黙っていた。疑問に思わせ、関心を抱かせる作戦だ。思ったとおり、彼の態度は和らいだ。

「今度は、あいつは俺になんの罪を着せてるんだ?」

「殺人。彼が関係を持っていたラケル・フェディーンという若い女性が、土曜日に行方不明になって、その後、遺体で発見された。最後に彼女が生きているのを見たのは、オスカルだった。それで、事情聴取であなたが犯人だと名指ししたの」

ボリエは口を開いて何かを言おうとしたが、ふいに反抗的な表情を浮かべて押し黙った。

「俺にはなんの関係もない。だから、もう帰ってくれないか」

「エーヴァはどこに?」ヴァネッサは尋ねた。

「どうしてエーヴァを知ってる?」

「あなたがいま言った。オスカル・ショーランデルが、あなたとエーヴァに泥棒だと言いがかりをつけたって」

ボリエはヴァネッサを静かに見つめた。彼は何か知っている。その様子を見ればわかった。

「どうしても取り返したい手紙がある。あの警備員の奴らに奪われたんだ。それを持ってくれれば、俺が見たことを話そう」

16

トムは〈タヴェルナ・ブリッロ〉に入ると、キッチンを左手に見ながら奥に進んだ。白いコックコートに身を包んだシェフたちがソースパンをガチャガチャいわせ、互いに大声で指示を出し合っていた。

ふいにトムは、過去にこの店に来たことがあるのを思い出した。まだ性に目覚めたばかりのころ、出会い系サイトのプロフィールを作成した。フェイスブックで見つけたアメリカ人男性の写真を拝借し、〝クリストファー〟と名乗った。職業は世界を飛びまわる写真家。ロサンゼルス、ニューヨーク、ミラノ、パリ、ストックホルムを行き来している。驚くほどの反応があった。女性たちはこぞって彼に会いたがった。美しい女性たちが。トムは夢中になって彼女たちと会話して、褒め言葉を並べ、クリストファーの人生についてちょっとした作り話を考えた。

そのなかに偶然、職場の同僚がいた。レベッカという『クヴェルスプレッセン』の記者で、若くて取り澄ましていたものの、仕事はできた。トムはいつも愛想よく接していたが、向こうはそっけなかった。彼女が愛想を振りまくのは、上司や有名な記者に対してだけだった。つまり、出世に繋がる相手だ。レベッカは自身の美貌と才能にうぬぼれていた。トムはクリストファーがレベッカとここで、〈タヴェルナ・ブリッロ〉で会う手はずを整えた。そしてバーカウンターに座り、彼女が待ちぼうけを食らう様子を楽しみながら見ていた。普段は自信に満ちあふれた顔が、目の前で翳っていくのを。

おそらくクリストファーを演じていたあのころに、女性が外見や地位、金にしか興味がないと気づいた。

どれだけ取りつくろっていても。どうにか女性を理解しようと努めた結果、その本質を暴き出したのだ。そして、そのパターンを見抜き、自分が孤独のままでいるのは醜いせいだと思い知らされたいま、後戻りすることはできなかった。

右側はダイニングエリアで、大勢のグループやカップルが食事をしている。左側の広いバーカウンターには、カクテルやビールを手にした客が並んでいた。お洒落をして酔っぱらった人々に囲まれて気まずかったが、トムはカウンターへ行って氷入りのトニックウォーターを注文した。

「レモンは入れますか?」バーテンダーが尋ねる。

トムはうなずいた。味はわからないが、そのほうが見栄えがいい。

彼はカウンターに背を向けてダイニングエリアを見まわした。トニックウォーターに口をつけ、ちょうどグラスを置いたとき、十メートルほど離れたテーブルにヘンリエッタとダグラスの姿を見つけた。七人のグループだ。まだメニューを眺めているところを見ると、到着したばかりにちがいない。ヘンリエッタは自分のことに夢中だったので、気づかれる心配はこれっぽっちもなかった。

ウエイターがシャンパンのボトルを二本持ってきて、銘々のグラスに注いでから、残りを磨き上げられたワインクーラーに入れて立ち去った。一同はヘンリエッタに向かって乾杯し、彼女は笑顔でシャンパンに口をつけてからグラスを置いた。彼女が立ち上がると、黒のストラップレスドレスがあらわになった。トムは裸の彼女を思い浮かべて興奮した。ヘンリエッタはふた言、三言しゃべり、もう一度乾杯してから腰を下ろした。

あの動画で彼女を脅迫したらどうなるだろう——性的に満足させるよう命じたら。そう考えただけで股間が疼くようだった。だが、あまりにもリスクが大きい。

その後のことを考えたら、なおさらだ。これはあくまで個人的な復讐にすぎないのだから。

彼女の人生を台なしにしてやるつもりだった。恋人や同僚、友人たちの目の前で恥をかかせる。まさか自分の仕業だとは夢にも思わないだろう。とはいうものの、勝ったのは自分だと、このトムだと、彼女に知らしめてやりたい欲求もあった。

ウエイターが彼らの注文を取るのを見て、トムはさっさと片づけてしまおうと決めた。

携帯電話を取り出してイヤホンをつけ、画面を手で覆いながら四十秒間の動画をクリックする。BGMにはヴィヴァルディの『四季』を選んだ。

劇的な弦楽器の演奏が始まる。音楽とはまったくかみ合わずに踊るヘンリエッタとジムの男。その姿は滑稽だった。トムはにやりとした。画面に白い粉のラインが表われた。男のペニスから粉を吸いこむヘンリエッタの顔のアップに切り替わる。彼女が残った粉を舐め上げる。音楽はますます盛り上がる。ふたりの位置が入れ替わった。ヘンリエッタがコーヒーテーブルの上でのけぞる。その瞬間、音楽が静かになる。彼女の悲鳴や喘ぎ声がヴィヴァルディをかき消す。動画は〝誕生日おめでとう、ヘンリエッタ！ 追伸：ダグラスによろしく〟というテキストで締めくくられる。

トムはPR会社のウェブサイトから入手した彼女の同僚のメールアドレスを指定すると、彼らに宛てて匿名のアドレスから一斉に送信した。それが終わると、あらかじめ登録しておいたフェイスブックのアカウントにログインし、ヘンリエッタとダグラスのウォールに動画を投稿してタグ付けした。

あとは待つだけだ。

トムは携帯電話を尻ポケットに入れ、カウンターにもたれた。

ヘンリエッタが電話を手に取り、画面に指を置く。次の瞬間、彼女は電話をテーブルの下に隠した。ダグラスが彼女に顔を向け、何かを尋ねた。
ヘンリエッタは答えずに立ち上がった。
かと思うと、電話を手にトイレに駆けこんだ。トム
はダグラスの反応が見たかったが、まだ動画には気づ
いていない。ネクタイを緩め、テーブルの向かい側の
男のほうに身を乗り出していた。
しかたがない。だが、時間の問題だ。ヘンリエッタ
はまだ戻ってこなかった。
ダグラスはトイレに目を向けた。恋人がとつぜん姿
を消して戸惑っている様子だ。彼は電話を操作しはじ
めた。おそらくヘンリエッタに何をしているのか尋ね
ているのだろう。
他のメンバーも、まだ何も気づいていないらしく、
楽しそうにおしゃべりしていた。
ふいにダグラスが席を立った。口をあんぐり開けて
電話を見つめたかと思うと、トイレへ向かう。トムは
後をつけた。

ダグラスはふたりの女性を押しのけ、大声でヘンリ
エッタを呼んだ。トムは手を洗うふりをしつつ、鏡で
ダグラスが個室のドアを叩くのを見ていた。
「出てこい。これがなんなのか説明しろ」ダグラスが
叫ぶ。
ゆっくりとドアが開き、ヘンリエッタの顔が見えた
——真っ赤に泣き腫らした目をしている。
トムはわずかに後ろに下がって身を隠した。ヘンリ
エッタはダグラスをなだめようとするが、ひどく興奮
した彼はヘンリエッタを突き飛ばすと、トムのわきを
すばやく通り過ぎ、誰にも別れを告げずに〈タヴェル
ナ・ブリッロ〉を出ていった。

17

ヨルゲン・オルセンは、テイクアウトのマドラス・ビーフカレーが入った袋を手にリリェホルム広場を横切った。夜の空気はまだ暖かく、背中に汗が流れ落ちていた。

人影はまばらだった。どこからか犬の吠え声が聞こえてくる。

広場の中央に車が駐まっていた。スモークガラスのつややかな黒いBMW。ディーラーの車にちがいない、とヨルゲンは考えた。

それがスウェーデンの問題だった。真面目で平凡な人間は報われない。勤勉な納税者として、彼が唯一楽しみにしているのは、週末、夏休み、そして一月に義務づけられている二週間のタイ旅行だけだった。警備員の仕事では、アル中やヤク中の奴らを痛めつけて楽しんでいたが、それだけでは到底満足できなかった。

いっそのこと移住すべきかもしれない。バーでも開いて、かわいらしいタイの娘に料理、掃除、性欲の処理をしてもらう。この前の冬には、もう少しで実現しそうだった。バーではなく、女性のほうだ。

パタヤの〈ショールーム〉でルーシーと出会った。少なくとも彼女は自分でそう名乗っていた。人形みたいに小柄でかわいらしい娘。ベッドの中でも最高。ユーモアがある。まずまずの英語。いつもなら、二週間の滞在中に同じプロの女性とは寝ないことにしていた。ところが翌日、ふたたび〈ショールーム〉を訪れてルーシーを見ると我慢できなかった。気がつくと翌朝、彼女と一緒にカフェテラスで朝食をとっていた。そして旅行が終わるまで、そばを離れなかった。ルーシーはホテルの部屋に移ってきた。彼のコブラをくわえて起こしてくれた。スウェーデン系アメリカ人の年増モデル、アンナ・アンカみたいに。彼女はテレビで、毎朝そうやって夫を起こしていると言っていた。まるで夢のようだった。ジェームズ・ボンドになった気分だった。

最後の晩に、一緒にスウェーデンに来てほしいと誘った。うれしいことに、彼女は行くと答えた。だが言うまでもなく、その前に片づけるべき事務的な作業が山のようにあった。

とりあえずヨルゲンは帰国した。彼女に惚れこんだまま。毎日、仕事が終わると電話した。恋煩いの少年のようだった。一週間後、ルーシーは金が必要になった。家賃か何かの支払いで。彼は喜んで二千クローナを送金した。その翌週、彼女の叔母が病気になった。大変だ、とヨルゲンは考えた。いまやルーシーは家族だ。だから悩むまでもなかった。

叔母は回復した。ところが、今度はルーシーが手術を受ける番になった。彼女曰く、未来の夫のために見た目を完璧にしたいという。スウェーデンの男性は大きなバストを褒め称えると聞いた。だから豊胸手術のために二万クローナを送ってもらえないかしら。ヨルゲンは有頂天になって、金を送った。手術のあとにスカイプで話すと、ルーシーは胸に包帯を巻いていた。それほど大きくなったようには見えなかったが、彼女はカメラの角度のせいだと言い張った。ヨルゲンは胸を見せてほしいと頼んだが、断わられた。会ったときに見せたいから、それまで待ってほしいと言って。

腑に落ちなかった。何かがおかしい気がした。　パタヤから帰ってきて二カ月が過ぎた。いつになったらスウェーデンに来るのか？　尋ねるたびに、何かが妨げになった。ついにしびれを切らして問いつめた。するとルーシーは泣き出した。あなたに会いたくてたまらない。早くスウェーデンに行って、ふたりで新しい生活を始めたい。だけど店のオーナーに借金がある。五万クローナ。それを返せば行ける。ヨルゲンは株の一部を売り、金を送った。

その後、連絡が途絶えた。

騙されたのだと理解するのに二週間かかった。ある友人に〝パタヤの美人局〟というフェイスブックのページを見るよう勧められた。そこには多くのスウェーデン人男性から詐欺師に関する情報が寄せられていた。そのうちのひとりがルーシーだった。

いったい、どうしたらそんな簡単に騙されるのか？

ヨルゲンは暗証番号を入力してエントランスホールに足を踏み入れ、エレベーターに向かいかけた。だが、ドアは閉まらなかった。金髪の女性が足をはさみこんでいる。ブルーのパンツに白いブラウスという洒落た服装。魅力的だ。セックスしたくなるようなセクシーな熟女。ブラウスのボタンが弾け飛びそうな巨乳。

「ヨルゲン・オルセンさんですか？」

彼は驚いた。どこかで会ったか？

「何か？」

「ヴァネッサ・フランクといいます。警察官です。少しお話ししたいのですが」

いったいなんの話だ。『アフトンポステン』で、海外で買春をしたスウェーデン人男性を起訴可能にする法案をつくるべきだというどこかの男嫌いのフェミニストの記事を読んだことがある。それでここに来たのか？　ちくしょう。俺は路上生活者やクズどもをきれいに片づけて、一般市民のために街の安全に貢献しているんだ。休暇中に少しくらい羽目を外したってかまわないだろう？

「あなたの部屋でお話しできますか？」彼女が尋ねた。

「なんの話だ？」

「誰かに聞かれると困るので」そう言って、女性警察官はエレベーターを指さす。

ヨルゲンは彼女を観察した。警察官にしては美しすぎる。そうした事情については、彼は誰よりも詳しかった。これまで仕事を通して会った女性警察官は、ほとんどが少なくともあと二十キロほど贅肉がついていた。肩幅が広く、男のように動き、男のように話す。ところが、この女性はルーシーと同じくらい華奢だ。

ひょっとしたら、子どもたちのサプライズだろうか。ヨルゲンは来週で四十歳になる。いつまでも父親に若々しくいてもらうために、コールガールを予約してくれたのか？　驚かせようとして、ひと芝居打つことにしたのか？

「どうです？　お時間はありますか？」ブロンドが尋ねた。

ヨルゲンはにやりとして、待っているエレベーターに彼女が乗れるよう、わきに寄った。

彼はテイクアウトをキッチンに置くと、ソファに脚を広げて座った。ブロンドの女性はリビングの中央に立ったままだった。急いでいる様子はなく、部屋を見まわしている。その目が、壁に貼られたビキニ姿の日焼け美人やスポーツカーのポスターに向けられた。

「なかなか興味深いわ」彼女が言った。「まるで一九八九年にタイムスリップして、十代のころのボーイフレンドの部屋にいるみたい。コーヒーテーブルの上に、くしゃくしゃに丸めたキッチンペーパーがあれば完璧ね」

なんて生意気な女だ。人の部屋に来て侮辱するとは。服を脱がせたら、この肉棒でお仕置きをしてやる。きっと激しいプレイが好みだろう。そうじゃなくても、ますますおもしろくなるだけだ。ところが、女性がジャケットを脱いでホルスターと拳銃があらわになると、ヨルゲンはふいに不安になった。たとえダミーだとしても、ものすごく精巧だった。俺はまったく誤解していたのか？

「あなたと同僚は、ファルスタでボリエ・ロディーンを拘束した」彼女は切り出した。

ちくしょう。本物の警官だ。あの汚らしい乞食が通報したにちがいない。次に見かけたら、ただじゃすまないぞ。あのアル中は自分の死刑執行令状にサインしたのだ。

「あいつは公共の危険だと、つねづね思っていた。あいにく、強硬手段に出なければならなかったんだ。けっして楽しいことじゃない。だが、これも仕事のうちなんでね」ヨルゲンは事務的に言った。

彼女はうなずくと、視線をそらさずにすばやく鼻を掻いた。先ほどまでと雰囲気が違う。その射抜くような目に、ヨルゲンは思わず身震いした。

「よく聞いて、ヨルゲン。あなたが報告書に書いたように、ボリエはつまずいて壁にぶつかったのでも、テーブルに頭を打ったのでもないことはわかってる。だけど、今日は運がよかったわね。いま、わたしが関心があるのは手紙だけよ」

「なんの手紙だ?」

クソッ。あの手紙はどうしたか? きっとまだ駅の部屋にあるにちがいない。

「ボリエは手紙を持っていた。それをあなたか、あなたの同僚が取り上げた。テーブルに頭を打ちつけて、自分で股間に弾を撃ちこんだって話をでっち上げられたくなかったら、すぐに出したほうがいいわ」

はったりだ、はったりをかける必要がある。弱みに付けこまれないように。ヨルゲンは頭をフル回転させたが、あいにく名案は何ひとつ思いつかなかった。彼は恐怖におののいていた。なぜだ? この女はただそこに立って、X線のような目でこちらを見つめているだけなのに。

「脳細胞に通信速度を上げるよう命令して」そう言って、彼女は拳銃に手を置いた。

「さあ……」

彼女が一歩前に出る。拳銃を握る。ヨルゲンは血の気が引くのを感じた。

「あいつが落としたんだろう」

「もっとうまい言い訳はないの？　だったら、どこで落としたのかしら？」

「部屋だ。警察が来るまで奴らを閉じこめておく場所だ」

「そう。じゃあ、さっそく拾いに行きましょう」

18

トムはクングス通りを選び、ゆっくりと車を進めた。女性たちは誘うように肌を露出している。ぴったりとしたトップスとタイトなジーンズにねじこんだ豊満な身体。スカートをはいている女性も多かった。どちらが好みなのか、トムは自分でもわからなかった。もちろん暖かい季節のほうが興奮するが、同時に欲求不満もつのった。あの日焼けしたつややかな肌には指一本触れることができないとわかっているからだ。

サウジアラビアのような国にも一理あるのではないか。向こうの女性は、男性の目を惹かないように身体を覆わなければならない。トムは移住することを夢見ていた。スウェーデンでの生活は、まるで流砂のようだった。埋もれてしまわないように、来る日も来る日も、もがきつづけなければならない。

彼は横断歩道の手前で停止し、四人の女性が渡るまで待った。だが、四人とも感謝するどころか、彼のほうを見ようともしなかった。このままアクセルを踏んで突っこむのはたやすい。彼女たちを弾き飛ばして、身体がボンネットに跳ね返るのを眺めるのは。

「淫売め」トムは吐き捨てた。

四人が反対側の歩道に渡ると、彼は車を発進させた。

女性を憎みたいわけではなかった。だが、どうすることもできなかった。すべての発端は母親だったにちがいない——意志が弱く、ふさぎこみがちで不愉快な女。あらゆるタイプの男を家に連れこんでは股を開いていた。男たちは母やトムを殴り、何日も飲みつづけ、トムが学校から帰ってくるとドアを開け放したまま母とセックスしていた。そして、しばらくすると姿を消す。かならず。母は泣き、夜ごとトムの部屋に来てはベッドに潜りこんで、慰めを求めた。

いいかい、トム、約束だよ、女の子にはかならず親切にするって。

彼は身震いした。いまだに耳に聞こえる母の甲高い惨めな声が憎かった。足枷となる、何もかも打ち砕く声が。

中学三年の終わりに、家に電話がかかってきた。クラス一の人気者ジェニー。隠れて煙草を吸い、いろいろな酒を混ぜて飲み、数ブロック離れたジャングルジムで高校生とセックスをしたというもっぱらの噂だった。ジェニーはトムをデートに誘った。アイスクリームを食べに行こうと。

トムはめかしこんだ。シャワーを浴び、アフターシェーブ・ローションをつけ、母に買ってもらった卒業式用のスーツを着た。母は誇らしげだった。息子の髪を梳かし、薔薇の花を買うために小遣いをくれた。トムは待ち合わせの場所——ファルスタ・ショッピングモールのベンチ――に時間どおりに着いた。輝く太陽。青い空。風に舞う花粉。ドキドキしながら、汗ばむ手でセロファンの包み紙を握っていた。
最初の水風船は、靴のすぐそばに落ちた。ふたつ目は後頭部に命中した。黄色い尿がシャツやブレザーにかかった。同じクラスの少年たちが駆けてくる。トムはパニックになって逃げ道を探したが、彼らはトムを取り囲み、咆哮をあげる巨大な生き物のように彼を捕まえ、立体駐車場まで引きずっていった。トムは怖くてちびった。死ぬかと思った。さんざん殴られ、蹴られた。ズボンを引きずり下ろされ、ケツに空き瓶を突っこまれた。

いい、ジェニーがおまえなんかとデートすると思ったのかよ？

見ろよ、このスーツ。きっとあの薄汚いママの手づくりだぜ。

彼女と無理やりヤるつもりだったにちがいない。

反響する彼らの笑い声が聞こえなくなってからも、トムは喘ぎながらその場に横たわっていた。スーツは台なしだった。その姿を見るなり、母は髪をかきむしり、泣き叫びながら部屋に閉じこもってしまった。トムはスーツとシャツを丸めると、ダストシュートに放りこんだ。

　そんなことがあったにもかかわらず、彼は変わりたいと願っていた。悪いのは自分だと思っていたのだ。だが、いまでは理解した。すべては西洋文明のせいだ。自分は負け犬なのだ。新聞で毎日のように女性コラムニストにばかにされ、笑われている、白人の取るに足らない男。メディアでの売名行為を厭わない、タロットカードの女教皇のごとくお高くとまったコラムニストたち。世間の人は何が起きているのか理解できないのか？　彼女たちは物事を逆転させ、あたかも自分が弱い立場だったように書いている。だが、はたして最も力を持つのは誰なのか？　白人の男性であるトムは、社会的に成功が期待されているはずだった。にもかかわらず、彼にはチャンスがなかった。母子家庭、いじめ、劣った容姿。大卒ではなく、月収は税込みで、かろうじて二万六千クローナを超える程度。これでは到底、特権階級とは言えない。特権階級とは、全国紙で活躍を取り上げられ、SNSのアカウントには何万ものフォロワーがいて、権力者や政治家と食事をするような人々を指すのだ。

トムの人生は、死に物狂いに助けを求める叫びの連続だった。世間の声にかき消された人生だった。

クングス通りの信号で停まる。

そのとき電話が鳴った。トムは驚いて画面を見てから応答ボタンを押した。

「わかってたのに」カットヤはすすり泣いていた。「あの男が彼女を傷つけるって、わかってたのに」

酔っているようだった。

「ラケルが死んだなんて信じられない」

「警察に話を聞かれたのか?」

「うん」

「何を話したんだ?」

「事実を話した。ラケルは妊娠して、彼に打ち明けるつもりだったって。ひどく怖がって、わたしにメッセージを送ってきたことも」

どうしても怒りが収まらず、とても彼女と話す気にはなれなかった。

「いま仕事中なんだ」トムは言った。「もう行かなきゃいけない。何か力になれることがあったら知らせてくれ、カットヤ。いつでも聞くから」

彼は電話を切った。

あの駐車場の一件に対する怒りを、暴力を振るった少年たちに向けることはしなかった。トムはそれほど愚かではなかった。自分をあの場所へ誘い出したのはジェニーだ。ステファン、マックス、ジョニーをはじめ、クラスメイトたちが気を惹こうとしたのは彼女だ。

そもそも諸悪の根源はジェニーと、彼女をものにしたいという性欲だった。男というのは、小さいころから女の子を惹きつける力で互いを評価している。クラスの少女がトムを見て顔をしかめたり、すれ違いざまに眉をひそめたり、彼の服装を笑ったりしなければ、誰もちょっかいを出さなかっただろう。

それが理解できないのは、愚かとしか言いようがない。

後ろの車がクラクションを鳴らした。信号が変わっている。

トムはスヴェア通りを右折し、マルムフィルナツ通りへ向かう脇道に入った。歩道や街角には、ミニスカートをはいた浅黒い肌の女性たちの姿が目立つ。車はスピードを落として窓を開ける。女性たちは顔を近づけて値段を交渉する。

トムは空いている荷物搬入口に車を駐めた。

自分が浅黒い肌の売春婦を買う場面を想像した。一回につき千クローナだとインターネットで読んだ。払えない額ではない。だが、自尊心を傷つけたくなかった。そんなことをすれば、体制にひざまずいて屈したも同然だ。そして列をなす車の中には、セックスのためではなくスリルを味わうために金を払う男もいる。

だが、トムはそうした男たちとは違った。彼にとっては、セックスをする唯一の方法が売春婦に金を払うことだった。しかも法を犯して。社会——政治家やフェミニストたち——は、その権利を奪ったのだ。トムから、それ以外の大勢の男から。社会は彼らに何を望んでいたのか？

ひとりの売春婦が彼に気づき、唇を突き出しながら車に近づいてきた。ネオンイエローのぴっちりしたミニドレスから、はちきれそうな太腿がのぞいている。

いや、けっこう。トムは首を振って彼女を追い払った。

女には嫌われる。男にはばかにされる。世の中の誰もが当たり前だと思っているものが、トムには認められなかった。

愛。

肌の触れ合い。

彼は幽霊も同然だった。その姿は誰にも見えない。誰ひとりかかわりを持とうとしない。

トムは折に触れて夢に描いた――ここにいる売春婦のひとりを車に乗せ、遠くに走り去って、レイプする。首を絞めるか、メッタ刺しにする。死体は排水溝に遺棄する。気にかける者はいない。いるとしたら、ガンビアの家族くらいだろう。警察が死んだ売春婦の捜索に懸命になることはあるまい。そもそも、この国にいるべきではない存在だ。売春斡旋業者も、わざわざ届け出たりはしないだろう。それが問題なのだ。襲撃するのであれば、目的を果たしたかった――血と恐怖で変化を引き起こす。

トムは駐車場に車を駐めると、防水シートをかぶせてから、息の詰まるアパートメントに戻った。

監視カメラの映像をチェックする。続いて冷蔵庫を開け、しばらくその場で涼んでから、自身の精液を保管しているプラスチック容器を取り出した。数日間もあれば、かなりの量がたまるだろう。だが、聞いた話が事実なら、毎週新しいものと入れ替えないと使い物にはならない。おそらくこれが最後だ。

彼はブラシでプラスチック容器をこすってゆすいだ。そしてズボンを脱ぎ、パンツを引き下ろしながら机へ向かった。インターネットから印刷した血まみれの女性の死体の写真を何枚か選び、小さな容器を精液で満たす。

それが終わると、窓を残らず開けて部屋に風を通し、バルコニーに出た。浄化された気分だった。ようやく脈打つペニス以外のことも考えられるようになった。

19

　ヴァネッサは胸を高鳴らせながらヴェストバリアの警察署の前にBMWを駐めた。

　突破口まで、あと少しだった。ボリエ・ロディーンは二時間半前とまったく同じ姿勢で簡易ベッドに座っていた。

「持ってきたか？」

　ヴァネッサは背後に隠していた手紙をひらひらさせる。

「約束は守ったわ」

　ボリエは手紙から片時も目を離さずにうなずいた。

「土曜日、俺はエーヴァを捜すためにユニバッケンを後にした。そこで見たものが何を意味するかはわからない。だが、たぶん重要なことだと思う」

　ヴァネッサは腰を下ろし、手紙を渡した。

「それで、何を見たの？」

「男がオスカル・ショーランデルの別荘のドアをノックした」

　ヴァネッサは息をのんだ。

「本当に？　もしかして――」言葉を切り、瓶を持って口元に運ぶジェスチャーをしてみせる。

「いや、しらふだった。エーヴァが見つかる前だったんだ」

　その〝見つかる〟という言い方から、エーヴァはもう生きてはいないと想像がついた。だが、そのことをいま尋ねるわけにはいかない。ボリエが取り乱して、話ができない状態になったら困る。

「それで、どうなったの？」

「ドアが開いて、茶色い髪の女が出てきた。オスカルの妻のテレースじゃなかったから、よく覚えてる。テレースはやさしい。ちっとも感じが悪くなくて。オスカルがいないときには、俺たちに挨拶もしてくれた」

ヴァネッサは携帯電話でラケルの写真を見せた。

「たぶんそんな感じだった」とボリエ。「で、男を中に入れたんだ」

「オスカル・ショーランデルの車は？」

「なかった」

ボリエの話が捜査に新たな展開をもたらすことは間違いない。ラケル・フェディーンは、失踪した当日に男を別荘に招き入れていたのだ。しかも、オスカル・ショーランデルが帰ったあとに。

「その男の特徴を説明できる？」ヴァネッサは尋ねた。

ボリエは首を振った。

「それは難しい」

「車で来たの？」

「だとしても、見えなかった。だけど、これだけははっきり言える――そいつは制服を着ていた」

ヴァネッサは目を見開いた。

「制服？」

「何かの制服。青か、グレーだったか……あんたたちが着てるようなヤツだ」

「警察官の？」ヴァネッサはちらりとドアを見た。

「たぶん」

彼女はボリエの膝に置かれた手紙の上に、自身の電話番号が印刷された名刺を置いた。

「話してくれて、とても助かった」まっすぐ彼の目を見つめて言う。

ボリエはうなずいた。ヴァネッサはドアに向かいかけて、ふと足を止めた。

「ヨルゲン・オルセンが、あなたに不利な報告を撤回したわ」

ボリエは黙ったまま手のひらで手紙を撫でていた。

「ずっとその手紙を持ち歩いているのに、読んでいないの？」ヴァネッサは尋ねた。

「読まないとだめか？」

「エーヴァはそれを書くと決めた。どんなに読むのが辛くても、書くほうが大変だったと思う」

ヴァネッサは彼の肩に手を置き、軽くほほ笑んでから、向きを変えて独房を後にした。

彼女は車に乗ってエンジンをかけたが、ハンドルに手を置いたまま考えこんだ。

ボリエの証言によって、完全に風向きが変わった。先ほど、ヴァネッサはニコラスに連絡し、早急に服役中のイヴァン・トミックを訪ねるよう頼んだ。カリムが自分とオーヴェに黙秘を貫いたことを突き止めてもらうためだ――カリムの敵が誰なのか、さらには彼の独房に証拠を仕掛けた可能性のある囚人は誰なのか。ニコラスならイヴァンから何かを聞き出せるだろう。犯罪者というのは、自分に利益がないかぎり警察官には口を開こうとしない。

エメリとラケルの殺害事件には、明らかに共通点がある。被害者に関しては、年齢と性別以外はまったく異なるものの、容疑者の男は酷似している。どちらも日常的に女性に暴力を振るっていた。その点では、どのような事件の捜査においても容疑をかけられる確率は高い。だが、それだけではなかった。頭の中で想像をめぐらせるうちに、ヴァネッサは身の毛がよだつのを感じた。女性が殺害された場合に警察がどう動くのか、熟知している人物であれば、犯人を指摘することが可能だ。捜査を攪乱することが。たとえ証拠が不十分でも、その間に証拠を隠滅し、逃亡を図る時間はあるだろう。

エメリ・リディエンとラケル・フェディーンが選ばれたのは、自身の過失ではない。それぞれの人生で関わった暴力的な男によって、恰好の犠牲者となったのだ。

第六部

銃乱射事件はこれからも後を絶たないだろう。

——〝レッドピル〟ロバート

1

ロールストランド通りの〈メルクヴィスト〉のドアを開けると、ヴァネッサは焼きたてのパン、コーヒー、パンケーキの香りに包まれた。午前七時を過ぎたばかりの店内では、流行に敏感なストックホルム市民がスポーツウェアに身を包み、カプチーノを飲みながら新聞を読んでいる。その中で、ジーンズにシャツ姿のミカエル・カスクとオーヴェ・ダールバリが彼女に手を振った。

ヴァネッサはハモンセラーノとチーズのクロワッサンを注文し、黒いコーヒーマシンからカップにコーヒーを注ぐと、同僚の待つテーブルに腰を下ろした。

「つまり、オスカル・ショーランデルは無実なのか？」ミカエル・カスクは三日間かけて丁寧に整えたあごひげを掻きながら尋ねた。

一瞬、オーヴェから聞いたカスクとトルーデの話がヴァネッサの脳裏をよぎる。

「もうひとつ報告があります。エメリ・リディエンの件です」オーヴェが口を開いた。「彼女がオーケシュバーリア刑務所を最後に訪れた際の監視カメラをチェックしました。受付でペンを借りていて、確認できるかぎり返却していないようです」

ミカエル・カスクは髪をかき上げた。

「よし、まずはエメリ・リディエンの件だ。犯人はオーケシュバーリア刑務所にいた人物にちがいない。あるいは面会者か。カリムを狙っていた別のグループがエメリを襲った。カリムはなんと言っている？」

ヴァネッサは時計をちらりと見た。あと数時間でニコラスが刑務所を訪れ、イヴァン・トミックからカリムの敵対者を聞き出してくれることになっている。だが、そのことをここで言うわけにはいかなかった。

「何も」オーヴェが答えた。「手は尽くしたのですが」

「今後の捜査はどう進めるつもりだ？」とミカエル。

「ふたつの事件に関連がないかどうか調べてみます」ヴァネッサは言った。

オーヴェもミカエルも呆気にとられた。ふたりの予想どおりの反応を見て、彼女はクロワッサンをかじった。ぱりぱりの皮が膝にこぼれ落ちる。

「似ても似つかないだろう。被害者がともに同年代の女性だということ以外は」ミカエルは言った。

「被害者ではなくて、犯人として名の挙がった男たちです。ふたりとも、程度の差こそあれ女性に暴力を振るうことがわかっています。わたしたちは被害者の交友関係を調べてオスカル・ショーランデルとカリム・ライマニを割り出しましたが、そこで捜査は行き詰まった。結果としてカリムは無実。オスカルも然りです」

「だが、肝心の——」オーヴェが口をはさむ。

「法医学的証拠？　カリムの場合、何者かが彼の独房に細工したにちがいない。オスカルに関しても、凶器とセーターの入ったビニール袋が自宅から五十メートル付近の場所で発見された。ふたつの事件は無関係ではないと思う」

「なかなか大胆な推理だな」

ヴァネッサは訴えるような目で上司を見た。

「数日間、猶予をください。オスカルとラケルの関係について、ほかに誰が知っていたのかを調べる必要があります」

「それなら、もう一度カットヤに話を聞いてみよう」オーヴェは同意を求めるようにミカエル・カスクを見て言った。「ふたりのことを知る人物に心当たりがあるかもしれない」

国家警察殺人捜査課のリーダーはため息をついて、両手を上げた。

「ヴァネッサ、きみは？」

「テレース・ショーランデルに会ってみます」

「なんのために？」

「事情聴取で娘のことに触れていたんです。夜中に、寝室に誰かが立っている気配がして目を覚ましたと。それについては調べませんでした。そのときはオスカル・ショーランデルが犯人だと考えていたので」

ミカエルはカップを口元に運び、コーヒーを飲んだ。

「好きにするといい」あきらめたような口調だった。

2

ニコラスが面会室に入ると、イヴァン・トミックは立ち上がった。前回と同じく、グレーのセーターとグレーのパンツという格好だった。黒いサンダルも。髪がやや伸びたせいで若く見え、親友だったころの少年を思い出させた。

「まさか、また会えるとは思わなかった」そう言ってイヴァンは手を差し出し、ニコラスはその手を握った。

「うれしいよ」

ふたりは腰を下ろした。ニコラスはここに来た目的を自分に言い聞かせた。イヴァンのことは軽蔑していた。何かにつけて男らしさを誇示するところ。つねに親分風を吹かせる態度。だが、ヴァネッサは自分の協力を必要としている。エメリ・リディエンを殺した犯人を突き止めるために。ロンドンに発つ前の、最後の依頼。重要でなければ頼んでこなかったはずだ。ヴァネッサに会えなくなるのは寂しかった。さりげない控えめなユーモア。皮肉。これまで会ったどんな相手とも異なる。矛盾だらけで、敵に対してはいっさい容赦しない。けれどもその鎧の下には、彼に対してはつねに誠実だった、やさしくて傷ついた、孤独な素顔が隠されている。

イヴァンは期待に満ちたまなざしを向け、ニコラスが口を開くのを待っていた。

「マリアがよろしくと言ってた」彼は嘘をついた。

「彼女、どうしてる?」

「元気だ」

「おまえは?」

「土曜にスウェーデンを発ってロンドンへ行く。向こうで仕事をするんだ。おまえはあいかわらずのようだな」ニコラスは目の下に指を当て、黄味がかった紫色に腫れ上がったイヴァンの黒い目について尋ねた。「誰にやられたんだ?」

言うべきことは大まかに考えてきた。どうしたらイヴァンから話を聞き出せるかを。

イヴァンはテーブルの上に身を乗り出すと、いわくありげにウインクして小声で言った。

「カリムだ。タビーで元カノを殺した容疑で捕まった、あの男だよ」

ニコラスは驚きを隠した。

「知り合いなのか?」

「バカな奴さ。自分がいかに危険か、吹聴してまわってる。口先だけだけどな。外に出たら、すぐに殺《や》られるぜ。ここにいるあいだに、とにかく大勢を怒らせたから」

「たとえば?」

イヴァンは彼をじっと見つめた。

「おまえの知らない奴だ」

イヴァンは手を組んで、テーブルの上に置く。

「だけど、おかしなこともあるもんだ。あいつがエユプと同じ目に遭うとはな」

ニコラスは頭をフル回転させた。〝あいつ〟とはカリムのことにちがいない。だとすると、これはヴァネッサが知りたがっていたことだ。だが、ニコラス自身も好奇心をそそられた。

「エユプ？」

「前に話しただろう。ここでちょっと親しくなって、出所してから会いに来てくれたんだ。ところがしばらくして、またしても警察に捕まった。彼女を殺した容疑で」

「殺したのか？」

イヴァンは舌打ちすると同時に首を振った。

「ヴィクトリアはポルノ女優みたいな女だった。たぶん目指してたんだと思う。ちょくちょくエユプを訪ねてきてた。普通は相手が刑務所に入ると別れるだろ。だけど、あいつらは違った。むしろ逆さ。彼女は週に一度は来たし、あいつにヌード写真を送ってた。よく指のにおいを嗅がされたよ……まいったぜ。俺だったら、自分の彼女があんな淫らだったら耐えられなかっただろうな」

イヴァンは歯をむき出しにして笑った。ニコラスも無理やり笑みを浮かべる。虫唾が走るような冗談に合わせる。そして、ふと思った――イヴァンのように姉妹がいない環境で育った男には、少女もしくは女であるのがどういうことなのか、完全に理解するのは無理なのだ。

「ヴィクトリアは特別だった、本当だぜ。面会室には、場所によって監視カメラが設置されてるが、みんな嫌がってる。エユプとヴィクトリア以外は。彼女が面会に来ると看守は大喜びだった。ふたりがヤッてるところを監視カメラで鑑賞してたんだ。それで彼女は余計に興奮した。もちろんエユプも。人間っていうのは、思った以上に狂ってるな」

三十分後、ふたりは別れを告げた。ニコラスはゆっくりと廊下を進んで受付に向かい、看守から荷物を受け取って刑務所を後にした。

門を出ると振り向いて、陰気臭い建物と、それを取り巻く高い塀を眺めた。ヴァネッサが興味を持つような情報は入手できなかったかもしれない。だが、イヴァンの友人エユプも、釈放された直後に恋人を殺した疑いが持たれている。カリムとまったく同じだ。

ニコラスは電話を取り出すと、ヴァネッサが情報提供者用に利用している番号にかけた。だが、彼女は出なかった。ニコラスはメッセージを残さずに切って、そのままバス停へ向かった。

3

白い大きな建物の中に甲高い音が響きわたった。錠の上にテンキーがある。ヴァネッサは後ろに下がった。ショーランデル家の正面のブラインドはすべて下ろされていた。ふと隣家に人影が見えた。カーテンになかば隠れるようにして、年配の女性がこちらを見つめている。好奇心の強い隣人は、自分も見られていることに気づくと慌てて引っこんだ。

ヴァネッサはもう一度、呼び鈴を押した。

「どちらさまですか？」

女性の声。しわがれて虚ろな。インターネットで見た、レッドカーペットや映画のプレミアショーの写真のテレースとは、まるでイメージが異なった。

「国家警察殺人捜査課のヴァネッサ・フランクと申します」彼女は警察バッジをドアスコープに掲げてみせたが、返事はなかった。「ドアを開けていただけませんか？」

「知っていることはすべてお話ししました。どうぞお引き取りください」

ヴァネッサはテレース・ショーランデルに同情した。わずか数日間で人生が一変したのだ。従来のメディアは実名報道を控えたものの、〝テレビスター〟が誰を指しているのかを知らない者はいなかった。彼女の私生活、夫の浮気や暴力が残らず世間の目にさらされた。

「大事なことなんです」ヴァネッサがなおも訴えると、さいわいにも鍵の開く音がした。

テレース・ショーランデルは目の下に黒い隈をつくり、髪はぼさぼさで、Tシャツも汚れていた。アルコールのにおいがする。煙草も。真っ暗な家の中は、明るい陽射しに照らされた外の通りとくっきりと対照をなしていた。テレースは背を向けると、ヴァネッサの前に立って高級な設備の整ったキッチンへと向かった。

ダイニングテーブルの後ろの壁は、正方形の一角が周囲の青い壁紙よりもやや色濃くなっていた。

「そこに〝家族〟の写真が飾ってあったんです」ヴァネッサの視線に気づいて、テレースは言った。「それで、何が知りたいの？　彼に殴られたときにどうだったか？　二十歳そこそこの浮気相手の写真でも見せてくれるんですか？　わたしが知っていたかどうか訊くの？」

テーブルの下には、フォトフレームの残骸とおぼしき木片やガラスのかけらが散らばっていた。

「お気持ちはわかります……」

「わかってたまるもんですか」テレースは叫んで椅子を引っくり返した。「想像もつかないでしょう、あんなふうに何もかもさらされるなんて。訊きたいことがあるならさっさと訊いて、もうわたしにかまわないで」

テレースはキッチンの戸棚からウイスキーのボトルを取り出すと、シンクに手を突っこみ、濡れたグラスをテーブルに叩きつけるように置いて注いだ。

「確かに」ヴァネッサは認めた。「わたしにはわかりません」

テレースはぎこちない手つきでグラスを口元に運び、こぼさないように飲んだ。手が震えていた。

「事情聴取で、お嬢さんが寝室に立っている男の夢を見たとおっしゃっていましたよね？」

「それが？」

「いつのことだったか、覚えてますか？」

「収録の二日前だったわ。その収録のときに、あの娼——彼女に会ったから。夫の浮気相手に」

テレースは立ち上がると、スウェットパンツのポケットからマールボロの箱を探し出し、震える手で火をつけた。

ヴァネッサはその日付を携帯電話で確かめた。驚いたことに、電波がかなり弱い。五月一日、水曜日の夜。その三日後にラケルは失踪した。

「ヨセフィーネの言葉が事実だとは考えられませんか？　夢ではなくて」

テレースは首を振り、ゆっくりと腰を下ろした。

「なくなったものは？」ヴァネッサは尋ねた。

「何も」

テレースは煙草を吸った。先端の灰が重力と格闘していたが、彼女は落とそうとはしなかった。

「番組のあとに、オスカルがラケル・フェディーンと会うことを知っていた人物は？」

テレースはテーブルに灰が落ちるのもかまわずにヴァネッサを見つめた。

「あの人が二十歳の小娘とセックスしてることを吹聴してまわっていたと？　どっちにしても、わたしにはひと言も言わなかったけれど」

IT技術者が解析を行なったが、オスカルが誰かにラケルとの密会を仄めかすようなやりとりは、彼のパソコンからも二台の携帯電話からも見つからなかった。どうやら彼女との関係は周囲に秘密にしていたようだ。

「どうしてそんなことを訊くの？」

力のない声がかすれる。テレースは煙草をテーブルの上で揉み消して、咳きこんだ。

「もともと煙草なんて吸わないの。昔は看護師だったから。でも、オスカルに仕事に専念してもらうために自分のキャリアを犠牲にした。請求書の処理、講演会の予約、子どもたちの世話。そのあいだに彼はスポットライトを浴びて、スウェーデンじゅうの人に好感を持たれていた」

「社交辞令だと思われるかもしれませんが、本当によくわかります。わたしもかつて、有名人と結婚してたんです。世間はまばゆい光に目がくらむ。どんな人でも。もちろん、スターの身近にいるわたしたちも含めて。そして、わたしたちは――」

「光に近すぎて、ほとんど何も見えない。誰なの？」

「スヴァンテ・リデーンです。演出家の。あるいは、本人に言わせると劇作家の」

テレースは煙草の箱を手に取ったが、振ってみて中身が空だと気づいた。

「ちょっと……新しいのを取ってくるわ」

ヴァネッサはメッセンジャーアプリ〝シグナル〟を開いた。オーヴェから連絡があったかどうかを確かめたかったが、受信状態が悪すぎた。

「Wi‐Fiをお借りしてもいいですか？」ヴァネッサはテレースの後ろ姿に向かって尋ねた。

「パスワードはルーターの下にあるわ。そこ、リビングに」

テレースは窓ぎわに立ち、ブラインドを半分上げて外の通りを眺めていた。彼女の指さしたダークウッドのテレビ台の上で、白いルーターに緑色の光が点滅している。

ヴァネッサはルーターを引っくり返そうとして、ふいに手を止めた。セリーネのことを思い出したのだ——いつもニコラスのWi-Fiを使っているという言葉を。

「家宅捜索のあと、誰か訪ねてきましたか？」ヴァネッサは尋ねた。

テレースは彼女の背後に立っていた。

「いいえ」

ヴァネッサがテレースの携帯電話でトルーデに連絡し、IT技術者を大至急ブロンマへ派遣してほしいと頼んでから、ふたりはふたたびキッチンの椅子に座った。

ヴァネッサがテーブルの上に置かれた煙草の箱を尋ねるように指さすと、テレースは彼女のほうにライターを滑らせた。ヴァネッサは煙草に火をつけて立ち上がり、シンクからソーサーを取って、ふたりのあいだに置いた。

「オスカルは有罪になるの？」テレースは尋ねた。心なしか和らいだ口調だった。「だって、こうした場合もお咎めなしの人もいるでしょう。証拠があるにもかかわらず」

ヴァネッサは煙を大きく吐き出した。思ったほどおいしくは感じなかった。少しばかり時間を置いたところで、何かが変わるわけではない。

「有罪かどうかで、何か違いがあるんですか？　あなたにとって」

「たぶん、ないわ」

テレースは間に合わせの灰皿に驚いたような視線を向けた。ヴァネッサがそこに置いたときには気づかなかったかのように。

「それよりも、わたしがラケルについてほとんど考えなかったことのほうが問題ね。遺体が水中で発見されたことは知っているけど。刺し殺されたことも」

テレースの鼻から白い煙が吐き出された。「彼女は美しかった。若くて。オスカルはろくでなしだったわ。少なくとも、そのことには気づいていた。だけど人を殺すとは思えない。気絶させたり、殴ったりすることはあっても、誰かを刺すなんて。しかも何度も何度も……」テレースはかぶりを振った。

トルーデ・ホヴランはノートパソコンを木の床に置くと、テレビ台の前にいたヴァネッサの隣にしゃがみこみ、ビニール手袋をはめて慎重にルーターを引っくり返した。

「明かりをつけてください」トルーデは背後に立っているテレース・ショーランデルに言った。

トルーデはあぐらをかいて膝の上にパソコンをのせ、ヴァネッサにネットワークキーを読み上げるよう頼むと、一心不乱にキーボードを叩きはじめた。

「何かわかりそう?」ヴァネッサは尋ねた。

テレース・ショーランデルがまたしても煙草に火をつけた。トルーデは鼻をくんくんいわせて眉をひそめたが、そのまま作業を続けた。

「五月一日と二日のあいだ……」トルーデはつぶやく。やがて、ふいに手を止めて画面を見つめた。「これだわ」

ヴァネッサはトルーデの肩越しにのぞきこみ、彼女が何を見つけたのかを理解しようとした。白い背景。小さな黒い文字。だが、それがなんなのか、ヴァネッサには見当もつかなかった。

「木曜の午前三時二分、新たなデバイスがルーターに接続されています」トルーデは言った。「コンピューターの名前は〝ブラックピル〟」

「ほかには?」

「何も。これだけです。でも、わたしはITの専門家じゃないので。技術者がもうじき到着します」

4

オーヴェ・ダールバリはカットヤ・ティルバーリを見つめた。窓は開いていて、下の通りでは二匹の犬が吠え合っている。

「もう一度、言ってもらえるか？」

彼は携帯電話をカットヤに近づけ、会話がきちんと録音されているかどうかを確かめた。これで五度目だった。

「叔父のトムは看守の仕事をしています」

「どこで？」

オーヴェは口調を落ち着け、興奮を隠すのに苦労した。

「オーケシュバーリア刑務所です」

関連。ヴァネッサのにらんだとおりだった。洞察力が鋭い女性。美しくてユーモアもあるが、何よりもその鋭い洞察力には脱帽する。それは初めて会ったときに直感的に悟ったことだった。警察本部の口さがない連中は悪く言っているが、ヴァネッサのほうが彼らよりもよっぽど優秀だ。

「それで、叔父さんはラケル・フェディーンがオスカル・ショーランデルと付き合っていたことを知っていた？」

「はい、わたしが話したんです。トムにはなんでも話します。とても仲がいいから。でも、今回のことになんの関係があるんですか？」

これまではもっぱら囚人と、面会に来る身内や友人に目を向けていた。エメリが最後に訪れた際に応対して、彼女にペンを渡したのがトムではなかったか？

「フルネームと住所を教えてもらえないか」オーヴェは一気にまくし立てた。

カットヤは怪訝な顔をする。

「トム・リンドベック。エッシンゲ橋通りに住んでいます。だけど、本当に関係ないんです。内気で、親切で。母が亡くなったときには、トムだけがいろいろ気にかけてくれて。誰かを傷つけるような人じゃありません」

オーヴェの視線は、ふたりのあいだに置かれた皿のハーフサイズの三つ編みパンに釘づけになった。少しくらい、いただいてもかまわないだろう。彼はひと切れ取って、口に詰めこんだ。

「写真はあるかな？」

オーヴェは飲みこんでから、口の端についたパンくずを拭った。

カットヤはうなずくと、携帯電話を取り出し、何度かタップしてから差し出した。いつもオーケシュバーリア刑務所の受付に座っている看守だった。カリム・ライマニを尋問する際に自分たちの受付を担当した人物。そして思ったとおり、監視カメラがエメリ・リディエンにペンを渡す場面を捉えていた男だった。ローラムスホブ公園で起きた強姦未遂事件の犯人は彼だった。

オーヴェは彼女にｉＰｈｏｎｅを返した。

「叔父さんは技術屋？」

「どういう意味ですか？」

「パソコンとか、そういったものに詳しいかな？」

カットヤは笑った。

「まさにオタクです。それが一番の趣味なんです。あとは写真とか。以前はカメラマンの仕事もやってたから。見てください、あれ」そう言って、カットヤは額入りの写真を何枚か指さした。

面会に訪れた囚人の友人や家族は、携帯電話やタブレットを預けるのが決まりだ。貴重品は受付のロッカーに保管される。トム・リンドベックはエメリの電話を乗っ取ったのかもしれない。それで彼女が殺害された晩、ひとりで自宅にいることを知った。顔見知りだったエメリは彼を家に招き入れたのだろう。トム・リンドベックは携帯電話を自由に見られる立場にある。被害者の行動を把握できる。電話を盗聴し、メッセージを読むことが可能だ。

オーヴェは自分の電話に目を向けた。警察官とて、刑務所を訪れる際には持ち物を預ける規則は適用される。トム・リンドベックはこの電話にも侵入したのだろうか。ヴァネッサの電話にも。だとしたら、ふたりとも危険な状態にある。彼は自分に捜査の手が及びつつあることを知っている。

オーヴェは立ち上がって、カットヤに手を差し出した。

「助かったよ。また連絡する」

彼は玄関のドアを閉め、階段を下りた。

手の中の携帯電話が邪悪なものに感じられる。汗が噴き出してきた。これから警察本部へ戻り、別の電話を入手するつもりだった。ヴァネッサに連絡しなければ。ストックホルムの街角から公衆電話が姿を消して久しいが、いまほどそれを恨めしいと思ったことはない。一刻も早くヴァネッサに知らせたくてたまらなかった。彼女の興奮した顔が目に浮かぶようだった。

オーヴェがレバーを押し下げてドアを開けようとしたとき、背後で物音がした。

5

ヴァネッサはデパート〈ノーディスカ・コンパニー〉の立体駐車場に車を駐めると、外に出て、車にもたれながら待った。口の中に灰の味を感じて顔をしかめる。

ニコラスの報告を受けてから、警察本部でトルーデ・ホヴランとオーヴェに会うつもりだった。居ても立ってもいられなかった。ラケル・フェディーンが失踪する二日前に、何者かがショーランデル家のWi-Fiにアクセスしたことが判明した結果、事態は急転した。ログインした機器について、トルーデが詳細を突き止めているることを願うばかりだった。先ほど大まかに説明してもらったところ、ひとたび無線ネットワークに侵入すれば、携帯電話、タブレット、パソコンといった他のデバイスにアクセスするのはそれほど難しくはないという。だとすれば、ボリエ・ロディーンが目撃した、ラケルが家の中に入れたという男が、彼女が別荘へ行くことを知っていても不思議ではない。だが、なぜ彼女なのか？

ふと見ると、ニコラスがずらりと並んだ高級車のわきを通って近づいてきた。ヴァネッサは手招きして運転席に乗りこんだ。ニコラスは助手席のドアを開けた。

「会えた？」

「奴とカリムは友人じゃない。むしろ逆だ。互いに憎み合ってる。どうやらカリムは人気がないようだ」

「それは意外ね」ヴァネッサは皮肉っぽく言った。

気勢をそがれて時計に目をやる。オーヴェとトルーデが警察本部で待っているだろう。

「だが、気になることを言っていた。ひょっとしたら、きみも興味を惹かれるかもしれない。エユプ・リュシュテュという名前に心当たりは？」

ヴァネッサは少し考えてから首を振った。

「イヴァンと同じ時期に収監されていて」ニコラスは説明する。「去年の夏に出所した。ところが、ほどなく恋人の殺害容疑で逮捕された。結局、釈放されて、事件は未解決のままだが」

「どうも胸騒ぎがする」ヴァネッサは言った。「男が恋人や元恋人を殺すのは珍しいことじゃない。嫉妬、破局、子どものことでの口論。たいていの場合、犯人はすぐに割り出される。カリム・ライマニも、まさに加害者の特徴に当てはまるわ。暴力的で、前科があって。しかもエメリを殺すと脅している。靴には彼女の血がついていた。髪も。ところが、彼は犯人じゃなかった」

「なぜわかったんだ？」

ニコラスは信用できるだろう。少なくとも自分と同じ程度には。


「アリバイがあったの。仮釈放のあいだ、エメリ・リディエンが殺害された時刻に、カリムはある女性をレイプしていた。別のふたりの男と一緒に」

ニコラスは彼女を見つめた。

「なぜ……」

「その女性が明らかにすることを望んでないから。わたしは納得がいかない。でも、決めるのは彼女よ。その女性の身元は、同僚にも教えてない」

身なりのよい女性がショッピングバッグを手にボンネットの前を通り過ぎる。ヴァネッサは言葉を切って彼女に目を向けた。

「昨日、ラケル・フェディーンが制服姿の男を別荘に入れるのを見たという目撃者が現われたの。そして今日、ショーランデル家のルーターに何者かがアクセスしたことが判明した。その人物なら、オスカルとラケルのやりとりを盗み見ることができた。ふたりがティーレスエーの別荘にいることを知っていた」

ニコラスは考えこんでいる様子だった。

「つまり、オスカル・ショーランデルは彼女を殺していないと？」

「おそらく」

「エメリとラケルに繋がりがあるというのか？」

「わからない。ふたりに共通点はない。どちらも若くて美しいけれど、それだけ。ただし、どちらの事件にも確固たる容疑者がいたにもかかわらず、いまはいない」

ショーランデル家のルーターへの侵入が明らかになると、ヴァネッサはエメリ・リディエンのルーターも調べるよう鑑識に依頼した。だが、これまでのところ外部からの不正アクセスは認められていなかった。

「エユプとカリムには繋がりがある」ニコラスは言った。「ふたりともオーケシュバーリアで服役していた」

ヴァネッサは、ふと自身の服——ブルーのパンツと白のブラウス——に目を向けた。次の瞬間、手のひらをハンドルに叩きつける。

「制服」

「どういうことだ？」

「ラケル・フェディーンが家の中に入れた男は制服を着ていた。てっきり警察官か、警備員だと思っていたけど、刑務所の看守も似たような制服を着ている。刑務所の制服を着た人物なら、エメリが中に入れてもおかしくない。そしてラケルは、犯人を警察官だと勘違いしたのかも」

ヴァネッサはエンジンをかけ、すばやく左右を確認してから駐車スペースを出た。敵は最初から身近にいたのだ——刑務所の看守。刑務所・保護観察庁はローセスバーリで会議を開いた。受付の看守がエメリ・リディエンにペンを渡した。はじめは深く考えもせずに囚人を疑った。だが、ある意味では当然だろう。彼らを規律に従わせる仕事をしている者よりも、囚人の中に犯人を見つける確率のほうが高いからだ。

「途中で降ろすわ」そう言って、ヴァネッサは車を加速した。

みるみる過ぎていく高級車の列を尻目に、ニコラスはシートベルトを締めた。

立体駐車場を出ると、二度右折して、モダンなセルゲル広場を過ぎる。ヴァネッサは電話を取り出してオーヴェにかけた。出ない。彼女は電話をニコラスに渡した。

「もう一回かけて」

ニコラスは言われたとおりにすると、スピーカーモードに切り替えて電話を掲げた。ボイスメールだ。

「トルーデ・ホヴランに電話して」

「いま向こうからかかってきている」とニコラス。

「えっ?」

彼はヴァネッサの耳に電話を押し当てた。

「ちょうどかけようと思ってたところ」ヴァネッサは
言った。「オーヴェはそこにいる?」

「いいえ、彼は……」

「彼と話がしたいの」

「ヴァネッサ、オーヴェが撃たれたわ」

6

ヴァネッサはアクセルを踏みこんだ。オーヴェはカットヤ・ティルバーリの住む建物のエントランスで重傷を負った状態で発見され、カロリンスカ病院へ救急搬送されて、目下手術室にいる。彼はどこまで真相に近づいたのだろうか? 撃ったのはラケルとエメリを殺した犯人にちがいない。

「俺にできることは?」ニコラスが尋ねた。

ヴァネッサは彼が隣に座っていることをほとんど忘れていた。

「ないわ」

「助かるのか?」

「わからない。ここで降りて」

ヴァネッサはフィアレ通りのセブン-イレブンの角を左折して車を停めた。ニコラスは降りてから、車の中をのぞきこんだ。

「気をつけるんだ、ヴァネッサ」

彼女はうなずいた。ニコラスがドアを閉めると、車は急発進した。後続の車がけたたましくクラクションを鳴らした。

ミカエル・カスクから、警察本部へ向かっていると のメッセージが届いた。ヴァネッサは駐車場で待つことにした。建物の地下墓地のような空間に車を入れると、数分後にミカエルの車が到着した。彼は少し離れた場所に駐めて、飛び出してきた。

「誕生日の食事に行く途中だったんだ」言いながら、上司はネクタイを外してジャケットのポケットに突っこむ。その顔は青ざめ、心なしか震えているようだった。

「その後、オーヴェの容態は?」ヴァネッサは尋ねた。

「病院からは手術中だということしか聞いていない」

「彼の携帯をチェックしないと」

「なぜだ？」

「事情聴取を録音しているからです。カットヤ・ティルバーリが何を言ったのか、確かめる必要があります」

「だが、何者かが彼を待ち伏せしていたとしても、カットヤの証言と関係があるとは思えない。どうやってそんなに早く内容を知るというんだ？」

　ミカエルはエレベーターへ向かいかけたが、ヴァネッサは彼の肩に手を置いて制した。

「ラケル・フェディーンとエメリ・リディエンの事件に繋がりを見つけたかもしれません。ボリエ・ロディーンによると、ラケルが招き入れた男は制服を着ていました。それが刑務所の看守の制服だったら？」

「ヴァネッサ、いまはそれどころじゃ――」

「去年の夏、もうひとりのエユプ・リュシュテュという囚人が、釈放された二週間後に恋人を殺害した容疑をかけられました。ですが、のちに無罪となっています」

　ミカエル・カスクは、きれいに整えられた髪をかき上げた。

「何者かがカリムの独房に偽の証拠を仕掛けたんです」ヴァネッサは続ける。「オスカル・ショーランデルの自宅の外にも。昨日は、ラケルが中に入れた男の情報をつかみました。そして今日は、ショーランデル家のルーターにログインした人物がいることを突き止めました」

　ミカエルはエレベーターのボタンを押した。話しているあいだ閉まっていた扉が、ふたたび開く。

「つまり、連続殺人犯《シリアルキラー》の仕業だということか？」

「はい」

　ミカエル・カスクは鼻先であしらった。

「スウェーデンでは、ペーテル・マングスとヨン・アた。「刑務所の看守がシリアルキラーだと？　テレビの見過ぎだ。動機はなんだ？」

「わかりません」

扉が開く。トルーデ・ホヴランが待っていた。

「お話があります」

「あとにしてくれ」ミカエル・カスクは彼女のわきを通り過ぎようとした。

「カットヤ・ティルバーリの叔父が刑務所の看守を務めています。オーケシュバーリアで」

ウソニウスを除けば、一九七九年以来、連続殺人事件は発生していない。そもそも被害者は女性であること以外、なんの共通点もないだろう」

ミカエルはエレベーターに乗り、ヴァネッサも後に続いた。

「被害者ではなく、恋人の男性が共通しているんです。カリム・ライマニ、エユプ・リュシュテュ、そしてある意味ではオスカル・ショーランデルも、一見、明らかな容疑者です。エメリ・リディエンは犯人を家に入れた。したがって、最初から顔見知りの犯行だと考えていました。それが刑務所でいつも顔を合わせている相手だったとしたら？　エメリはその少し前にカリムから殺すと脅されていたんです。そしてカリムの独房の血痕。囚人の独房に出入りできるのは？　看守です」

エレベーターがガタガタと動き出した。

「本気で言っているのか？」ミカエルはかぶりを振っ

7

トムは銃保管庫を開け、ベッドの上の黒いリュックサックに拳銃を三丁入れた。数時間後、ことによったら数分後には警察が現われるだろう。絶体絶命だ。パニックに陥ったあげく、怒りに任せて行動してしまった。カットヤから連絡があり、あらためて警察の事情聴取を受けると聞くと、彼女が住む建物の階段の陰に身を隠し、太った捜査官を背後から撃ったのだ。

絶体絶命だ。

トムはリュックサックを肩に掛けると、書斎へ向かった。ノートパソコンを詰めてから周囲を見まわす。ほかには？　あらかじめ準備はしていた。潜伏先はストックホルムから遠く離れた、縁もゆかりもない場所だ。これまでと同じく、けれども今度は自分から進んで影となるのだ。必要なものはすべて揃っている。無事にたどり着くことさえできれば。世界じゅうで反乱が起こるにちがいない。

カナダ人のアレク・ミナシアンとアメリカ人のエリオット・ロジャーが、窓枠に置かれた写真立てからこちらを見つめていた。ふたりとも彼を誇らしく思うだろう。

「偉大なる男たち」

トムは写真に向かってうなずいた。

向きを変えて部屋を出ようとしたとき、デスクトップパソコンの画面が緑色に点滅した。建物の入口の監視カメラだ。ウインドウを拡大すると、自動小銃を携えた警官隊が正面のドアからなだれこんできた。

ヴァネッサは画面を食い入るように見つめていた。特殊部隊の隊員がヘルメットに取りつけた赤外線カメラで、彼らの動きを逐一追うことができる。部隊は階段の吹き抜けに突入したところだった。画面に映るものはすべて緑の蛍光色だ。ヴァネッサが座っている黒いバンは、マリエバーリ橋を渡ったリラエッシンゲン島に駐められていた。緊迫した空気のなか、ミカエル・カスクの呼吸は乱れ、しきりに紙コップを口元に運んでいるせいでコップの縁が潰れていた。

リラエッシンゲン島は封鎖されていた。車は通行止めとなり、バスは迂回して運行し、要所要所に武装した警官部隊が配備されている。トム・リンドベックはアパートメント内にいることが確認されていた。

逃げ場はない。

すべてが終わってリンドベックの身柄が確保されるのも時間の問題だ。

ラケル・フェディーンとエメリ・リディエンの殺害事件は解決する。おそらくエユプの恋人だったヴィクトリア・オールバリの事件も。いずれも驚くほど類似していた。ヴァネッサとオーヴェが最初から着目点を理解していれば、これらの事件の関連にもっと早く気づくことができたかもしれない。そうしたらラケルは助かったのか？　あるいは、ほかにも犠牲者はいたのか？　今後は、ここ数年スウェーデン国内で発生した未解決の女性殺害事件を残らず調べ直すことになるだろう。これまで見落としてきた手がかりは山のようにあるはずだ。その一方でカロリンスカ病院では、妻とふたりの子どもが見守るなか、オーヴェが生きるために懸命に戦っている。

背後でドアが開き、トルーデがバンに乗りこんできた。

「どうですか？」

「いま、部屋に向かっている」ミカエル・カスクの口調は険しかった。「すぐに身柄を拘束するだろう」

ヴァネッサはどこか釈然としなかったが、その違和感の正体はわからなかった。何かを見逃しているという思いは、時間とともに強まるいっぽうだった。トム・リンドベックはどれだけ警察の手を逃れてきたというのか？ これほど簡単に捕まるはずがない。性急に事を進めすぎている。もう少し待って、彼を監視下に置くべきではなかったのか。

「やめてもらえないか？」

ミカエル・カスクが彼女に顔を向け、その指をあごで示した。無意識のうちにバンの内側を叩いていたのだ。ヴァネッサは手を止めると、こぶしを握って膝の上に置いた。

特殊部隊は階段を上りつづけている。

「三階だ」ミカエル・カスクがつぶやいた。「着いたぞ」

画面には、黒い服に身を包んだ隊員たちがそれぞれの位置につく様子が映し出されている。ヴァネッサが数えると八名いた。破城槌《はじょうつい》が取り出される。リーダーがこぶしを突き上げ、合図を出した。

破城槌がドアに打ちつけられる。

その瞬間、画面は暗闇に包まれた。

風が服を引き裂こうとする。トムはロープを登りきると、眼下に広がるストックホルムの街並み、島を南北に貫くエッシンゲハイウェイ、周囲を取り巻く黒い海に目を向けずにはいられなかった。

トムは走った。この屋根は自分の庭のように知り尽くしていた。警察に追跡される場面を想像して、何度ここを駆け抜けただろう。だが、今回は現実だ。正真正銘。奴らは俺の世界に踏みこんできた。だから俺のやり方に従ってもらう。金属の屋根に足音が響く。警察が取り逃がしたことに気づいたときには、もはや手遅れだ。スウェーデンのみならず、ヨーロッパ全土を捜索しても、俺のほうが一枚上手だったと認めざるをえまい。

みずから発見されることを望まないかぎり、誰ひとりこの俺を見つけられないだろう。

世界じゅうに俺の名が知れわたる。女どもは俺の精子で受精することを夢見る。優れた遺伝子を残すために。まさしく選び放題だ。

そのとき、背後で爆発音が轟いた。鈍い音。遠くのほうで。トムは足を止め、その後に続く静寂に耳を傾けてから、ふたたび走り出した。


バンの中は静まり返っていた。ミカエル・カスクは身を乗り出し、真っ暗な画面を見つめている。最初に反応したのはトルーデだった。彼女はヘッドホンをかなぐり捨てると、ドアを開けて飛び出した。ヴァネッサもすぐ後に続く。ふたりはエッシンゲ橋通りを駆け抜けた。前方にも後方にも、至るところで警察官が走りまわっている。周囲の家々の明かりがつき、次々と窓が開いて、住人たちが何ごとかと顔をのぞかせる。トム・リンドベックが特殊部隊を道連れに自爆したのだ。粉々に砕けた三階の窓から、銀色の煙が夜空に立ちのぼっていた。

建物の入口のドアは開いていた。階段の吹き抜けに負傷者の叫び声が反響する。ヴァネッサはトルーデに続いて階段を駆け上がった。軽傷の警察官が同僚に手を貸しながら自力で下りてきた。

「死者は?」ヴァネッサは叫んだ。


トムは屋上の重い金属製の扉を開けると、リュックサックから懐中電灯を取り出して足元を照らした。阿鼻叫喚に興奮を抑えきれない。けたたましいサイレン、下の通りに響く絶望的な悲鳴。ついにオーケストラを前にした指揮者の気分だった。ついに、長いあいだ心に閉じこめていた憎悪で音楽を奏でることができるのだ。

トムは無事に一階まで下りると、窓を開けて隙間から這い出した。そっと芝生に降り立ち、脚を伸ばしてから暗がりに目を凝らす。旧エッシンゲ橋通りには車一台通っていない。彼は左方向へ進み、ひと気のない通りを軽く走りはじめた。高架橋を支えるコンクリートの脚に目を向ける。頭上では乗用車やトラックが轟音を立てて行き交っていた。速度を落としてプリムス通りに入ると、木々の合間から警察本部のワインレッドの建物が見えた。

昨日までは、トム・リンドベックが何者なのか、あそこにいる者は誰ひとり知らなかった。けれども明日は丸一日、そしてその後も数週間にわたって、彼の話題でもちきりになるにちがいない。とりわけ土曜日以降は。彼はずっと身近にいたにもかかわらず、周囲の人間を騙してきたのだ。ジャーナリストたち――かつての同僚――は、とても冷静ではいられまい。安全さえ保障されれば、独占インタビューに応じることも考えていた。世界各国で引用されるだろう。そして仲間を目覚めさせる。彼らを駆り立てる。トムは速度を落とすと、海岸沿いのボートクラブへと向かった。

カードキーをリーダーにかざすと、赤いライトが緑になり、ロックが解除された。

秋に桟橋を訪れて、ボートの操縦方法を教えてもらった際に、ボートクラブはディーゼルエンジンとタールのにおいがすると説明された。だが、それがどんなにおいなのか、トムにはわからなかった。

さざ波が打ち寄せ、ボートを揺らす。狭い海峡の対岸には、海の上に黒々とした大きな崖がそびえている。右手のマリエバーリ橋では青い光が明滅していた。トムは足を止め、しばしその光景を楽しんだ。

彼らは自分のために来た。俺がこれを引き起こしたのだ。

ボートは奥から二番目に係留されていた。白い、目立たないボートだ。トムは乗りこんだ。船尾の小さなエンジンはすぐに動き出した。心配するまでもなかった。フレドヘルの崖を過ぎてクリステネバーリまで静かにボートを進めると、パンパス・マリーナがライトアップされているのが見えた。ほかのボートは一艘も見かけなかった。

周囲では街がざわめいている。けれどもここは、海の上は別世界だった。静かで、真っ暗で、孤独。

トムは無敵だと感じた。

アパートメントでの出来事は必然的だった。その後に続くのは復讐だ。彼に身体を触れさせようとしなかった女に対する、彼をばかにした卑劣な男に対する、スウェーデンに対する、世界に対する。

だが、態勢を整えて準備をする前に、もう少しですべてを台なしにするところだった人物に死んでもらおう。

8

死者一名、重傷者三名。午後十一時、トム・リンドベックの隣人たちには避難指示が出された。爆発物処理班は2LDKのアパートメントを捜索し、さらなる爆弾がないかどうか調べている。思ったほどの惨状ではなかった。爆発したのは手榴弾と見られ、ドアを突き破った際の衝撃が引き金となったようだ。室内にトムの姿はなかった。

ミカエル・カスクは配電盤に腰かけ、歩道の上で足をぶらぶらさせていた。その目はどんよりとして、どこか遠くを見つめている。すでに報道陣が集まっていた。言うまでもなく『クヴェルスプレッセン』が一番乗りだった。何しろ編集局は現場から数百メートルの距離だ。立入禁止区域の外側では大勢のカメラマンが押し合いへし合いし、記者たちは青と白のバリケードテープの内側で動きまわる救急隊員に質問を叫んでいた。

ヴァネッサが歩み寄ると、ミカエルは険しい表情で彼女を見た。

「かならず捕まえてみせる」

ヴァネッサはうなずいた。

「問題は、どれだけ犠牲を払うかということです」

「ストックホルムじゅうの警察官が捜索に当たり、高速道路は封鎖している。まず逃げられないだろう」

「オーヴェは？」

「わからない。家に帰って少し眠るといい、ヴァネッサ。ここにいても、もう何もすることはない。明日、また来てくれ。英気を養って」

「来なくてすむといいのですが」

ミカエル・カスクは怪訝な顔をした。

「今夜、彼を捕まえれば、という意味です」

ミカエルは唇を引き結んだまま笑みを浮かべた。

「きみはすばらしい働きをしてくれた。すぐに信じなくて申し訳なかった。きみがいなければ、犯人を突き止めることは不可能だった」

ヴァネッサはテープをくぐると、背筋を伸ばし、興奮した記者たちから投げかけられる質問には耳を貸さずに、ヨルヴェル通りを街へ向かってゆっくりと歩いた。全国紙『ダーゲンス・ニュヘテル』の本社ビルが夜空にきらめいている。すぐわきを警察車両が行き来し、上空ではヘリコプターが旋回していた。

歩きながら、ドロットニング通りでトラックごと人混みに突っこんだテロリストの捜索を思い起こした。その名前は思い出したくもなかった。恐怖に襲われた街。かろうじて秩序を保っていた街。ストックホルム市民は長蛇の列をなして帰宅した。怯えながらも敵愾心を抱いて。あのときは、テロリストの憎悪は西側諸国に、開かれた社会に、そうしたものすべてに向けられていた。混乱と悲しみのさなかで、ヴァネッサは仲間意識の美しさに気づいた。同胞に対する愛情に。だが、いまは虚しさしか感じなかった。孤独。恐怖とよく似たもの。トム・リンドベックは死を望んではいない。まったく打ちひしがれてなどいないのだ。

車はクロノベリの警察署に駐めてあった。リラエッシンゲン付近でタクシーを拾うのは不可能だろう——交通は完全に規制されている。だが、ヴェステル橋通りなら可能性があるかもしれない。

それがだめならフリードヘムスプランまで歩いていき、そこからタクシーに乗る。車は明日、取りに行けばいい。新鮮な空気を吸うのも悪くないだろう。

アパートメントのドアを開けたときには、すっかり目が冴えていた。ホルスターを外し、埃と血と泥がついた服を脱ぐと、全部ソファの上に置いてからシャワーへ向かった。

勢いよく流れ出る湯を浴びながら、オーヴェのことを考えた。いまごろ病棟で横たわり、管や機器に繋がれているにちがいない。無事に回復するよう願った。子どもたちが徐々に色褪せる記憶の中でしか父親を知らずに育つことがないように。トム・リンドベックの青白い鳥のような顔が目に浮かぶ。刑務所・保護観察庁から写真を入手した。実際に刑務所で彼に会い、話しかけたと考えて身震いする。彼にはすっかり欺かれた。だが、その全貌はまだ明らかになっていない。明日になれば、さまざまなことが判明するだろう。

ラケル。エメリ。おそらくヴィクトリア・オールバリ。エッシンゲ橋通りに駆けつけた警察官たち——腹を切り裂かれて出血多量で死亡した者、いまこの瞬間も生きるために戦っている者。トム・リンドベックはどれだけの命を奪ったのか？　身柄を拘束されるまで、あとどれだけの命を奪うつもりか？

ヴァネッサは湯を止めると、ひんやりした空気に身を震わせ、タオルを手にしてゆっくりと身体を拭いた。リビングに戻るとテレビをつけた。深夜のニュースでリラエッシンゲンの映像が流れている。

「爆発は強制捜査と関連することが判明しました」ニュースキャスターが言う。「この爆発では、すでに死者が出ていますが、原因については警察の広報は口が重いままです」

眠気が訪れる気配はなかった。頭はフル回転している。ヴァネッサは立ち上がると、大きなグラスにウイスキーを注いだ。窓の外では強風が足場に吹きつけている。窓ガラスを覆っていたビニールは、どこかへいってしまった。

グラスを手にソファに戻ると、ヴァネッサはチャンネルを替えた。

ほとんどの同僚と異なるのは、彼らには家族がいて、家に帰れば別のことを考えざるをえないという点だった。まったく無関係の。あのテロ事件の日、スヴァンテは起きて彼女の帰りを待っていた。

その数年前から夫婦関係は悪化し、おそらく彼はすでにヨハンナ・エクと寝ていたが、それでも家にいて、抱きしめてくれた。矢継ぎ早に質問を浴びせた。ヴァネッサが待ってほしいと頼むと、彼は自分の一日をおもしろおかしく語った。その後、ベッドに入って愛を交わした。いつものように激しくではなく、静かに。真剣に。

そのとき足場が軋んだ。はっと顔を上げると、窓の外で何かが動くのが見えた。最初は、すでに朝になって建設業者が作業を始めたのかと思った。男がこちらを見ている。何かがおかしいと気づく間もなく、男は銃を構えた。ヴァネッサはまっすぐ銃身を見つめ、足を床に置くと同時に、思いきり蹴ってソファの後ろに飛びこんだ。

銃声が轟く。ソファを隔てて床に横たわったヴァネッサは、脇腹に突き刺すような痛みを感じた。撃たれたのだ。

9

『クヴェルスプレッセン』の編集チームは混乱しながらも秩序を保っていた。大事件が発生した折にはお決まりの光景だった。夜に呼び出された記者は、ベンクトのデスクの前で足を止め、唾を浴びながら命令を受け、急いで自分のデスクへ戻る。ジャスミナはすでに爆発現場を訪れ、近隣の住民から興味深い情報を二件入手した。彼女はボイスレコーダーの再生ボタンを押した。

〝下に運ばれていったのは警官だった〟

〝確かですか？〟悲鳴やフラッシュの音、下がれと叫ぶ警察官の声を遮るようにして、ジャスミナ自身の声が聞こえる。

〝ああ。ヘルメットをかぶって、黒い服を着ていた。腹がぱっくり裂けてて……あんな惨い光景は見たことがない〟

背後でサイレンが鳴り響いている。ジャスミナが話を聞いていた目撃者を警察官が引っ張って、一緒に来てほしいと頼む。

〝待って。あのアパートメントには誰が住んでたんですか？〟

〝俺のすぐ上の部屋だ。トムとかいう名前だった〟

ベンクトに報告する前に、できるかぎり自力で調べたかった。オンラインの電話帳に〝トム〟という名前と住所を入力すると、姓が判明した。続いてフェイスブックにログインする。トム・リンドベックのプロフィールはロックされていた。投稿は公開されておらず、プロフィール写真のみ閲覧できた。自撮り写真。目を見開いてカメラを見つめている。口を閉じた、表情のない顔。

ジャスミナは彼の名前を検索してみた。驚いたことに、二ページ目に多数の『クヴェルスプレッセン』の記事が表示される。記事はどれも数年前のものだった。そのひとつをクリックして、すぐに合点がいった。トム・リンドベックは『クヴェルスプレッセン』のカメラマンだったのだ。ジャスミナは立ち上がると、ベンクトのデスクへ急いだ。上司は電話を耳に当てながらキーボードを叩いていたが、電話の相手に待つよう命じた。

「なんだ？」ジャスミナを見て尋ねる。

「トム・リンドベックです」

ベンクトは眉間にしわを寄せた。

「彼がどうした？」

「彼のアパートメントです」

「爆破現場か？」

「はい」

「来てくれ」

ベンクトは電話をつかんで相手に何も言わずに切ると、トゥーヴァ・アルゴットソンのオフィスへ向かった。ジャスミナは小走りで後に続く。ベンクトがノックもせずに入ると、トゥーヴァはデスクから顔を上げた。

「トム・リンドベックです」ベンクトは言って、ジャスミナにドアを閉めるよう合図した。

「カメラマンの？　彼が何か？」トゥーヴァはパソコンを閉じて尋ねた。

「リラエッシンゲンで爆発したのは彼のアパートメントだったんです。ここを辞めたあと、彼がどこへ行ったのかわかりますか？」

「それはわからないけど、だとしたら我が社が断然優位ね。トム・リンドベックは不気味な人だったわ」

ベンクトの後ろに立っていたジャスミナは一歩前に出た。

「どんなふうにですか？」

トゥーヴァは腕を組み、椅子の背にもたれた。

「なんというか……変わり者だったわね。みんなそう思っていた。だけどカメラマンとしては優秀だった。仕事熱心で。呼べばいつでも来てくれたわ。曜日や時間を問わずに。ところが何カ月かして、気がかりなことが起こるようになったの。複数の女性記者のもとに、不快なメッセージや脅迫、性的な質問、性器の写真といったものが送られてきた。しかも、決ってトムと一緒に仕事をしたあとに。問いつめられて、もちろん彼は否定したけれど、結局クビになったわ」

「それで記者たちは？」

「誰も表立って訴えることはしなかった。いまとは時代が違ったのよ」

そのときガラスのドアをノックする音が聞こえ、マックスが興奮した様子で入ってきた。

「警察の情報筋によると、リラエッシンゲンの警官隊の突入は、オスカル・ショーランデルの事件と関連があったそうです。それだけじゃありません。タビーで殺された女性とも。それから今日、ブラッケバーリで撃たれた警察官とも」

10

ヴァネッサは引っくり返ったソファの後ろにうつ伏せになり、床に身を押しつけていた。ふたたび銃口が火を噴く。弾はソファを貫通して床板にめりこんだ。砕けたガラスの破片が降り注いだ。

ヴァネッサは男が中に入ろうとしているのに気づいた。至近距離に迫ろうとしている。いったい何者なのか？

このままじっとしているわけにはいかない。武器も持たずに無防備のまま。またしても銃弾が飛んでくる。ソファの陰に隠れていても撃たれるのは時間の問題だ。ホルスターはどこだろう？

四発目。

時間がない。窓ガラスの穴はすぐに広がり、そこから男は侵入してくる。

引っくり返ったソファの下にシグザウエルが見えた。ヴァネッサは右のほうへ這い進んだ。シャワーの水滴が残った身体は滑るように動いた。銃弾を受けた肋骨が焼けつくように痛む。白いタオルが血で真っ赤に染まっていたが、それほど重傷ではなさそうだ。でなければ、こうして動きまわることもできなかっただろう。ソファの下に手を伸ばし、ブルーのパンツを引っ張ると、その下にあった革のホルスターが手に触れた。

ヴァネッサは安全装置を外すと、ソファの上から銃を突き出し、狙いを定めずに撃った。続けて手首を左に向け、ふたたび引き金を引く。男も撃ち返してきたが、窓ガラスを壊す手は止めた。彼女が武器を手にしたと知って、部屋に侵入するのはあきらめたようだ。

ヴァネッサはソファの端からすばやくのぞいたが、すぐにまた身を伏せた。銃弾は頭上数センチをかすめ、リビングの壁に突き刺さった。

足場に足音が響く。男が逃げ出したのだ。

ヴァネッサは裸足で、身体にタオルを巻きつけただけの状態だった。割れた窓ガラスがフローリングの床で光を放っていた。鋭いガラス片を踏まないように、ソファを前に押しながら進む。そして窓の手前五十センチのところでソファの端に飛び乗り、すかさずクッションをつかんで窓ガラスの穴に押し当てた。

彼女は身を屈め、ガラスの尖った部分をクッションで覆うと、思いきって外に飛び出した。つい先ほどまで男が立っていたデッキに着地する。激痛が走り、バランスを崩しそうになるが、かろうじて金属の支柱をつかんだ。視線を下に向けると眩暈がした。高所恐怖症なのだ。

二階下に男の後頭部が見えた。ヴァネッサは階段のほうへ走り出した。足場が大きく揺れる。手すりにつかまり、下ではなく、もっぱら前を見ながら急いだ。

男は一階に到達するところだった。彼女は足を止めると、両手で拳銃を握り、通りに狙いを定めて、確実に撃てるように男が数メートル走るまで待った。

男は一瞬、上を見てから歩道に飛び出した。かと思うと、建物の正面に沿ってオーデン通りのほうへ駆けていく。ヴァネッサは発砲した。弾は彼から数センチそれた敷石に当たった。もう一発撃つ。男がよろめき、倒れて動かなくなるのを期待して。シュールブルンス通りに突き当たって角を曲がれば姿を見失ってしまう。隣のアパートメントの明かりがついた。ヴァネッサはすばやく引き金を引いた。二回。だが、どちらも的を外れ、男の背中は視界から消えた。

11

パンパス・マリーナ横の燃料補給所に係留すると、トムはリュックサックをつかみ、桟橋を歩きはじめた。待つことしかできなかった。ロースラグス通りのヴァネッサ・フランクのアパートメントは、この小さな港から遠くない。彼は水辺のベンチに腰を下ろすと、周囲を見まわしてからノートパソコンを取り出して、インターネットに接続した。彼女の電話はアパートメントにあった。ひょっとしたら、すでに死んでいるかもしれない。トムはそう願った。あの女が憎くてたまらなかった。

彼に電話して、うまくやり遂げたかどうか確かめようかとも思ったが、邪魔はしたくなかった。いまはまだ。それに、トムはこの場所が好きだった。静かで落ち着いている。まもなく彼は到着するだろう。そうしたら出発だ。明日はゆっくり休み、最後にもう一度、すべてを確認してから土曜日にストックホルムへ戻ってくる。

最初は関わるつもりはなかった。もちろん、自分の存在が明らかになったり、関連を示したりするようなものも何もなかった。ところが、この数日間で事態は一変した。ヴァネッサ・フランクとオーヴェ・ダールバリが、驚くほど間近に迫っていたのだ。

トムはパソコンにヘッドホンを差しこむと、大量殺人者エリオット・ロジャーの最後のメッセージを開いた——彼が世界に対する復讐を決行した数日前に撮影された動画だ。アメリカ人はスポーツカーの黒い革張りの座席に座っている。カリフォルニアに沈みつつある太陽の光が、ほっそりとした少年のような顔を黄色く染めていた。

〝人気者の男たちが快楽に耽る毎日を送っているあいだ、ぼくは孤独のなかで腐るしかなかった。ぼくは誰からも見下されていた。みんなとうまく付き合おうと努力したのに、ネズミのように扱われた。ぼくはいまからおまえたちの神になる。おまえたちは動物だ。みんな動物のように殺してやる〟

どの言葉もひとつ残らずトムの気持ちを代弁していた。彼自身の心の奥から取り出されたかのようだった。二十二歳のアメリカ人の決然たる顔に慰められ、できることなら存命中に知り合いたかったと願わずにはいられなかった。

ふたつのヘッドライトが狭い道を近づいてきた。トムはゆっくりと立ち上がると、パソコンを置いて車を出迎えた。だが、運転席側のドアを開けるなり、計画どおりに事が運ばなかったと悟った。

「しくじったのか？」

男はうなずいた。

「まあ、いい」とトム。「あの女は重要じゃないからな。ちっとも」

「わかってる」

トムは男の肩をぽんと叩くと、ランドローバーの後ろに回ってテールゲートを開けた。男もエンジンを切ってやってくる。トムはラゲッジスペースに潜りこみ、暗がりのなか手探りで小さなレバーを探した。カチッと音がする。彼は秘密のコンパートメントを隠しているカバーを外し、そこに横になると、男に手渡されたリュックサックを腹の上に置いて身体を丸めた。

「じゃあ二時間後に」

12

ヴァネッサがミカエル・カスクに連絡して、男の大ざっぱな特徴を伝えると、救急隊員は彼女を説得してカロリンスカ病院へ搬送した。診察の結果、銃弾は肋骨をかすめていた。包帯でぐるぐる巻きにされたヴァネッサは、小さな部屋で診察した医師が戻ってくるのを待っていた。

そこへノックとともにトルーデ・ホヴランとミカエル・カスクが入ってきた。ふたりとも厳しい顔つきで、ヴァネッサの頭から爪先までを心配そうに眺めた。

「男は捕まりましたか？」

「残念ながら」ミカエル・カスクは首を振った。

ふたりはそろって椅子に腰を下ろすと、ベッドの手前まで引っ張り出した。

「トムの件と関連していると思うか？」ミカエルはためらいがちに尋ねた。

「わかりません」ヴァネッサは正直に答えた。彼女自身、混乱していた。ただひとつ断言できるのは、足場にいた男はトムではなかったということだ。〈軍団〉や〈セーデルテリエ・ネットワーク〉が、よりによって今夜襲撃を仕掛けてきたとは思えない。「でも、おそらくそうかと」

一瞬、沈黙が流れる。

「連絡してほしい親戚は？」

あまりにもとつぜんの問いだった。不意打ちを食らったヴァネッサは唇を引き結び、黙って首を振った。トルーデがその様子に気づき、急いで話題を変えた。

「トム・リンドベックのアパートメントから、興味深いものが多数発見されました。なかでも注目すべきは、アレク・ミナシアンとエリオット・ロジャーの写真です。おそらくトムはインセルでしょう。少なくとも、彼らに大きな影響を受けたと思われます」

「インセル？」

喉が乾燥していた。ヴァネッサは咳をして、シンクのほうを示した。ミカエル・カスクが立ち上がり、蛇口を開ける。

「インセルというのは、不本意な禁欲主義者《インボランタリー・セリベイト》を意味します」トルーデが説明する。「女性憎悪と結びついた、何万もの男性が匿名掲示板に集うインターネット上の運動です。アメリカでは、少なくとも四十五件の殺人事件が、このコミュニティに関わるメンバーによって引き起こされています。アレク・ミナシアンとエリオット・ロジャーは、インセルの世界ではカリスマ的存在で、ともに大量殺人を実行しています」

「シリアルキラーではなくて？」

「はい」

ミカエルがプラスチックのカップを差し出した。ヴァネッサはこぼさないように注意深く飲む。だが、数滴があごを伝って病院着に垂れた。

「目下、トムの交友関係を洗っていますが、姪だけに限定されているようです。明日になれば、もう少し詳しいことがわかるでしょう」

ミカエルは座り直した。

「それにしても、なぜこんなに早くきみの存在を突き止めたのか」

「それにオーヴェも」トルーデが口をはさむ。「誰かに尾行されていませんでしたか?」

「気づかなかった」ヴァネッサはそう言って、ベッドわきのテーブルに水を置いた。

「もうひとつある」ミカエルは気まずい表情で付け加えた。「この状況を考えると、きみは捜査から外されるかもしれない。もちろん、わたしは全力で阻止するが。きみがいなかったら……オスカル・ショーランデルはいまでも容疑者のままだった。おそらくカリムも。きみには引き続き協力をお願いしたい。それだけの気力があれば。もっとも、決定はわたしの頭越しに下されるだろうが」

ふたりが帰ると、ヴァネッサは手足を伸ばしてベッドに横たわった。

ドアの外に足音と、続いて看護師の押し殺した声が聞こえた。ヴァネッサは携帯電話を取り出し、明るい画面でインセル運動に関する記事を読んだ。アレク・ミナシアンとエリオット・ロジャーについて。エリオット・ロジャーがカリフォルニアで六人を殺害し、十四人を負傷させる直前に投稿した最後の動画。トロントでバンを暴走させて二十六人を撥ね、そのうち十人を死亡させたアレク・ミナシアンの逮捕。だが、このふたりだけではなかった。ほかにも大勢いた。インターネット掲示板〝Reddit〟(レディット)のあるグループには、四万人以上のメンバーが参加していた。北米では、この運動による犠牲者の数は四十五人にのぼるとされている。

トム・リンドベックは特定されたため、もはや自由に行動することは不可能だ。だが、ヴァネッサは確信していた――トムがこのまま姿を消すはずがない。彼はあきらめない。何か別のことを企んでいる。もっと大きなことを。でも、いったい何を？

ヴァネッサは目を閉じて眠ろうとした。けれども、二十分後に断念した。彼女はタクシーを呼び、起き上がって服をかき集めると、廊下に出た。

13

二時間後、リアシートの下の改造されたスペースに身を潜めていたトムは、思いきり手足を伸ばした。窓を数センチ開け、車の中に入りこんでくる心地よい夜気を楽しむ。

車はE20号線沿いの人里離れた小さな村々を通り過ぎて進んでいく。あの女刑事を殺すことには失敗したが、脅しをかけるにはじゅうぶんだろう。いつでも襲撃できることを示したのだ。トムは自分が無敵だと感じた。〝チャド〟になった気分だった。インセルの用語では、男性人口の二十パーセントながら、全女性の八十パーセントと寝るだけの性的魅力のある男がチャドに当たる。この数式に従えば、トムのような男にはセックスの相手がいないことになる。おまけに、十年以内にインセルが全男性の二十五パーセントを占めることを示すグラフさえ見たことがあった。

エシルストゥーナまで三十キロ。E18号線へ向かって進み、その後は方向を変えて北へ向かうつもりだった。

「車を改造するアイデアは、どうやって思いついたんだ？」隣の男が尋ねる。

「東ベルリン市民が車で西ベルリンへ逃げるときに、よく使った手だ」トムは説明した。「後ろに隠れてるあいだ、俺が何を感じていたかわかるか？　自由だ」

ふと見ると、小さな緑の虫がダッシュボードを這っていた。トムは身を乗り出して、つまんだ。一瞬、爪ではさんで潰そうかと考える。

「子どものころ、よくクラスの男子に学校の裏手の森へ引きずっていかれた。最初は、みんな殴ったり唾を吐きかけたりするだけだったが、そのうちに飽きてきて、今度はカブトムシとか、いろんな虫を地面から掘り出して俺に食べさせるようになった」

トムは虫を車の外に弾き飛ばすと、窓を閉めた。

「だが、そうやって一週間ほど過ぎたある日、ふいに気づいたんだ。最悪なのは虫を食べていることじゃなくて、無理やり食べさせられていることだと。そこで、ベルが鳴ったら身を伏せて隠れる代わりに、自分から森へ駆けていって、できるだけ太った虫を探して掘り出した。それで虫を手にいっぱい持ったまま、大声で奴らを呼び寄せて、みんなが来ると、その虫を口に詰めこんで食べた」

男は顔をしかめた。

「それでいじめはやんだのか？」

トムはゆっくりと首を振った。

「少しのあいだだけ。ほんの二、三日だったか」

男は咳きこんだ。ふたたび静寂が広がる。外には、またしても真っ暗な海に浮かぶ光の孤島のような町が現われた。

「あそこに寄ってくれ」トムは言った。「腹がへった」

ガソリンスタンドには、ほかに客はいなかった。トムはヴィーガン・ホットドッグをふたつと水を一本頼んだ。そして防犯カメラに映らないように車の中で待っていた。

ネズミたちが恋しかった。おそらく駆除されるだろう。時間があれば、アパートメントを出る前に逃がしてやったのだが。

そのとき、四十歳くらいの女性がグレーのプジョーから降りてきた。一瞬、目が合ったが、相手はすぐに顔をそむけた。だが、こんな扱いを受けるのもこれで最後だ。自分の顔は至るところに知れわたり、誰もがこの名前を口にするだろう。トムはすでに言うべきことを考えていた。リアシートの下の空間に横たわりながら、台詞を完成させたのだ。だが、それを披露するのはもう少し先だ。襲撃を実行するまでは、みずからの使命を危険にさらすような真似は避けなければならない。

助手席側のドアが開いた。トムはベジタリアンソーセージを取り出すと、窓を開け、パンを路上に捨てた。エンジンが息を吹き返す。

「ちょっと待ってくれ」トムは言った。

「どうした？」

トムはソーセージにかぶりついた。味はわからなかったものの、その食感が好きだった。熱いかたまりをゆっくりと食いちぎる。さらにふた口食べたとき、先ほどの女性が車に戻ってきた。その姿をトムはずっと目で追った。

「あれがどうした？」

「俺を無視する最後の女だ」とトム。

インセルの掲示板では、ひとたび黒い錠剤《ブラックピル》を飲めば――そして女性と付き合う最後の希望が潰えたことに気づけば――残された道は三つしかないということがしばしば話題になる。現実を受け入れるか、みずから命を絶つか、あるいはエリオット・ロジャーの後に続くか。これは〝ゴーイング・ER（エリオット・ロジャー）〟と呼ばれている。だが、隣に座っている男は四つ目の選択肢があると主張した。社会に対する低強度紛争だ。ヴィクトリア・オールバリ、エメリ・リディエン、ラケル・フェディーン。三人とも〝ステイシー〟だった。性的魅力にあふれた。遺伝子のくじ引きの勝ち組。

オーケシュバーリア刑務所で初めて見かけて以来、トムはヴィクトリア・オールバリとエメリ・リディエンから目を離さなかった。ふたりとも、モテ男に抱いてもらうために刑務所に通っていたのだ。トム自身はロジャーの道を選んだとしても、仲間のために協力したかった。そこで女《フェモイド》たちが受付で預けた携帯電話を手にすると、ヴィクトリアとエメリのトラフィック追跡、通話の盗聴、位置情報の取得ができるように細工した。トムも、彼が協力した男も、エユプ・リュシュテュやカリム・ライマニが有罪となるとは考えていなかった。とはいうものの、警察がみずからの過ちに気づくときには手遅れだとわかっていた。殺された女性の身近にいる暴力的な男に目を向けるのが警察のやり方だからだ。

まさしく完全犯罪だった。

だが、ラケル・フェディーンの殺害は違った。言ってみればボーナスだ。彼女とオスカル・ショーランデルの関係をカットヤから聞いて、にわかに降って湧いた話。どちらかというと即席の犯行だった。それと同時に、正真正銘のチャドの人生を破壊するチャンスでもあった。もっとも心の底では、トムは低強度紛争など信じていなかった。ロジャーやミナシアンの方法のほうがすばらしい。はるかに効果的だ。あるいは、硫酸攻撃もインセルのあいだで支持されている。慎重に選んだステイシーの顔を溶かして、本当の苦しみを味わわせてやるのも捨て難い。

ふたりはガソリンスタンドを後にして、ふたたび幹線道路に出た。

「おまえの姪のカットヤだが、彼女のことも憎いのか？」

トムは肩をすくめ、カットヤの顔を思い浮かべた。彼女は〝ベッキー〟だ。ごく平凡な容姿の女性。だが、彼女たちもチャドに抱かれようと躍起になっている。「親戚じゃなければ、彼女も俺とは付き合わないだろう。それに、たとえ叔父でも、俺に対して嫌悪感を抱いているのは間違いない。本人は気づいていないだろうが」

14

外で待っているのがヴァネッサだとわかると、ニコラスはドアを開けた。彼は廊下に顔を突き出し、誰もいないことを確かめてからふたたびドアに鍵をかけた。

ヴァネッサはぐったりとソファに座りこんだ。

「こんな時間にごめんなさい。だけど、ほかに行くあてがなくて」彼女は口を開いた。「病院でひとりで寝てるのは耐えられなかった」

「どうしたんだ？」ニコラスは彼女の額に触れ、心配そうに尋ねた。顔色が悪い。

「襲われたの。自宅で。アパートメントで」

ヴァネッサは、フィアレ通りのセブン-イレブンの前で彼を降ろしてから数時間のあいだに起きた出来事を説明した。リラエッシンゲンでの爆発。歩いて帰宅したこと。とつぜん見知らぬ男が足場に現われたこと。銃撃戦。彼女の口から言葉があふれ出た。前後の脈絡もなく。震えながら。病院で投与された薬――おそらくモルヒネ――のせいかもしれない。あるいは話し相手が自分だからなのか。彼女が理解されていると安心して話しているのは。ニコラスはそう願わずにはいられなかった。ヴァネッサはしわだらけのブラウスをたくし上げ、包帯を見せた。

「きみの同僚は？　このあいだ撃たれた……」

彼女はかぶりを振った。

「背後から撃たれたの。いまも生死の境をさまよっている」

「とにかく、きみが無事でよかった」

ニコラスは彼女の手を握り、ほんの一瞬、その甲を親指で撫でてから手を放した。そして身を起こし、彼女の様子をうかがった。気まずい思いをさせてしまったのではないかと心配したが、その顔からはなんの表情も読み取れなかった。

「何か飲むか？　水か、紅茶でも」ニコラスは尋ねた。

ヴァネッサはうなずいた。

「紅茶をもらえる？」

ニコラスが湯を沸かそうとすると、彼女は弱々しくほほ笑んだ。

「ロンドン行きの話を聞いたときに、不機嫌になって悪かったわ。大人げなかった。本当は喜んでる。あなたのために」

「謝らなくていい。俺も会えなくなるのは寂しいから」

「ほんと？」

「ああ」

ヴァネッサが安心するのがわかった。彼女はいま、ここにいる。自分の家に。彼女が来てくれたことがうれしかった。もしヴァネッサの身に何かあったら……

井を見つめていた。

やめろ、そんなことは考えるな。ニコラスがちらりと見ると、彼女はソファの背にもたれ、目を閉じていた。

少しして、彼は湯気の立ったマグカップをふたつ持って戻ってきた。

そして、しばらくのあいだ部屋の真ん中に佇み、彼女の穏やかな寝顔を見つめていた。やがてマグカップをコーヒーテーブルに置くと、身を屈め、そっと彼女を抱き上げた。

そのまま抱きかかえて運び、隣の部屋のベッドに横たえる。

ヴァネッサは、なかば閉じた目で見上げてつぶやいた。

「ありがとう」

彼女が手を伸ばしてニコラスの腕を撫でた。その手は焼けるほど熱く、身体の芯が疼くのを感じた。ニコラスは彼女にベッドカバーをかけると、電気を消してから隣に横たわり、頭の後ろで手を組んで、じっと天

第七部

犠牲者が十八から三十五歳までの女性だと判明するたびに、俺はビールで乾杯する。

――名もなき男

1

ガラス越しに、看護師からオーヴェだと教えられた男性の姿が見えた。薄暗い病室で、顔の下半分に人工呼吸器を付けて横たわっている。ベッドを取り囲む装置が死を遠ざけていた。

ヴァネッサはドアレバーに触れたが、なかなか覚悟が決まらず、やっとのことで中に入ったものの、途方に暮れてベッドの足元に立ち尽くした。彼の身体から、マスクに覆われた顔に視線を移す。記憶にあるのは大柄で力強い男だったが、目の前の姿は小さく哀れに見えた。

目に刺すような痛みを感じ、慌てて頬を拭って廊下を振り返った。さいわい、外の警察官には見られなかったようだ。彼女は機器にぶつからないように注意しながら来客用の椅子を引き出した。

ヴァネッサはめったに周囲から信用されることはなかった。扱いにくく、理解できない人物だと思われていた。オーヴェもそう思っていたにちがいない。それでも最初から、彼なりのざっくばらんな態度で信頼を示してくれた。

「死なないで」ヴァネッサはささやいた。

ここで独り言を言っているのを聞いたら、オーヴェはばかにしたように笑うにちがいない。ヴァネッサは懸命に記憶を手繰り寄せ、彼に心から感謝の気持ちを伝えたかどうかを思い出そうとした。おそらく伝えていない。それは自分らしくないから——ニコラスに対して、どれだけ大事に思っているのかを伝えられないのと同じように。それでも、オーヴェは理解してくれているような気がした。こうして横たわった状態で、何かを理解できるとしたら。

　彼と話がしたかった。たとえ聞こえないとわかっていても、いくら無駄でもかまわなかった。

「わからないのは、彼がなぜあなたを撃ったかということ」ほとんど聞き取れないほどの小声で話しかける。「彼の行動とは思えない。彼が殺すのは女性だけで、男は殺さない。カットヤが彼を不安にさせるようなことを言ったのかもしれない。だけど、それだったら姿を消せばいいでしょう。ただ逃げれば。ひょっとしたら個人的なことで、わたしたちがあと一歩のところまで迫っていたのに腹を立てたのかも。だけど、やっぱりそうは思えない。彼は冷静に行動したにちがいない」

　ヴァネッサは携帯電話を取り出すと、手に持ったまま、まっすぐカメラを見つめ、ボイスメモ機能をオンにしてマイクを口に近づけた。

「あなたが聞いているのはわかってる、トム・リンドベック。刑務所で二度目にカリム・ライマニを尋問して以来、あなたはわたしの電話に、わたしの生活に侵入していた。それとも一度目だった？　それがあなたのやり方。あなたは卑劣な人でなし」

　ヴァネッサは携帯電話を粉々に踏みつぶした。

「大好きよ、オーヴェ」ゆっくりとうなずきながら言う。「あなたはいい人だわ。やさしくて、他人を批判することもない。元気になったら、わたしの車でラップサンドを食べましょう」

　タクシーはちっとも進まなかった。最初、運転手は世間話をしようと試みたが、ヴァネッサに会話を続ける気がないことに気づくと黙りこんだ。そしてラジオの音量を上げ、周囲の車に対してぶつぶつ文句を言っていた。

　トム・リンドベックはスウェーデンのどこに潜伏し

ていてもおかしくない。ひとりで、あるいは共犯者と。ヴァネッサは後者だとにらんだ。自分を殺そうとした男が、トム・リンドベック以外の誰かと手を組んでいるとは思えなかった。

トムの捜索は、ドロットトニング通りのテロ事件以来の大がかりな作戦となった。けれどもヴァネッサは、彼がもはやストックホルムにはいないと確信していた。少なくとも当面は。

昼食後には記者会見が予定されていて、警察本部長と広報官がトム・リンドベックの名前と特徴を公開する。きわめて危険な人物であり、銃を所持している可能性が高いと注意を喚起するだろう。

その日の朝、ヴァネッサはニコラスのベッドで目を覚ました。彼の腕が身体に回され、静かな寝息が首にかかるほど間近にいたにもかかわらず、彼に背中を押しつけた。ベッドから出る機会をうかがった。彼の腕をそっと押しのけ、やさしく手を握る。そうしてやっとのことでベッドから滑り出ると、手早くシャワーを浴びて、待たせていたタクシーに飛び乗った。

明日、ニコラスはロンドンへ発つ。それが一番だ。お互いのために。自分はもう悩まずにすむ。彼は有意義な活動に専念できる。そうでなければ惨めになるだけだろう。ニコラスには充実した環境が必要だ。心の中にあるはずの喪失感を埋めるために。それはヴァネッサにはできないことだった。彼女自身、喪失感を抱えているから。それに、たとえ埋めることができたとしても、ニコラスがそれを望まないにちがいない。彼が好意を持ってくれているのは確かだ。けれども、おそらく自身の人生をあきらめるほどではない。

ヴァネッサは彼の意思を尊重した。人生は映画のようにはいかないのだ。

窓の外では、クングスホルメンの街並みがすばやく過ぎていく。

そのとき、もう一台の携帯電話——情報提供者との連絡用――が鳴った。

「あとどれくらいで来られますか?」トルーデが尋ねた。

「数分で着く」ヴァネッサは答えた。

2

ベンクトは半円形に取り巻く記者たちの前に立っていた。彼が腕を組んで咳払いをすると、周囲は静まり返り、皆、ミーティングが始まるのを待つあいだに読んでいた新聞を置いた。ベンクトは何も言わずにゆっくりと歩き、ひとりひとりを見つめてから足を止め、背筋を伸ばした。

「諸君、よくやった」彼は『アフトンポステン』を掲げる。「われわれの圧勝だ。彼らは特ダネをつかんでいない。何ひとつ!」

ベンクトは新聞を放り投げた。『アフトンポステン』は宙で開いたかと思うと、そのままゆっくりと床に落下した。

「言うまでもなく、新聞づくりはチームワークだ。そのことは誰よりもこのわたしが理解しているが……マックス・レーヴェンハウプト」ベンクトはマックスを指して言った。「一面のみならず見出しページも。全員、拍手」

ジャスミナも拍手の輪に加わった。気のせいか、マックスはいつも称賛されるときほど得意顔ではなかった。彼はお辞儀をして、拍手が鳴りやむとジャスミナをちらりと見た。

「今日は昨日の続きから始めてくれ。みんな、やるべきことはわかってるな」ベンクトが命じた。

ジャスミナは向きを変えてデスクに戻ろうとしたが、ベンクトに呼び止められた。

「ちょっといいか？」

彼はトゥーヴァ・アルゴットソンのオフィスへ向かい、先に入るようジャスミナを促した。トゥーヴァはにこやかな笑みでふたりを迎えた。ジャスミナの背後でドアが閉まり、編集局のざわめきが消えた。

「さすがね、ジャスミナ。仕事が早いわ。知っていると思うけど、目下、トムの名前を出すかどうか検討中よ。そして彼の生い立ちをまとめることも。アパートメントには今日、家宅捜索が入っているから、詳細な情報が流れてくるはず。担当はマックスだから、彼が情報を入手したら、あなたもヘルプに入って書き上げてほしいの。いい？」

「はい」

間違いなく明日のトップ記事だろう。トゥーヴァがその記事の執筆を任せてくれるのは、ジャスミナの手腕を認めていることにほかならない。

「お願いね」

トゥーヴァはコーヒーに手を伸ばした。通りの向かいにあるイタリアンカフェのテイクアウトだ。

「大事なのは全体を見失わないことよ。ゆうべオスカル・ショーランデルが釈放された。彼から話を聞き出してほしいの。おそらく数日後にはスウェーデンから姿を消すと思う。だから、できるだけ早く彼の居所を突き止めないと」

携帯電話を熱心に見ていたベンクトが、手書きのメモをジャスミナに差し出した。

「彼がこのホテルに身を潜めているという情報をキャッチした」

ジャスミナは癖のある字を解読した。情報提供者は部屋番号まで伝えていた。ポーターか、あるいは受付係だろうか。オスカル・ショーランデルは身柄を拘束され、ラケル・フェディーンの殺害容疑をかけられた。たとえ無実でも、テレビ司会者としてのキャリアは終わった。彼が女性に暴力を振るっていたことは、いまや周知の事実だ。どこのテレビ局も、もはや彼と関わろうとはしないだろう。

ジャスミナはメモを受け取ると、立ち上がった。

「いまから行ってきます」

3

トルーデ・ホヴランはＩＫＥＡの箱を折りたたみテーブルのひとつに置いた。鑑識班が持ちこんだテーブルは、アパートメントから押収した品を分類するのに使用されていた。

箱の中身は何百枚もの写真だった。どの写真も裏面に日付と場所が記入され、きちんと整理されている。五名の鑑識官が白い作業服に身を包み、トム・リンドベックの自宅の捜索に当たっていた。爆発物処理班がアパートメントの安全を確認し、立ち入りを許可してからわずか数時間後のことだった。腐敗とこびりついた汚れの混じった甘ったるいにおいが漂っている。ヴァネッサは吐き気を抑えるために口で呼吸した。

「よくもこんなにおいに耐えられたわね」

「姪の話では嗅覚障害があるそうです」トルーデは説明した。「味もわからなければ、においもまったく感じないと」

ヴァネッサは写真を何枚か手にした。

「状況を整理させて」写真を見ながら言う。「爆発したのは手榴弾で、ドアが開いた拍子にピンが抜けた。トムは階段に取りつけた監視カメラで特殊部隊に気づいて、窓を開けて、あらかじめ垂らしてあったロープを登って屋上に出た。そこから橋の方角へ逃げた」

「そのとおりです。屋上の端の、橋にいちばん近いドアの鍵が開いていました。そこから階段を下りたんです。どうやって島を出たのかはわかりません」

ほとんどの写真には、公共の場所で露出度の高い服を着た女性が写っていた。おそらくトムが撮っていたことに気づいていないだろう。

「もっとひどいものもあります」とトルーデ。

A4サイズの分厚い封筒を受け取ったヴァネッサは、手の中で重さを量ってから開けてみた。初めは、なんの写真だかわからなかった。ほかのものとは異なり、暗くて不鮮明だった。最初の一枚は夜間、窓越しに撮影されたものだ。三人が裸でベッドに横たわっていた。男性ふたりに女性がひとり。絡み合って。もう一枚では、カップルがコカインを吸いながらセックスをしている。

「他人の私生活を記録するのが、彼の倒錯した趣味のようですね。古いハードディスクに録画も見つけました」

「録画?」

トルーデはうなずいた。

「映像です。音声付きの。自宅にいる人たちを録ってたんです。会話、セックス、口論……そうした映像を編集してBGMまでつけていた」

ヴァネッサは封筒を置いて、リビングを見つめた。

家具はどれも重厚で、ひと昔前のものばかりだ。トム・リンドベックが三十三歳だと知らなければ、この家の主人はもっと年配の人物だと思っていただろう。

ふと、ニコラスがイヴァンから聞いた話を思い出した——ヴィクトリア・オールバリが恋人とセックスするのを観ていたという看守のことを。

「刑務所で撮影されたものは？」

「まだわかりません。全部をチェックする時間がなかったんです。どの戸棚も、古い箱や紙やがらくたや段ボールがぎっしり詰まっています。何か思い当たる節でも？」

「ヴィクトリア・オールバリ」

「彼女に結びつくものは、まだ発見できていません。といっても、ラケルとエメリの殺害に関連する証拠も見つかっていませんが。でも、あと数時間で何か出てくると思います。ところで、もうひとつお見せしたいものがあるんですが」


ふたりは書斎へ向かった。悪臭はさらに強烈だった。一方の壁ぎわに、高さ五十センチほどのプラスチックの間仕切りが置かれ、その裏で八匹の大きなネズミが腐りかけの食べ物、かじった鶏の骨、糞にまみれて群がっていた。ヴァネッサがさらに近づいてみると、六匹の尻尾が互いに絡み合っていた。つまり、他のネズミが動かないかぎり動けない状態だ。ネズミたちは甲高い声で鳴き、プラスチックの間仕切りを引っ掻いていた。

トルーデが隣に立った。

「いわゆる〝ラット・キング現象〟です」と説明する。「ときどき自然に起きる現象で、尻尾に血や糞がこびりついて発生します。ですが、これは彼が故意に結んだものです。針金を使って。寝室に、ネズミに関する本が山のようにありました。セックスや男らしさを扱った本と同じくらい」

トルーデは机のところへ行き、メモ帳を手に戻ってきて開いた。

「彼はネズミを詳細に観察しています。見てください」

絡み合った六匹と、残りの自由な二匹が、それぞれ別の欄に分けられ、体重、体長、色が記入されている。整然とした図や表。

「このネズミはどこから連れてきたのかしら」

「公園とか地下とか……ケージトラップがありました。おそらくそれで捕まえたのでは」

ヴァネッサは向きを変え、窓に歩み寄った。

エッシンゲハイウェイは渋滞し、車はのろのろとしか進まない。職場、田舎の別荘、恋人のもと……それぞれの目的地へ向かう人々。ひとりひとりが禁じられた思想、不安、壊れた家族、性的な妄想が渦巻く自身の世界で生きている。トムと同じく。ここは彼の世界だ。この中で彼は孤独だった。外の世界の人々と出会う方法がわからなかった。だから他人の生活に入りこむことに取りつかれたのだ。他人の秘密を突き止めることに。だが、観察するだけで満足する女性がいる一方で、殺すことを厭わなかった女性もいたのはなぜなのか？　このまま逃げおおせると、ただ信じていただけなのだろうか。

窓枠に一枚の細長い紙が落ちていた。ヴァネッサは顔を近づけた。ストックホルム・スタディオンで行なわれた女子サッカーの強豪チーム、ユールゴーデンとリンシェーピングスの試合のチケットだ。彼女は日付を見た——五月四日、土曜日。午前十一時三十分キックオフ。鼓動が速まる。ティーレスエーから試合会場まで車で移動するにはじゅうぶんな時間だ。だが、その間にラケルの遺体を別荘から川まで運び、ブロンマのオスカル・ショーランデルの自宅まで行って、凶器とセーターをゴミ箱に置いてこなければならない。だとしたら、間に合わない。

トム・リンドベックはラケル・フェディーンを殺し

ていない。

「トルーデ？」男性の鑑識官がドアから顔をのぞかせた。「冷蔵庫に妙なものを見つけた。ちょっと来てくれ」

ヴァネッサはゆっくりとふたりの後に続いてキッチンへ向かった。鑑識官のひとりが小さなプラスチック容器を持っている。中身は見えなかった。

「なんなの？」トルーデが尋ねた。

「おそらく精液だ」男性鑑識官は答えた。

4

背後から口笛が聞こえ、ニコラスは振り返った。セリーネが手を振っている。足を速めるにつれてリュックサックが背中で弾んだ。彼はドアを足で押さえた。いま告げるつもりだった。引っ越すことになったと。

「街に行く？」セリーネが尋ねた。

「今日は行かない」これ以上、耐えられなかった。別れを告げずに消えてしまうのは中途半端だ。「少し話せないか？」

「すぐ終わるんだったら。荷物を置きに寄っただけだから。これから街に服を買いに行くの。明日、〝プッシー・パワー〟に行くんだ」

「すぐ終わる」

セリーネは訝しげに彼を見た。

「あたし、何かした？」

一瞬、いつもは自信たっぷりの顔に不安がよぎるのをニコラスは見逃さなかった。

「いや」慌てて打ち消す。

セリーネは肩をすくめた。

「わかった」

ニコラスは中庭のベンチを指さすと、腰を下ろす前に汚れを払った。セリーネはリュックサックを膝の上に置いて、両手で抱えこんだ。

「お金貸してほしいとか？」

セリーネはくすくす笑う。彼はにやりとして首を振った。覚悟を決める。だが出鼻をくじかれた。

「ずっと練習してる。息を止めて」

ニコラスは困惑の表情を浮かべた。

「お風呂で。兵役に就けるように。どんなことでもできるって言ったでしょ。本気でやれば。四十七秒間、息を止められるようになった。すごいでしょ」

セリーネは期待のまなざしを向ける。

「引っ越すんだ。ロンドンへ」

彼女は顔色ひとつ変えなかった。

「いつ？」

一羽のカササギがゴミ箱の前を両足でぴょんぴょん跳ねていく。

「明日」

彼女の目の周りがぴくぴく動きはじめた。

「そう。じゃあね。もう行かないと」

「理由を聞きたくないのか？」

セリーネはリュックサックを勢いよく肩に掛けて歩き出した。ニコラスは立ち上がって追いかけ、彼女の肩にそっと手を置いた。

「セリーネ、待ってくれ。悪かった。だけど、しかたないんだ」

ニコラスは彼女をやさしく振り向かせた。驚いたことに、セリーネは泣いていた。

「たまには帰ってきて顔を出す。そうしたら一緒に泳ぎに行こう。ダイビングでもいい。約束する」

彼女は答えなかった。ひと粒の涙がゆっくりと頰をこぼれ落ちる。ニコラスは手を伸ばしたが、振り払われた。

「いままでどおりじゃなくなっちゃう」

それを否定して嘘をつくつもりはなかった。ニコラスはそっと彼女の頭を抱き寄せた。セリーネは抗わなかった。彼女の息がTシャツの胸の部分を湿らせる。抱きしめながら、彼はもつれた髪を撫でた。

「あなたが来る前に戻っちゃう」セリーネはすすり泣いた。「わからないの？　あたしには友だちがいなかった。あたしのことをわかってくれるのは、あなただけなのに。あたしを好きでいてくれるのは。お願い、ニコラス、置いてかないで」

「行かなきゃいけないんだ」彼は静かに言った。「どうしても。すまない」

ごくりと唾をのむ。感情を封じこめる。

「だめ、ニコラス。ありえない」

セリーネは身体を引き離すと、彼を叩きはじめた。

「ありえない」大声で叫ぶ。「ありえない。聞こえる？　あたしを置いてくなんて、ありえない」

5

ジャスミナは手を下ろして待った。無理やり入りこむようなことはしたくなかったが、それも仕事のうちだと理解している。ドアに耳を押し当て、人の気配があるかどうかをうかがったが、中からは物音ひとつしなかった。どんな仕事にも難点はある。タブロイド紙の記者とて例外ではない。

ジャスミナはもう一度ノックした。

もっと強く。

一瞬、床に倒れて息絶えたオスカル・ショーランデルの姿が脳裏に浮かぶ。あるいは浴槽で手首を切ったり、ロープからぶら下がった姿が。

すると一三一六号室のドアが開き、隙間からあごひげを生やした顔がのぞいた。

「はい？」

彼は廊下の照明に目を細め、相手が何か言うのを待つあいだ、唇を震わせていた。

「『クヴェルスプレッセン』のジャスミナ・コヴァックと申します。少しお話を聞かせていただけませんか？」

彼が生きていたとわかってこみ上げた安堵は、またたく間に消えた。ジャスミナは緊張し、激しく非難されるのを覚悟したが、彼はただ静かに見つめていた。

「いま何時だ？」ぼんやりとして尋ねる。

「十二時四十分です」

オスカルはドアを大きく開け、背を向けた。下着とTシャツの上にホテルの白いローブをはおっている。カーテンは閉じられていた。ジャスミナは中に入ったものの、バスルームのドアの前に立ち尽くした。窓ぎわに肘掛け椅子と小さなコーヒーテーブルがある。オスカルがカーテンをわずかに開けると、細い光が部屋に射しこんできた。

「なぜきみが送られてきたんだ？　ほかの記者じゃなくて」彼は尋ねた。

ろれつが回っていない。ジャスミナはベッドサイドテーブルを見た——錠剤、それにミニバーのミニボトル。

好ましい状況ではなかった。新聞社の方針では、インタビュー対象者はアルコールや薬物を口にしていないことが条件だ。目の前の男は明らかに酩酊状態で、まったく自分をコントロールできていなかった。

「きみが若い女だからだ。そうだろう？　わたしが若い女を好きだから」

オスカルはあごを動かしながら、食い入るように彼女を見つめた。

部屋は暑く、じめじめして息が詰まるようだった。ベッドサイドの椅子か、それともデスクチェアか。ジャスミナは後者を引き出すと、オスカルのほうに向けた。

「そうかもしれません」率直に認める。「あるいは、ふたりともベクショーの出身だからか」

オスカルはおもしろくなさそうに笑った。

「心にもないことを」そう言ってから、彼はふいに真顔になった。「そういうことなら、いくつか言わせてもらおう、ベクショー出身のジャスミナ」

彼はベッドと肘掛け椅子のあいだを行ったり来たりしていた。ローブのベルトを床に引きずっている。

その姿は、ひどく苦しんで傷ついた動物のようだった。

「妻は出ていった」彼はジャスミナの目の前で立ち止まった。「わたしとはいっさい関わりたくないと。無理もない。わたしは最低のことをしたんだ」

ジャスミナはボイスレコーダーを腿の上に置き、録音ボタンを押した。

現実とは思えなかった。いまオスカル・ショーランデルが口にしている言葉は、数十万、ひょっとしたら数百万もの人が読むことになるだろう。その文章は至るところで引用される。自分の名はスウェーデンじゅうに知れわたる。今後十年間は仕事に困らないだろう。だが、いまはとにかく彼の発言に集中し、できるかぎり耳を傾ける必要がある。いつインタビューが打ち切られ、部屋の外に追い出されるかわからない。

「わたしの唯一の願いは、テレースと娘たちはそっとしておいてほしいということだ。今回の件に巻きこまないでほしい」

沈黙。

「あなたは、これからどうするつもりですか?」ジャスミナはためらいがちに尋ねた。

「わたしのキャリアは終わった。これまでやってきたことは、すべて無駄になってしまった。誤解しないでくれ。悪いのはわたしだ。わたしだけだ。視聴者はわたしの姿を見れば節操のない男だと思うだろう。どうするつもりかって? 自分でもわからない。手始めに、どこか遠くへ旅行に行くのもいいかもしれない。世間の目から逃れて。憎しみから」

オスカルは肘掛け椅子に座りこむと、人さし指の関節を口元に運んで舐めた。

「何ひとつ意味はない」彼は静かに言った。「わかるか? この身がどうなろうとかまわない。たとえラケルの殺害容疑が晴れても……何も変わらない。意味のあることは、すべて消えてしまった。もう死んだほうがましだ」

オスカルは両手で頭を抱えた。かと思うと、ふいに顔を上げる。その目は涙にかすみ、敵意に満ちていた。

「『クヴェルスプレッセン』はわたしの自殺を配信したいだろう? 爆発的な再生回数を記録するにちがいない。なんなら葬儀の放映権も売ろうか? そうすれば完全制覇だ」

オスカルはかぶりを振った。

「そろそろ帰ってくれ」

驚いたことに、ジャスミナは自分が彼に同情していることに気づいた。目の前にいるのは、人生が破壊された人物だ。尊厳を奪われるのがどういうことなのか、彼女は誰よりもわかっていた。ズタズタにされる。苦しみ悶える動物と化すのが。

ジャスミナは錠剤に注意を向け、彼の命を奪い取るだけの量かどうかを考えた。だが、どうにかインタビューに集中する。

「最後にもうひとつ。ラケル・フェディーンの家族に何か言いたいことはありますか?」

オスカルは膝の上で両手を握りしめた。

「彼女はすばらしい人で、こんな目に遭ういわれはない。それだけだ」つぶやくように言う。

ジャスミナは立ち上がった。逃げ出したかった。遠くへ。彼女は椅子を机の下に戻し、荷物をまとめた。

けれども部屋を出ようとして、ふと立ち止まって振り返る。オスカル・ショーランデルは驚いて顔を上げた。

「わたしは集団レイプの被害に遭いました」彼女は言った。「三人の男に薬を飲まされて、レイプされて、耐え難いほどひどい暴行を受けたんです。でも、被害届は出さなかった。それに最初は誰にも話さなかった。恥ずかしかったから。怖かったから。いまでも怯えています。悪夢にうなされます。それでも生き抜こうと決めました。人生には楽しいことがたくさんあるからじゃない。わたしが乗り越えなければ、彼らが勝つことになるからです。そしてレイプは続く。毎日、毎時間。何かやりがいのあることに人生を費やしてください。わたしもそうします」

ロビーを横切りながら、ジャスミナは携帯電話をチェックした。知らない番号からの不在着信が一件。番号を確認していると、電話が鳴り出した。

「どうだったか？　捕まえたか？」ベンクトが興奮気味に尋ねる。

目の前で自動ドアが開いた。

「ここにはいませんでした」ジャスミナは嘘をついた。

たしかに彼女はジャーナリストだ。キャリアを積んで、名を成したいと思っている。けれども、その前にひとりの人間だ。オスカル・ショーランデルにインタビューなどすべきではなかった。自分が何を言っているのか、よく理解していないような人物に。彼の頭は合理的な判断ができる状態ではなかった。

スウェーデンの国民には不要な見出しだろう。

ジャスミナはオスカル・ショーランデルの家族を巻きこむつもりはなかった。彼女たちはもうじゅうぶん苦しんだ。この汚い仕事は、別の誰かがやればいい。

6

新たな銃器使用申請書に署名をすると、ヴァネッサは自分のオフィスに戻ってドアを閉めた。ひとりになりたかった。新しい銃をデスクに置き、ブラインドを下ろすと、両手を脇に垂らしたまま、しばらくその場に佇む。

あのアパートメントの悪臭が服にこびりついて取れなかった。シャワーを浴びて、きれいに落としたかったが、今日は夜まで家に帰れそうにない。身体を洗いたければ、警察署のジムかホテルのシャワーを利用するしかないだろう。

国内の警察官が全員体制でトム・リンドベックの捜索に当たっていた。だが、試合のチケットは彼がラケル・フェディーンを殺していないことを示している——彼が本当に試合を見にいっていれば。女性を憎む男が、なぜ女子サッカーリーグの試合を観戦するのか？　アリバイ工作をしようとしたのだろうか。いや、この程度では不十分だと、彼ならわかっているはずだ。ヴァネッサは自分を撃った男を思い浮かべた。ラケルを殺したのは、あの男なのか？

パソコンを立ち上げる。全捜査員宛てに、トム・リンドベックの経歴について、これまで判明している概略をまとめた内部資料が送信されていた。

一九八六年、トレレボリ生まれ。父親は不明。四歳のときに、母親のアガタ・リンドベックが十二歳の異父姉インゲラも連れてストックホルムのファルスタに移り住む。母親は二〇〇六年、インゲラはその三年後に死亡。四年前に始めた刑務所の看守のほかに、一時期は『クヴェルスプレッセン』専属のフリーカメラマンとして働いていた。

本日中にも新たな情報が追加されるだろう。目下、スウェーデンじゅうが最も注目する男の人物像を明らかにすべく、十四名の捜査員がトム・リンドベックにかかわりを持つ人物——同僚、隣人、姪——に聞き取り調査を行なっている。

記者会見以降、すべての主要紙が彼の実名を報道しはじめ、本部長の発言の映像はテレビで放映された。

そのとき携帯電話が鳴った。ミカエル・カスクからだった。ヴァネッサはとっさによい知らせではないと悟った。

「すまない、ヴァネッサ。上層部はきみが去年、飲酒運転で停職処分になった件についてマスコミが嗅ぎつけるのではないかと懸念している。それで、アパートメントの襲撃も踏まえてしばらく休んだらどうかと。わたしとしては納得がいかない。この件できみとオーヴェが果たした役割は誰よりも理解している」

緊張した口調だった。おそらくヴァネッサが腹を立てると思っているのだろう。だが、彼女にはどうでもよかった。

「わかってます、ミカエル。いろいろありがとうございました」

「本当にいいのか？」上司は驚いて言った。

ヴァネッサはためらった。

「はい。どうかしてると思われるかもしれませんが、じつは、トムが本当にラケル・フェディーンを殺したかどうか自信がなくなってきました」

「どういうことだ？」

申し訳なさそうだったミカエルの口調が苛立ちを帯びる。

「彼のアパートメントに、サッカーの試合のチケットがあったんです。キックオフは五月四日の午前十一時半。彼が観戦していたとしたら、ラケルの遺体を運び出してから、ブロンマまで移動する時間はなかったはずです」

「そのチケットはどこかで手に入れたのかもしれない。道で見つけて拾ったり、あるいは買っておいて行かなかった可能性もあるだろう？」

「おそらく。ですが、念のため報告すべきだと思いました。せめてスタジアムの監視カメラをチェックできませんか？」

「われわれはトムがラケルを殺したという前提で捜査を進めている。それ以外、考えられないからだ」

「どうぞお好きなように。でも、他の容疑者の可能性も探るべきです。少なくともラケルの殺害に関しては」

ヴァネッサは電話を切った。

自分とオーヴェがいなければ、トム・リンドベックの名前さえ浮上しなかった。もちろん、トムもなんらかの形で関わっている。だが、もうひとりの人物が存在するはずだ。いまやヴァネッサは確信していた。数年前であれば、あらゆる上司に電話をかけまくっていただろう。叫んで、怒鳴っていた。あらためて事件を調べ直そうとしていた。けれどもいまは、ただ荷物をまとめはじめただけだった。

ふと、新たに貸与された拳銃が目に留まった。ヴァネッサは手の中で重さを量った。彼女はけっして武器フェチではなかったが、任務の遂行で銃が必要となる状況は何度かあった。たとえば去年、南米で。あるいは昨日。彼女は拳銃をバッグにしまい、ファスナーを閉めた。

そして駐車場に車を置いたまま警察署を後にして、歩いて地下鉄の市庁舎駅へと向かった。

7

ボリエ・ロディーンはファルスタのホームへ上がるエスカレーターに乗った。ホームに人影はまばらだった。遠くのほうにエルヴィスの姿が見えた。緑色のビールの缶を手に電動車椅子に乗っている。謝ったらどんな反応を見せるのか、想像もつかなかった。そもそも謝罪を受け入れてもらえるのかも。拒絶されるのが怖かった。ボリエはすでにエーヴァを失っている。そのうえ、たったひとりの親友まで失うと考えるだけで耐え難かった。

エルヴィスはぼんやりと高層ビルを眺めていたが、ボリエが隣に立つと、はっとして振り向いた。

ボリエは身体をひねった。

「驚かせたか？」

エルヴィスはゆっくりと首を振った。

「来るのが見えた」そう言って、わずかに残った腕で目を指してみせる。「目はいいんだ。母さんに似て」

「謝りたくて、エルヴィス。おまえをあんなふうに呼んで……まったく、自分が恥ずかしい。たったひとりの友だちなのに。そうだよな？　酒を隠したのは、俺のためを思ってだった」

エルヴィスは彼から目を離さずにうなずくと、茶色く汚れた歯を見せて笑った。

「気にするな。とびきり寛大な心、それも母さんに似たのさ。だけど、その顔、いったいどうしたんだ？」

「列車に飛びこもうとした。なのに、どういうわけか監禁部屋にいた。警備員たちと」

「こっぴどくやられたようだな。自業自得だ」エルヴィスはウインクした。「つまり、ここにいるのは死にぞこないのふたりってことだ」


市外へ向かう列車が背後でブレーキをかけた。二、三十人の乗客が降りてきて、皆エスカレーターへ向かっていく。ところが、ブロンドの女性がその流れに逆らい、ボリエとエルヴィスのほうにやってきた。近くまで来ると、ボリエには誰だかわかった。ヴァネッサ・フランクだ。

「ずっと電話してたんだけど」

ボリエは携帯電話を見た。画面は真っ暗だった。充電切れ。

エルヴィスがボリエのわきに移動して、電動車椅子のかごを指した。

「お嬢さん、ビールはどうですか？」

「いいえ、けっこうです」ヴァネッサは断わってから、ボリエに向き直った。「手を貸してほしいの」

彼女はバッグから印刷された写真を取り出した。ボリエはそのA4サイズの紙を受け取り、目を細めて頭の禿げた男の写真を見た。

「ラケルが別荘に入れたのはこの人物？」

ボリエは紙を返した。

「こいつは見たことがない」

ヴァネッサの表情がわずかに変化する。理由はわからないが、ボリエの答えに驚いているようだった。

「本当に？」

彼はうなずいた。

8

ジャスミナは自分がまずい立場にあるとわかっていた。オスカル・ショーランデルの件で嘘をついたことを新聞社の誰かが聞きつけたら、解雇されるだろう。何よりも大事なのは会社に対する忠誠心だ。司会者が酩酊状態だったことを話せば、あるいはトゥーヴァ・アルゴットソンはインタビュー記事を掲載しないと判断したかもしれない。けれども、それだけの危険を冒す勇気がなかった。

隣の席ではマックスがパソコンの画面に見入り、カリムの記事を読んでいるふりをしていた。どうやらカリムには娘の親権が与えられることになったようだ。

「警察のモグラに聞いたんだけど」マックスが話しか

けてきた。「いまトム・リンドベックのアパートメントにいるらしい。で、何が見つかったと思う？」

　ジャスミナは答えなかった。

「巨大なネズミだと。それからセックスの動画。いろんな人の後をつけて、自宅にいる姿を撮影していたらしい。とんでもない奴だ。見出しページ用にニックネームをつけないとな。知ってるだろう？　〝切り裂きジャック〟とか〝親切な殺人者〟とか。〝ネズミ男〟？　いや、違う……そうだ、思いついたぞ。〝ネ《ラッ》ズミの王《ト・キング》〟。どうだい？」

　ジャスミナは座ったまま、ゆっくりと向き直った。

「スクープだと思うのはわかるけど」厳しい表情で言う。「わたしにとっても、多くの女性にとっても、それですむ話じゃない。彼が憎んでいるのはわたしたちなの。殺したいと思っているのは」

　ジャスミナは顔が熱くなるのを感じた。いつもなら声を荒らげたり、腹を立てたりすることはない。だが、いまは怒りをあらわにしていた。マックスに平手打ちを食らわせてやりたいくらいだった。

「彼はわたしと同年代の女性をふたり殺した。ひょっとしたら、もっとかもしれない。それをゲームか何かみたいに——彼みたいな男は、ほかにいないとでも？　わたしたちがここに書いているのは現実なの。それをしょっちゅう書き直したら、しまいには非現実となる。あなたがやってるのは、そういうこと」

〝そしてわたしも〟と言いそうになった。だが、ジャスミナの場合は逆だった。カリムの一件がその証拠だ。

「ジャスミナ、ぼくが何か悪いことをしたか？　わからないよ、何をそんなに怒ってるのか」

　彼女は深呼吸して気を静めた。

「信じられない。深刻な問題なのに」

「もちろん楽しんでいるわけじゃない。だけど、これがぼくの仕事だ」マックスは肩をすくめた。

　ジャスミナは彼をにらみつけ、ごくりと唾をのんだ。

そのとき彼の携帯電話が鳴り出した。マックスは落胆して画面に目をやる。

「悪いが出ないと」

彼はボイスレコーダーを探したが見つからず、代わりにジャスミナのレコーダーをつかむと、ケーブルを指に巻きつけながらイヤホンを耳に差しこみ、誰にも邪魔されないように廊下に出た。

「〝ラット・キング〟」ベンクトが見出しページを指さして言った。「これでいこう」

ジャスミナはトゥーヴァ・アルゴットソンの部屋で椅子にもたれ、腕を組んでいた。もはやこのスクープ争いを続ける気にはなれなかった。

立ち上がって、きちんと片づいた編集長のデスクに身を乗り出していたベンクトが、ぐるぐる回りはじめた。

「明日の版は、ほぼ完成した。もちろん、奴が捕まりでもしないかぎりだが。マックス、きみの記事はふたつある。アパートメントの家宅捜索についてと、少し長めの『ラット・キングの物語』。別の二名の記者にもトム・リンドベックの周辺の人物に取材をさせているが、これについてはきみに書いてもらいたい、マックス」

ベンクトは言葉を切り、あごを掻いた。

「これでオスカル・ショーランデルのインタビューがあれば申し分なかった。もう少しだったんだが。彼がどこに潜伏しているのか、見当がつかないのか、ジャスミナ？　あるいは彼がどうするつもりか」

「わかりません。ホテルにはいませんでした。それに正直なところ、彼が進んで話をするとは思えません」

マックスが怪訝な顔を向けた。気のせいかもしれない。オスカル・ショーランデルのインタビューは彼女のボイスレコーダーに入っている。ひょっとしたら聞かれたのだろうか？　彼女にも情報提供者がいて、匿名を望んでいることくらい、マックスも知っているはずだ。そうはいっても、三週間前に彼に記事を盗まれたのも事実だった。

「妻のテレースのほうは？」ベンクトがトゥーヴァをちらりと見て尋ねる。

編集長はしばらく考えてから首を振った。

「まだ早いわ」きっぱりと言う。「彼女はそっとしておきましょう」

そしてトゥーヴァはジャスミナを見つめた。

「大丈夫？　なんだか元気がないけれど」

9

ヘートリエットの市場で買った黒いキャリーケースがベッドの上に開けられていた。ロンドンへ持っていく予定の数少ない荷物は、あっけなくそこに収まった。クリアファイルに入れた写真が三枚だけ。一枚は、スウェーデン北部での特殊作戦部隊《SOG》の演習で仲間と一緒に撮ったもの。白く凍った森を前に喜ぶ登山客のように、スキー板を手に立っている。身元を隠しておく必要があるため素顔での写真撮影は許可されず、全員がバラクラバ帽をかぶっていた。

もう一枚は、ソレントゥーナのアパートメントでクリスマスイブにマリアと撮った写真。五歳のニコラスは白いシャツに赤い蝶ネクタイをつけ、真剣なまなざしでカメラを見つめている。隣のマリアは無表情で、サンタ帽を斜めにかぶって座っていた。

いちばん下は母の写真だったが、母が亡くなって以来、一度も見ることができずにいた。ニコラスはクリアファイルと沿岸警備隊の緑のベレー帽をキャリーケースに入れると、ファスナーを閉めて床の上に置いた。そしてベッドに大の字になり、天井を見つめた。

セリーネとの別れは思ったようにはいかなかった。彼女は特別だ。頭がよくて、おもしろい。それでも、彼女の友人でいるために、ロンドンでの仕事を、みずからの人生をあきらめるわけにはいかなかった。

セリーネなら立ち直るだろう。

そのとき電話が鳴った——ヴァネッサだ。

「もしもし」ニコラスは出た。

「何してるの？」

「荷造りだ」

彼女は黙りこんだ。

「カリムのことをずっと考えていた」ニコラスは言った。

「釈放されるのは釈然としない。何かできることがあるはずよ」

「たとえば？」

ヴァネッサはまたしても黙りこんだ。何かを言おうとしている。背後に車のエンジン音が聞こえた。

「明日だけど……空港へはどうやって？」

「列車かな」

「一緒に行ってもいい？」ヴァネッサはさりげなく尋ねた。

ニコラスはほほ笑んだ。

「アーランダまで？　時間はあるのか？」

「昨日の一件で、しばらく休むように言われた」

彼女が懸命に平静を装っているのがわかった。なぜこんな扱いを受けなければならないのか？　彼女がいなければ、見当違いの容疑者二名を抱えたまま、捜査はいまだに暗中模索だっただろう。だが、自分がいくら腹を立てても事態は好転しない。それに、ヴァネッサもそんなことは望んでいないはずだ。この怒りが伝わるだけでじゅうぶんだ。自分はあくまで彼女の味方だと。

「それなら、明日会おう」ニコラスは静かに言った。

電話が切れた。

ふたりのあいだで何かが変わった。いつ、どう変わったのかはわからなかったが、疑う余地はなかった。

ニコラスは前の日の晩を思い起こした。あんな彼女は見たことがなかった。あれほど無防備な姿は。いつものヴァネッサは正反対で、つねに助けは無用だという空気を発している。

たとえ認めるつもりはなくても、ニコラスは心のどこかで喜んでいた。彼女がほかの誰でもなく、自分のところへ来たことを。幼いころ、マリアが悲しくなると、慰めを求めて自分のもとに来ていたのがうれしかったように。ヴァネッサにとって大事な存在になりたかった。とはいうものの、自分の気持ちはわからなかった。何を望んでいるのか。あるいは彼女が何を望んでいるのかも。

初めて会ったときから、ふたりのあいだには言葉にできない熱いものが流れていた。言うまでもなく、彼はヴァネッサに惹かれていた。外見だけではない。たしかに彼女は美しく魅力的だ。だが何よりも、ヴァネッサ・フランクという人間のことを考えると、ニコラスの心は……どういうわけかさざ波立ち、穏やかではいられなかった。

10

ジャスミナは携帯電話を手にベッドに座りこんだ。身体にタオルを巻きつけたままで、髪も濡れていた。ベンクトの怒声が耳に鳴り響いている。

〝嘘をついたのか。彼と話したんだな？　自分がどれだけの損害を与えたのか、わかってるのか？〟

オスカル・ショーランデルにインタビューをしたことがばれたのだ。もちろんマックスにちがいない。知っているのは彼しかいない。残りの契約期間は芸能デスクに異動となったとベンクトから告げられた。はっきりとは言われなかったものの、『クヴェルスプレッセン』での将来がないことは明らかだった。

翌日は、ストックホルム・スタディオンで開催される〝プッシー・パワー〟という女性限定のフェスティバルへ取材に行くことになった。

「最悪」ジャスミナはつぶやいた。

自分は正しいことをしたと胸を張って言える。オスカル・ショーランデルは正気ではなかった——全身に薬と酒が回っている相手にインタビューなどするべきではない。思いきって報告していれば、トゥーヴァ・アルゴットソンはインタビューを掲載しないと判断したかもしれない。けれどもジャスミナは、それだけの危険を冒す勇気がなかった。だから自身で決断した。

その結果、キャリアを失った。

それでも、オスカル・ショーランデルが卑劣な男だからといって、彼の家族が苦しむのは間違っている。マックスに電話して怒鳴りつけてやりたかった。その一方で、彼が見つけてくれてほっとしているのも事実だった。オスカル・ショーランデルと会ったことで、物事に対する考え方が根底から覆されたからだ。

ジャスミナはタブロイド紙の記者になりたかったが、信念を曲げるつもりはなかった。自分のキャリアを築くために誰かを犠牲にはしたくなかった。残り数週間、芸能デスクで仕事をしたら、故郷のベクショーに戻り、かつての勤め先に復帰できるよう掛け合ってみよう。それがだめなら、別の仕事を見つければいい。

ジャスミナはベッドから出た。外に出て新鮮な空気を吸い、頭をすっきりさせたかった。ブラジャーをつけ、ジーンズをはいていたとき、玄関のベルが鳴った。ドアスコープからのぞくと、ヴァネッサ・フランクだった。

ふたりはテッシン公園の噴水のそばにあるベンチに腰を下ろした。流れる雲を太陽がオレンジ色に染めていた。カップルが水柱の前でセルフィーを撮ってから、手をつないで公園のほうへ歩いていく。芝の上では、ふたりの若者がビニールシートに横たわり、アヴィーチーの音楽を聴きながらマリファナを吸っていた。

ヴァネッサは電子タバコを取り出して一服した。

「あなたがどうしてるか、ちょっと気になっただけなの」そう言ってから、顔をそむけて煙を吐き出す。

「それはどうも」ジャスミナは笑った。「だけど、じつは最悪なんです。契約を延長してもらえなくて、明日は〝プッシー・パワー〟のアンケートをまとめる予定です」

「何、それ？」

「女性限定フェスです」

「なるほど」

噴水のほうに跳んできたサッカーボールが、縁を越えて水の中に落ちた。父親とおぼしき男性がズボンの裾をまくり、水をかき分けながらボールを取りに向かう横で、娘がキャッキャと笑っている。

「本当にわたしの様子を見に来ただけなんですか？」ジャスミナは用心深く尋ねた。

ヴァネッサはうなずいた。

「悪く取らないでほしいんだけど、あなたはとても孤独に見えたから」

「そのとおりです」ジャスミナは笑みを浮かべた。

「あんなことがあって、動揺せずに過ごしているかどうか、この目で確かめたかった。どうして『クヴェルスプレッセン』にいられなくなったの？」

噴水では、男性がサッカーボールを手に戻ってくるところだった。彼は縁に座っている女の子に水をかけた。

「今日、オスカル・ショーランデルにインタビューしたんです」

「それならボスは大喜びでしょう？」

ふたりの頭上を一羽のカモメがやかましく鳴きながら飛んでいく。

「彼に会えなかったと報告しました。まともな精神状態じゃなかったから。でも本当は、嘘をついたのは彼のためじゃなくて、奥さんと子どもたちのためだった。いずれにしても、そのことが上司にばれて。同僚のマックスが、わたしのボイスレコーダーにあった録音を聞いたんです」

カモメはしばらく旋回してから、翼をたたんで街灯柱に留まった。

「カリムが――」ジャスミナは尋ねた。「本当なんですか？　出所したら、エメリ・リディエンの……ふたりの娘の親権を持つことになるというのは」

ヴァネッサは目をそらした。まるで恥じているかのように。それから、ふたたび視線を合わせた。

「あいかわらず被害届を出す気はないの？」

ジャスミナはゆっくりとうなずいた。

そのとき、ヴァネッサのバッグの中から音が聞こえた。彼女は断わってから携帯電話を取り出した。が、次の瞬間、凍りついたように呆然と宙を見つめた。やがて電話をバッグに戻す。

「大丈夫ですか?」ジャスミナは尋ねた。

ヴァネッサはうなだれた。唇が震えはじめる。そして顔をそむけたので、ジャスミナは彼女が泣いていることに気づかなかった。

「同僚のオーヴェが亡くなったの」

第八部

銃乱射事件は復讐にほかならず、生きる糧であり、敵が苦しむ姿を楽しむだけだ。当然、根本的に社会を変えることはない。

——名もなき男

1

ヴァネッサはストックホルム中央駅の売店の前で足を止めた。店の外に貼られた『アフトンポステン』や『クヴェルスプレッセン』の黄色いビラが目を引く。

〝四人殺害の容疑で指名手配〟の大きな見出しとともに、トム・リンドベックの写真を載せた『アフトンポステン』。

対する『クヴェルスプレッセン』は、〝ラット・キングの二重生活、女性への憎悪〟と題して同じ写真を用いている。

ラット・キング——つまり、警察本部の誰かがトム・リンドベックのアパートメントの鑑識活動の詳細を漏らしているということだ。

おそろいの赤いTシャツを着た女性四人がビール瓶を手に通り過ぎる。ひとりが持っている小型スピーカーからハウスミュージックが流れていた。Tシャツの背中には〝男子禁制　痴漢お断わり〟の文字。

「待たせたか?」

ニコラスは黒い長袖Tシャツに黒いジーンズというでたちで、キャリーケースを引いて現われた。抱きしめられて、肋骨が痛む。

「まだ痛いのか?」

「それほどでも」ヴァネッサは強がった。「行きましょう」

ふたりは〝アーランダ・エクスプレス〟の表示に従って進んだ。

ニコラスは新たな人生を築こうとしている。そこで別の、もっと若い女性と出会うだろう。そのことで妬んではいなかった。彼には幸せになる権利がある。

憎むべきは変化だった。ヴァネッサはここに残る。ひとりで。銃撃で破壊されたアパートメントに戻り、数日後には地方へ派遣され、夜は誰もいないホテルのバーで過ごす。次に連絡を取るときには、何もかもが変わっているにちがいない。

「いつでも遊びに来てくれ。ロンドンはそんなに遠くない」ニコラスは元気づけるように言った。

「そうね」

ヴァネッサは自分のことしか考えていなかった。せめて笑顔で送り出せるよう努力するべきだ。でないと、不機嫌な年増女として彼の記憶に残ってしまう。彼女は足を止めた。

「別れの挨拶は苦手なの」

彼はほほ笑んで、ヴァネッサの頬を撫でた。

「わかってる」

ニコラスの視線が彼女の目を射抜く。動揺させ、煽り立てる。

「あなたは……わたしにとって特別な存在だから」ヴァネッサは言った。「わかる？　そういう人はめったにいない」

音楽は煉瓦の壁に反響し、ゲートを抜けてヴァルハラ通りまで聞こえてきた。フェンスの外には、あらゆる年代の女性が何百人と群がり、それぞれプラスチックのカップでビールやワインを飲みながら声を合わせて歌っている。通りの中ほどには、仮設トイレや屋台がずらりと並んでいた。芝の周囲では、女性のグループが点在する小さな島々のごとくそこかしこに座り、ジャスミナが耳にしたこともない歌を楽しそうに聴いている。

頭上には、左右の木に括られた〝愛、シスターフッド、音楽〟というフェスティバルのスローガンの横断幕。政治団体も参加していて、主要政党のボランティアたちが続々と会場に到着する人々にビラを配っている。四方八方から大勢の人が押し寄せ、踊りながら歩く群衆の波に加わる。警備員も目を光らせていた。フェンスの内側では、数名の救急隊員が腕を組んで救急車にもたれかかっている。門はすでに開いていたが、フェスティバルの参加者のほとんどは会場の外にたむろしていた。

ジャスミナと二十代のフリーランスのカメラマン、フレヤ・シェルバリは、参加者のあいだを歩きまわり、自己紹介をしてからアンケートのふたつの項目について質問した——目当てのアーティストは？　女性限定のフェスはなぜ必要なのか？

ジャスミナはいつのまにか会場の熱気に圧倒され、自分が降格処分を受けてキャリアが閉ざされたことを忘れていた。

インタビューを終えると、ふたりはドロットニング・ソフィア通り側の報道関係者の入口へ向かい、待機している二台の救急車の前を通って、オレンジ色のベストを着たスタッフに取材許可証を提示した。そして、それぞれストラップ付きの身分証を受け取り、舞台裏の小さな部屋に案内された。そこには折りたたみテーブルと、がたがたするプラスチックの椅子がいくつか置かれ、記者が舞台上のイベントを見るためのテレビ画面も設置されていた。

ジャスミナはフルーツバスケットから林檎を取って、居合わせた同僚たちに声をかけた。画面には、期待に満ちた聴衆が徐々にスタジアムを埋め尽くす様子が映し出されている。彼女はすぐにでもあそこへ行って、雰囲気を肌で感じたかった。

脇腹のあたりに痛みを感じ、ヴァネッサは指先でガーゼに触れた。湿っている。

「ちょっと傷口を見てきてもいい？」

「じゃあ、そのあいだに切符を買っておく。ホームで落ち合おう」

ヴァネッサはコンコースに戻り、エスカレーターで下りてトイレへ向かった。二十人ほどの女性が集まり、ジャンプしたり両手を上下に動かしながらロビンの『ダンシング・オン・マイ・オウン』を歌っている。通行人が足を止め、携帯電話を取り出して、その様子を撮影していた。ヴァネッサは鏡の前で白いブラウスのボタンを外すと、血の染みたガーゼを留めているサージカルテープを剝がし、新しいガーゼに取り替えた。

背後では、個室のドアがひっきりなしに開いたり閉まったりしていた。

「スタジアムってどう行けばいいの?」ひとりの女性が手を洗いながらスコーネ訛りで尋ねた。

ヴァネッサは鏡で彼女を見た。ロビンの歌を歌っていたグループの一員だ。

「モルビー行きの地下鉄レッドラインに乗って」別の女性が答える。

「ありがとう」

ヴァネッサはブラウスのボタンを留め、手のひらで撫でてしわを伸ばしてから、鏡に映った姿を確かめた。気をしっかり持って。あと少しで終わる。そうしたらニコラスはいなくなって、自分はまたひとりで酒を飲み、もっぱらアニマルプラネットやリアリティ番組の再放送を見て過ごす平穏無事な日常に戻ることができる。

出口に向かいかけて、彼女はふいに足を止めた。スタジアム――凍りつくような恐怖が全身を駆けめぐる。女性限定のフェスティバルは、たびたび議論の的になっていた。とりわけ反フェミニストの反発を呼ぶのは必至だ。個人的には、ヴァネッサはそうした考えを危惧していたものの、同じ女性のひとりとして、痴漢の被害に遭うことを心配せずに音楽を楽しみたいという気持ちは理解できた。

彼女はエスカレーターへ急ぎながら携帯電話を取り

出した。

「ヴァネッサか、元気か？」ミカエル・カスクが尋ねる。

「聞いてください。あなたがトム・リンドベックがどこにいると考えているのかも、どれだけ捜査が進展しているのかも知りませんが、大至急、ストックホルム・スタディオンに警官を派遣してください」

「どういうことだ？」

「〝プッシー・パワー〟、女性限定のフェスです」

「心配するな。状況は把握している。彼はもうストックホルムにはいない。すでに――」

ヴァネッサは電話を切ると、幅を利かせていた観光客のカップルを押しのけるようにしてエスカレーターを上り、コンコースに出た。フードコートを駆け抜け、自動ドアを通ってホームに出ると、黄色いアーランダ・エクスプレスに次々と乗客が乗りこんでいるところだった。


ジャスミナとフレヤは群衆の中にいた。黒いマントにフードをかぶった人物がスタジアム北側のステージに現われてＤＪブースに上ると同時に、スピーカーがパチパチと音を立てた。

「女子のみんな、愛とシスターフッドと音楽の準備はいい？」

観客の女性たちが声をそろえて〝イエーイ！〟と叫ぶと、次の瞬間、音楽が流れ出した。音はあらゆる方向から押し寄せ、女性たちは踊り狂いながら歌う集団と化した。アーティストはマントを脱ぎ捨て、こぶしを突き上げてリズミカルに動きはじめる。ジャスミナは地の底から響くような重いベースを腹部に感じた。全身の器官が振動していた。彼女は夢中になって飛び跳ね、フレヤは笑いながらもすぐに加わった。

やがて曲は終わったが、ＤＪは聴衆に息をつく間も与えなかった。新たなメロディ。フレヤがジャスミナの腕をつかみ、身を乗り出して何やら叫んだ。彼女が報道エリアを指さすと、ジャスミナはうなずいて後に続いた。

ふたりは身分証を提示して中に入った。ドアを開けて廊下を進むと、たちまち音楽が静かになる。

「写真を送らないと」フレヤが言った。「芸能担当の編集者が、アンケートの結果をなるべく早く欲しがっているから」

「それなら、わたしはインタビューをまとめるわ」

ジャスミナは携帯電話を取り出した。不在着信が三件。二件は『クヴェルスプレッセン』内の知らない番号で、おそらく芸能担当の編集者だろう。もう一件はマックスだった。

プレスルームでは、同僚たちがノートパソコンに覆いかぶさるように座っていた。そのほとんどが女性だが、なかには男性の姿もあった。主催者側は女性記者を希望していたものの、新聞社は男性記者を派遣する許可を得ていた。部屋は息苦しく、空気がよどんでいる。ジャスミナはミネラルウォーターを手にすると、帽子を取って、空いている席についた。

パソコンを開き、パスワードを入力する。続いて、スウェーデンの主要な新聞が利用している〝ニュースパイロット〟というプログラムを立ち上げて、Ｗｉ－Ｆｉに接続した。

ドアが開き、一瞬、音楽が大きくなるが、すぐにまた聞こえなくなった。ジャスミナは振り向いて、入ってきたばかりの人物を見た。ハンス・ホフマンだった。彼はフルーツバスケットのところへ行き、林檎を取ってかじりながら部屋を見まわした。ジャスミナは手を止め、椅子を後ろに引いて立ち上がった。

「ハンス」声をかける。「どうしてここに？」

彼は驚いた様子だった。

「そういうきみこそ、ニュースの仕事は？」

ジャスミナは首を振った。

「嫌われたのか？」

冗談めかした口調だったが、彼女の表情を見てハンスは真顔になった。

「そうかもしれません」ジャスミナは答えた。「それにしても、あなたが来るなんて知らなかったわ。会えてうれしいです」

身を近づけてハグすると、彼のチクチクするあごが頬に当たるのを感じた。

「ひとり来られなくなって、急遽、呼び出されたんだ」とハンス。「アーティストにインタビューすることになっている。急いで舞台裏へ行かないと」

「フェス」ヴァネッサはだしぬけに言った。「スタディオンで開催される女性限定のフェス」

「それがどうした？」

彼女は息を吐き出し、言葉と呼吸のタイミングを合わせようとした。


「ひょっとしたら、彼らは襲撃を企てているかもしれない。トムのアパートメントにサッカーの試合のチケットがあった。きっと下見に行ったんだわ」

ニコラスは呆然と彼女を見つめた。

「セリーネが行ってる」

彼は立ち上がると、キャリーケースを手にホームを走りはじめ、コンコースに出るドアの前で左に曲がってタクシーの列へ向かった。並んでいる人々をかき分け、先頭のタクシーの前に出る。運転手は年配の男性のスーツケースをボルボV70のトランクに積みこもうとしていた。ニコラスはそのスーツケースを奪い取って歩道に置いた。運転手は激怒して叫び出したが、ヴァネッサはすばやく警察バッジを見せた。

「車が必要なんです。いますぐ」

運転手が両手を上げる。

「商売上がったりだ！」

年配の男性が怪訝な顔で見つめるなか、ニコラスは自分のキャリーケースをトランクに放りこむと、前に回って運転席のドアを開けた。ヴァネッサは助手席に乗りこむ。

「確信があるのか？」ニコラスは顔を向けずに尋ねた。

「ある」ヴァネッサは答えた。

　車はジグザグに進み、クングス通りを右に曲がる。

「緊急通報だ」ニコラスは叫んだ。「フェスで銃撃があったと伝えてくれ」

　ジャスミナはパソコンの前に戻ると、ボイスレコーダーを聞くためにヘッドホンを差しこんでから、携帯電話をテーブルに置いて勢いよくキーボードを叩きはじめた。途中でマックスから電話がかかってきた。けれども無視して、苛立たしげに髪をかき上げると、アンケートの集計を続けた。だが、またしても電話が鳴った。ジャスミナはため息をつくと、席を立ち、電話を持って廊下に出た。

「なんなの？」

「聞いたよ、今回のこと。だが、言っておくけど、ベンクトに話したのはぼくじゃない」

「嘘つかないで、マックス。もう二度と嘘はつかないで。泥棒だけじゃなくて、嘘つきにもなりたいの？」

「昨日、オスカル・ショーランデルが編集局に電話してきたんだ。記事を差し止めようとして。それでベンクトに電話が繋がれて、きみが彼と話したことがわかった」

　あの話のあとでオスカル・ショーランデルが怖気づいたとしたら、タブロイド紙のやり口は熟知しているから、みずから連絡を取って、インタビューを記事にしないよう頼んでも不思議ではない。ホテルの部屋を出てからジャスミナの気が変わったことなど、知るよしもないのだから。

「もしもし？」とマックス。

「何？」

「信じてほしい」

ジャスミナはため息をついて、煉瓦の壁を見つめた。

廊下の奥のほうでドアが開く。音楽が流れこんできた。

近づいてくる足音。

「まだ仕事があるから」

「フェスはどうだい？」

「すごいわ。ホフマンも来てるの」

「ハンス・ホフマンか？」

「そう。今朝、呼び出されたんですって」

一瞬、マックスは黙りこんだ。

「ホフマンはクビになった。女性の記者や政治家に脅迫メッセージを送ってたんだ。むろん、トゥーヴァは事を公にしたくなかった。だけど、ぼくは知っている。ぼくがホフマンのことを暴いたから。それで仕事に戻ってくることができたんだ。誰にも言わないという約束で」


クングス通りは渋滞していた。ニコラスはハザードランプを点滅させると、クラクションを鳴らしながら、歩道に右側の車輪を乗り上げて車を飛ばした。歩行者は慌てて飛びのき、叫んだり指さしたりしながら建物に身を押しつけてやり過ごした。

「なんだって？」

「信じてくれない。会場にいる警察には、銃撃の報告は入っていないって」

「運がよければ、実際に起こる前に奴らを見つけられるかもしれない」

ニコラスが思いきりクラクションを鳴らすと、老婦人が間一髪で転がるようによけた。

ヴァネッサは彼のその集中した表情を知っていた。断固たる決意。非情なほどの。かつて一度、見たことがある。真夜中にタビーへ向かう途中で。別の車の中で。別の状況で。あのときは間に合わなかった。

ストゥーレプランの広場前では、青いバスが車道を完全に塞いでいた。ニコラスは対向車線にはみ出し、スピードを落とさずに、かろうじてバスの数センチ脇をすり抜けた。

「本当にセリーネはそこにいるの？」ヴァネッサは尋ねた。

　ニコラスはうなずいた。

　車はフンムレゴーデン公園を過ぎた。街並みが矢のように流れ去っていく。ヴァネッサは速度計に目をやった――時速百十キロ。首を伸ばして外を見た。ヴァルハラ通りの道路封鎖は、どこから始まっているのか。聴衆は何人くらいいるのだろう。千人？　二千人？　五千人？　女性ばかり。狙いをつけずに乱射しても確実に命中する。標的はすべての女性だ。聴衆が全員女性だという状況では、隠れることも難しいだろう。

　コーラ通りで信号が赤になった。ニコラスはスピードを落とし、左、続いて右を見て、赤いポルシェの前に出るなりアクセルを踏みこんだ。あやうくエステルマルム方面から来たプジョーと衝突しそうになったが、直前でハンドルを切り、車は横滑りした。一瞬、ヴァネッサは横転するかと思ったが、彼はどうにか態勢を立て直した。

　ヴァルハラ通りに到着し、ニコラスは車を停めた。聞こえるのは音楽だけだ。銃声も、助けを求める叫び声も聞こえない。入場を待つ長い列で、皆、楽しそうに踊っているだけだった。

2

トムは、スタジアムのドロットニング・ソフィア通り側に駐められた救急車の担架に座っていた。外では女たちが笑ったり、歌ったり、歓声をあげたりしている。彼は手首が痛くなるまで右のこぶしを握り、力を緩め、ふたたび握った。外に出たくてたまらなかった。周囲に死をまき散らしたかった。血が流れるのを見たかった。悲鳴を聞きたかった。ついに、これまで受けてきた数々の仕打ちの恨みを晴らす時が来たのだ。

　計画では、ハンス・ホフマンが最初の一発を撃つことになっていた。舞台上のアーティストに向けて。どうせタトゥーを入れ、髪をレインボーカラーに染めたフェミニストにちがいない。聴衆が出口に殺到したら、自分の出番だ。彼女たちに向けて銃を乱射する。グロック用のフル装塡した弾倉が七つある。銃弾数は合計百十九発。

　だが、本当はもっと欲しかった。女たちを壁の前に並ばせ、順番に引き金を引くだけの時間が欲しかった。とにかく、ひとりでも多く殺すつもりだった。年齢は関係ない。誰ひとり無実ではないのだから。男が歓迎されない場所に来るのは男嫌いに決まっている。これは戦争だ。俺は兵士で、外で歌っている女どもは敵だ。あいつらは俺を抹殺しようとした。もう少しで成功するところだった。どれだけのインセルがみずから命を絶ったのか？　手首を切り、ありったけの薬を身体に詰めこみ、橋から身を投げたのか？

　自分がここにいるのは彼らのためだ。

　トムは人さし指と親指で睫毛を何本かはさんで引き抜いた。痛い。黒い毛をじっと見つめ、やがて床に落とす。スモークガラス越しに女たちの姿が見えた。

「ふしだらな奴らめ」彼はつぶやいた。「皆殺しにしてやる」

腕時計を見てからドアを開け、周囲を見まわした。デブ、がりがり、年増、小娘。ベッキーもステイシーも。いまわしい女ども。ちっとも彼には気づかなかった。緑と黄色の救急隊員の制服と茶色のかつらのおかげで、透明人間になった。トムは階段を数段上り、一階席に出て人波を見わたすと、おもむろにスタンドを下りはじめた。

音楽がやんだ。

最初の銃声は騒音にかき消されて聞こえなかった。すぐに二度の衝撃音が続く。ステージに近い前方の聴衆のあいだで悲鳴があがった。何が起きたのかを理解する人が増えるにつれ、叫び声が広がった。トムは銃を構えた。紫のベスト、ブーツ、レザーパンツ姿の四十歳くらいの女が銃身を見て叫んだ。そのブタ女は両手を上げた。腋の下からまばらな毛がのぞく。彼女の唇が動いた。トムは時間をかけ、落ち着いて狙いを定め、引き金を引いた。

その瞬間、女は顔をそむけ、銃弾はこめかみに食いこんだ。

トムは笑った。そして次なる犠牲者を探した。

ヴァルハラ通りに面したマラソンゲートの前では、オレンジ色のベストを着た女性スタッフが入場を促していた。ヴァネッサはニコラスとともに近づき、警察の身分証を見せた。女性は関心なさそうに確かめると、ニコラスに注意を向けた。音楽は耳をつんざくような大音響だった。その場所から、石造りの一階席の向こうにステージが見えた。

「わたしの連れです」

女性は首を振った。

「男性はだめです」

その背後で、ふいに音楽がやんだ。ニコラスの入場を断わった女性は、振り返って人波に目を凝らした。

二発の銃声が響きわたる。ほんの一瞬、スタジアムは静まり返った。次の瞬間、恐怖に駆られた聴衆の悲鳴が聞こえた。こちらをめがけて大勢の人々が走ってくる。またしてもスタジアム内のどこかで銃声が鳴り響いた。

高い壁に音が反響しているせいで、狙撃手の位置を特定できなかった。ヴァネッサは女性を押しのけて中に入り、銃を抜いた。何百人もの参加者が出口に詰めかけて、会場はまさにカオス状態だった。高さ一メートル半もある鉄製のフェンスが死の罠と化した。つまずいて転倒した女性が後ろから来た者に踏みつけられる。ヴァネッサとニコラスは流れに逆らい、懸命に壁伝いに進みながらステージへと急いだ。

またしても連続射撃。さらに悲鳴があがる。

「伏せて」ヴァネッサは叫んだ。「地面に伏せて！」

混乱に拍車がかかった。パニックに陥った女性たちが泣きわめいている。ニコラスとヴァネッサはどうにか最初の人の波を越え、コンサート用に白いシートで覆われたピッチに出た。ビールやソーダ、水がそこかしこにこぼれ、滑りやすい水たまりができている。銃撃が始まった際に、聴衆が手にしていた物をことごとく落としたのだ。ニコラスはヴァネッサを追い抜いて右方向へ向かい、怒濤のような流れに巻きこまれないようスタンドのコンクリートの土台に身を寄せると、両手を伸ばしてスタンドによじ登った。

「どこから撃ってる？」ヴァネッサは叫んだが、その声は悲鳴にかき消された。

ニコラスはスタンドの上方へ向かい、ヴァネッサも後に続いた。

ようやく全体の状況を見わたせるようになったのは、アリーナの聴衆がさらに逃げ出してからだった。群衆が一度に狭い出口に殺到したせいで大混乱が生じ、女性たちは我先に外に出ようと、服が破れるほどのつかみ合いをしている。

トム・リンドベックと共犯者の姿は見えなかったものの、自身の存在を彼らに示さなければならない。ヴァネッサは自動拳銃《シグザウエル》を青空に向けて発砲した。そして数秒待ってから、もう一発撃った。

ジャスミナは椅子に腰を下ろすと、眼鏡を上げ、イヤホンをつけた。ハンス・ホフマンはここで何をしているのだろう。そのとき、とつぜん歌が聞こえなくなった。彼女はとっさに画面に目を向けた。ついさっきまで元気に踊っていた女性が、脱ぎ捨てたマントの横に倒れていた。部屋のざわめきも、キーボードを叩く音もやんだ。記者たちは椅子を引きずって席を立ち、よく見ようと次々と画面の前に集まってきた。

ホフマンがステージ上に躍り出た。彼は銃を構え、聴衆に向かって発射しはじめた。

「やめて！」気がつくとジャスミナは叫んでいた。

彼女は携帯電話を取り出した。ロックを解除するためにコードを入力しようとするが、手が震えて指が言うことを聞かない。永遠とも思えるほどの時間が過ぎたころ、やっとのことでマックスの名前をタップした。呼出音がいつまでも続くなか、催眠術にかかったかのように画面を見つめる。

「彼が撃ってる」マックスが出ると、ジャスミナは叫んだ。

「えっ？」

「ホフマンが……彼が銃を撃ってる」

若い女性がスタンドのそばでうずくまっていた。トムはしゃがみこみ、まっすぐ彼女の目を見つめながら額に銃を押し当てた。

「一、二、三」カウントする。

女性はぎゅっと目をつぶった。トムは撃った。温かい血が服や顔に跳ねかかって後ずさりをする。ひとりにつき一発。弾を無駄にしてはいけない。彼は袖で顔を拭うと、くるりと向きを変えた。かつらが落ちたが、気にしなかった。

アリーナ中央の床には無数の身体が倒れていた。なかには、かすかに動いているものもある。ホフマンが反対側の出口の前に立ち、必死に逃げようとする女どもを狙い撃ちしていた。楽しそうだ。手榴弾も用意してきて投げこんでやればよかった。

トムは生きていると実感した。高揚感に包まれていた。あたかも捕らわれた動物が初めて自然に解き放たれたかのように。殺人マシン。彼は逃げ出したふたりの女に向けて二発撃ち、一発は外したものの、もう一発でひとりを倒した。

銃声が響きわたる。もう一度。

ホフマンが撃ったのではなく、リーディンゲ通り側のスタンドのほうから聞こえた。トムは振り向いた。と同時に、スタンドでこちらを見ている男に気づく。互いの目が合った。警官か？　その男の前に、ブロンドの女性がいた。見覚えのある顔を、トムは目を細めて見た——ヴァネッサ・フランクだ。女刑事。彼は突進したい衝動を抑えた。

いま撃ったばかりの女が少しずつ這い進んでいた。トムは追いついて、すぐ横を歩きながら、その背中に銃弾を撃ちこんだ。

トムはホフマンを呼んだが、声は騒ぎにかき消された。

「ハンス、こっちだ！」

多少は大混乱が収まったとはいえ、いまだ何百人もの女がアリーナに残っていた。このまま続けたかったが、ヴァネッサ・フランクがいる以上、それは不可能だった。次の段階に移行すべきだ。逃走。ハンスが応えなかったので、トムは駆け寄った。その目は怒りに燃えていた。

「行くぞ」

「もう？」尋ねながら、ホフマンは女たちの群れに向けて発砲する。

トムは彼から目を離さなかった。弾が命中したかどうかもわからなかった。ふたりは救急車のほうへ駆け出した。

ジャスミナは緊急通報の番号にかけてハンス・ホフマンの名を伝えようとしたが、一向に繋がらなかった。

「ドアにバリケードを！」プレスルーム内にいた女性が大声で呼びかける。

記者たちは席を立つと、家具を引きずって運びはじめた。

ジャスミナはここに留まるわけにはいかなかった。ホフマンの名前を現場の警察に知らせなければならない。彼女は椅子を押しのけてドアを引いた。背後で誰かが叫んだが、そのまま誰もいない廊下に出て、会場内へと急いだ。

報道関係者の入口に立っていた警備員は姿を消していた。ステージは左手だ。アリーナの中央に積み重なった遺体は見ないようにした。警察官はどこにも見当たらない。ジャスミナはスタンドを突っ切り、ヴァルハラ通り側の出口へと向かった。そこなら警察がいるはずだ。

銃声は止んでいたが、あいかわらず悲鳴が聞こえる。彼女は覚悟を決め、石造りの高いアーチを駆け抜けたが、すぐに止まらざるをえなかった。出口に詰めかけた聴衆の背中が行く手を阻んでいた。いまここに彼らが来たら？　また銃撃しはじめたら？　そう考えると呼吸が速まったが、パニックにならないように心を落ち着ける。周囲を見まわして、ふたたびアリーナに駆け戻った。中央に積み重なるように倒れた人々のあいだに、男性と女性が立っていた。ヴァネッサ・フランクだ。ジャスミナは足元の遺体を見ないようにした。

「銃を撃っているひとりが、わたしの同僚です。名前はハンス・ホフマン」息も絶え絶えに告げる。

「写真はある?」

ジャスミナは携帯電話をヴァネッサに見せた。

「メールで送って。警察で共有する。あなたは救急車のところへ行って、救急隊員を連れてきて」

写真の男は、ヴァネッサのアパートメントの襲撃者と同一人物だった。

〝愛、シスターフッド、音楽〟と書かれた横断幕が血で真っ赤に染まっていた。

ヴァネッサの呼吸は荒かった。アドレナリンが全身を駆けめぐるのを感じた。火薬のにおいが鼻を刺す。こめかみにこぶしを押し当て、歯を食いしばって叫び声をのみこんだ。横断幕の下に女性の警察官が倒れていた。身体がねじれ、頭を撃ち抜かれていた。とめどなく流れる血が横断幕から染み出て、地面に滴り落ちている。彼女をなかば取り囲むように、四人の女性が倒れていた。かすかに動いている者もいれば、痛みに泣き叫んでいる者もいる。母に、神に、子どもたちに助けを求めて。

出口では、会場から脱出しようとする女性たちがひしめき合っていた。

パトロールカーや救急車のサイレンが近づいてくる。その甲高い音は、彼らもパニックに陥っているかのように聞こえた。

すぐ横で何かが動いた。ニコラスが腕を引っ張っていた。ヴァネッサは困惑して彼を見た。目を細めると、彼の口が動いているのが見えたが、何を言っているのかはわからなかった。

とつぜんニコラスが駆け出し、倒れている女性の横にひざまずいた。小柄で華奢な少女だった。緑に染めた髪。

ヴァネッサは足を踏み出したが、前に進まずによろめいた。転びそうになったものの、どうにか踏みとどまり、ニコラスと少女に近づいた。彼は少女の頭を支えていた。指のあいだから緑の髪がこぼれている。ニコラスは叫びながら少女に額を押しつけていた。

そのときになって、ようやくヴァネッサは少女が誰なのかを悟った。その身体に視線を走らせる。腹部に大きな穴が開いていた。ニコラスは彼女の頭から手を放すと、両手で傷口を押さえて止血を始めた。

「生きてるの？」ヴァネッサは叫んだ。

聴衆のほとんどは、すでにゲートの外に出ていた。そこはまさしく地獄絵図だった。ヴァルハラ通りの並木道で立ち尽くす者、肩で息をする者、駐まっている車に背を向けて横たわり、恐怖で泣きわめく者。かと思えば、虚ろな目で歩きまわる者、友人を探す者、誰ひとりとして答えられない問いを大声で訴えかける者もいる。

ジャスミナは右手へ向かい、先ほど救急車を見かけた場所へと急いだ。救急隊員もパニックに陥って、どこかに隠れているのかもしれない。救急車は、ひと気のない西側のスタンド席の前に乗り捨てられたかのように駐められていた。そこはドロットニング・ソフィア通り側の門のそばで、ヴァルハラ通りのメインの入口からは見えなかった。ジャスミナは手前の救急車のドアを開けようとした。だが、鍵がかかっている。車体を叩き、スモークガラスから中をのぞいた。

「向こうに怪我人がいます」彼女は叫んだ。

そのとき隣の救急車の後部ドアが開き、救急隊員の緑と黄色の制服を着たハンス・ホフマンが飛び出してきた。ジャスミナはとっさにその場にうずくまって隠れようとしたが、手遅れだった。ホフマンが銃を構える。その背後に、もうひとりの男がいた――トム・リンドベック。同じく救急隊員の制服を着ている。もうだめだ、とジャスミナは思った。殺される。

「撃たないで、ハンス」彼女は訴えた。「お願い」

身を守るように両手を上げて後ずさりをする。

ハンス・ホフマンの顔は無表情で、氷のように冷ややかだった。トム・リンドベックが何か言うと彼は銃身を下げ、ジャスミナが恐怖のあまり絶叫した瞬間、銃口が火を噴いた。銃弾が腿の内側を打ち砕くのを感じて、彼女はその場に倒れこんだ。ふたりは彼女に駆け寄ると、救急車のほうへ引きずっていった。


セリーネの唇はかすかに動いていた。身体は痙攣している。ヴァネッサは救急車が待機している南側の入口を見た。

「救急隊員が助けてくれる。わたしたちはトムを追わないと」

ニコラスはぼんやりとした目を向けた。ヴァネッサは彼の顔を自分のほうに向ける。

「あなたがいないと困るの」彼女は叫んだ。

そして、銃を入手するために女性警察官の遺体に歩み寄ると、虚ろな目を見ないようにしながら仰向けにし、拳銃を抜いて、ニコラスのもとに駆け戻った。グリップの部分をパンツで拭ってから、その銃を彼の手にしっかりと置く。

銃声は止んでいた。さしあたり。トム・リンドベックと共犯者は殺害を終えた。すでに一度、彼を制止するチャンスを逃してしまった。もう二度と失敗は許されない。ヴァネッサは周囲を見まわして、彼らがどのルートを選んだのかを考えた。いまごろスタジアムの周囲には警官隊が配備されているにちがいない。ふたりの男が気づかれずに抜け出して逃げることは不可能だろう。ジャスミナは角を曲がり、すでに姿は見えなかった。

ヴァネッサは〝シグナル〟にログインして、ホフマンの写真を同僚に送信した。スタジアムはじきに封鎖され、現場への出入りおよびバリケードの通過は、救急隊員と警察官に限定される。

「もしかして——」ふいに彼女は声をあげた。

フィッチャで強奪された救急車。あれはトム・リンドベックとハンス・ホフマンの仕業だったにちがいない。

ヴァネッサは陸上のトラックを突っ切った。

静寂が銃声で破られる。万が一、推測どおりだとしたら——ふたりが救急隊員に変装して逃走するつもりなら——ジャスミナ・コヴァックを死に追いやったことになる。角を曲がると、ゲートの外でパトロールカーや救急車が人波をかき分けて近づこうとしている光景が見えた。スタンドの裏側に着いた瞬間、ヴァネッサは不安が的中したことに気づいた。ゲートは開き、救急車のテールランプがドロットニング・ソフィア通りの坂道の向こうに消えていくところだった。

犯人が逃走した方角を伝えようとコントロールセンターに連絡したが、ちっとも繋がらなかった。通報が殺到しているにちがいない。あきらめてミカエル・カスクに電話したが、応答したのはボイスメールだった。

ジャスミナは揺れながら走る救急車の担架に横たわっていた。スモークガラスからは、猛スピードで過ぎ去る木々の梢やビルが見えるだけだ。ベルトで固定され、腕も脚も動かすことができなかった。右手は結束バンドで担架に結びつけられている。横の椅子にはトム・リンドベックがいた。腿が焼けつくように痛んだ。頭を上げると、ジーンズが血でべとついていた。銃弾が右の腿に当たり、しばらく気を失っていたのだ。凍えそうに寒く、歯が音を立てている。命が尽きかけていた。

トムは彼女が意識を取り戻したことに気づいた。

「おまえのことはハンスから聞いた。親切なハンスから。おまえに救いの手を差し伸べた」トムはにやりとして言った。

ジャスミナは答えなかった。答えたところで何かが変わるわけではない。もう何も理解する必要はないのだ。もうじき死ぬのだから。このまま出血が止まらないか、あるいは生かしておく必要がないと判断されれば頭を撃ち抜かれるかして。

「おまえが書いた未解決の女性殺害事件の記事、そのなかにヴィクトリア・オールバリも含まれていて、そのせいでハンスはおまえを厳重に警戒せざるをえなかった。とりわけ、あのいまいましいトゥーヴァ・アルゴットソンがおまえの意見に耳を傾けるようになってからはな。俺はずっと監視していたんだ、ジャスミナ。仕事熱心なクソ女のおまえを」

ニコラスはセリーネを抱きかかえたまま、ヴァネッサの後に続いた。あと数分も持ちこたえそうになかった。救急車がヴァルハラ通りの群衆をかき分けて進むのを待っていたら手遅れになるだろう。スタジアムのすぐ隣にソフィアヘメット病院がある。それがセリーネの唯一の望みだった。走りながら、ニコラスは彼女が意識を失わないように声をかけつづけた。顔は青ざめ、まぶたはなかば閉じ、頭は力なく垂れている。

「目を閉じるな。頼む、セリーネ、目を閉じたらだめだ」

白衣に身を包んだスタッフが次々と急ぎ足で病院の前のスロープを下りてくる。彼らは担架や応急処置用のバッグを抱えていた。フェンスの内側に放置された救急車の横にヴァネッサが立っているのが見えた。

「もう少しの辛抱だ、セリーネ。聞こえるか？　すぐに助けが来る」

ニコラスは門を抜け、舗装された道路を渡って駐車場に出ると、大声で叫んで医療スタッフの注意を引いた。看護師がニコラスに気づき、同僚の腕をつかんでふたりのほうへ向かう。ドロットニング・ソフィア通りの反対側の芝までたどり着くと、ニコラスは足を止め、セリーネをそっと下ろした。その横に看護師がしやがみこむ。

「腹部の銃創だ。貫通はしてない」ニコラスは息を切らしながら伝えた。

「担架を持ってきて」看護師のひとりが叫んだ。

そこへヴァネッサが現われた。

「あのふたりを追いかけないと。ここではもうあなたにできることはない。いま見失ったら取り逃がしてしまう」

ニコラスはセリーネの頬を軽く叩くと、くるりと向きを変え、ヴァネッサの後に続いて駐車場へ急いだ。

黒いボルボXC90の後ろに、ひとりの男性が身を潜めていた。その隣には、赤ん坊の乗ったチャイルドシートが地面に置かれている。

「それ、あなたの車?」ヴァネッサはボルボを指さして尋ねた。

男性が車とヴァネッサを交互に見て、ためらいつつ口を開きかけたとき、ヴァネッサは銃を彼に向けた。

「キーを出して」

男性がポケットを探ってキーを取り出すと、ヴァネッサはそれをニコラスに渡した。彼は運転席に飛び乗ってエンジンをかける。そしてアクセルを踏みこみ、駐車場と車道を隔てる薄いフェンスをなぎ倒して走り出した。

「サイレンを止めろ」トムが命じた。「必要以上に目立つ」

ドロットニング・ソフィア通りを過ぎると、それまでの自転車道が二車線の道路になる。救急車は歩道からバウンドして車道に下り、ソードラ・フィスカルトルプ通りに出た。

ハンス・ホフマンがダッシュボードに手を這わせると、甲高い音はぴたりと止んだ。彼はトムを振り返った。左手にはリル・ヤンスの森。右手にはポルシェのショールーム。その後ろにはエステルマルム運動場。人工芝のピッチの向こう側にリーディンゲ通りがわずかに見える。

トムは銃把《グリップ》を握りしめ、ジャスミナ・コヴァックの頭蓋骨に銃弾を撃ちこんでやりたい衝動をこらえた。それほど長く待つ必要はないだろう。警察がバリケードを設置した場合に備えて、女をひとり連れ去ることも計画の一環だった。そうすれば、カロリンスカ病院へ向かっているふりをすることができる。だが、ヴァネッサ・フランクが現われたとなると、もはや時間はない。

ボートに乗る前に、ジャスミナには死んでもらおう。

「奴らはなんでこんなに早く来たんだ？」ハンス・ホフマンが前方から目を離さずに尋ねた。

トムは方角を指示する必要はなかった。このまま、まっすぐ進みつづければロプステンに着く。そこから橋を渡ってリーディンゲまで行けばボートが待っている。

「わからない」トムは首を振った。「何人殺《や》ったか？」

3

「六人だと思う。おまえは？」

「同じくらいだ。ロジャーもミナシアンも超えたな」

「やったぞ」ホフマンはこぶしで天井を叩いた。「俺たちはやったんだ！」

反対方向からパトロールカーが猛スピードで走ってきて、サイレンを轟かせながら通り過ぎた。トムは大笑いし、ホフマンも加わった。

「おまえの言ったとおり、生きるほうを選んで正解だった」ホフマンは言った。

どちらがより世間に衝撃を与えるか、ふたりで話し合ったのだ――生き残るべきか、あるいはスタジアムで警察に殺されるべきか。ホフマンは警察官の手による自殺を主張したが、トムは首を縦に振らなかった。

ボートを利用すれば、逃走計画はかならずうまくいく。あとは一カ月間、潜伏生活を送ってから、ダークネットで入手した偽造パスポートで国外に脱出する。インセルの仲間たちが守ってくれるはずだ。隠れ場所を提供してくれるだろう。インセル運動のメンバーは世界じゅうにいて、普通の生活を送っている市民はけっして足を踏み入れない、大都市の下水管に身を潜めている。

トムは声明文を書きたかった。狂気、男に対する虐殺が横行していることを広く世間に知らしめるために。最悪の場合、数カ月以内に逮捕され、有罪判決を受けるだろう。だが、スウェーデンでは終身刑より重い刑はない。

この数時間が勝負だ。警察のやり方は言うまでもなくわかっている。いま降伏すれば、適当な話をでっち上げるだろう――激しく抵抗して武器も所持していたため、やむをえず射殺したなどと。

死ぬつもりはなかった。生き延びたかった。長生きしたかった。ふとジャスミナ・コヴァックの視線を感じた。カッとなったトムは銃を振り上げ、グリップで彼女の額の中央を殴った。

ふたりの乗った車はスポーツ健康科学大学の隣にある森沿いを走っていた。上空をヘリコプターが旋回している。ヴァネッサは窓を開けて顔を突き出した。着陸装置に〝Ｐｏｌｉｓ〟（警察）の文字が塗装されている。もう一度ミカエル・カスクの番号にかけてみると、今度は呼出音が鳴った。

「犯人は救急車に乗って北へ向かいましたが、どこかで曲がって、市の中心部に戻っているかもしれません。救急車にＧＰＳは搭載されてないんですか？」

「あるはずだ。調べてみる。救急車に乗ったと、どうしてわかった？」

「スタジアムから逃げていくのを見たんです。現在、三、四分遅れで追跡しています。スタジアム上空のヘリコプターと連絡をとれるようにしてもらえますか？」

「手配しよう」

「お願いします」

「そっちはひとりか？」

ヴァネッサは、決意をみなぎらせてＳＵＶで細い林道を驀進するニコラスを見た。

「はい」

「きみの言葉に耳を貸さなくて、すまなかった」

信用されなかったことに腹を立ててはいなかった。ただ、この目で見た凄惨な光景に心がえぐられているだけだった。

「わたしのほうこそ」

「ヘリコプターの副操縦士からきみに連絡させよう。ヴァネッサ、気をつけてくれ」

森を抜けたところで、向こうから来た自転車と衝突しそうになったが、間一髪で避けた。

「あの子は強いわ、ニコラス。きっと大丈夫」

「保証はない」

「そうだけど」

ニコラスは押し黙ると、リーディンゲ通りのほうへ曲がった。速度計は時速百四十キロを示していた。テーゲルウッズ通りまで来たとき、ヴァネッサの電話が鳴った。彼女は周囲の騒音をかき消さんばかりに声を張り上げた。

「何か見えますか？」

「救急車が一台、ノーラ・クングス通りを島の東部へ向かっています」

「それです。風上に回ってください。距離を保って。進行方向を逐一知らせてください」ヴァネッサは叫んだ。

ジャスミナはゆっくりと意識を取り戻した。救急車は猛スピードで走っている。両側は森だ。トム・リンドベックの視線は、フロントガラス越しに前方の道路に向けられたままだった。気を失っているあいだに、さらにきつく担架に固定されていた。上半身はまったく動かせない。頭は割れそうに痛み、額から流れる血が目に入りこむ。腿は炎に包まれたように熱く、脈打っていた。道を曲がるたびに、ジャスミナは吐きそうになった。それでも、このまま走っていてほしかった。検問の心配がなくなれば、トム・リンドベックとハンスは即座に自分を殺すだろう。

救急車が速度を落とし、でこぼこした道を進みはじめた。トム・リンドベックに話しかけるべきか？　助けてほしいと訴えて、交渉する？　いいえ、そんなことをしても相手をつけ上がらせるだけ。死はすぐに訪れる。頭に銃弾を撃ちこまれれば、それで終わる。これまでの歴史において、何十億という人が死に立ち向かってきた。だから自分にできないはずがない。唯一の心残りは、母に別れを言えないことだった。それでも情けを乞う真似はしないと決めた。自分がどんなふうに死んだのかは、誰にもわからないだろう。でも、大事なのは彼らに勝たせなかったということだ。母はいつも言っていた——威厳を持って生きなさいと。だから、せめて威厳を持って死のう。

そのとき救急車が止まった。物音ひとつしない。サイレンも、車の音も。ジャスミナは自分がどこにいるのか確かめようとしたが、起きていることをトムに気づかれないように目を閉じた。彼は荷物をかき集め、後部ドアを開けて飛び出した。運転席のドアも開く。ジャスミナは恐る恐る顔を上げ、あたりを見まわした。だが、何もかもがぼんやりしている。形がはっきりしない。トムの背中らしきものが見えた。その向こうに、何か緑色のもの。梢？　森？　ここはどこ？　気が変わったの？　わたしを生かすことにしたの？

「全部持ったか？」ホフマンが尋ねた。

「ああ」

「この女はどうする？」

「おまえに任せる」

ふたりは救急隊員のジャンパーを救急車の中に放りこんだ。

「後ろのドアを閉めろ。それから——」

ドアが閉まり、声は小さくなった。会話は続いていたが、内容までは聞き取れなかった。逃げるために利用できるものがないか、ジャスミナは周囲を見まわした。どういう意味？　いったいどうするつもり？

背後の運転席に人の気配を感じた。次の瞬間、ふいに救急車が動きはじめた。エンジンは静かなままだ。ハンドブレーキを解除したのだ。徐々にスピードが上がり、やがてジャスミナは耐えられなくなった。叫び声をあげながら、ベルトを外そうと身をよじった。

ヴァネッサは窓の上の取っ手をしっかり握りしめていた。リーディンゲ橋を渡ると、ニコラスは急ハンドルを切ってアクセルを踏みこみ、車は激しく揺れた。邸宅が次々と過ぎていく。ガソリンスタンドも。前の車を追い越す。対向車がけたたましくクラクションを鳴らし、自転車レーンに逸れる。左側には集合住宅が建ち並んでいる。ヴァネッサはその背の高い、灰色のコンクリートの建物を見つめ、トム・リンドベックの顔を思い浮かべた。彼と共犯者を殺してやりたかった。この凶行の報復として。十二歳の少女を撃って、ニコラスを苦しめたことの。彼に目を向けると、ニコラスは人間であることをやめ、完全に機械と化していた。その姿に魅了されると同時に恐怖を覚えた。

「俺の母は――」ニコラスが口を開いた。「なぜ母のことに触れないのか、前に訊いただろう。あの晩、ユールゴーデンで」

ヴァネッサは驚いて彼に向き直った。あのときのベンチ、ウイスキーのボトル、カモが脳裏によみがえる。アデリーネの誕生日。あの晩、彼からロンドンでの仕事を引き受けると打ち明けられ、そのまま立ち上がって帰ってしまった。

「母ほどすばらしい人間には、いまだかつて会ったことがない。その気になれば、なんにでもなれただろう。科学者、小説家、政治家……それなのに、死ぬまで働かざるをえなかった。俺とマリアのために。俺たちを守るために。父親は暇さえあれば俺たちを殴った。だから俺たちの身代わりになってくれたんだ。結局、最後まで自分にふさわしい生き方ができなかった。あのスタジアムにまだ横たわっている女性たちと同じように」

あるいはアデリーネと――そう考えて、ヴァネッサは胸が締めつけられた。言うべき言葉を探したが、見つからなかった。

「ここだわ」

ニコラスは急ブレーキをかけ、左に曲がった。林道。砂利が車の底に当たる。木の幹の合間に水面が見えた。

ヴァネッサは同僚よりも先に着くよう願った。トム・リンドベックとハンス・ホフマンには、逮捕されてスウェーデンの法廷で裁かれる資格はない。

救急車がものすごいスピードで坂道を転げ落ち、ジャスミナは悲鳴をあげた。手首の痛みに耐えながら、結束バンドを外そうと懸命にもがく。だが、だめだった。次の瞬間、タイヤが浮き上がって車体が宙を飛ぶのを感じ、彼女は目をつぶった。全身の筋肉をこわばらせて衝撃に身構える。担架に身体を押しつける。救急車の底が何やら硬いものにぶつかった。ジャスミナは目を開け、周囲を見まわした。

助かった、と思った。頭を上げ、外を見ようとする。と同時に、息が止まるほどの激しい恐怖に襲われた。

水。

黒い水。

救急車が宙を飛び、派手な水しぶきをあげて水面に打ちつけられるのを見届けると、トムはリュックサックを持って、ボートの待つ桟橋へ向かった。ストックホルムじゅうの警察官が自分たちを捜している。乗り捨てられた救急車は上空からはっきりと見えるだろう。それゆえ沈めてしまうのが一番だ。ジャスミナ・コヴァックは惨い最期を迎える。救急車に水が満ちるにつれ、ゆっくりと死んでいくのだ。節約した銃弾には別の使い道があるかもしれない。

ボートは特別に人目を引くものではなかった。それに乗って内陸へ向かう。メーラレン湖へ。ボールスタの南、ロービーへ。そこで車が待っている。目的地は別荘。一カ月間、身を潜めてから出国する。それまでのあいだに、トムは声明文を完成させるつもりだった。

ついに世の中が耳を貸す。この俺をどんな目に遭わせたのかを理解する。

そのとき林道からエンジン音が聞こえた。振り向くと、木々の合間からふたつの白いヘッドライトが近づいてくるのが見えた。

「いたぞ！」ニコラスは叫んだ。

黒っぽい服を着た男がふたり、ボートの待つ栈橋へと向かっている。左手を見ると、彼らが逃亡に使った救急車が水面に浮かび、水の重みで沈みかけていた。

ニコラスは栈橋のそばの草で覆われた空き地に突っこみ、ブレーキをかけた。タイヤで草を引き剝がしながら車は横滑りし、男たちから五十メートルほど離れた場所で停まった。

トム・リンドベックとハンス・ホフマンが気づいて発砲した。銃弾はフロントガラスに命中し、そのまま車内を貫通してリアウインドウを突き破った。ニコラスは銃を構えながらドアを開け、すばやく身を隠した。銃弾が次々と車に撃ちこまれる。そのとき水面から悲鳴が聞こえた。彼は頭を突き出してボートのほうを見た。だが、ふたりの男以外は誰もいない。

「救急車！」ヴァネッサが叫んだ。「救急車の中にいる」

彼女は運転席に乗りこみ、片手をハンドルに置いたまま身を屈めた。

「何してるんだ？」

ヴァネッサはハンドブレーキを戻した。

「もっと近づかないと」

銃弾が雨のように降り注ぐなか、ニコラスは動き出した車の陰に身を伏せた。

トムは混乱していた。すべてが順調に運び、気づかれずに逃げ切ったはずだった。にもかかわらず突如、居場所を突き止められた。ボルボから飛び出してきたのは忘れるはずもない顔だった。あの女刑事、ヴァネッサ・フランクだ。一度、何もかも台なしにされかけて、本来ならとっくに死んでいるべきだった女。トムは車をめがけて銃をぶっ放した。とにかく彼らをこれ以上、近づけないために。

予備の銃弾はどこだ？　彼は地面に伏せ、リュックサックの中を漁ったが、見つからなかった。

「エンジンをかけろ」トムはホフマンに向かって怒鳴った。「向こう岸に渡ってから歩いていく」

グロックの弾倉は空だった。

トムはジャスミナをボートに連れてこなかったことを悔やんだ。彼女を人質にすれば、命と引き換えに手を出さないよう要求できた。

ホフマンはためらい、猛スピードで迫ってくる車と船外機を交互に見る。

「早くしろ！」トムは叫んだ。

ホフマンは立ち上がり、足を踏み出した。その瞬間、撃たれて倒れる。トムは怒声をあげた。車は桟橋の端に達し、そこで停まった。ヘッドライトは片方だけ点灯し、もう片方は撃ち抜かれていた。運転席にヴァネッサ・フランクの姿はなかった。彼女はエンジンの後ろで安全を確保していたので、九ミリのパラベラム弾でも貫くことはできなかっただろう。

ハンス・ホフマンは横向きに倒れていた。胸を撃たれ、身体から血が流れ出している。彼が何かを言おうとして、唇がゆっくりと動くさまは、陸に打ち上げられ、空気を求めて口をぱくぱくさせる魚を思い起こさせた。

「ちくしょう」トムは泣き叫んだ。「なんでだ！」

銃声は止んでいた。

彼は脚に手を這わせ、足首に隠し持っていたナイフに触れた。生き延びるためには、どんなことでもするつもりだった。

ヴァネッサのカウントが正しければ、相手の弾は残り四発だ。救急車は屋根しか見えず、ボートは不気味なほど静まり返っていた。

「ひとり倒した」とニコラス。「あと一発しか残っていない」

彼に銃を差し出されたヴァネッサは、瞬時にその意図を悟った。彼女はもう一丁のシグザウエルを腰に差すと、用心深く立ち上がり、銃を構えながら桟橋へと向かった。

車体は軋んでいた。奇妙な音がこだまのように反響する。ジャスミナは激しく喘いでいた。もはや叫ぶこともできなかった。肺が押し潰されるように痛かった。引きずりこまれるのを感じる。底のほうへ。運転席が水でいっぱいになると、小さな窓が水圧で割れ、水が流れこんでくるだろう。溺れるのも時間の問題だ。徐々に水が増して身動きがとれない。意識を失う前に、水底まで落ちて衝撃を感じるだろうか、とジャスミナはふと思った。

4

戦闘潜水員だったころは、四分間、呼吸を止めることができた。だが、それは筋肉が酸素を消費しないようにじっと横たわっていた場合だ。水深三十メートルまで潜って、三分間動くこともできた。だが、それはもっと若くて健康で、週に数回の訓練を行なっていたころのことだ。

ニコラスは崖の端に近づいてかがみこむと、七秒間、肺に空気を送りこみ、続いて同じ秒数だけ呼吸を止めてから息を吐き出した。本当なら五分かけて身体を整え、古い酸素を完全に出し切って、新たな酸素を細胞に取りこむべきだった。だが、いまはそれだけの時間がない。二十一秒で仕上げなければならなかった。

すぐに救急車を発見すれば、ジャスミナを救うことができるかもしれない。

ニコラスは深く息を吸いこんだ。肋骨の下で肺が膨らむのを感じる。息を止めたまま、彼は飛びこんだ。水面を割り、その勢いでどんどん下へと潜っていく。周囲は暗闇だ。何度か水を掻くと、蛍光イエローの救急車が漂う幽霊のように沈んでいくのが見えた。悲鳴は聞こえない。気泡のかたまりが浮き上がっていた。

さらに潜って、海底までの距離を測ろうとしたが、暗すぎた。後部のドアはびくともしなかった。外側からの水圧が大きすぎる。スモークガラスの横を過ぎて前方のドアのほうへ泳ぐと、窓が開いていた。ニコラスはボンネットの横からのぞきこんだ。運転席には水が満ちていて、後部とはガラスで仕切られている。

その瞬間、後部の窓ガラスが割れた。空気が巨大な泡となって押し出され、内側から悲鳴が聞こえた。


ヴァネッサは音を立てずにボートに近づいた。ニコラスのほうを振り返りたい衝動を抑える。彼は恰好の標的だ。いつでも援護できるよう備えていなければならない。

しぶきの上がる音で、彼が潜ったのがわかった。これでひとまず安心だ。

ヴァネッサは息を吐き出すと、足を止め、耳を澄ました。ボートが桟橋にぶつかっている。ニコラスは勘違いしていたのだろうか。ふたりとも撃ったのか？

彼女は銃を向けながらボートに目を走らせると、思いきって飛び乗った。あやうくバランスを崩しかけたものの、どうにか姿勢を保つと、ゆっくりと船尾へ向かう。通りのほうからパトロールカーのサイレンが近づいてくるのが聞こえた。急がなければならない。ふたりとも死んでいることを確かめなければ。トムに裁判で自己弁護をするチャンスを与えてはならない。主義主張を公表する、誇らしげに胸を叩くチャンスを。

テロリストは、いかなる動機であってもそうする。無実の人々、女性、幼い子どもを殺すことを戦争と呼んで。いかにも英雄気取りで。それが偉業であるかのように。

トム・リンドベックを生かしておくことはできない。フェスティバルで女性たちをあのような目に遭わせたのだから。ヴァネッサは意を決すると、さらに二歩進んでボートの角をのぞいた。死体が目に入る。共犯者のホフマンが、どす黒い血だまりの中に横たわっていた。血はまだ身体から流れ出ている。その足元に黒いスポーツバッグがあった。ヴァネッサは死体を引っくり返すと同時に銃を船室に向けた。

誰もいない。

通りを振り向くと、木や茂みのあいだから迫り来る青い光が見えた。

足音が近づいてくる。トムは左舷の白いフェンダーにしがみついていた。首から下は水に浸かった状態で、上から見えないように、船体にぴたりと身体を押しつけていた。サイレンの音はさらに大きくなる。急いで行動に移さなければならない。

慎重に身体を引き上げると、ヴァネッサ・フランクの背中が見えた。

彼女は銃を構え、船室をのぞきこんでいた。こちらには気づいていない。まさか裏をかかれているとは思っていないだろう。じっくり楽しみながら刺し殺してやるつもりだった。彼女が段を下りはじめると同時に、トムは腕を曲げ、勢いをつけて縁からボートに上がった。

そして身を屈め、ナイフを手にして、こっそり彼女の後をつけた。

窓ガラスが割れ、破片と水が一緒くたに流れこんでくると、ジャスミナは悲鳴をあげた。肺に水が満ちるのが早いほど、死も早く訪れる。苦しみたくなかった。ただ存在するのをやめたかった。怖がるのをやめたかった。

水が腕に跳ねかかる。

つい数秒前に抗わないと決めたのに、まったく意味がなかった。とっさに身体が反応した。なんとかして生き延びたかった。空気を求めて喘いだが、水が顔にまで達すると、ジャスミナは口を閉じた。

救急車の後部に水が満ちるまで、ニコラスは数秒待つことを余儀なくされた。筋肉が必要以上の酸素を使わないように、沈んでいく車体の真上にじっと留まっていた。吐き出される気泡はどんどん少なくなる。天井のすぐ下にわずかに空気が残っていたが、これ以上は待てない。彼は脚で水を蹴ると、窓ガラスがはめられていた枠をつかんで顔を突っこんだ。

中は暗かった。かろうじて水中に届く光が救急車の屋根で遮られているため、目の前の手がどうにか見える程度だ。彼はさらに蹴って中に入り、手探りで中ほどまで進んだところで、思いきり膝をぶつけた。

ふいに何かやわらかい、人の身体の一部が手に触れた。脚の形をしている。ニコラスは担架にしがみつきながらジャスミナの身体と平行になるよう位置を変えた。天井の下には、まだわずかに空気が残っている。だが、呼吸をすれば息が切れ、ますます空気を欲するようになって元も子もない。彼はその考えを頭から追いやり、無理やり目の前の作業に集中した。ジャスミナの身体に手を当てて調べると、二本の太いベルトがしっかりと留められていた。だから脱出できなかったのだ。

ニコラスはベルトを引いたが、びくともしない。担架の端に沿って手を這わせ、バックルを探し出して一本目のベルトを外した。続いて逆方向に移動し、もう一本も外す。彼女に触れ、反応を示すかどうか、意識があるかどうかを確かめた。

引っ張ってみたが、まだ動かない。何かで固定されている。彼女の身体は重く、どうやら意識がないようだ。ひょっとしたら、すでに死んでいるのか。ニコラスはさらに強く引っ張った。筋肉が悲鳴をあげる。彼女の右腕だ。

手首に硬いプラスチックの紐を探し当てた——結束バンドで担架に繋ぎ止められているのだ。ナイフは持っておらず、彼女を自由にするための鋭いものもなかった。棚に外科用メスがあるはずだ。だが、時間がない。頭が割れるように痛み、こめかみが脈打っていた。

ジャスミナを担架から引き剝がすことはできない。おしまいだ。彼女は死んでしまう。

背後の開口部で何かが動いたのに気づくだけで精いっぱいだった。トムだ。ヴァネッサはとっさに頭から身を躍らせた。視界の端でナイフの刃がきらめく。床に落下した拍子に足をひねった。それでも銃を掲げ、トムの胸に狙いを定めた。力いっぱい引き金を引いた。何も起きない。その場に立ち尽くし、死ぬ覚悟を決めていたトムが、ふたたび動き出した。突進してきた。ヴァネッサはもう一度、引き金を引いた。カチャッという音が虚しく響くばかりだった。

パニックがささやきかけてニコラスを誘惑する。だが、屈してしまえば死ぬとわかっていた。すぐに浮き上がらなければならない。これ以上は危険だ。

だが担架が——取り外せないか？　できるはずだ。ニコラスは苦痛も筋肉の悲鳴も跳ね返し、ロック解除のスイッチが担架の下のどこかにあることを願って探した。そこまでするべきか？

おそらく彼女はすでに死んでいるだろう。

もはや限界だ。断念しなければならない。酸素は分子ひとつ残っていなかった。眩暈がして、気を失いかける。このまま留まれば、救急車もろとも海の底で朽ち果てるだろう。トム・リンドベックが勝つ。そしてまた新たな人間の命が奪われる。

ニコラスは身体を押し上げようとして担架をつかんだが、その拍子に、親指ほどの大きさの金属のレバーに触れた。みるみる力が戻ってくる。あと数秒だけ。彼はレバーを引いた。前後に動かした。ジャスミナの髪が水中を漂い、彼の顔にかかる。

担架を引っ張ってみた。ロックが外れた。引くと動く。彼女は担架に固定されたままだが、これなら引き上げることができる。ニコラスは向きを変え、後部ドアへと泳いだ。

もはや天井の下に空気は残っていなかった。

濃密な闇に囲まれていた。後部ドアを開けなければならない。ドアを押すと身体に激痛が走る。だが、どうにか開いた。ニコラスは外の光を見つめた。救急車はほとんど海底に沈んでいた。彼は後ろに手を伸ばし、担架をつかんで取り外した。押し戻し、持ち上げる。もうじきだ。あと少し。空気。酸素。光。命。

トムはヴァネッサの上に着地した。彼の膝が横隔膜を直撃したが、痛みはほとんど感じなかった。ナイフの刃を突き立てられないことに全エネルギーを集中させていた。ヴァネッサはとっさに左手で彼の左手首をつかみ、さらに右手で押し戻そうとした。だが、相手は驚くほど強かった。

「殺してやる、クソ女め！」トムはわめいた。

そして身を起こし、両手で握りしめたナイフに全体重をかけようとする。だが、床が滑ってまっすぐ立てなかった。

「死ね、死ね、死ね！」

ヴァネッサは必死に身をよじって逃れた。絶体絶命だった。命が、時間が、指のあいだからすり抜けていく。刃が迫ってくる。これ以上、抗うのは無理だった。

喉。胸。敵はそこを狙っている。刺されれば死は免れない。だが、腕に刺されれば時間が稼げる。半秒。ひょっとしたら、もう少し。それが唯一のチャンスだ。ニコラスのカウントが正しいことを願った。弾倉にまだ弾が残っていることを。でなければ、もうだめだ。

トムの最後の犠牲者となる。

ヴァネッサは彼の目を凝視した。急所を守るべく身体を傾け、右上腕をナイフの先端に当て、彼の手首を握っていた左手を放す。トムが刃を押しこんだ。ヴァネッサが激痛に悲鳴をあげると、彼の目に勝ち誇った表情が浮かんだ。

ヴァネッサは左手を背中に回した。トムが刃を引き抜く。腕の筋肉が切り裂かれていた。彼女は咆哮をあげた。怒り、痛み、憎しみの。腕から血がほとばしり、ふたりの顔に飛び散る。トムがナイフを振りかざした。ヴァネッサは野獣のごとく目を見開いた。次の瞬間、彼のあごの下に銃身を突きつけ、引き金を引き、九ミリの銃弾を脳にぶちこむ衝撃を手に感じた。

ニコラスは大きく喘ぎ、新鮮な空気で肺を満たした。ジャスミナを引き上げ、彼女の頭を水面に出す。あと少し呼吸を整えれば、岸までたどり着けるだろう。林道の端にパトロールカーが続々と到着している。ボートの周辺にヴァネッサの姿を捜したが、どこにも見当たらなかった。そばまで来たとき、銃声が轟いた。それとも酸素不足による幻聴か？　いや、確かに聞こえた。

ニコラスは仰向けになると、ジャスミナの頭を胸にのせて脚で水を蹴った。なかば沈んだ担架を引っ張りながら。岸まで二十メートル。ふたりの警察官が彼らを見つけ、波止場付近に駆けつけると、飛びこんで救助に向かった。ニコラスはジャスミナの生気のない顔を見た。息をしていない。目は閉じたまま。口の端から水が流れ出ている。警察官が到着し、ジャスミナを抱きかかえた。

「俺は大丈夫だ」もうひとりの警察官が引き寄せようとすると、ニコラスはうめくように言った。

どうにかピンチを切り抜けた。やっとのことで岸にたどり着く。振り返って、桟橋とボートの周辺を見まわした。ヴァネッサはどこだ？　桟橋の警察官は途方に暮れている様子だ。ニコラスは足を引きずりながら近づいた。歩を速めるべく足を上げようとしたが、足の裏が地面から離れない。

「止まれ！」警察官が叫んだ。

ニコラスは無視してボートにたどり着き、縁をよじ登った。先ほど撃ち殺した男が倒れている。ヴァネッサはどこだ？　船室の入口が開いていた。暗がりをのぞきこみ、目をこする。ヒリヒリして痒い。ふたつの身体。トム・リンドベックがヴァネッサの上に横たわっている。ニコラスは段の途中で足を止めた。それ以上、近づきたくなかった。見たくなかった。知りたくなかった。彼は手すりにつかまって身体を支えた。

「ヴァネッサ？」

弱々しい声が聞こえた。彼は残りの段を飛び降りると、トムの身体をどけ、ヴァネッサの横に座りこんだ。右腕の深い傷から大量に出血しているが、見たところ、それ以外は無傷のようだった。

ヴァネッサは閉じていた目を開け、力なくほほ笑んだ。

エピローグ

ヴァネッサは信者席から立ち上がると、頭を垂れ、最後にもう一度、祭壇の棺に目を向けた。

オルガンが鳴り出し、教会の壁にアストリッド・リンドグレーンの『貧しい農場労働者』が反響するなか、十人ほどの会葬者はゆっくりと通路を進み、外に出ると、ところどころで目を真っ赤にして身を寄せ合った。ヴァネッサは言いようのない疎外感を覚えた。

ストックホルム・スタディオンの襲撃事件から一カ月が過ぎ、スウェーデンはようやく落ち着きを取り戻した。死者は葬られ、以前と変わらない日常生活が始まった。人々は休暇で旅行に出かけ、天気について話し、新聞は大容量の箱入りワインの評価を載せていた。

アリーナでは十一名の女性が殺された。ヴァネッサとニコラスが銃撃を止めていなければ、犠牲者の数はもっと増えていたにちがいない。さらに十四名の負傷者が出たが、隣接するソフィアヘメット病院で救急隊員が奔走したおかげで、いずれも命に別状はなかった。

トム・リンドベックとハンス・ホフマンに対する捜査は現在も継続中で、秋には報告書が提出されることになっている。これまでのところ、両者とも、近年拡大の傾向にある女性憎悪のインセル運動に参加していたことしか判明していない。だが、結果的にヴァネッサの推測は正しかった——トム・リンドベックはラケル・フェディーンもヴィクトリア・オールバリもエメリ・リディエンも殺害していなかった。彼は刑務所の看守として、女性たちの情報を入手し、ハンス・ホフマンが携帯電話にアクセスできるようにしていただけだった。ブロンマのショーランデルの自宅に侵入したのもトムだった。どうやら彼の目的は、最初からストックホルム・スタディオンの襲撃だったようだ。

だからこそ実行日の数日前に殺人事件の捜査の手が及ぶと、パニックに陥ってオーヴェを殺したのだ。身柄を拘束されたり、監視下に置かれたりすれば、復讐計画が頓挫してしまう。クラーラ・メッレルの強姦未遂事件で検出された指紋も彼のものだった。

ハンス・ホフマンが過激化した経緯は謎に包まれたままだった。隠れ家として使用していたサーラ近郊の農家で発見されたパソコンには、権力の座にある女性――おもにジャーナリストや政治家――に対して送られた何百通もの脅迫メッセージが保存されていた。『クヴェルスプレッセン』を最初に解雇されたことで、女性に対して恨みを募らせたようだ。逃亡計画の詳細は依然として明らかになっていないが、しばらく潜伏したのちに偽造パスポートで出国するつもりだったというのが警察の見立てだ――その証拠に、農家には数週間分の食料が保管されていた。

バッグの中で携帯電話が振動し、取り出して画面を見たヴァネッサは笑みを浮かべた。

「もうすぐ着く？　遅れたら大変。初めて帰国するんだから。飛行機が早く着いて、降りてみて誰も待ってなかったら？　ニコラス、きっとすごくがっかりするよ」

「あと二十分で行く。心配しないで、ちゃんと間に合うから」ヴァネッサは請け合った。

「よかった」

「じゃあ、あとで」

「待ってる」セリーネは言って、電話を切った。

ヴァネッサは鎮痛剤を口に放りこむと、ＢＭＷのほうへ向かった。腕の傷痕が引きつる。彼女はキーを取り出し、ボタンを押してドアのロックを解除した。

「ヴァネッサ」

ボリエ・ロディーンは髪を梳かしていたものの、ズボンの丈はふくらはぎまでしかなく、シャツもしわだらけだった。

「今日はいちだんとお洒落ね」

ヴァネッサは手をかざして六月の強い陽射しを遮った。

「あんたのおかげで、無事に彼女を見送ることができた」

「もう何も言わないで」彼女はボリエの肩に手を置いた。「辛かったでしょう」

「いまごろはきっと安らかに眠っている」ボリエは地面を見つめながらつぶやいた。「彼女を偲んで、これからスカイ・バーに行くんだ。よかったら一緒に来ないか?」

ヴァネッサは首を振った。

「悪いけど、時間がないの。それに鎮痛剤とアルコールのカクテルは禁じられてるから。すごくそそられるけど」

「俺はコーヒーしか飲まない」ボリエは言った。

「賢明ね」

ヴァネッサは彼を抱きしめると、運転席に乗りこんでエンジンをかけた。ボリエはその場に留まっていた。

彼女は窓を開けた。

「エーヴァの手紙――自分なりの答えは見つかった?」

ボリエはうなずいた。

「よかった」

しばらくして高速道路を降りると、ヴァネッサはブレーデンのピッツェリアの前を通り過ぎた。銃撃で粉々になった窓は取り替えられ、外のテーブル席で家族連れがピザを食べていた。そのまま進んでオルグリーテ通りに出たところで、電話が鳴った。またセリーネからだと思い、応答ボタンを押す。

「いま外に――」

「カリムのこと、聞きましたか？」

ヴァネッサはほほ笑んだ。

「まだ」嘘をつく。

ジャスミナ・コヴァックは笑った。

「警察が通常のパトロールで彼の車を止めたんです。釈放された翌日に。後部座席に黒いボストンバッグがあって、現金が五万クローナと銃が入っていた。おかげで、また塀の中に逆戻りです」

「完全に油断したわね。これでノーヴァの親権は取れなくなった」ヴァネッサは言った。

セリーネの暮らす建物のドアが勢いよく開いた。大きすぎる緑のベレー帽の下から見える髪は鮮やかなピンク色だった。

「ジャスミナ、悪いけどもう切らないと。カリムがそれなりに罰を受けて、ほっとした。正直、二、三年の服役じゃ物足りないけど。ストックホルムに来ることがあったら、また連絡して」

セリーネが助手席のドアを開けた。数週間前に腹部を撃たれたのが嘘のようだ。ヴァネッサが身を乗り出して抱きしめると、香水のにおいが鼻についた。

「窓を開けて」咳を我慢して言う。

「ひょっとして、つけすぎた？」

「大丈夫」

ヴァネッサはギアを入れ、車をUターンさせた。

「そのベレー帽、似合ってる」

「沿岸警備隊のベレー帽」セリーネは誇らしげに言った。「病院で目を覚ましたら、ベッドに置いてあったの」

ヴァネッサはほほ笑んだ。

「早く会いたい？」ちらりと見ると、セリーネはサンシェードを下ろし、鏡でベレー帽の角度を直していた。

「もちろん」

「わたしも」

訳者あとがき

いまやすっかり一大ジャンルとして定着した北欧ミステリ。作家および作品の層の厚さのみならず、その多岐にわたるテーマや現実社会の縮図そのものであるストーリーには目を見張るものがあり、いまだに驚きの連続だと言わざるをえない。長く暗い冬に閉ざされた、かの地域には、いったいどれだけの原石が埋もれているのだろうか。そんな疑問を見透かしたかのように、またひとり、彗星のごとく逸材が現われた。

本作の著者であるパスカル・エングマンは、一九八六年、ストックホルムでスウェーデン人の母親とチリ人の父親のもとに生まれた。

地方紙『トレルボルグス・アレハンダ』、ニュースサイト『ニュヘテル24』、夕刊紙『エクスプレッセン』の記者としてキャリアを重ねたのち、二〇一七年に*Patrioterna*（愛国者）を発表して作家の肩書を手にした。女性ジャーナリストの殺害事件に端を発し、移民問題、麻薬・武器密輸、シリアルキラーなど多面的な要素が複雑に絡み合って展開する物語は、たちまちスウェーデン国内でベストセラーとなり、〈ミレニアム〉シリーズの続篇を手がけたダヴィド・ラーゲルクランツや、〈エリカ&パトリック事件簿〉シリーズでお馴染みのカミラ・レックバリなど、名だたる作家からも称賛され、期待の新人として大きな注目を集めた。

その翌年から、エングマンは〈ヴァネッサ・フランク〉シリーズを書きはじめ、二〇二二年までに計五冊が刊行されている。社会の亀裂に焦点を当て、さまざまな文化的、経済的背景の人物を登場させながら、フィクションと現実を巧みに織り交ぜて書く作風は、スウェーデンだけでなく世界各国で高く評価され、これまでに日本、イギリス、スペイン、イタリア、ドイツ、ポーランドをはじめ、二十カ国以上で翻訳されている。エングマンは犯罪を通して社会全体を描くことをモットーとしており、このシリーズにおいても誘拐事件、テロ、麻薬取引、臓器売買、ギャング抗争、スポーツ界の八百長や汚職問題といった現実世界の瑕《きず》を容赦なくえぐり出している。

一方で、そうした執筆活動と並行して、二〇二一年に自身の名を冠した〈パスカル・エングマン財団〉を設立し、スウェーデンにおける若い世代の読書を促進することを目的として、毎年、その活動に大きく貢献した個人や組織に対して奨学金を与えている。若者の活字離れを食い止めるための社会貢献である。

本書『黒い錠剤　スウェーデン国家警察ファイル』は、〈ヴァネッサ・フランク〉シリーズの第二作目に当たる。原題の *Råttkungen*（ラット・キング）とは、本文中にも登場するが、複数のネズミの尻尾が絡み合って動けなくなる、きわめて稀な自然現象で、ヨーロッパでは飢饉や疫病の不吉な前触れとして恐れられている。

ストーリーの中核をなすのは〝インセル〟。語源はinvoluntary celibate（不本意な禁欲主義者）という言葉で、二十年以上前にカナダ人女性が独身男女の出会いを提供するウェブサイトの名称として考案したものだったが、恋愛やセックスの経験が乏しい男性たちが、いつのまにかインターネットの匿名掲示板で〝インセル〟と略し、自分たちを指す自虐的な表現として用いるようになった。インセルのコミュニティは現代社会で居場所を見つけられない若者たちのたまり場となり、彼らはフェミニズムや女性一般をスケープゴートとして、ミソジニー（女性嫌悪）、暴力肯定、人種差別などの言動を繰り返している。

インセルの世界で英雄視されているのが、アメリカ人のエリオット・ロジャーだ。二〇一四年五月二十三日、ロジャーはカリフォルニア州で犯行予告の動画を投稿したのちに銃乱射事件を起こし、六人を殺害、十三人を負傷させた直後に自殺した。二十二歳だった。この事件をきっかけに、ロジャーを崇拝する若者たちが次々と後に続く。二〇一八年四月二十三日には、カナダのトロントで二十五歳のアレク・ミナシアンが車で歩行者に突っこみ、十人が死亡、十五人が負傷した。ミナシアンは犯行直前にフェイスブックに投稿し、ロジャーに対する称賛と、チャド（性的魅力のある男性）とステイシー（性的魅力のある女性）に対する憎悪を書きこんでいた。

自分がインセルだと自覚することを、彼らは「ブラックピル（黒い錠剤）を飲む」と表現する。由来は映画『マトリックス』で、レッドピル（赤い錠剤）を飲むと、この世は機械と人工知能に支配されたヴァーチャル・リアリティにすぎないという「真実」に覚醒するエピソードである。ちなみに映画では、キアヌ・リーブス演じる主人公のネオは、退屈な日常に戻る青い錠剤との選択を迫られ、赤を選んでいる。

二〇二一年、イギリスではインセルが〝数年以内に過激化する恐れのあるカテゴリー〟に認定された。きっかけは、同年八月に南西部プリマスで起きた銃乱射事件で、犯人の二十二歳の男は、直前に投稿した動画で〝インセル〟という言葉を繰り返し口にしていた。欧米では、このように女性に対して憎悪をつのらせた男が引き起こす暴力事件がヘイトクライムやテロと認定されている。〈Reddit〉や〈4chan〉といったインターネット掲示板では、インセルのフォーラムにそれぞれ数千名が参加している。そこはまさに女性蔑視主義者たちの王国であり、#ＭｅＴｏｏ運動の拡大に逆行するような動きは、国際的な社会問題として今後も注視する必要があるだろう。

言うまでもなく、エングマンのジャーナリストとしての豊富な経験は、本作の執筆に余すところなく活かされている。インセルをテーマに取り上げようと決めたのは、二〇一八年のトロントの事件で衝撃を受けたからだという。最近の調査によれば、スウェーデンは男性人口当たりのインセルの割合が最も多い国だとされる。にもかかわらず、当時はインセルについて、まったくと言っていいほど知られていなかった。取材に時間をかけ、実際にインセルのフォーラムを閲覧し、そこに渦巻く女性への憎悪を目の当たりにしたエングマンが、ジャーナリスト魂をいかんなく発揮して本作を発表した結果、狙いどおりにインセルに関する全国的な議論につながったそうだ。

　キャラクターについても、多くの場合、実在の人物からインスピレーションを得ている。ヴァネッサはエングマンが記者時代に出会った元ダンサーの警部がモデルで、ニコラスには著者自身の生い立ちが反映されているのは間違いない。一方で、ボリエとエーヴァのロマンスはフィクションではない。著者は実際に〝スカイ・バー〟と呼ばれている地下鉄の駅のホームでアルコール依存症の路上生活者たちと時間をともにして、みずから命を絶った女性の話を聞いた。悲劇ではあるものの、このうえなく純粋で美しいふたりの関係を、エングマンは暴力的な描写における希望の象徴として、物語の中心に位置づけた。その効果は一目瞭然だろう。

　最後に、本書の邦訳版は多くの方々のお力添えなくしては完成に至らなかった。なかでも、早川書房編集部の井戸本幹也氏、遠藤純子氏、そして翻訳会社リベルのみなさまに心からの感謝を捧げたい。

二〇二三年十一月

清水由貴子

HAYAKAWA POCKET MYSTERY BOOKS No. 1997

清《し》 水《みず》 由《ゆ》 貴《き》 子《こ》
上智大学外国語学部卒
英語・イタリア語翻訳家
訳書
『三時間の導線』『三年間の陥穽』ルースルンド
（共訳／早川書房刊）他多数

下《した》 倉《くら》 亮《りよう》 一《いち》
スウェーデン語翻訳者
訳書
『三日間の隔絶』『三年間の陥穽』ルースルンド
（共訳／早川書房刊）

この本の型は、縦18.4センチ、横10.6センチのポケット・ブック判です。

〔黒《くろ》い錠剤《じようざい》　スウェーデン国家警察《こつかけいさつ》ファイル〕

2023年11月10日印刷　　2023年11月15日発行

著者	パスカル・エングマン
訳者	清水由貴子・下倉亮一
発行者	早川　浩
印刷所	星野精版印刷株式会社
表紙印刷	株式会社文化カラー印刷
製本所	株式会社明光社

発行所 株式会社 **早川書房**
東京都千代田区神田多町2－2
電話　03-3252-3111
振替　00160-3-47799
https://www.hayakawa-online.co.jp

（乱丁・落丁本は小社制作部宛お送り下さい
送料小社負担にてお取りかえいたします）

ISBN978-4-15-001997-6 C0297
Printed and bound in Japan

ハヤカワ・ミステリ〈話題作〉

1978
ガーナに消えた男
クワイ・クァーティ
渡辺義久訳

呪術の力で詐欺を行う少年たち。彼らに騙されたアメリカ人はどこへ消えたのか？ 灼熱の地ガーナで、女性私立探偵が真実を追う！

1979
ボンベイのシャーロック
ネヴ・マーチ
高山真由美訳

一八九二年、ボンベイ。シャーロック・ホームズに憧れる青年ジムは、女性二人が塔から転落死した事件を捜査することになり……。

1980
レックスが囚われた過去に
アビゲイル・ディーン
国弘喜美代訳

レックスは子供時代を捨てたはずだった。虐待され、監禁されていた過去を。だが母親の遺言を契機に、過去と向かいあうことに……。

1981
祖父の祈り
マイクル・Z・リューイン
田口俊樹訳

パンデミックで荒廃した世界。治安が悪化する町で、娘や孫と懸命に日々を送る老人は、ある決断をする――名匠が紡ぐ家族の物語。

1982
その少年は語れない
ベン・H・ウィンタース
上野元美訳

緊急手術後に感情を表現しなくなった少年。彼の両親は医療ミスだとして訴えを起こす。それから十年後、新たな事件が起こり……。

ハヤカワ・ミステリ〈話題作〉

1983
かくて彼女はヘレンとなった
キャロライン・B・クーニー
不二淑子訳
ヘレンが五十年間隠し通してきた秘密。それは、ヘレンは本当の名前ではないということ。過去と現在が交差する衝撃のサスペンス！

1984
鏡の迷宮
パリ警視庁怪事件捜査室
エリック・ファシエ
加藤かおり訳
十九世紀、七月革命直後のパリ。若き警部ヴァランタンは、探偵ヴィドックとともに奇怪な死の謎に挑む。フランス発の歴史ミステリ

1985
木曜殺人クラブ 二度死んだ男
リチャード・オスマン
羽田詩津子訳
〈木曜殺人クラブ〉のメンバーのエリザベスが奇妙な手紙を受け取った。それを機に彼らは国際的な大事件に巻き込まれてしまい……

1986
真珠湾の冬
ジェイムズ・ケストレル
山中朝晶訳
一九四一年ハワイ。白人と日本人が殺害された事件はなぜ起きたのか。戦乱の太平洋諸国で刑事が見つけた真実とは？ 解説／吉野仁

1987
鹿狩りの季節
エリン・フラナガン
矢島真理訳
女子高生失踪事件と、トラックについた血との関係とは？ 鹿狩りの季節に起きた平穏な日々を崩す事件を描くMWA賞新人賞受賞作

ハヤカワ・ミステリ〈話題作〉

1988
帝国の亡霊、そして殺人
ヴァシーム・カーン
田村義進訳
〈英国推理作家協会賞最優秀歴史ミステリ賞受賞作〉共和国化目前のインド、外交官殺しの現場に残された暗号には重大な秘密が……

1989
盗作小説
ジーン・ハンフ・コレリッツ
鈴木恵訳
死んだ教え子が語ったプロットを盗用し、新作を発表した作家ジェイコブ。それはベストセラーとなるが、彼のもとに脅迫が来て……

1990
死と奇術師
トム・ミード
中山宥訳
密室殺人事件の謎に挑む元奇術師の名探偵スペクター。そんな彼の目の前で、またもや奇妙な密室殺人が起こり……。解説／千街晶之

1991
アオサギの娘
ヴァージニア・ハートマン
国弘喜美代訳
鳥類画家のロニは母の荷物から二十五年前に沼で不審な溺死を遂げた父に関するメモを見つけた。真相を探り始めたロニに魔の手が！

1992
特捜部Q ―カールの罪状―
ユッシ・エーズラ・オールスン
吉田奈保子訳
盛り塩が残される謎の連続不審死に特捜部Qが挑む。一方、カールの自宅からは麻薬と札束が見つかる。シリーズ最終章目前第九弾！